# 短距墜落

The Short Drop

Matthew FitzSimmons

馬修・費茲西蒙斯
尤傳莉 譯

獻給 Uncle Dave

吊死一個不反對自己被處死刑的人，毫無滿足感可言。

——蕭伯納（George Bernard Shaw）

# 第一部

# 維吉尼亞州

# 1

吉布森‧馮恩獨自坐在「夜遊者快餐店」鬧哄哄的櫃檯前。此時正值早餐人潮的最高峰，眾多顧客在店裡徘徊著等座位。對於愈來愈吵的刀叉撞擊餐盤聲或送餐過來的女侍，吉布森都幾乎渾然不覺，他的雙眼只是牢牢盯著固定在櫃檯後方的電視機。新聞又在播放了，那段影片已經是人盡皆知，成為美國的時代象徵之一了——多年來經過各方仔細研究和分析，且在電影、電視節目、歌曲中提到過。就跟大部分美國人一樣，吉布森已經看過這段影片無數次了；而且就跟大部分美國人一樣，無論播放得有多頻繁，他還是無法轉開眼睛。怎麼有辦法不看呢？蘇珊唯一留給他的，就只剩這段影片了。

影片一開始粗糙而褪色。影像吃力地前進，畫面不時出現小停頓；一道道扭曲的線往上掠過螢幕，像是海浪撲擊著一片未被發現的海岸。那是店經理把同一捲錄影帶一再重複使用所造成的結果。

攝影機從收銀機後方高處往下照，畫面中顯示出賓州布里茲伍德那家惡名昭彰的公路休息站內部。這段影片的力量，就是它可能發生在任何地方。你的家鄉。你的女兒。整體來看，這段無聲的監視攝影機畫面，是一段悲傷的致意，獻給全美國最著名的失蹤女孩：蘇珊‧隆巴德。時間碼顯示為晚間十點四十七分。

一個值夜班的女大學生畢翠絲‧阿諾德，據知是最後一個跟蘇珊講過話的人。那天晚間十點四十七分，畢翠絲坐在櫃檯後的一張凳子上，讀著一本破舊的《第二性》。失蹤消息登上新聞後，她是第一個想到自己見過蘇珊．隆巴德的人，也是第一個聯絡聯邦調查局的人。

到了晚間十點四十八分，一名乾枯金髮的漸禿男子走進店裡。在網路上，大家後來稱他是人渣，但聯邦調查局查出他是一名來自佛羅里達州傑克森維爾的長途卡車司機大衛．奧森柏格，以前有過家暴紀錄。奧森柏格買了牛肉乾和開特力運動飲料。他付了現金，要了收據，但是賴在櫃檯不走，跟畢翠絲．阿諾德調情，顯然不急著要重新上路。

奧森柏格是這個案子的第一個、也是最有可能的嫌疑犯，蘇珊失蹤後，接下來的幾個星期、幾個月，他被聯邦調查局反覆訊問。他的卡車被一次又一次搜索，但是沒有發現任何蘇珊的痕跡。最後聯邦調查局很不情願地放過他，但是奧森柏格已經失去工作，而且收到了不少死亡威脅。

這名卡車司機離開後，店裡又陷入停滯狀態。時間慢吞吞過去……然後你第一次看到她——那個十四歲女孩穿著太大的帽T，頭戴費城人隊的棒球帽，一邊肩上掛著凱蒂貓的背包。她其實一直在店裡，只不過原先都待在攝影機拍不到的死角。更增添神祕氣氛的是，沒有人曉得蘇珊一開始是如何進入那家店裡的。畢翠絲．阿諾德不記得看到她進去，而保全錄影帶也沒有提供答案。

那件帽T在她身上垂掛下來，形成了大大的皺褶。她是個蒼白、纖瘦的女孩。媒體喜歡把這段黑白影像對照著彩色的家庭照片——微笑的金髮女孩穿著藍色伴娘禮服，微笑的女孩跟她母親在沙灘上，微笑的女孩在閱讀一本書的中途抬起頭看著窗外。這些照片形成鮮明的對比，完全不像影片中那個一臉嚴肅、戴著棒球帽的女孩，她雙手深深插在口袋裡，駝著背，彷彿一隻窩在洞穴裡的野獸，正在仔細察看外頭。

蘇珊在店內走道漫步來去，但她的頭始終朝向前窗。一百七十九秒過去了，窗外有個什麼抓住了她的視線，而且她的姿勢改變了。或許是一輛車。她從貨架上抓了三樣東西：Ring Dings巧克力小蛋糕、一罐胡椒博士汽水，還有一盒Red Vines繩狀甘草軟糖。蘇珊也是付現金，把皺巴巴的一元紙鈔、兩毛五和一分錢硬幣放在櫃檯上，然後將買來的東西塞進背包裡。

監視攝影機拍到了她的眼睛，有好一會兒，蘇珊抬頭望著鏡頭——那表情凍結在時光中，而且就像蒙娜麗莎的微笑，被人以一千種不同的方式詮釋。

吉布森也一如往常，回瞪著螢幕，和蘇珊四目相對，等著她露出羞怯的微笑，就像她每次想告訴他一個祕密那樣。等著她告訴他發生了什麼事，告訴他為什麼她要逃家。這麼多年來，他一直期望能有個答案。但監視錄影帶上的那個小女孩不說話。

沒對他說，也沒對任何人說。

最後，蘇珊把頭上的棒球帽往下拉，遮住自己的眼睛，然後永遠別開臉。十點五十六分，她走出店門，進入黑夜。畢翠絲．阿諾德後來告訴聯邦調查局，說那個女孩似乎很焦慮，紅紅的雙眼好像哭過。畢翠絲和那對正在加油的夫婦都沒注意到蘇珊是否上了某一輛車。在一個充滿了死胡同的案子裡，又多了一條令人懊惱的死胡同。

聯邦調查局沒能找出任何一個重大的線索。隆巴德一家和他們的支持者提供了一千萬元的懸賞獎金，但從沒人來領取。儘管媒體瘋狂報導，儘管她有個著名的父親，但蘇珊．隆巴德走出加油站就消失了。她的失蹤至今依然是美國的一大謎團，就跟工會領袖吉米・赫法、劫機犯D・B・庫柏、首位出生在美洲的英格蘭小孩維吉妮亞・戴爾一樣。

這會兒電視上的新聞轉為廣告，吉布森吐出一口氣，之前都沒意識到自己一直憋著。這段影片老是搞得他精疲力盡，那些媒體還會繼續播放多久？蘇珊的失蹤案好幾年都毫無進展了。今天的大新聞是那個後來因為毒品重罪而入獄的人渣，現在剪短了頭髮，在獄中拿到大學學位。網路上刻薄地幫他重新改綽號為「人渣教授」或「人渣二・〇」。除此之外，這則新聞就只是感傷地重新再改編一次大家所知道的，也就是什麼都沒有。

但她失蹤就要滿十週年了，這表示各新聞網會持續播放回顧報導。持續利用蘇珊的回憶。持續挖出任何跟這家人或這個案子有一丁點關係的人。很沒品味地把布里茲伍德那個休息站所發生的事情重新演出一遍，同時用電腦模型描繪出蘇珊今天可能的模樣。

吉布森發現自己格外難以面對那些電腦模擬出來的人像。蘇珊現在應該是二十四歲，大學畢業了。那些影像引誘他去想像她的生活原來可能是什麼樣，她可能住在哪裡，她會做什麼工作——毫無疑問，一定是跟書有關的。想到這裡，他露出微笑，但是又趕緊阻止自己。這樣不健康。到了今天，也該給她一點平靜、給他們所有人一點平靜了吧？

「那事情真是要命。」坐在他旁邊的男人說，往上看著電視。

「就是啊。」吉布森同意道。

「我還記得聽到她失蹤的時候，我人在哪裡——當時我正在出差，住在印第安納波里斯的一家旅館裡。感覺就像昨天。我有三個女兒。」那男人指節敲敲木頭櫃檯，祈求好運。「我坐在床邊兩個小時，一直看著電視。太可怕了。你能想像整整十年不曉得你女兒是死是活嗎？一個家庭要經歷這種事情，真是要命。隆巴德是個好人。」

吉布森最不希望的，就是被捲入有關班傑明．隆巴德的談話裡。他點個頭表示同意，希望能就此打住，但那個男人可不會輕易斷念。

「我的意思是，如果隨便一個病態的混蛋，請原諒我講粗話，都能抓走副總統的女兒，還逍遙法外，那我們其他人還有什麼希望？」

「唔，他當時還不是副總統。」

「是啊，沒錯，但他當時是參議員。那也不是開玩笑的。你以為當時隆巴德對聯邦調查局沒有影響力嗎？」

事實上，吉布森親身體認過隆巴德的影響力有多大，而且很清楚他有多麼樂於發揮這些影響力。班傑明．隆巴德是另一個他不願去想的話題。

「我想他會成為一個好總統，」那男子繼續說。「大部分的人碰到這種事，都會沮喪得久久難以平復，但他卻復原過來，被挑選出任副總統。而且現在，他還要競選總統。這個人的意志力大得無法想像。」

在一個受歡迎的總統底下當了兩任副總統，隆巴德原先被看好必然會獲得黨內的總統提名——八月的政黨全國代表大會只是個形式，加冕禮的意義勝過一切。但是加州州長安．弗萊明忽然冒出來，原先看起來好像只是想攪局。但現在，兩個人的民調數字幾乎打成平手了。隆巴德獲得較多的黨代表支持，而且依然是最被看好的候選人；但是弗萊明逼得他陷入苦戰。

看似荒謬的是，蘇珊失蹤十週年剛好碰上大選年，可能會對班傑明．隆巴德的選情有幫助。但這也不是新鮮事了：當年爭取〈蘇珊法案〉在參議院通過，就把他頭一次推上全國性舞台。當然，隆巴德很得體地拒絕討論他女兒。猜忌的人會說他沒有必要談，因為媒體忍不住就會替他談。而且，當然，還有他太太。在整個初選期間，葛瑞絲．隆巴德為了「失蹤與被剝削兒童中心」的不懈努力，一直是各個有線電視台的主要報導內容。她甚至比她貴為副總統的丈夫更受歡迎。

「如果他獲得提名，十一月我這一票就是他的了，」那名男子說。「另一邊提名誰根本無所謂。我一定會投給他。」

「我相信他一定會很感激的，」吉布森說，伸手去拿番茄醬。他倒了一大坨在盤子一邊，再加上一點蛋黃醬，然後以小時候父親教他的方式，塗在他的薯餅上。按照他父親杜克．馮恩的不朽名言：「如果你沒有什麼好話可以說，就吃一大口，然後慢慢嚼。」

這些話真管用。

# 2

珍妮佛．查爾斯坐在一輛白色無標示廂型車的後車廂裡，車子停在夜遊者快餐店對面。她覺得自己在這裡真是顯眼得可怕——把她放在靠近巴基斯坦邊境的前進作戰基地，她就像回到家一樣自在；但是窩在北維吉尼亞州的白色廂型車裡，實在不是她的風格。

她看了一下手錶，把時間記在日誌上。隨你怎麼批評吉布森．馮恩，反正他還真的是完全可以預料。優點是，要監視他很容易；缺點是，監視他很快就變得乏味不已。每天的日誌根本都一樣。馮恩每天早上五點半起床後，就去跑八公里。再來是兩百個伏地挺身、兩百個仰臥起坐，接著去沖澡。之後，他會去同一家餐館的同一個櫃檯位置吃同樣的早餐。每天早上都一樣，那家餐館就活像是他的教堂。

珍妮佛把一綹落下來的炭黑色頭髮塞到耳後。她需要沖個澡，需要躺在自己家裡的床上好好睡一夜。她也需要曬點太陽。在廂型車後頭待了十天，她的皮膚已經開始變得蒼白而粗糙，而且這車上開始感覺像是個家，真是討厭。車裡頭塞著監視設備，搞得一個人待在裡頭都很侷促。車廂前部有張小行軍床，所以監視團隊可以輪班，但是除此之外，這輛廂型車實在稱不上舒適。

這種生活，還真是夢想成真呢。

如果馮恩依然保持往常習慣，那麼再過二十分鐘，等到早餐人潮散去，他就會挪到餐館裡靠後方的座位去忙正事。他跟餐館老闆交情不錯，所以那老闆讓他利用後頭的一張卡座，權充找工作期間的臨時辦公室。馮恩本來在一家衰退中的小型生物科技公司當資訊科技主任，三個星期前失業。他找工作運氣不太好，而且以他的過往歷史，珍妮佛覺得這個狀態並不會改變。

她的工作搭檔丹尼爾・韓紀克是一流的監視專家。他一星期前偷偷闖入吉布森的公寓，九十分鐘內就裝好了祕密監視設備，包括動態感應紅外線攝影機、竊聽器等等。這樣他們可以二十四小時監控整戶公寓，而吉布森生活狀況的簡樸也是一種資訊。

他離婚後，就搬進了一戶低租金、高樓層的公寓。他的客廳有一張二手宜家餐桌和一張木椅。沒有電視，沒有沙發，什麼都沒有。他的臥室也同樣簡陋，但是一塵不染——當了八年的海軍陸戰隊，他的紀律沒有荒廢。一個彈簧床架和床墊，旁邊是一張低矮的邊桌，上頭放著一盞閱讀燈。一個沒上亮光漆的抽屜櫃，其中一支斷腿他修好了。室內設計完全是卡夫卡的荒涼空曠風格。

很難相信這傢伙在十六歲的時候，是美國通緝第一名的駭客。他的網路代號「毀銘人」赫赫有名，成為現代的、政治問題所引發駭客行動主義者的先驅。這個十來歲的駭客，憑一己之力就差點扳倒當時的班傑明・隆巴德參議員。他偷走了這位參議員十年間的電子郵件和財務紀錄，交給《華盛頓郵報》。毀銘人原先以為自己是匿名的，但聯邦調查局去吉布森・馮恩的高中逮捕了他，把正在上化學課的他上了手銬帶走。珍妮佛之前把他的犯罪檔案照貼在一個監視螢幕邊緣，這會兒她暫停下來打量著他當年那張嚇壞但反抗的臉。現在二十八歲了，他的一生充滿變故。

聯邦調查局迅速逮捕了一個十六歲的駭客，本來就是非常好的報導題材。而另一方面，馮恩所外洩的文件，更是轟動的大新聞。裡頭詳細記錄了一個見利忘義且違法的行動，將競選基金轉移到開曼群島的幾個銀行帳戶裡，而且這些文件直指班傑明．隆巴德。一時之間，這個揭發看起來就要終結掉這位參議員的政治生涯了，而媒體眼看著一個青少年把一個美國參議員打倒，也紛紛熱中報導。每個人都喜歡小蝦米打倒大鯨魚的故事，即使這個小蝦米在過程中違反了二十幾條聯邦和該州法令。

吉布森被逮捕時，珍妮佛還在念大學，她還記得曾針對「只要目的正確，任何手段都是正當的」這個觀念，跟他人數度激烈辯論。那些抽象的、思想高尚的鬼話，觸怒了她實事求是的本性。她很不高興那麼多同學都把馮恩視為數位時代的俠盜羅賓漢，因此後來新聞揭露毀謗人完全搞錯了，她覺得總算證明自己的想法是對的。

到頭來，很多罪行最重大的文件，要不是竄改過，就是完全偽造的。的確有人犯了罪，但聯邦調查局判定肇事者不是班傑明．隆巴德，而是他才剛自殺的前任幕僚長杜克．馮恩。這位幕僚長不光是侵佔幾百萬元，還為了掩蓋形跡，把證據指向班傑明．隆巴德。這是一齣莎士比亞式的背叛劇，而這位匿名駭客竟然就是杜克．馮恩的兒子……整個新聞變得很聳動，而毀謗人成了一個傳奇。

但是吉布森．馮恩已經很久不用這個網路化名，現在也離那些傳說很遙遠了。

既然馮恩白天都在這家快餐店，韓紀克便提議要在餐館裡也偷裝監視設備。珍妮佛否決了，但這麼一來，他們就有很多時候無法徹底進行監視。每天下午六點，馮恩會直接到健身房待一個半小時。八點回家，在電腦前吃微波後的冷凍晚餐。十一點熄燈。如此重複，一天又一天。耶穌啊，她欣賞這種自我紀律和條理，但要是她的人生變成這樣，她寧可一槍斃了自己。

她的報告裡已經提到了，馮恩整個世界的中心，就是要供養他的前妻和女兒。珍妮佛・查爾斯覺得這個男人顯然是在懲罰自己。但他過著這種清貧乏味的生活，是為了想贏回前妻的心，或只是藉此贖罪？他先是外遇背叛了她，然後又變成了苦行僧聖人。珍妮佛搞不懂男人，更尤其搞不懂吉布森・馮恩。他一毛錢都不肯花在自己身上，唯一的奢侈就是健身房的會員費。不過平心而論，這筆錢花得真值得。

馮恩不是她喜歡的那一型男人，差得遠了。當然，他有種不修邊幅的魅力，而且他銳利的淡綠色眼珠令人著迷。但是她仍看得出當年害得他先是受審、然後進入海軍陸戰隊的那種好鬥。無論他經歷過什麼，都不該因此念念不忘。你不能讓你的過去決定你這個人。

她舌頭舔過門牙，這是她緊張時的習慣性動作。每回發現自己這麼做，她都會很懊惱，但是又戒不掉。於是就更懊惱了。韓紀克怎麼還沒買咖啡回來？

就在這個時候，韓紀克剛好帶著兩杯咖啡和一個花捲甜甜圈出現在車門旁。他比她年長至少二十歲，她猜想他是五十來歲了，但也只是亂猜的而已。跟他搭檔工作兩年之後，她還是不曉得他的生日。他的腦袋一路禿到頭頂，白斑病在他的嘴角和眼周留下白斑，襯著原先的黑皮膚格外明顯。

「還在裡頭？」

珍妮佛點頭。

「那小子，像個時鐘似的。」韓紀克說。「規律得就像是排便。」

他把咖啡遞給珍妮佛，自己咬了一大口花捲甜甜圈。

「他們的果醬甜甜圈賣光了。你相信嗎？哪有麵包店上午九點就把果醬甜甜圈賣光的？這整個州（state）都需要找個整脊醫師來整一整。」

珍妮佛考慮跟他說維吉尼亞的正式名稱不是state，而是commonwealth（聯邦），但決定又算了。挑韓紀克的錯只會激怒他。

「就是今天了。」她換了個話題說。

「就是今天了。」

「曉得會是幾點嗎？」

「等喬治的通知。」

他們正處於待命狀態，終於打算要去找馮恩了。他們的老闆喬治・阿倍會親自處理。當然，通常。

這一切她都知道，但是把話題轉回工作上，通常可以阻止韓紀克開始抱怨。

在中央情報局待了六年，她學會了在狹小空間跟男人工作的技巧。第一課就是男人不會去適應女人。中情局是個男子俱樂部，你要是不變成男人，就會變成賤民。任何女性化的特質都會被視為軟弱。能混得好的女人都是罵起人來更大聲、講垃圾話更狠、絕對不露出絲毫軟弱跡象的。最後，你會得到一個「悍婆娘」的封號，同時贏得那些男生不太情願的容忍。

她很辛苦才得到她的「悍婆娘」封號。在阿富汗的某些前進基地裡，她常常好幾個星期沒看過其他女人。獨自在那裡，再怎麼強悍都不為過。你通常都會是方圓一百哩內唯一的女人。她見過男人的雙眼從飢渴到敵意到掠奪，而她學會了睡得非常非常淺。那就像在監獄裡，每個人都在打量你，尋找你的弱點。有回在一個基地裡，狀況糟糕到她還考慮跟指揮官睡覺，希望他的階級可以罩她。但想到自己要成為某個人發洩性慾的對象，實在讓她受不了。

珍妮佛的舌頭又去舔門牙了。那些門牙感覺上很真實，不過她的舌頭還是不相信。她被軍用直升機載到拉姆施泰因空軍基地後，那位牙醫幫她做得很好。整個診療經驗已經夠痛苦了，但她當時不知道，更痛苦的是，那將會是她真正待在中情局的最後一天了，往後她花了好幾個月才逐漸明白。她不光失去了牙齒，更失去了中情局。

踢掉她牙齒的那名男子不需要牙醫，也不太需要任何人，或許只需要一個聽他臨終懺悔的教士吧。不過他的搭檔倒是活著回家了。他已經列入她的待辦清單，還外加一兩個看她拒絕息事寧人、就轉而攻擊她的高官。她希望她的攻擊者受審，但那就會暴露局裡一個敏感的行動。當時她躺在德國一家醫院的病床上，閉緊嘴巴，聽著她的一位上級長官解釋她狀況的實情：「很不幸，在那個地區工作的代價就是這樣。」他告訴她，彷彿性侵她的是兩個神學士戰士，而不是兩個美國陸軍中士。

但直到他拍拍她的手，好像是在幫她一個忙似的，他才登上了她的名單。

她的舌頭又舔過門牙了。*絕對不要留著帳目不結算。*她祖母曾這麼教過她。

相較之下，丹尼爾·韓紀克是個很不錯的搭檔。在洛杉磯市警局服務二十二年的經歷，顯現在他工作時那種簡單、自信的風格中。尤其是在封閉式的空間裡，因為他身高只有一七〇公分，體重大概還不到五十五公斤。除此之外，他非常整潔，不會滿口粗俗。最棒的是，他不要求她當個悍婆娘，只要求她做好工作就行。但她發現，問題是：一旦你學會了當個悍婆娘，要改掉就很困難。

對於她的悍婆娘言行，韓紀克當然不會受不了，這傢伙有資格開班傳授惡劣態度的大師課。毫無疑問，他是她所認識最恆常負面的人，假如他曉得如何微笑，她也從來沒看過。她毫不懷疑，身為黑人，待在洛杉磯市警局——歷史上有惡劣的種族關係紀錄——可以讓最有適應力的人都變得牢騷滿腹。但是喬治・阿倍跟韓紀克認識多年，他跟她保證，韓紀克的負面態度跟他身為黑人、且在洛杉磯市警局服務沒有關係。他的本性就是如此。

電話鈴響了，他們兩人都去摸自己的手機。韓紀克接起他的，對話很簡短。

「看起來就是現在了。」他說。

「他到了？」

「在路上。他要你進去。很難說馮恩會有什麼反應。」

這倒是真的。他們的老闆跟吉布森是有過往恩怨的。

其實沒有恩，只有怨。

# 3

人潮已經散去大半，現在吉布森可以靜心思索了。他朝後頭看了一眼，發現最後一桌客人正準備要離開。等他們走了之後，他就可以佔用一個卡座，再花上挫折的一天尋找工作。今天是星期天，但他找工作是不休假的。他前妻和女兒現在住的房子再過十五天就要繳貸款。他還剩十五天可以找工作。

至少眼前這個地點再完美不過了。夜遊者快餐店給他家的感覺。吉布森的父親認為自己是快餐店鑑賞家，也把這個想法傳給了兒子。對杜克·馮恩來說，快餐店意味著獨立的小生意店主，不是連鎖經銷商或大企業。他稱這些快餐店是美國的公共用地。雖然這塊地有主人，但整個社區都握有不容置疑的權力。不是浪漫民粹主義者的理想狀態，但是美國神話在這裡達到了最實際的現實——無論是好是壞。

他父親可以、也願意長篇大論談全國各地很棒的快餐店，但是維吉尼亞州夏綠蒂城西主街上的藍月亮快餐店，始終就是他的基地。如果杜克·馮恩是個教授，他的課堂就是藍月亮裡佈滿凹痕的櫃檯。從吉布森六歲開始，父子兩人的早餐談話就是一個神聖的星期天早晨儀式。他是在吃著一片櫻桃派時，學習到基本性知識的——而且一直羞於承認後來過了多少年以後，他才終於搞懂他父親的笑話。

杜克·馮恩一直對藍月亮很忠誠。吉布森從來沒看過他父親點菜，但是每次去，上來的餐點都一樣：兩個只煎一面的荷包蛋、薯餅、玉米粥、培根、香腸，還有白吐司麵包、咖啡、柳橙汁。男人的早餐，他父親這麼說，而且杜克可以從這一餐中想出各式各樣的隱喻。自從他父親死去後，吉布森就再也不曾去藍月亮。或者應該說，自從他父親自殺後。

但是一段時間過去後，吉布森發現自己在別的地方始終沒有歸屬感，直到他找到一間適合自己的快餐店。路上的家，他父親這麼說過。吉布森覺得杜克會認可夜遊者快餐店，也會認可經營的老闆托比．卡爾帕的。

吉布森的目光轉到櫃檯盡頭的那個女人。不是因為她長得很美，也不是因為她星期天上午在快餐店裡穿著訂製的套裝。甚至也不是她左臂下頭微微隆起的肩掛式槍套輪廓——畢竟，這裡是維吉尼亞州。隱蔽式攜槍的普遍程度就像狗繫上項圈一樣。問題在於她雖然從來沒有直直朝他看，但他可以感覺到她在注意他，而且不是那種討人喜歡的注意。他逼自己別開眼睛。這個遊戲兩個人就可以玩了。只要兩個陌生人……不要看著彼此就行。

「你咖啡喝得比一大堆爛詩人還多。」托比說，又幫他續杯。

「你真該看看我在海軍陸戰隊那時候。我大概就是只靠咖啡和 Ripped Fuel 維生。到了下午六點前，你就可以在我的額頭煎蛋了。」

「老天在上，Ripped Fuel 是什麼玩意兒啊？」

「是一種營養補充品。健身燃脂用的。現在不完全是合法的了。」

托比冷靜地點點頭。他和他太太莎娜二十六年前從巴基斯坦移民過來，在經濟不景氣期間買下這家餐館。他們的女兒是華府可可然藝術設計學院畢業的，托比也受到她的影響，開始愛上現代藝術，於是把店名依照愛德華．霍普的知名畫作《夜遊者》而改了。餐館裡面還掛著裱了框的美國抽象表現主義藝術複製畫：帕洛克、德庫寧、羅斯科等等。托比瘦瘦的，修得整整齊齊的灰色落腮鬍和金屬框眼鏡，看起來像個珍本書收藏家，而不是經營快餐店的老闆。但是撇開外貌不談，托比．卡爾帕天生適合經營美式快餐店。

托比逗留在櫃檯，表情變得有點不好意思。「很抱歉又來跟你開口，不過我需要你幫我弄一下電腦。我已經花了兩個晚上想搞清楚，但還是完全不曉得該怎麼辦。」

六個月前，吉布森碰巧聽到托比在跟別人抱怨餐館裡的電腦，於是就主動提出要幫忙。吉布森一檢查，發現電腦裡有一堆惡意軟體、間諜追蹤程式，還有各式各樣的病毒。原來托比最該戒掉的，就是每回碰到螢幕上跳出來的任何方塊、都忍不住要按「ＯＫ」的壞習慣。

吉布森花了幾個小時整理了托比的系統，裝了一套網路防毒軟體，還有一套餐廳軟體。在這個過程中，他們也變成了朋友。

「沒問題，要我幫你看一下嗎？」

「不是現在。你找工作才是最重要的，我不想耽誤你。」

吉布森聳聳肩。「我再過兩小時也需要休息一下。你可以等到午餐的時候嗎？」

「那真是太感激了。」托比在櫃檯後頭伸出一隻手，兩人握了。「最近妮可怎麼樣？愛莉呢？兩個人都還好吧？」托比問。

妮可是吉布森的前妻，愛莉是他六歲大的女兒。愛莉現在才一百二十公分高，永遠動個不停，充滿純愛、尖叫，和一身泥巴。聽到她的名字，吉布森感覺自己的表情開朗了些。這陣子，大概只有愛莉能讓他開朗起來了。

「兩個人都很好。真的很好。」

「很快就會看到愛莉了？」

「希望。或許下星期吧。如果妮可去她姊姊家，我就會去她那邊住。」

吉布森離婚後的住處不適合兒童，妮可不喜歡讓愛莉去住那裡。他也不喜歡。於是，每過一陣子，妮可就會去拜訪娘家的家人，而他就會過去跟愛莉住。這是離婚後前妻給他眾多小恩惠的其中之一。

「你這樣很好。小女孩需要父親。否則她們最後都會去上實境節目。」

「實境節目招架不了她，相信我。」

「他們會需要一個非常敏捷的攝影師。」

「一點也沒錯。」

吉布森站起來，把背包揹到肩上。櫃檯盡頭的女人還在那裡。他經過時，她望著櫃檯後方的鏡子打量他，一路看著他走到餐館後方。她根本不在乎他是否發現了，這點讓人很不安。

餐館後方是空的，只有一個男人坐在吉布森平常習慣坐的那個卡座。那男人背對著吉布森，正在一本黃色橫格記事本上寫字。雖然只有背影，但吉布森覺得這男人有點熟悉。

那男人感覺到後頭有人，於是站起來。他塊頭不大，但是動作有種體育健將的矯健。三十五歲到五十歲之間。太陽穴已經有少許白髮出現，強壯的臉只有下巴輪廓線稍微鬆垮。除此之外，沒有其他憑據可以判斷他的年齡。而且這個男人看起來太稱頭了。藍色牛仔褲，領尖有鈕釦的乾淨襯衫白得讓他像是漂白劑廣告裡走出來的。就連他的牛仔褲都燙過，黑色牛仔皮靴擦得晶亮。

吉布森感覺一根指甲狠狠摳進他心裡。他認識這個狗娘養的，非常熟。喬治．阿倍的本尊正在朝他微笑。吉布森瑟縮了一下，好像有人朝他揮拳、拳頭就停在離他臉前幾吋的地方。為什麼阿倍在笑？這個人得停止微笑。那笑容看起來真誠，但感覺上像是嘲笑。吉布森朝他走了一步，不確定該怎麼做，但希望一旦自己下定決心了，就能隨時做好準備。

他準備之時，櫃檯那個女人也閃入視野。她迅速而優雅地繞過來，一直保持距離，但又向他表明自己的存在。大家是怎麼說歌舞巨星金潔．羅傑斯的……？舞王佛雷．亞斯坦會做的一切，她全都會做，只不過她是倒退著做，而且穿著高跟鞋。她的外套沒扣上，轉身側面對著他，以防萬一她必須朝他拔槍。她還是保持一臉輕鬆且面無表情，但吉布森毫不懷疑，要是他再走一步，這個情況就會改變了。

喬治．阿倍一根肌肉都沒動。

「我真的只是想跟你友善地聊一聊，吉布森。」

「她就是來幫你進行這個友善的聊天嗎？」

「我是希望，不確定能成功。你能怪我嗎？」

「那你能怪我嗎？」

「不，」阿倍說。「不能怪你。」

兩個男人瞪著彼此，同時吉布森觀察著阿倍的反應，他原先的敵意消失了，代之以深深的好奇。

「所以你今天跑來這裡做什麼？自從你的老闆害我上個月被炒魷魚，我都還沒時間喘口氣呢。」

「我知道。但是我沒幫班傑明．隆巴德工作已經有一段時間了。我被……解雇了。就在你剛開始新兵訓練的那個星期。」

「是嗎？」吉布森說。「你幫他幹了那些骯髒活兒，然後他要你離開？這裡頭有種詩意，你覺得呢？」

「如果你喜歡詩意的話。」

「唔，要是你來這裡不是幫他辦事，那你想做什麼？」

「就像我剛剛說過的，只是友善地聊一下。」

喬治．阿倍遞給他一張名片。上頭列出一個華府市中心的地址和電話。在他的名字下面，印著「阿倍顧問公司，總監」。

吉布森小時候一直把喬治．阿倍（George Abe）的姓唸錯，直到他父親糾正他的發音：「阿－倍，是日語；不是英語裡頭的亞伯。」身為班傑明．隆巴德的保全主任，喬治是吉布森童年時代的固定成員。永遠都在背景裡。禮貌，謙恭，但是很專業地隱身於無形。直到吉布森受審時，才仔細注意到這個人。但到了那個時候，喬治．阿倍就既不禮貌，也不謙恭了。

「真厲害。」吉布森說。

「我想找你來工作。」

吉布森想不出該怎麼回答，好奇轉為懷疑。「我真的很佩服你，喬治。你的心胸真是太寬大了。」

「聽我把話說完吧。」

「我沒興趣。」吉布森把名片遞還給他。

「你工作找得怎麼樣了？」

吉布森僵住了，冷冷打量著阿倍。「你小心一點。」

「了解。但是我沒有別的意思，只是描述一下大概的狀況。」阿倍說。「事實上，你現在失業了，而以你過去的經歷，很難找到一個符合你技能的工作。你需要工作，我剛好有工作。而且這份工作的酬勞，比你可能找到的任何工作都要高很多——如果你能找到工作的話。」

「還是沒興趣。」吉布森轉身朝門走了四步，阿倍才冷冷地又開口。

「他不會放過你的。這個你知道吧？」

這兩句話的直率程度撼動了吉布森，也總結了在他內心黑暗角落裡揮之不去的恐懼。

「為什麼？」他掩飾不了自己話中那種懇求的意味。

阿倍憐憫地看著他。「因為你是吉布森．馮恩。因為他以前把你當兒子看。」

「是他害我被開除的嗎？」

「我不知道。或許？大概吧。也無所謂了。如果我是你，我會擔心要是他選上總統，會做出什麼事情來。到時候你能在西伯利亞找到工作，都該偷笑了。」

「我付出的代價還不夠嗎？」

「永遠不夠。對他來說，過去的事情永遠不可能算了。他的敵人，就是一輩子的敵人，而且他的敵人要一輩子付出代價。班傑明．隆巴德的遊戲規則就是這樣。」

「所以我完蛋了。」

「除非你給他一個放過你的理由。」

「能有什麼理由？」

阿倍在卡座上往後靠，打了個手勢要吉布森過來一起坐。

「這就是友善的聊一聊嗎？」

「我想聽我講完，會對你有幫助的。」

吉布森衡量著自己的選項：叫喬治．阿倍去死，感覺會非常好；或是聽他講完，再叫他去死。

「你想要友善地聊一聊，就叫你那位女性朋友退出。」

阿倍朝那女人比了一下，她扣好身上的套裝，退到櫃檯另一頭。

「可以談了嗎？」阿倍問。

# 4

吉布森坐進阿倍對面的卡座。喬治．阿倍。操他媽的喬治．阿倍。想到這些年後，竟然跟他面對面坐在一起，他驚奇地嘆了口氣。阿倍連接到他的過往，連接到他的父親。有多久了？十年……不，十一年？上回見面是審判的最後一天，法官向他宣布了那個意外的消息。

阿倍沒坐在起訴席，但也等於就是坐在那裡了。整個審判期間，他都拿著他的黃色橫格記事本，固定坐在檢察官正後方的旁聽席上。阿倍提供檢方起訴相關文件，跟檢方咬耳朵，而且在關鍵時刻遞小紙條。要是你以為檢察官聽命於喬治．阿倍，也是可以理解的。當時吉布森就是這麼認為。

吉布森被逮捕好幾個月後，才明白班傑明．隆巴德不會為他的審判留下任何僥倖的空間。因為駭侵到參議員的電腦裡，吉布森違反了州法和聯邦法，但原先的假設是，聯邦起訴後，州方起訴就中止執行了。直到整個案子意外地又回到維吉尼亞州的州法庭。原因很簡單（雖然從來沒有說明過）：聯邦法官是終身職，而維吉尼亞州的巡迴法官則是八年一任，而且是由維吉尼亞州議會選出的。隆巴德動用了人情關說，把吉布森的審判移到他可以發揮極大影響力的地點。而更證實這個猜疑的是，儘管這是個非暴力案子，吉布森又是初犯，但檢察官還是決定把他視為成人起訴。於是當他的審判開始時，吉布森認為法官也一定會幫著隆巴德。

審判進行了九天，陪審團的判決早就可以預料。吉布森的硬碟裡裝滿了檢方所需的證據。他被判有罪，然後回到牢房等著法官量刑。但是幾天後，他的律師來接他，帶他去見法官。不是上法庭，而是到法官的辦公室。到了門邊，法官和吉布森的律師彼此點了個頭，會意地交換眼色。

「我就從這裡接手吧，詹寧斯先生。」法官說。

他的律師點了頭，往旁邊看了一下他困惑的年輕當事人，然後一句話都沒說就離開了。吉布森對法律所知不多，但就連他都曉得這個狀況不合常規。等到律師走後，法官打了個手勢，示意吉布森進去。

「我想我們應該聊一下，你和我。」

法官從一個小冰箱裡拿出兩瓶玻璃瓶裝的榮冠可樂，拿了掛在牆上的開瓶器打開瓶蓋。他把其中一瓶遞給吉布森，然後自己在大大的桃花心木辦公桌後頭坐下來。

漢蒙．柏克法官融合了壞脾氣南方紳士和貧困維吉尼亞藍領工人於一身。在審判期間，他一直嚴苛而充滿權威。要是法庭進行狀況不符合他的標準，他就厲聲斥責，但是在傳達他的嚴重不悅時，態度卻禮貌而充滿魅力。兩邊的律師都小心翼翼避免激怒他。而坐在法官辦公室的皮革扶手椅中，吉布森害怕得連喝一口可樂都不敢。

「孩子，」法官開口了。「我要提供你一個僅此一次的條件。你不能提問、不能商量、不能討價還價。等到我講完了，我只希望聽到你說是或不。只能講這兩個其中一個。然後我們憑你的回答，今天就把這場該死的鬧劇給結束掉。老實說，我對這場審判很受不了。你懂嗎？」

吉布森沉默地點了頭，深怕開口回答會害自己犯規。

「很好，」法官說。「我的條件很簡單。入獄服刑十年，或者加入美國海軍陸戰隊。不是你要求的，但是你得服役五年，也就是坐牢的一半時間。而且在服役期間，你可以用你的腦袋做一些有用的事情，不必只是數著日子等出獄。所以……坐十年牢或是入伍。等你服役完成，我會親自確保刪掉你的犯罪紀錄，你就可以在我們這個狹隘的世界裡開創出自己的路。」

法官喝掉他那瓶可樂，隔著桌子瞇眼看著吉布森。

「現在我講完了，孩子。接下來換你了。你慢慢想清楚。說是，就是加入海軍陸戰隊，不坐牢。等你想好了再告訴我。另外別讓你的榮冠可樂變溫了。那是你父親大學時代最喜歡的飲料。」

吉布森抬頭，看著正朝他微笑的法官。

他們沉默對坐了一段時間，其實吉布森根本不必花時間考慮。為了避免坐牢，就算去服役二十年也不算什麼。而現在還只是在看守所——真正的監獄完全不同——吉布森已經快嚇死了。但他很享受跟法官坐在那裡，喝著榮冠可樂，希望柏克法官能再多聊聊他的父親。

但是法官再也沒提起過他父親，不論是當時，或是吉布森後來服役時跟法官的那幾十封通信裡。法官的第一封信，是吉布森在帕里斯島新兵營受訓完畢的前一天意外收到的。那也是他加入海軍陸戰隊後收到的第三封郵件，裡頭針對成人期做了深刻的省思，總共手寫了二十頁；當時吉布森坐在他雙層床的床位邊緣，一次又一次閱讀。那天是探親日，所以大部分跟他同梯結訓的都會帶著家人參觀基地。那封信讓他覺得自己在這世上比較不那麼孤單。他回信衷心感謝了法官。之後，他們每隔兩三個月就會互相寫信——吉布森的信簡短而充滿各種消息，法官的信洋洋灑灑而充滿哲思。這會兒吉布森坐在阿倍對面，想著眼前的這個狀況，不曉得法官會給他什麼建議。

「我還記得上回看到你，」吉布森告訴阿倍。「就是在法官宣布我要加入海軍陸戰隊的時候。當時每個人都瘋掉了，但是你沒有。我想看你的反應，但是你只是站起來離開。你甚至還花時間把西裝的釦子扣上，然後走出法庭，好像什麼事都沒發生。非常從容。你當時是要去找隆巴德，把壞消息告訴他嗎？」

「是的。」

「我一直很想知道隆巴德聽了消息會怎麼樣，他原先費盡心思想把我送去坐牢。我猜想，他的反應不會太好。」

「沒錯，一點也不好。但是我很高興結果是那樣。我後來才明白那是個錯誤。我很抱歉我在那件事情上頭所扮演的角色。」

這個道歉讓吉布森措手不及。光是聽到有個人終於道歉，他感覺到一種異樣的感激。但他也幾乎立刻就憤憤不平起來。沒錯，這個道歉是意料之外，而且可能感覺很好，但晚了十年的道歉，又能改變什麼呢？

「所以你的意思是，你被人利用了，只是個無辜的卒子？」

「不。」阿倍搖頭。「我不相信無知可以當藉口。我當時很無知，但只是因為我容許自己無知。因為我當時沒去問該問的問題。我的忠誠誤導了我。我明知道這件事情是不對的，卻不理會自己的直覺。我一點也不無辜。」

「所以怎麼樣？」吉布森問。「你和你那位跟班小姐查出我的下落，好讓你可以一吐為快？一個星期天早晨的小小懺悔？現在你感覺比較好過了？」

「的確感覺很好，好得意外。不過那不是我來找你的目的。」

托比拿著菜單和一壺咖啡過來。他把吉布森面前倒扣的杯子翻過來，加滿咖啡。他似乎很不安，朝吉布森使了個眼色，無言地詢問自己是否該做點事情。吉布森搖了頭，動作小得幾乎無法察覺。無論這裡發生什麼事，吉布森都不希望牽連到托比。

「我過幾分鐘再過來，兩位。」托比說。

等他離開，吉布森拇指的指甲刮著唇下，一根指頭指著阿倍。「那你為什麼會來這裡？」

「我是為了蘇珊而來的。」

他感覺一排冰冷的鋒利牙齒掃過後頸，手臂上的寒毛紛紛豎起。這是多年來第一次有人對他說出這個名字。連他的前妻，都曉得最好不要在他面前提起蘇珊。

「蘇珊・隆巴德。」

阿倍點點頭。「我要你幫我查出她發生了什麼事。」

「蘇珊死了，喬治。她發生的事情就是這個。」

「大概吧。大概真的是這樣。」

「都已經十年了！」吉布森失控地大聲起來。大概？這個字眼像手術刀割開吉布森，憤怒轉為難以置信的絕望。蘇珊死了。一定是死了。都十年了。另一個可能要糟糕太多；以她的狀況，要是她還活著，那絕對不會是好事。不……如果她還活著，那就表示她被藏起來了。而如果她十年來都一直被藏起來，那麼就是有人拚了命要這麼做。至於為什麼，不會有令人高興的答案；他心裡只想到種種夢魘般的畫面。

「為什麼？查出來對你有什麼好處？你想去討好隆巴德嗎？」

「不。我們之間已經結束了。」

「那是什麼？為了老交情？」

「我的原因不關你的事。」

「光是這樣講還不夠。如果你對隆巴德無所求，為什麼要花這麼多力氣去找他女兒？要是你有什麼線索，為什麼不交給聯邦調查局就好？」

接下來輪到喬治．阿倍瞪著他看。吉布森不信任他，但這個人的眼神很厲害——堅硬牢靠，就像一輛老舊小卡車的擋泥板。

「我是為了蘇珊。我很驚訝你的反應，吉布森。」

「什麼意思？」

「蘇珊愛你勝過任何人。」

吉布森忽然眼中泛淚。阿倍看到了，朝他露出寬容的微笑。

「那個女孩深深愛著你，走到哪裡都跟著你。而且我也看到你有多麼愛護她，把她當成自己的親妹妹。我們全都看在眼裡的。」阿倍擦掉眼睛底下的東西。「你和班傑明之間的這個仇恨——真的也延伸到蘇珊身上了嗎？」

吉布森搖搖頭，一隻手堅定地掩住嘴巴，免得自己再多說什麼，因而失去了鎮定。

「那就幫我吧。我不曉得你怎麼想，但是我非知道不可。我看著那個女孩長大，我得知道她發生了什麼事。把那個漂亮小女孩拐得逃家的男人，我想坐在他對面，跟他好好談一談。談完之後，剩下的就交給聯邦調查局。」阿倍暫停一下，品味著他話中暗示的暴力。「另外，如果能趁機稍微了結一下你我之間的帳，那就更好了。」

「你很自責。」

「沒錯。」

「這就是隆巴德開除你的原因嗎？因為蘇珊？」

「是的。」

「那是你的錯嗎？」

阿倍嘆口氣，看了窗外一眼。吉布森感覺他微微瑟縮了一下。等到阿倍再開口，聲音好低，而且充滿憂傷。

「這是個很好的問題。但是我從來沒有讓自己滿意的答案。保全這一行只看結果。我的工作是要保護班傑明．隆巴德，但他的家人也是我職責的一部分。總而言之，蘇珊是在我當保全主任的時候失蹤的。」

要不是吉布森夠清楚狀況，他可能就會開始喜歡阿倍了。

「那麼為什麼是現在？為什麼忽然想把一切挖出來？因為她失蹤十週年嗎？」

「跟我一起搭車回辦公室，你自己去看一下。」

「看什麼？你有什麼？」吉布森想看穿他的心思，但唯一的線索，就是阿倍的自信。有可能嗎？這個案子讓執法單位束手無策了十年，阿倍有可能掌握了新線索嗎？阿倍在玩什麼花招？但是有差別嗎？吉布森知道，只要找到蘇珊的機率有百分之一，自己就會加入，毫不猶豫。

阿倍把一個厚厚的信封推過桌面。吉布森打開，手指撫過裡頭的那疊鈔票。他沒數，但裡頭全都是百元大鈔。

「這是什麼？」

「可以是為了打擾你早餐的賠罪金，也可以是簽約金。由你決定。」

「簽約金？」

「如果你加入幫忙，我出的薪水是你之前的兩倍，而如果你的工作查出了重大線索，再加一萬元獎金。這樣合理嗎？」

「太優厚了。」

「很好。」阿倍滑出卡座，朝那女人點了個頭，然後離開夜遊者快餐店。

吉布森覺得自己別無選擇，只能跟上。

# 5

車隊穿過鳳凰城市中心，有如一艘戰艦駛過一片由水泥和金屬構成的海洋。最前方是一個騎著重型機車的警察，車陣總長度超過半個街區，駛過星期五下午堵塞的車陣中，警笛一路鳴響。車隊後方，一輛輛等待的汽車匆忙駛向路邊，行人紛紛停下來，張口結舌看著這個奇觀。

班傑明．隆巴德沒聽到也沒看到這一切。他坐在其中一輛禮車（每次都不一樣）的後座，看著接下來一星期的行程表。他知道自己的幕僚都在等著他的回應，但是依舊不慌不忙。他已經習慣其他人等著他做決定。實際上，他們的時間就是他的時間。最後，他修改了幾個小地方，然後把行程表遞還給一個助理。

他很累，而且非常懊惱。過去二十五天來，他眼看著安．弗萊明州長的民調更逼近他。原來只是個搞笑的穿插表演，現在變成了真正的威脅。最近一幅政治漫畫把他畫成了一隻在樹下睡覺的野兔，而被畫成烏龜的弗萊明正要超越他。在深夜的電視節目裡，他從最佳人選變成了笑柄。一年前，這個正在第一屆任期的加州州長根本從沒出現在總統選舉的談話裡。隆巴德實在太被看好了，因而黨裡幾個大人物也都選擇不參選。結果現在他跟一個新手勢均力敵。他的顧問們覺得弗萊明不值一提，相信她會走下坡，但他沒這麼確定。到目前為止，她對一切中傷都像個政壇老手般予以駁斥，而且在整個過程中害他看起來很蠢。大金主們開始意識到這點。要是現在不解除她的威脅，在亞特蘭大的全國代表大會就會成為一場硬戰。

「叫道格拉斯取消聖塔菲的行程，」隆巴德說。「今天晚上的募款餐會之後，我要直接到機場。」

李蘭．瑞德在座位上挪動了一下。「啊，副總統，道格拉斯覺得，如果我們想得到梅克林州長的支持，那麼明天晚上去跟他見個面是很重要的。在全國代表大會之前，我們不會有機會再過來這裡了。」

李蘭．瑞德是副總統幕僚長，現年五十來歲，素以冷靜沉著聞名，很擅長解決問題。在國會山莊三十三年以及無數選戰中，他一次又一次贏得了他的信譽。

隆巴德對自己的幕僚長評價很高。在杜克．馮恩自殺之後，隆巴德試用過兩個幕僚長都不滿意，直到換了瑞德才終於固定下來。瑞德跟他有共同的語言，而且同樣有堅定的決心，但他不是杜克．馮恩。承認這也沒什麼好羞愧，因為杜克．馮恩是獨一無二的。杜克會憑直覺就曉得為什麼去聖塔菲是個壞主意，但李蘭．瑞德卻沒辦法。杜克跟其他每個人都看著同樣一個棋盤，卻有辦法領先好幾步。他教了隆巴德很多有關政治的事情。

李蘭．瑞德勤奮不懈，但是必須有個人幫他指出正確的方向。從某些角度來說，這樣更可取。隆巴德已經逐漸習慣自己走到哪裡都是最聰明的人，但有時候他很想念以前跟杜克合作的時候，他總是很放心，因為如果有問題出現，杜克都早已經在處理了。

他冰冷的雙眼盯著瑞德。「梅克林不會支持我們的。他打算押寶在弗萊明身上。」

「可是道格拉斯覺得梅克林在跟我們示好。」

「梅克林是在我領先十個百分點的時候示好。但是現在我領先的幅度跟你的老二一樣小，他就會去支持弗萊明。他們認識二十年了，而且弗萊明會承諾他一些我不可能承諾的事情。當然了，他會希望我去爭取他，但反正到頭來，他不會站在我這一邊的。」

「既然我們都來這裡了，去一趟也只是順便，不是嗎？」

「梅根，弗萊明州長星期五會去哪裡？」隆巴德問。

那位助理敲了一下自己的筆記型電腦。「亞歷桑納州，副總統。」

「這是浪費時間，李蘭。我們被耍了。所以操他的梅克林州長，順便也操道格拉斯吧。」

「副總統？」瑞德的聲音依然平穩而樂觀，儘管副總統忽然發脾氣又爆粗口。

「我很擔心道格拉斯和他對局勢的判斷，」隆巴德耐心地解釋。「他是根據上星期的民調做決定。我需要他領先弗萊明一步，先發制人。不能讓她再繼續進逼，而且我不想再聽到他有別的說法了。」

「是的，副總統，」瑞德說。「我要用什麼理由取消這個會面？」

「講模糊一點。『必須趕回華府』向來是個不錯的理由。我畢竟還是副總統，他會理解的。」

「是的，副總統。」

「我明天早上第一件事，就是要跟道格拉斯、班奈特、古茲曼好好開個會，把事情講清楚。華府的選舉策略師很多，不光是他們這幾個而已。」

隆巴德看著深色玻璃車窗外一片模糊的鳳凰城。住在這個泡泡裡是這份工作很超現實的面向之一。過去八年，他從來沒有一刻是真正落單的，總是有至少三個人知道他所在的確切地點。要當副總統，而且要當得好，就不能停下來，身邊隨時環繞著眾人、想法、行動。而且，老天在上，他好愛。他更愛當總統。

當記者們問他為什麼想當總統，隆巴德的回答總是重複前人的老套：有關服務和國家和對未來的願景那些陳腔濫調。當然，那些都是胡說八道，他很懷疑講這套的前人們有哪個會比他更真心。實話呢？人類歷史上還有哪個時期，可以讓一個人不流一滴血，就成為全世界最有權力的人？這是個當文明之神的機會，而且他相信沒有人不渴望。但他和大部分人的差別是，他生來就是要當總統的，他太適合了。

車隊停在飯店外頭，隆巴德看著特勤人員開始行動。二十幾個車門同時打開。探員們下車後四散開來，像是海軍陸戰隊員在建立灘頭陣地。等到他們準備好之後，他的禮車門打開，他走進陽光裡，滿臉燦爛的笑容。他比所有人都高，只有一個探員除外，他暫停下來審視著飯店，扣好西裝外套的釦子，然後向遠處人行道邊的支持者揮手，他們以一波掌聲迎接他。然後他才隨著接待人員進入飯店。

他在心裡提醒自己，要記得把那個高個子探員從他的隨扈群裡去掉。

進了飯店後，助理們圍著他，在他回房的路上向他報告各種情況的最新進度。他一邊聽著，一邊瀏覽了兩份備忘錄，還問了些問題。他已經很適應同時進行好幾個談話了。

「募款餐會是幾點？」他問。

「八點，副總統。」

「我的演講稿呢？」

有個人把一份新的稿子遞過去。他又拿了兩本簡報，一本是有關埃及一個發展中情勢的最新情報資料；另一本是有關參議院一項移民法案爭議的最新狀況。

「李蘭，我兩個小時後要見你。我們吃午餐的時候談。除此之外，不要來吵我，除非有憲政危機發生。」

這番話引起周圍那些人一陣禮貌的輕笑。特勤人員開門讓他進了套房，然後關上門。

現在只剩他獨自一人了，班傑明．隆巴德脫下西裝，攤平在床上，免得被壓皺。經歷了嚴酷的亞歷桑納炎熱天氣後，房間裡的冷氣感覺很舒適。他不確定為什麼，但是五星級飯店的空調大概比地球上其他任何地方都好。他認為這就是文明的巔峰，讓一個人可以住在像亞歷桑納鳳凰城這種爛地方。

他站在那裡，身上穿著正式襯衫、四角內褲、黑色襪子，先讓自己在黑暗的套房裡面涼快一下。過了一會兒，他才打開電視新聞，結果迎接他的是一則安．弗萊明在加州造勢活動的報導。班傑明現在明白了；他今天上午的巡迴演講聽眾很少，讓他想通了整體大局。他愈想就愈覺得，明天跟道格拉斯的會議得下狠手開除幾個人才行。這樣會是一個訊息，讓他的競選團隊重新打起精神，集中注意力。他想著不曉得要花什麼代價，才能哄艾比蓋兒．薩達娜脫離評論家的半退休狀態，來接手當他的競選經理；換了她，才不會忍受這個弗萊明的鬧劇。

一陣刺耳的敲門聲把他從思緒中拉出來，他的好心情頓時消失無蹤。最好是參議院火山爆發了，否則敲門的這個幕僚得滾到土耳其，才能在政治圈找到工作了。

「什麼事？」隆巴德大吼著，狠狠拉開門。

是李蘭．瑞德，看起來一臉憂慮。

「有什麼事？」隆巴德又問了一次，但聲音裡的火氣消失了。

「我可以進去嗎，副總統？」

班傑明走到一邊，讓他進入套房。瑞德沒坐下，而是不安地繞著房間走了一圈，好像掃地機在屋裡打掃似的。最後，他終於在窗邊停下。

「好吧，到底有什麼事？老天，你搞得我都緊張起來了。」

「副總統，你知道你之前要我留意的那份名單？」

隆巴德很清楚瑞德的意思。在政治圈子裡做到副總統，你不可能沒得罪過幾個人。其實不只幾個。那份名單裡包括一些可能會想阻撓他競選的人。從政治仇家到前任雇員，外加一個對分手方式不爽的高中時期女友。倒不是他以為會有麻煩，但是每次選舉，總會有人從候選人早已遺忘的過去裡挖出些什麼來。他沒有理由期待這次選舉會不一樣。

「誰？」隆巴德問。

「喬治．阿倍。」

「喬治？真的。」他很驚訝。撇開原因不談，他一直認為阿倍離職的條件非常合理。「喬治做了什麼？」

「他跟杜克．馮恩的兒子在維吉尼亞州的一家餐館碰面。現在他們正開車要進入華府。」

隆巴德的後頸微微刺痛。吉布森．馮恩和喬治．阿倍。他從沒想到這兩個人的名字會在同一個句子裡出現，而他們兩個唯一的共同點就是他。因此他們會在一起，不可能是巧合。

「他們之前談了什麼？」

「這個我就不知道了，副總統。」

「唔，那就去查出來。喬治的團隊裡有我們的人嗎？」

「沒有，副總統。」瑞德說。

「好吧，那就找個人去查。另外幫我打電話給艾司奎吉。畢竟看起來他可能得親自出馬了。」

# 6

他們沉默地開車前往華府。吉布森坐在後座，旁邊的喬治·阿倍一上車就彷彿消失了，只是忙著用手機回電子郵件。阿倍輸入手機的密碼時，吉布森眼角偷看到了，完全是出於習慣。他以前花了好幾個月，才把偷看的技巧磨練得完美，而現在他只要憑著觀察大拇指的移動，就有本事偷來房間另一頭的手機密碼。吉布森腦子記下那個密碼，只是以備萬一。

數字向來很簡單。數學、科學、電腦對他來說始終很好懂。後來當他轉入非法行動時，這是個極大的資產。他訓練自己記住連續的號碼。只要看一眼或聽一次，他就可以記住多達十六碼的數字：電話號碼、信用卡號、社會保險碼——真是難以想像，人們竟然這麼常當眾背出自己的重要資訊。這是他比較不被社會接受的才能之一。

在前頭，阿倍的跟班小姐坐在乘客座掃視著馬路，那姿態彷彿身在伊拉克法魯加的車隊前導位置。吉布森以前曾在戰鬥老兵眼中看過那樣的神色。記憶不光是記憶而已，戰場上的所見所聞永遠糾纏著你，就像一個嘈雜的管弦樂團在調音。她的模樣就像那樣——緊繃而戒備——彷彿在北維吉尼亞州常有路邊伏兵偷襲的事情。

之前在夜遊者快餐店，阿倍介紹說她是珍妮佛·查爾斯。她很專業地跟他握了手，但是臉上那迅速收起的假笑，是在警告其他人不要惹她。不過比起那個開車的臭臉小個子男人韓紀克，珍妮佛已經是非常友善的了。他們只講了韓紀克這個姓，沒講名。韓紀克似乎也不喜歡吉布森，但不同於珍妮佛・查爾斯，感覺上那不是針對吉布森個人的。韓紀克似乎對任何事或任何人都不太喜歡。

儘管今天是星期天，進入華府的車流還是跟上班日的尖峰時間一樣。現在是四月初，正是櫻花盛放的時節，於是進入喬治城的道路上塞滿了遊客的車子。但總之韓紀克還是熟練地帶領他們穿過擁擠的車陣，趁著一輛車踩煞車、另一輛加速時，他就在車陣間巧妙穿行。這是非常管用的超能力，吉布森心想。到了基伊橋，韓紀克轉入高架的懷赫斯特高速公路，沿著波多馬克河行駛，到K街下來。河水一路到甘迺迪中心都閃閃發亮。

吉布森看了阿倍一眼。他在餐館講的話還是令人心痛——蘇珊愛你勝過任何人。他看著窗外的河水。

勝過任何人。

吉布森從小就認識蘇珊，由於兩人的父親緊密合作，遠遠不只是參議員和幕僚長，所以兩個小孩的生活也聯繫在一起。隆巴德是杜克婚禮的伴郎，而且自從吉布森三歲時母親過世後，他跟隆巴德一家共度的假日就多過跟自己的親人。隆巴德參議員和杜克常常工作到深夜，週末也不休息，於是吉布森在他們家也有自己的臥室，就跟蘇珊的臥室在同一條走廊上。吉布森七歲時，杜克還得坐下來認真跟他解釋，三歲的蘇珊其實不是他的親妹妹。吉布森當時很難接受。

他一些最珍愛的童年回憶，就是源自隆巴德家的夏日別墅：維吉尼亞海岸邊的小村潘瑞思特。每年夏天的開始，就是五月底陣亡將士紀念日的盛大派對，隆巴德家會招待數百名好友、政治盟友，以及他們的家人。派對裡總是有幾十個小孩一起玩，他們可以到處亂跑，而大人們則在草坪上、以及延伸至房子兩側的寬闊門廊上社交。吉布森會在屋子後頭玩一整天的奪旗遊戲。派對上有一年一度的冰淇淋車，讓他們小孩很開心。另外他們還大吃漢堡、熱狗、馬鈴薯沙拉。那是小孩的天堂，每年他都熱切期待這一天的到來。

派對時，蘇珊總是待在室內，窩在屋子背面大大的凸窗下閱讀。在窗子下方有椅墊的平台上，一堆枕頭堆得高高的，她坐在那裡，可以看清屋後的動靜，一路直到樹林線。以他來看，這麼美好的一天還待在室內看書，實在太浪費了。在那個年紀，他更喜歡爬樹，而不是觀察樹。但全屋子裡蘇珊最喜歡的地方就是窗下。任何人要找她，也都第一個會去那裡找。她在窗下可以觀察整個派對，閱讀她永不放下的書本。要是她有辦法甜言蜜語哄得她母親送午餐來，她就很樂意一整個白天都在那裡的陽光下閱讀、打瞌睡。

儘管把她當妹妹，但吉布森有很長一段時間搞不懂蘇珊，他對待她就像很多哥哥對待妹妹一樣——覺得她們是異國生物。她不玩美式足球或棒球；她不喜歡在樹林裡扮演士兵；她不喜歡任何他喜歡的遊戲。所以他做了在這種狀況下唯一合理的事情，那就是不理她。不是因為惡意，只是順應狀況而已。他們沒有共同的語言。

但蘇珊對他，就像大部分妹妹對哥哥那樣，總是耐心地愛著他，總是充滿驚奇。對他的忽視，她報以崇拜；對他的不關心，她報以燦爛的微笑。對於他不回應她的深情，她從來不會受傷或反感，總是願意再給他一次機會。到最後，她純粹就是以一個孩子的慷慨大度，愛他更多——這樣的愛通常在進入成人期之後就會消失了，而蘇珊卻擁有很多。吉布森從來就沒有機會，到最後，蘇珊的堅持終於征服他，他也學著去愛她。在這個過程中，她就不再是蘇珊，而變成他的妹妹了。

他的小熊。

小熊不滿足於只是被愛而已，她還糾纏他唸書給她聽，感覺上好像糾纏了好幾年。她還很小的時候，有回他唸書給她聽；他不記得是什麼書了，只記得自己很快就失去興趣。從此以後，她又屢次求他再唸給她聽，通常是坐在她閱讀的窗台，趁他推開後門要去樹林裡玩的時候。那些年他不愛閱讀，所以總是拒絕她。

「吉布－桑（Gib-Son）。吉布－桑！」她會喊道。「來唸書給我聽！」❶

「晚一點，小熊。好嗎？」他的回答總是這樣。

「好吧，桑。再見！」她會在他後頭喊道。「晚一點！」彷彿成了一個正式的約定。

小熊總是把他的名字拆成像是兩個字，有時興奮起來，就縮短成只有「桑」。杜克認為她這樣喊，活像個南方老紳士：「你在做什麼，桑？」逗得所有大人都笑起來，她也因此更來勁。她不明白為什麼好笑，只曉得這表示每個人都在注意她。

有年聖誕節，小熊終於磨垮他。當時參議員和杜克因為某個法案而處於重大危機模式，於是那個假期，吉布森大半是在位於大瀑市的隆巴德宅邸裡度過。當時她七歲，他十一歲。她又一次要求他唸書給她聽，他一時軟弱，就說好。於是她就在他開始放另一部電影前急忙跑出房間，帶著一本《魔戒現身》回來，作者是一個叫J．R．R．托爾金的。當時還沒有根據這個系列改編

❶吉布森（Gibson）之名拆成Gib-Son兩字，發音略有改變；同時son字面意為「兒子」，但通常無血緣關係的長者，也常以此稱呼年輕男性或男孩。

的電影，所以他對這本書一無所知，只知道很厚，而且是精裝本。

「小熊。不可能，」他說，雙手掂著那本書的重量。「太大本了。」

「這是三部曲的第一本！」她興奮地蹦蹦跳跳。

「別這樣……」

「不，這本書很好看的。我保證。裡頭是講一場歷險。」她說。「我特別把這本留給你的。」

葛瑞絲．隆巴德一直在旁邊觀察著，臉上帶著一種被逗樂又憐憫的微笑，像是在告訴他——這回你逃不掉了，小夥子。他嘆了口氣。能有多糟？他翻開第一章。什麼是哈比人？隨便啦。他就唸二十分鐘吧，小熊就會無聊或睡著，整件事就可以結束了。

「好吧。你想在哪邊聽我唸？」

「太好了！」蘇珊勝利地說，然後還得想一下，顯然沒料到能磨得他答應。「在壁爐邊？」

她引導他坐在客廳裡的一張扶手椅上。壁爐裡的火快熄了，小熊又加了好多木柴進去，直到葛瑞絲警告她別把房子給燒了。然後他又等了十分鐘，讓小熊把一切安排得順心滿意。這表示成堆的枕頭和一張沙發罩，一杯熱巧克力給她，一杯蔓越莓蘋果汁給他。她在房間裡跑來跑去，調整燈光的亮度，免得太亮或太暗。吉布森站在房間中央，想著自己會不會惹禍上身了。

「坐，坐，坐。」小熊說。

他坐了。「這樣可以嗎？」

「很完美！」小熊滿足地坐在他膝上，頭枕著他的肩膀。

他想著她十分鐘內就會睡著了。

「準備好了沒？」他說，想裝出暴躁的口氣，但是失敗了。

「好了。喔，等一下，」她說，然後又覺得最好不要。「不，算了。」

「什麼。」

「算了，」她說，搖著頭。「下次吧。」

不會有下次了。他心想，打開書讓自己舒適一點。第一句才唸到一半，小熊就打斷他。

「桑？」

他停下。「怎麼？」

「謝謝。」

「你知道我不可能唸完整本書的。」

「沒關係。盡量就是了。」

他唸完前三十頁都沒有停下來過。小熊沒睡著，而且那個故事也不差。裡頭有巫師和魔術，所以其實很酷。他們還在唸的時候，參議員和杜克剛好商討到一半休息，隆巴德太太帶著他們來到客廳的門口。他們像是在非洲進行狩獵旅行似地站在那邊偷看，深怕驚動野生動物。吉布森沒注意到他們，直到相機閃光燈亮起。

後來那張照片裱了框，掛在他們兩人臥室之間的走廊上。另外杜克家裡的辦公室內也放了一張。

那張意外突襲的照片拍下之後，吉布森本來想停止唸書，但小熊感覺到不對勁，雙手牢牢鉗住他的手臂。

「接下來呢？」

吉布森發現自己也很想知道。

兩年後，他們唸完了三部曲的最後一部《王者再臨》，而且在這個過程中，吉布森變得喜歡閱讀。這是他該感激小熊的另一件事。讀書協助他保持神智正常，先是在看守所裡，然後是在海軍陸戰隊。他閱讀一切能弄到的書：菲利普．狄克晦澀的短篇小說，吉姆．湯普森的推理小說，還有他十九歲時閱讀覺得很有啟發性的卡繆的《異鄉人》。一本舊版的唐．德里羅的《瓊斯大街》從新兵訓練營時期就是他的良伴，他可以背出開頭的那一大段獨白。

如果要他坦白，他根本就不願意把保全攝影機片段裡的那個蘇珊．隆巴德和他的小熊連起來。在他心目中，小熊現在大學畢業了，住在倫敦或維也納，實現了她長年的夢想。小熊的男朋友是個聰明、害羞的年輕人，深愛著她，星期天上午會唸書給她聽。小熊跟那個失蹤多年的蘇珊．隆巴德一點關係都沒有。相信這個虛構假象會讓他好過一點。

小熊會喜歡他女兒嗎？他有時候發現自己會比較她們兩個——兩個在他人生中那麼重要的小女孩——愛莉不是那種安靜、省思型的。這方面她像爸爸，比較喜歡爬樹而不是在樹下閱讀。但談到愛別人，愛莉和小熊是一模一樣的。她們擁抱的方式都同樣強烈、堅定。沒錯，小熊會很喜歡愛莉的，而愛莉也會同樣愛她。

你跑去哪裡了，小熊？

吉布森看著喬治·阿倍，以及他找來的團隊。

她終於會回答了嗎？

# 7

經過麥弗森廣場時，珍妮佛．查爾斯在座位上挪動了一下，讓喬治．阿倍知道他們回到公司了。Range Rover 休旅車駛入了大樓的地下停車場。

停好車子出來時，珍妮佛故意拖著腳步落後，好盯著馮恩。他往後看了她一眼，但是什麼都沒說。他的個子比她預期的要高，但眼神同樣凌厲。他之前在餐館裡瞪著她時就已經夠羞辱人了，不過後來他們在餐館外頭握手時，他望著她的目光更令她覺得自己像是微波爐裡的晚餐。她不喜歡這樣。

上樓後，阿倍顧問公司黑暗的辦公室裡一片安靜。電燈發出嗡響而自動亮起。這個空間並不大，但是前廳乾淨無瑕且現代化，有挑高的天花板和時髦的黑色皮革家具。讓馮恩印象深刻。

韓紀克帶著他們進入一條走廊，走向一片轟然、憤怒的音樂聲。他推開一道雙扇門，裡頭是一間會議室，噪音大得讓人受不了。那就像是站在飛機跑道上，一架要降落的七四七噴射客機從你頭上飛過。珍妮佛聽過這首歌，但不曉得樂團的名字。她向來都不曉得。她對音樂沒喜歡到想花時間記住。

一個禿掉的腦袋從一台筆記型電腦後頭冒出來，像是打地鼠機台裡一隻疲倦的地鼠。

「音樂，麥克！耶穌啊！」韓紀克喊道。

會議室驟然安靜下來，那禿頭男站起來，原來他是麥克．瑞齡，阿倍顧問公司的資訊工程主任。他年紀三十出頭，充血的雙眼緊張不安，皮膚蠟黃，看起來就像是那種靠大量咖啡因和垃圾食物維生的人。整個房間有那種壓力造成的腐敗氣味。

「抱歉，阿倍先生。我以為你們今天下午才會回來。」

「現在就是今天下午了。」珍妮佛說。

「喔，」麥克說。「對不起，阿倍先生。」

「沒關係。進度怎麼樣了？」阿倍問。

麥克張開嘴巴，但沒說任何話就又閉上了，珍妮佛認出這是國際共通的動作，表示什麼進度都沒有，而且我希望大家不要再問了。她有過同樣的經驗，不免覺得同情。麥克跟團隊裡其他人同樣努力工作，但這件事不是他專精的領域。不是他的錯，但當初過度吹噓自己的能力就是他的錯了。這就是為什麼馮恩會在這裡。只希望一切不會太遲。

這個房間本來是他們的主會議室，但現在已經轉為臨時的戰情室。靠牆放著一排有輪子的活動佈告板，上頭整齊釘著照片、圖表、地圖、筆記。中央佈告板的最上方是一張蘇珊．隆巴德的照片，她的近親則排列在她下方，像是一個顛倒的家譜圖。馮恩的眼睛立刻盯著那張照片，臉上掠過了一抹表情，珍妮佛無法解讀。

排列在蘇珊家人下方那一排，是隆巴德參議員時代的幕僚人員，其中包括杜克．馮恩。喬治．阿倍的照片也在那一排。另外還有兩個空白的位置並列，一個標示著「幽魂君」（WR8TH）——就是蘇珊失蹤前，曾在網路聊天室聊過的那個匿名人士；另一個標示著「湯姆．B」。兩者之間畫了一條線，中間標了一個問號。

阿倍在桌首的位置坐下來。韓紀克和馮恩也跟著坐了，同時瑞齡匆忙跑來跑去收拾，活像隻慌張的母雞。

「麥克，拜託。先別急著整理了。」

「是的，阿倍先生，對不起。」

阿倍擠出一聲低笑。「另外，別再為工作努力而道歉了。」

珍妮佛很欣賞這位老闆的努力，但再多的讚美也無法讓麥克．瑞齡放輕鬆。就算用一瓶鎮靜劑贊安諾加一件約束衣，她也不相信可以讓他放鬆下來。瑞齡工作過度，神經繃得太緊，而且堅信自己深切地、悲劇地不受人賞識。

「麥克，這位是吉布森．馮恩，」阿倍說。「他會擔任隆巴德這個案子的顧問。吉布森，這位是麥克．瑞齡，我們的資訊工程主任。」

瑞齡握著馮恩的手軟綿綿，同時朝他露出犬科保護地盤的目光。吉布森要不是沒看到，就是假裝沒看到。

「接下來，我讓珍妮佛幫你簡報一下我們一路的進展，填補一些空白。」阿倍告訴馮恩。「有時候，回去熟悉的範圍重新走一趟，會很有幫助。所有的內容都在那個檔案裡了。」

珍妮佛把桌上一個厚厚的活頁檔案夾推向馮恩。檔案的封面和側面都整齊打著「蘇珊．隆巴德」的字樣：裡頭概要記錄了蘇珊．隆巴德的失蹤和後續的調查。其中很多是聯邦調查局的內部文件、照片，以及內部備忘錄，全都非常詳盡。阿倍雖然跟班傑明．隆巴德鬧翻了，但他的確是很盡責。

馮恩謹慎地看著那份檔案，同時用力揉著耳後的一個點。每回有人提起蘇珊．隆巴德這個名字，似乎就會讓他整個人往內退縮一點。那是什麼？內疚？懊悔？恐懼？是恐懼嗎？他發現珍妮佛在看著他，於是露出微笑，像是對一個準備要幫他做根管治療的牙醫設法表示友善。

他們頭頂上的投影機亮了起來，一個固定在牆上的盒子降下銀幕。一張蘇珊的照片填滿銀幕。蘇珊的照片很多，隆巴德一家都長相俊美，每次跟親友聚會都照例會拍照片。銀幕上的那張照片，是從聖誕節派對裡擷取出的局部：蘇珊坐在大人腳前的地板上，開心對著相機微笑。吉布森．馮恩沒出現，但他的一隻手臂垂在蘇珊旁邊。珍妮佛之前找到了少數幾張沒有馮恩的照片，但她決定挑這張來試探他的反應。

現在她後悔了。吉布森看起來像是暈船的樣子。

「珍妮佛，接下來交給你了。」阿倍說。

她正要站起來，又想了一下，舌頭掠過門牙。「對於蘇珊．隆巴德的失蹤，你知道的有多少？」

「除了十年來在電視上播過的？」馮恩說。「不多。」

「在綁架之後，有人找你問過嗎？」韓紀克插嘴。「我們找不到相關的紀錄。」

「沒有，」馮恩回答。「我當時在牢裡。」

「丹尼爾提出的這一點很好，」珍妮佛說。「如果你覺得我們所談的蘇珊聽起來不對勁、不準確，就告訴我們。你跟她有很特殊的關係。」

馮恩皺眉，「沒問題，不過別忘了，自從我父親過世後，我就沒看過她了。」

「了解，」阿倍說。「但是很難講。」

珍妮佛清了清嗓子。「如果沒有人反對，我們就從頭開始吧。」她暫停一下，看是否有人反對。「好，所以你們都知道，今年七月，就是她失蹤的十週年了。十年前的七月二十二日星期二，蘇珊．隆巴德，也就是維吉尼亞州班傑明．隆巴德參議員的女兒，她逃家了。根據所有人的觀察，他們家完美又幸福。這符合你的記憶嗎？」

「非常符合。」

「調查的早期，警方和聯邦調查局的理論是，蘇珊是在維吉尼亞海濱小村潘瑞思特、他們家那棟別墅附近的馬路上被擄走的。葛瑞絲．隆巴德和她女兒常常一整個夏天都待在那裡，而參議員則在潘瑞思特和華府之間來回通勤。」

潘瑞思特是那種「每個人都認識每個人」的小社區。家庭式經營的小商家、兩家冰淇淋店、一條海灘木板道，還有一家得過獎的樸實烤肉店。那裡就像是返回到一個比較簡單的年代，人們模糊記得，但從來無法講清楚是哪個年代——就是那種住戶會覺得很放心、卸下心防的地方。

「一點也沒錯，」馮恩說。「我在那邊度過的最後一個夏天，小熊大概十二歲吧？當時她已經可以自由出門、不受管束了。」

「小熊？」韓紀克問。

「對不起。我是指蘇珊。只不過我平常喊她小熊。」

韓紀克記了一下。

「蘇珊去哪裡都是騎腳踏車，」珍妮佛．查爾斯繼續說。「那個夏天，她在當地游泳池打工，通常早上出門，一整個白天都不會回家。當時的小孩都沒有手機。葛瑞絲．隆巴德白天都沒跟她女兒聯絡，也是很平常的事。所以她直到那天傍晚快六點，才開始擔心起來。她打了兩通電話，確定蘇珊沒去打工。第三通電話就是打去華府給她丈夫；然後隆巴德參議員通知聯邦調查局。於是當局展開調查。到了次日上午，整個小鎮已經充滿了執法人員——當地的、州方的、聯邦的。到了中午，新聞登上全國媒體，蘇珊．隆巴德成了有線電視新聞網的最新寵兒。」

「當白人真好。」韓紀克說。

珍妮佛點點頭。這是無可辯駁的。社會科學家稱之為「失蹤白人女性症候群」。蘇珊跟隨著伊麗莎白．史馬特和娜塔莉．霍洛威的腳步——如果你在美國要失蹤，那麼當個白人、女性，而且漂亮，當然是有幫助的。再加上你是美國參議員的女兒，那麼全美國就會不斷關注你。媒體降臨潘瑞思特就像瘟疫降臨埃及般，大量的新聞轉播車停在小鎮邊緣的一片空地上，形成一個發亮的棚屋城。任何一個願意停下腳步幾秒鐘的人，都保證會上電視。這個新聞事件在全國每個地方台二十四小時播放，持續了好幾個月。

「第二天下午，蘇珊的腳踏車在兩個鎮外被找到了，是在一家雜貨店後頭，藏在高度及腰的長草叢裡。那個地區被盤查了好幾次，但是沒有人記得看到過蘇珊．隆巴德。當地警察清查登記在案的性犯罪前科犯，而聯邦調查局則朝政治動機的綁架這個方向去調查。當然了，從來沒有勒索贖金的來電。」

阿倍和韓紀克都在座位上挪動著。珍妮佛在他們打斷前又繼續說下去。她希望能趕緊把舊資料講完，然後開始談新情況。

「這個案子的第一個突破出現在第六天。一個叫畢翠絲．阿諾德的大學生打了聯邦調查局的報案專線，說她在賓州布里茲伍德的一個加油站打工，曾經賣零食給蘇珊．隆巴德。

「布里茲伍德的那捲監視錄影帶，徹底轉移了整個調查方向，也完全打亂了執法人員原來的假設。蘇珊．隆巴德並沒有被擄走；她是逃家的。她離開維吉尼亞海岸的小鎮，不知怎地設法來到了五百多公里外的賓州，沒有引起任何注意。從監視錄影帶裡，可以看出三個不容置疑的事實：第一，蘇珊很認真想隱藏自己的身分。第二，她在等某個人。第三，至少在蘇珊的心裡，這個人是朋友。

「原先假設這是綁架案的時候，沒有人太注意蘇珊．隆巴德本人的種種狀況。她只是個無辜的女孩，在錯誤的時間出現在錯誤的地方。但是等到布里茲伍德的錄影帶出現，聯邦調查局就開始深入挖掘蘇珊．隆巴德的私人生活。她的成長環境、她的私人物品、她的社交圈全都被仔細研究。」珍妮佛停頓一下。「到目前為止，我講的你都跟得上，對吧？」

馮恩點點頭。

「好，接下來我們要談媒體不知道的部分了，所以如果你有疑問，就隨時說一聲。」

馮恩又點點頭。

「那麼，她在布里茲伍德見的這個『朋友』是誰？她是怎麼認識這個人的？當初的調查工作曾訪談蘇珊在游泳池那邊打工的一些朋友，指出了一個男朋友——一位『湯姆．B』。」珍妮佛指著佈告板上的空白照片。

「她有男朋友？」

「你很驚訝嗎？」

「有一點吧。我們對這個人有什麼了解？」

「不多。蘇珊的朋友承認曾在各個不同的時機掩護她，好讓她提早下班去見他。蘇珊的父母則堅決說她沒有男朋友，但是後來有回搜索蘇珊的房間，找到了一疊他寫的情書，藏在一個書架裡。」

「還有呢？」

「沒有了。執法人員盤查過，但是方圓八十公里都沒能找出一個湯姆．B。他們又擴大搜尋範圍，去找湯姆．A、湯姆．C、湯姆．D等等，但是毫無所獲。」

「他主動出面過嗎？」

珍妮佛搖搖頭。「但是他們搜索蘇珊的筆記型電腦時，又找到了一個新線索。硬碟用Heavy Scrub清理過，這是一種軟體程式，用來永久刪除資料的。」

「吉布森，你可以解釋一下這種程式是怎麼運作的嗎？」喬治．阿倍問。

珍妮佛疑問地看著她的老闆。阿倍很清楚Heavy Scrub是怎麼運作的，因為當初跟她解釋的人就是他。無疑地，他這麼要求是有原因的。對付阿倍就像是跟一個大師下西洋棋。他害她老是懷疑自己太過多疑了。

「啊，沒問題。」馮恩說。「唔，跟一般的誤解正好相反，清除電腦裡的『垃圾』，其實只是重新分配位置而已。這些垃圾還在硬碟裡，但是電腦現在得到許可，萬一空間不夠，就可以覆蓋掉這些檔案。總之，一個『已刪除』的檔案有可能繼續存在好幾年，要看使用者的習慣。想從一個硬碟裡救回所謂的已刪除檔案其實很容易，這就是很多想當厲害罪犯的人失敗的原因。所以他們會需要Heavy Scrub這種程式，它會有系統地覆蓋一個硬碟很多次，直到任何既有檔案都無法復原。這種事一般十四歲的小孩是不會懂的。」

「一個被她父母形容為『科技方面很笨拙』的十來歲小孩也絕對不會懂。」珍妮佛說。

「她這方面顯然是很笨拙，」韓紀克插嘴。「因為她安裝了這個程式要刪掉她的足跡，但是程式還沒跑完，她就闔上筆電的蓋子——」

馮恩猛然轉頭朝韓紀克看。「這會使得電腦進入休眠，於是Heavy Scrub刪除到一半就中斷了。」他幫韓紀克講完這句話。「小熊搞砸了？」

「沒錯，」珍妮佛說。「那個筆電被送到米德堡，把裡頭的檔案盡可能救回來——結果並不多。大部分都是十來歲小孩很常見的：作業、論文、電子郵件之類的片段。但是裡頭還發現了一個網際網路中繼聊天室的客戶端軟體，她的父母都不知道，而且她的朋友間都沒在用。」

「我還記得聯邦調查局曾到處想找一個幽魂君。聯邦調查局就是這樣知道這個人的嗎？」這會兒馮恩在座位上往前挪了些。

「是的。有個人用幽魂君這個使用者名稱，跟蘇珊在一個聊天室交朋友。幽魂君向她表現出來的是一個十六歲的男孩，成了她的密友。看起來是他鼓勵她逃家，而且協助她隱藏行蹤。」

「那麼，聯邦調查局這方面查出了什麼嗎？」

「沒有，幽魂君是一條死胡同。你也知道，聯邦調查局後來公開這件事，但是始終沒有查出什麼來。」

「這也不意外，」馮恩說。「網路中繼聊天室是刻意匿名的，沒有聊天紀錄。你每次都可以用一個新的用戶名登入。我當初剛對電腦產生興趣的時候，就是利用網路中繼聊天室，跟別人交換花招和策略及程式碼。每個人都懷疑聯邦調查局派了密探潛伏在聊天室裡。」

「的確是有。」阿倍說。

「所以我有大概二十個不同的用戶名，輪流使用。要是幽魂君夠小心，要追蹤到他的源頭就幾乎不可能了。」

「情況就是這樣沒錯。儘管收到了幾千個線報，」珍妮佛說。「沒有一個能連到幽魂君背後的人。諷刺的是，聯邦調查局在網際網路上並不是找不到任何有關幽魂君（WR8TH）的資料；而是恰恰相反。結果這個用戶名在網路上極為常見。光是在線上遊戲，就有幾百個不同的變體用戶名。」

珍妮佛繼續解釋，聯邦調查局針對蘇珊的綁架者，推測出一個大致的側寫。之所以是推測，是因為除了從蘇珊的電腦所救回的聊天片段之外，他們幾乎什麼都沒有，只知道一些犯罪情節而已。

「他們當時的假設，到今天都還是沒改變，那就是加害者非常有條理，大概介於三十到五十歲之間。他太圓滑、太有自信，也太一絲不苟了，不可能是生手。年輕的犯罪者通常衝動而愚蠢，但這一個有耐心又狡猾。他很可能是個經驗豐富的掠食者——蘇珊不會是他的第一個被害人。」

「他們是怎麼得出這個結論的？」

「加害者可以偽裝成青少年而令人信服，這顯示他在社會情境中非常有同理心。要愚弄青少年並不容易。聯邦調查局認為他之前可能沒被逮捕過，因為戀童癖一旦發現他們的方法有效，就很少會改變。為了確定，他們清查了一些以前的懸案，想找同樣的手法，結果毫無所獲。

「另外，幽魂君也很熟悉電腦，曉得如何避免留下線索給執法人員。他的家很可能是獨棟的房子，讓他擁有一些隱私。這也表示他有工作，有辦法在公開場合表現得很正常，不會引起別人猜疑。

「兩年後，調查逐漸停擺，一般最普遍的推論是，加害人原先不曉得蘇珊．隆巴德是誰。沒有任何證據顯示她曾在網路上透露自己的身分。而且聯邦調查局相信，加害人知道自己綁架的人是參議員的女兒後，就恐慌起來。很有可能殺了她，棄屍，然後繼續去找其他比較不危險的獵物。」

馮恩瞪著珍妮佛。那對綠色眼珠灼亮，簡直要燒穿她。

「洗手間在哪裡？」他問，沒等任何人回答就站起來離開。會議室的門在他身後甩上。

「真順利啊，查爾斯。」韓紀克說，還把筆朝桌上一扔以製造效果。

「操你的，丹尼爾。我哪曉得他會這麼脆弱。」

瑞齡正忙著在他的電腦上打字，喬治．阿倍清了清嗓子，兩個人都沒說話。韓紀克笑了起來，珍妮佛看著阿倍，等著他斥責她。但結果，阿倍朝她露出微笑。

「他關心蘇珊。比我原先希望的更關心。這是好事。」

「是的，長官。」

「不過我們從現在開始，就對他寬容點吧。」

馮恩回來了，但沒有直接進入會議室，而是站在門口，一腳在內、一腳在外。他之前匆忙在臉上潑了水，襯衫前幅都溼了。

「聽我說，喬治，」他說。「很謝謝你找我做這份工作，但如果你期望我看出什麼、告訴你幽魂君是誰，那很抱歉。我之前已經有一陣子沒見過蘇珊了。相信我，我真希望我能幫得上忙。但是我不可能看出聯邦調查局漏掉了什麼。很抱歉。」他又說了一次，而且看起來的確很抱歉。「剛剛那些錢我會退還給你。很抱歉浪費了你的時間。」

阿倍微笑。「不，吉布森。我們期待的不是那類事情。」

「那不然是什麼？」

「珍妮佛？」阿倍說。

馮恩的目光轉向她。

「幽魂君來聯絡了。」她說。

# 8

佛瑞德．汀斯利坐在酒吧，緩緩旋轉著他那杯蘇格蘭威士忌，同時惡狠狠地看了一眼他的手機。他正在等一通電話。他不曉得什麼時候會打來，也不曉得會是誰打的，但這些他都不擔心。無論電話是現在打來，或是四個小時後，都沒有差別。他再也不確定會有差別了。

他的手錶顯示，他已經在這酒吧裡等了三小時又二十七分了。汀斯利完全相信就是這樣沒錯。這個手錶很貴，當初買就是因為它舉世聞名的精確性。而且他很依賴這個手錶的精確性，因為很久以前，他就失去了感知時間長短的能力了。一分鐘、一小時、一年——對他來說感覺都一樣。就像那位偉人所說的，時間是相對性的。汀斯利完全同意這個說法。以天數來衡量自己的人生是沒有意義的。他還能感受到胸膛的心跳，還能體驗到肺部呼出的氣息，這才是衡量時間唯一重要的指標。

這家酒吧是那種蘇格蘭威士忌種類比啤酒要多的高檔地方，而且吧檯的凳子居然不會搖晃。真豪華。汀斯利不喜歡這裡吸引來的顧客——忙碌，愛講話，像成群蒼蠅聚集在屍體上——但是他欣賞這裡有這麼多種精緻的蘇格蘭威士忌。

最近他開始迷上了歐本（Oban）十四年——一種厚實、泥煤味很重的蘇格蘭威士忌。雖然從沒喝過，但汀斯利喜歡那煙燻氣味繚繞在鼻腔裡的感覺，聞起來像泥土。他不喝酒，但如果他得在一家酒吧裡等候，他就寧可點一種他能尊敬的酒。這家酒廠最早創建於一七九四年，而對汀斯利來說，這一點從酒裡完全顯現了出來。要把一種技巧淬鍊到完美，就需要耐心和對細節的專注研究。但最重要的，就是需要時間。

汀斯利欽佩這種對手藝的投入。他自己的手藝需要掌握很多技巧，但最重要的，就是要懂得欣賞時間。汀斯利一輩子都在研究時間如何影響人們。他觀察時間會如何玩弄人們的良好判斷和觀點，害他們不耐或輕率，去冒一些無端的風險。時間是最平等的，無論金錢或權勢都無法影響它的無情行進。而正是這一點，使得汀斯利在工作上這麼出色。大部分人都不了解當狙擊手是怎麼回事。開槍這部分並不困難。開槍是一萬個小時的練習，幾萬發子彈，且對於彈道學的種種環境效果有百科全書式的知識。不，開槍是容易的部分。只需要時間，以及耗費時間的意願。真正困難的部分是等待。

時間對汀斯利的影響力不像對大部分人那樣。大部分人太過敬畏時間。他們任由時間欺負他們，總害怕時間過得太快或過得太慢，有時兩種害怕會同時發生。但汀斯利不會。他對於時間過去多久不感興趣，所以時間很容易就過去了。

在他荒枯、原始的腦子裡——汀斯利自認幾乎算是史前人類，沒有被人類文明進程的軟化效果所破壞——他可以看著這個世界，眨個眼，而在他眼睛再度張開前的這段期間，有可能幾個星期就過去了。他因而對無聊、猜疑、需要等等都免疫；會逼得正常人發瘋的種種匱乏，對他卻沒有影響。但最重要的是，這讓他成為一個有耐心的、狡猾的掠食者。

汀斯利年輕時代還靠步槍吃飯時，有回曾在塞拉耶佛的一條下水道度過二十六天。那是在圍城戰的最高峰時期。儘管聯合國部隊想盡辦法，整個城市和國家還是陷入混亂。他的目標是當時塞爾維亞總統米洛塞維奇底下一個特別民粹主義的助理官員，在那場卑鄙戰爭的眾多惡名昭彰人物中，他的名聲還格外惡劣。這個人被指控的一連串暴行，足以讓他得到格殺勿論令，而且賞金吸引了全歐洲各地職業殺手的興趣。

對其他職業殺手來說，很不幸的是，這個暗殺目標證明自己彈性十足、很難殺死。這輩子碰到過幾十次暗殺未遂，只讓他格外小心且多疑。他在各個藏身處間穿梭，而且老是更改預定行程。這使得大家無法預測他的行動，也找不到任何模式，於是從來沒有人可以接近到可以暗殺成功。

以汀斯利的觀點，他的競爭對手們獵殺這個人的方式都錯了。這個人就是刻意讓自己無法預測，所以何必白費力氣去預測他呢？那太笨了。汀斯利的方式是在塞拉耶佛污穢的下水道系統裡爬行勘查，最後在一處排水管找到一個位置，這裡可以毫無障礙地看到一個已經曝光、因而空置了十八個月的藏身處。這個暗殺目標已經有愈來愈多藏身處曝光，因此處境非常危險。汀斯利選擇這個盯梢點，不是基於任何確切的情報，而是假設：只要時間過去夠久，他的目標就會相信這個藏身處已被人遺忘，因而冒險再度使用。最後，當聯合國部隊愈來愈逼近他，壓力愈來愈大，汀斯利的目標就會誤以為大家會因為日久而逐漸淡忘。

汀斯利趴在一片汩汩湧入的人類排泄物中，等著一個可能永遠不會到來的開槍機會。鼻中充斥著死亡和毀於戰火的城市氣味。他帶了兩個月的食物和飲水進去，但發現自己很難不嘔吐，於是在盯梢期間瘦了大約十二公斤。他不願意冒險放棄這個位置，於是睡覺時就枕在自己握拳的手上，以免被那些污水淹死。

那條水溝的狀況太糟糕了，根本不可能有人待在裡面。那名暗殺目標到達之前，曾派來勘查的先遣部隊就是這樣假設的。他們從沒想過要檢查那條水溝。但汀斯利忍受著，在那個地下的人間地獄裡熬過去，把自己關機，進入某種類似神遊的狀態。只留意著一百碼外那棟建築物的動靜，他讓時光有如彈指即逝，耐心等著獵物經過他的巢穴前。

相較之下，開槍本身沒有難度。那是個清爽、明亮的夜晚，只有西南偏南方向吹來的一絲微風，就連業餘獵人都可以命中的。頭骨碎片和內臟像致命凍雨般落在那個驚呆的保鏢臉上，但在此之前，汀斯利就已經溜掉，遁入黑暗中。

汀斯利老早不用步槍了。不是他忘恩負義。步槍讓他明白自己的定位，讓他領悟到自己的特殊天分是有用處的。但是步槍是個落伍的工具，會引來太多注意。其實引起注意就是步槍的真正目的。步槍是要發出一個訊息，一個警告，它的目標只不過是一個要打開的信封。現在這個時代，就是沒有那麼多人找你去從一千碼外轟掉某個人的腦袋。宣告式的殺人法再也不流行了，只有幫派和某些付不起他酬勞的貧窮地區例外。而無論如何，狙擊手放槍是年輕人的遊戲。因此，汀斯利演變成一個高度專業的殺手。他很少留下任何痕跡，能證明一樁犯罪發生過。這需要靈巧的手藝。他大部分的殺人都被當地警方歸為意外死亡或自殺。其他的則列為未破的盜竊或搶劫等暴力犯罪。光是在華府地區，他大概就幹過不下二十次。在這個國家的首都，他永遠不缺工作。

他的手機震動了，傳來一個簡訊——由字母和數字組成的六碼。汀斯利付了帳，走出店門，在亮烈的陽光下眨眨眼。他戴上一雙乳膠手套，同時尋找著符合手機簡訊裡的車牌號碼。一輛黑色房車駛過來，停在人行道邊，他上了後座。隔開前座的隔板已經升起來了，後座只有他一個人。車子又回到車陣中。

在他旁邊，並排著兩個牛皮紙文件夾，一個很厚，另一個薄得多。他拿起厚的那個，翻閱著裡頭的檔案。他緩慢而仔細地閱讀，把每個細節記在心裡。他花了好幾個小時逐一記住，而同時車子很耐心地在城裡穿梭。等到看完了，汀斯利就回頭逗留在那五張照片上。四個男人和一個女人。珍妮佛．奧登．查爾斯。吉布森．裴頓．馮恩。麥克．瑞齡。丹尼爾．派屈克．韓紀克。喬治．家康．阿倍。構成難度的只有阿倍和查爾斯，而且唯有在他們知道他要去情況下。但他們永遠不會知道的。

他接到的命令是不必立即行動。阿倍的團隊正在追獵某個人，而只有在他們找到目標時，汀斯利才要行動。在此之前，他接到的指示是觀察並等待。

他把那個厚檔案夾放在一邊，打開第二個檔案夾。裡頭是一張熟悉的臉。他已經很多年沒看到過了，但就像是一個小時前才看過。再看到她應該很不錯。

哎呀呀……這個他真沒料到。

他逐一閱讀、記住第二個檔案的資料。相較之下，這個沒花太多時間。一個六十來歲的女人不會構成任何困難，而且他得到的命令也沒要求等待。他照指示拿了那個有字母組合圖案的信封，但即使信封沒有封上，他還是沒想到要看裡面的東西。倒不是他沒興趣，只不過他從沒想到應該要看。

汀斯利敲了敲隔板表示自己看完了，又將檔案夾放回座位上。車子停在路邊讓他下車。汀斯利把自己的手套丟到附近的一個垃圾桶，然後跟著傍晚的通勤人潮離去。

# 9

「你說他來聯絡了，是什麼意思？」吉布森問。

「我們相信，據知為幽魂君的那個人、或是那組人，來聯絡我們了。」

「怎麼聯絡？」他問，椅子往後退開桌子。「什麼時候？」

「長官？」珍妮佛轉向她的老闆。

「我從這裡接手吧。謝謝你，」阿倍說。「幾個月前，一個在CNN當製作人的老朋友要求我接受專訪，成為蘇珊失蹤十週年回顧特輯的一部分。多年來，一直有人想找我做專訪。」

「你從來沒跟媒體談過？即使是在你被開除之後？」

「對，而且老實說，我現在也不想打破沉默。出於對那一家人的尊重，我已經拒絕了其他五、六個節目的要求了，現在也看不出揭開舊傷疤有什麼好處。」

「我以為你和隆巴德已經結束了。」

「沒錯。總之，儘管班傑明這個人很愛譁眾取寵，但他不是蘇珊唯一的父母。」

吉布森明白這段話的意思。自從女兒失蹤後，葛瑞絲．隆巴德這幾年一直不懈地為失蹤兒童請命。但她寧可在幕後默默努力，把舞台上的位置留給她丈夫。這個安排對班傑明．隆巴德再適合不過了。到頭來，一切總是要配合班傑明．隆巴德。

「但是最近，那個專線的來電開始小幅增加。」

「過了這麼久，你們還保留那個專線？」

「克麗絲塔非常堅持要留著。」阿倍說。

「克麗絲塔？」

「是的，對不起。克麗絲塔・竇普雷斯。」

現在吉布森認得這個名字了。她是隆巴德政治劇場的固定班底，但在他童年的記憶中，她只不過是他父親常常提起的眾多大人之一。他想自己只跟她講過你好和再見。

「克麗絲塔是……」阿倍暫停一下。「是蘇珊的教母，是隆巴德一家的家庭老友。我這個公司她也有出資。阿倍顧問公司的業務之一，就是代她管理並維護那個熱線。她以前跟你父親很熟。」

「那她是怎麼參與這件事的？」

「賞金。那是她出的。蘇珊失蹤後，克麗絲塔很難過。她懸賞一千萬元，希望能引起夠大的矚目，誘使某個人來提供消息。」

「但結果從來沒有。」

「別傻了。自由世界有一半的人都跑來了。那個專線收到了各種情報、理論、目擊者說法，花了好幾年才過濾完。這幾年耗費的工時多到難以想像。」

「顯然到現在，已經是希望渺茫了。」珍妮佛說。「第四年以後，網站的流量就大減，但是像這樣的案子，你永遠說不準的。加害者有可能良心發現，再也受不了那種內疚。或者因為其他不相干的事情去坐牢，跟獄友吹噓這件事。雖然機會很小，但還是有可能發生。」

「所以網站的流量變化是多少？」吉布森問。

麥克．瑞齡往前坐，急著要貢獻。「過去五年來，免付費專線每個月平均有一點八通來電。另外扣掉垃圾信件，每個月平均會收到四點六封電子郵件。而且網站每個月平均有四百六十七次點擊量。我們一直在監控流量，還會追溯回去檢查IP網址，以防萬一那名加害者會好奇，或者幹出蠢事。」

「很好。那最近呢？」

「每個月三十八通電話。兩百四十八封電子郵件。網站有三千多次點擊量。」

「當然，全都是狗屎。」韓紀克說。

「只需要一個有用的就行了。」阿倍提醒他。

「你們有沒有想過重新設計網站？」吉布森問。

麥克搖搖頭。

「唔，如果是我，我會考慮更新網頁。舊網站看起來……唔，就是很舊。看起來像是被遺忘了。如果你們希望引誘他進入，那就得讓網站看起來像是正在進行中的調查。」

「這個想法很好，」阿倍說。「麥克，你星期一開始就著手更新吧。」

「另外趁著你們更新網頁，這個文件夾裡面的聯邦調查局文件也丟一點上去。」

「慢著。為什麼要透露我們的底牌？」珍妮佛問。

「為了引誘對方上鉤。給這個傢伙一個造訪網站的理由。這些連續殺人型的不是都很愛看有關自己的內容嗎？他們不都會因此而興奮嗎？或者只有電影裡面才會這樣？」

珍妮佛深思地點點頭。「不，不光是在電影裡而已。」她轉向阿倍。「我們必須取得聯邦調查局的同意。不過這是一個可能性。」

「我同意。」阿倍用他的鋼筆在一本黃色橫格記事本上頭寫了些字。「我明天上午會打電話給菲利普。」

「我很樂意談網站設計談一整天，但是接下來，我們要不要談幽魂君跟你們聯絡的事情了？」

「好的，馬上就談。」阿倍說。「網站流量增加，讓我決定要接受CNN的專訪。我開出的條件是他們必須提到我們的網站和專線電話，我們的資訊會打在跑馬燈上，另外在CNN的網站也會有連結。結果他們只是敷衍了事。我本來希望談一些比較深入的東西，但他們只用了大約三分鐘。不過，我還是可以藉著訪談證實，當初針對任何有關蘇珊的可靠線索所提供的賞金還是有效。就這樣。我跟記者交換了一些客套話，就回到辦公室了。我事後根本懶得看那個節目。但播出那一天之後，我們就接到這封電子郵件。麥克？」

一張新的照片出現在銀幕上。一個粉紅色的凱蒂貓背包放在一張木頭桌子上。在桌子的邊緣之外，吉布森看得到骯髒的亞麻仁油地板和一個廚房櫃子的底部。那個背包顯示出主人常常使用的磨損痕跡。照片本身很舊，或者故意拍成那樣——解析度不像現代的數位相機那麼清晰，但要作假很容易。顯然地，那個背包是想讓人認為，它就是那個惡名昭彰的布里茲伍德加油站裡面出現過的背包。如果真的是同一個，那就是個石破天驚的線索了。

「電子郵件有寫什麼嗎？」吉布森問。

阿倍點點頭。一封放大的電子郵件出現在銀幕上。

**很棒的專訪，喬治。很令人感動。你應該要保護她的安全的。這個背包值多少？**

吉布森皺起臉，很快看了喬治．阿倍一眼，發現他面無表情。這是個殘忍的嘲弄，但阿倍把自己的感覺隱藏得很好。

「那電子郵件的網址呢？」吉布森問。

「S.Lombard@WR8TH.com。我們追到了一個位於烏克蘭的私人託管伺服器，」麥克回答。「網域名稱是登記在一位『V. Airy Nycetri』名下，又是在嘲弄你。」[2]

吉布森翻了個白眼。不過其實不算意外。網際網路有很多邊緣地帶都是連接到東歐這類地方的伺服器，那裡的政府有更多重要的問題，管不到這些可疑的網站主機。垃圾郵件製造者、非法賭博網站、兒童色情影片販子、駭客全都利用遠端伺服器農場，讓自己加上一層匿名性。寄出這封電子郵件的人，很可能從來沒有進入過那個伺服器的方圓一千哩之內。

「你有什麼想法？」阿倍問。

「有關那個背包？不多。我大概中午之前就可以在eBay上找到三十幾個這種背包。這大概只是某個人看了你上電視，就故意拐你。」

阿倍點點頭。「我們原先也是這樣想的。」

「所以你們回信了？」

阿倍向瑞齡打了個手勢。銀幕上出現了另一封電子郵件。

**一個背包的照片？一毛都不值。總之，我們的調查人員很有興趣跟任何有這個案子證據的人談一談。**

「然後呢？」

「一天之後，這個。」

另一張照片出現在銀幕上。這回，吉布森站了起來，他暈頭轉向，努力想搞清自己所看到的：同一張照片，只不過更大。第一張照片是從這一張取了局部，而這張照片可能值一千萬元。

蘇珊・隆巴德。

裡頭的她還是當初逃家的那個孩子，坐在一張舊餐椅上。背包放在她的左手肘邊。她手裡拿著一個玻璃杯，裡面看起來是牛奶，同時她朝著鏡頭露出疲倦的淺笑。一頂費城人隊的棒球帽在她頭上往後推得老高。

吉布森呆呆地瞪著小熊。

「我們都有過同樣的反應。」阿倍說。

❷ S. Lombard是蘇珊・隆巴德（Suzanne Lombard）縮寫。「幽魂君」原文WR8TH，明顯取自wraith（鬼魂、幽靈）諧音。而V. Airy Nycetri 拼字可解為Very nice try. 意即「你想得美」。

「所以你們認為……」吉布森說到一半停下來，不曉得該如何講完他的想法。

「沒錯。」

吉布森看看阿倍，又看看那張照片。太難以置信了。

「我們相信這張照片是真的，」阿倍說。「可能是在她離開布里茲伍德那一晚拍的。而且我很想跟拍下這張照片的人談一談。」

吉布森點頭，心中的怒火又被燃起。這場談話他也很想參加。無論這傢伙是誰，他都在玩遊戲，而且利用小熊當籌碼。他現在知道自己為什麼會被找來這裡了。

「但是你沒辦法找到他，對吧？」

阿倍深思地點點頭。

「我來猜猜看。你試著想駭入這個電子郵件的伺服器。」

「是的。」

「但是你搞砸了。他被嚇到，就躲起來了。」

麥克張嘴要反駁，但是阿倍攔住他。「沒錯。」

「所以你覺得我可以幫你找到他。」

「你有辦法嗎？」

「沒辦法。事情不像你想的那樣，喬治。你毀掉了這個電子郵件的唯一線索。要是他夠聰明，曉得要掩蓋自己的形跡，那我們要怎麼……」吉布森沉默下來，迷失在思緒中。有個什麼不對勁。

「你要說什麼？」

吉布森舉起一隻手，示意其他人安靜。他漏掉了什麼？他閉上眼睛，摒除一切雜念，只是站在那裡，直到答案浮現。那正是換了他就會做的。正是他會建議阿倍做的。引誘對方上鉤。

「你們有沒有想過，他為什麼要寄第一張照片來？」他問。

「什麼意思？」珍妮佛問。

吉布森輪流看過他們每一個人，恍然大悟地咧嘴笑了。

「啊，他很聰明，對吧？各位，我相信你們都被耍了。」

# 10

吉布森用掌根揉著自己的臉，讓麻痹的肌肉恢復知覺。他拿掉耳塞，在椅子上往後伸展——他的脊椎發出一陣滿足的喀啦聲。

好多了。

他的手機顯示，現在已經是凌晨兩點三十分了。

星期五。

今天感覺上就像星期五。星期五總是有點髒兮兮、有點筋疲力盡——一個星期的最後一段路。也或許只是因為，自從他星期天來到阿倍顧問公司之後，就再也沒回家過。

他連續工作了將近整整五天。有可能嗎？他一旦認真要解決一個問題，就往往忘了時間。而打從他離開海軍陸戰隊後，就沒碰到過這麼有趣的謎題了。他覺得興奮不已——一個個答案就在他無法企及之處召喚他。他現在逼近了。再花幾小時，他就曉得自己的猜疑是否正確。

你在哪裡，幽魂君？你知道些什麼，是你不希望我發現的？

他其實每天晚上大可以回家，但始終沒想到過。當靈感湧現時，他必須接近工作。此外，除了一張無法休息的床之外，家裡也沒有什麼在等著他。睡覺是根本不可能的。小熊就潛伏在他的眼皮後頭，耐心又期待。她的微笑會叫醒他，催著他回到鍵盤前。

他唯一勉強算數的休息，就是每天晚上和愛莉的視訊通話。一旦她躺在床上，蓋好被子，吉布森就會唸書給她聽，直到她打瞌睡為止。他們最近在讀的是《夏綠蒂的網》，愛莉一直很替裡頭的小豬韋伯著急。她對故事的熱愛就跟蘇珊一樣。那是個明顯的連結，但不知怎地，他直到現在才想到，自己都會唸書給她們兩個聽。好吧，他可以原諒自己以前沒想到。那樣比較安全。因為現在，無論他多麼努力想把兩個女孩在他心中分開，都沒辦法了。

第一個星期天，他工作到深夜。麥克．瑞齡提出要幫忙，幫他設置好一個工作站，但吉布森禮貌而堅定地把他請出會議室。他需要獨處思考。珍妮佛．查爾斯和丹尼爾．韓紀克都不太高興被排拒在外，但阿倍可以理解，嚴格要求大家不准打擾他。

那一夜大約凌晨三點時，他碰到了一個障礙，於是休息一下，在公司空蕩的走廊裡繞行。他走路時思緒比較清楚，繞了幾圈後，逐漸想出答案。他正要回到會議室途中，注意到一扇辦公室門底下透出光線，上回他經過時是暗的。他停下來傾聽門內動靜，此時門猛然打開，穿了高跟鞋的珍妮佛．查爾斯大概比他矮了一吋。她已經脫掉了套裝的外套，但沒卸下槍——新式的便服打扮。

「你在做什麼？」

「對不起，」他說，後退一步。「沒想到公司裡有其他人在。我還以為有小偷闖入。」

「你需要什麼嗎？」

「不，只是走動一下。」他伸出一根指頭繞了個圈。「有助於我思考。」

珍妮佛態度含糊地點點頭。

吉布森猶豫著，然後開口了，「其實呢，我可以問你一個問題嗎？在你們的白板上……為什麼幽魂君和湯姆．B之間有個問號？」

「有個流傳的推理是，湯姆．B和幽魂君是同一個人，或同一組人。」

「如果他是本地人，那為什麼她要跑去賓州和他會合？」

「她在賓州和他會合這一點，我們並不確定。那只是另一個假設。或許他是從潘瑞思特帶走她，賓州只是在他回家的途中。」

「那你認為呢？」

「似乎很有可能。或許我會有機會當面問他。」

「總而言之，你還在這裡做什麼？現在很晚了。」

「工作。」

「在凌晨三點？我可不需要保姆。」

「我還有些耽誤的文書工作要補進度。」

「好吧，」他說，挫敗地讓步。「唔，反正你知道去哪裡找我。」

「是的。我知道。」

她後退，就要關上辦公室的門了。

「你以前是在哪裡服役？」他問。

她停下動作，瞇起雙眼。「不要這樣。」

「不要怎樣？」

她當著他的面關上門，吉布森站在那裡瞪著門看，不敢置信地兀自低笑。好吧，這真是……

其實呢，他還不曉得這該叫什麼。珍妮佛・查爾斯有些冷酷的部分是他不了解的。這份差事最好花幾天就能完成。於是他又回去工作了。

星期一早晨，當員工們開始來上班時，吉布森站在會議室裡，瞪著白板上那張蘇珊的照片。阿倍之前已經下令幫他在會議室放一張行軍床。可是吉布森只用來堆放電腦裡印出來的資料。另外阿倍還派人去幫他買來一套換洗衣服，但那一袋仍原封不動放在行軍床邊。食物送進來，吉布森邊工作邊狼吞虎嚥吃掉。他又在出獵了，而且每一天都更接近目標。

一開始，這個公司的員工們對於吉布森多所猜疑。顯然地，除了阿倍的核心圈子之外，沒有人曉得他為什麼在這裡，因而引起大家的興趣。但到了星期二下午，大家的好奇心消退了——看著某個人在電腦前工作，可以名列全世界最無聊活動的前五名。每隔一陣子，麥克・瑞齡就探頭進來問他是否需要什麼。另外每回韓紀克進來拿檔案，都會狠狠瞪著吉布森看。珍妮佛・查爾斯變成他最規律的訪客，每個小時都會經過一次，像個巡邏的警衛。

等到星期四的上班時間開始時，吉布森要求印出全公司之前一整個月的網頁瀏覽紀錄。結果印出了將近一千頁。他分成四疊，拿著螢光筆開始在裡頭查找。這個任務非常冗長乏味，但接下來超過二十四小時，他把自己的追獵範圍縮小到只剩五個可能性。

而現在他確定了。

吉布森看了一下時間，星期五早晨六點。喬治・阿倍通常大約七點會到公司，於是吉布森閉上眼睛瞇了一小時。就這麼一次，小熊讓他休息了。他醒來時，阿倍已經在他的辦公室裡，似乎正在等他。吉布森過去，把自己的發現告訴他。阿倍鎮定地接受了這個壞消息，問說眼前有什麼辦法。

吉布森給了他三個選項。

「你建議哪一個？」

「第一個。如果你希望有機會逮到幽魂君的話。」

「為什麼？」

吉布森開始解釋。

中間阿倍打斷他幾次，提出了問題。而等到吉布森解釋完，阿倍又靜坐著沉默了幾分鐘。

「好吧，我要你把這一切解釋給我的團隊聽。假裝我從來沒有聽過。我想聽聽他們最真實的、未經過濾的意見。」

「如果這是你希望的，沒問題。不過我得先回家一趟，沖個澡，刮個鬍子。我整個人簡直快變成有毒的了。」

「好的。我樓下會有一輛車送你回家。」阿倍看了一下手錶。「下午四點前回到這裡。」

回家後，吉布森在蓮蓬頭下站了好久，直到他覺得自己又像個人了。他感覺很好，真的很好。他本來就知道自己很想念這種工作，但原先不曉得有多麼想念。想到自己的技術可能有助於找到小熊……不要操之過急。他警告自己。最好不要讓這種希望生根。

但要是真的可以呢？

下午剛過五點，他們全都回到了會議室。韓紀克和珍妮佛．查爾斯都急著想聽聽他發現了什麼，但吉布森從容不迫地操作著電腦。最後，阿倍再也等不下去了。

「那麼，吉布森。告訴我們吧。你查到了什麼？」

「好的。唔，一開始我一直想不透，幽魂君為什麼要寄兩張照片來。」

「你星期天也是這麼告訴我們的。」韓紀克說。

「沒錯，但我的意思是，幹嘛費這個事？如果他有整張照片，為什麼一開始還要寄那張背包的格放照片？那只是浪費時間。」

「或許他就是喜歡玩遊戲？」珍妮佛提出。

「沒錯。但這個遊戲是什麼？寄那張照片的人可能就是拍攝的人，這點大家同意嗎？」

房間裡的所有人都贊同地點頭。

「那麼，如果這個幽魂君就是原始的那個幽魂君，他來領取一千萬賞金的機率有多大？我被邀請去班傑明．隆巴德生日派對的機率都還要大一點。」

「所以呢？」珍妮佛問。

「唔，如果不是為了賞金，那是什麼促使這個傢伙忽然跑出來？我的意思是，他已經完全脫身了。執法人員現在抓到他的機會並不比十年前大。但是他卻出現了，冒著極大的風險，寄了一張高度顯示他有罪的照片給你們。那他這麼做，有什麼好處？」

韓紀克說話了。「他是自戀狂。十週年的報導讓他整個人興奮起來，他不喜歡沒受到任何注意。那張照片是個嘲弄。讓焦點回到他身上。」

「很合理，但他這樣並不會得到很多注意，不是嗎？兩封電子郵件，然後他就又恢復沉默。要是他想得到注意，他就會把照片貼在網路上，或者可以寄給媒體。得到所有的矚目，就像……

舊金山那個寫一堆信給媒體的連續殺人犯叫什麼來著？」

「黃道帶殺手。」韓紀克說。

「沒錯。就像黃道帶殺手。想像一下，如果他把照片交給媒體，加上幾句神祕的聖經段落和模糊的威脅，那會得到多大的矚目。」

「網路一定會發瘋。」韓紀克承認。

「是啊，所以如果是想博取注意，那他有更好的方式。大家同意嗎？」

「同意，但是別忘了這傢伙是瘋子。」

「有道理，但是以我的看法，他的目的不是為了博取注意。於是我又回頭想他為什麼寄了兩封電子郵件、兩張照片？除非第一張照片是一個測試。」

「測試什麼？」瑞齡問。

「測試你們是不是會點開信來看。等到你們點開了，回信了，他就知道寄第二封信很安全。他做的事情，正好是我之前叫你們做的。」

「那是什麼？」

「他丟出誘餌，讓你們咬了一大口。」

「你是在暗示說，裡頭有病毒？」瑞齡問。

「嵌在第二封裡。」

「不，休想。」瑞齡說。「不可能的。我們有第一流的防毒服務，而且兩封信的附加檔打開前，我們都掃描過的。」

瑞齡看了會議室裡一圈，希望大家能確認他說的是事實，但他沒得到多少關愛。阿倍往後坐，觀察著自己的人馬。珍妮佛．查爾斯瞪著天花板，像是剛被告知她只剩六個月的壽命。韓紀克瞪著瑞齡，像隻鬣狗在打量一隻笨得脫離群體而落單的牛羚。

「我們掃描過的！」瑞齡看沒有人講話，就大聲起來。

「讓他解釋吧，」阿倍說。「吉布森，一步步跟我們解釋你的發現。」

「聽我說，防毒服務唯一做的，就是用一個蒐集了已知病毒和惡意軟體的資料庫，去檢查你們所收到的檔案。另外你說得沒錯，麥克，百分之九十九點九九的時候，對百分之九十九點九九的人來說，這樣就已經夠好了。但如果病毒是新的，如果是為了特定目標而寫的病毒程式，那麼防毒掃描就沒有用處，那就像是要用一道四呎高的籬笆去擋住一隻老鷹。」

「你的意思是，他就是這麼做的？」阿倍問。

「顯然是。這個病毒不在任何追蹤惡意軟體的防毒資料庫裡。我只有兩三天去研究，但這個病毒看起來像是Sassar的一個變種。裡頭還有一些Nimda的基因。」

「請講英文，馮恩。」韓紀克說。

「這是個寫得很好的病毒，寫的人非常內行，而且很狡猾。他從過去十年一些重大的病毒中學習，並予以改進。據我所能判斷的，這個病毒到目前還沒有什麼破壞性。所以這是好消息。」

「那壞消息呢？」珍妮佛問。

「這個病毒正忙著從你們的伺服器上頭下載檔案。」

「什麼！」她說。「什麼檔案？」

「它想要的任何檔案。我假設它的目標是有關蘇珊‧隆巴德的檔案，但若是想確定，恐怕得動用一整個電腦鑑識團隊才行。而那不是我專精的領域。」

「耶穌基督啊。」韓紀克把他的筆朝牆上丟。

「我再說一次，不可能，」瑞齡說。「我們監控了所有對外的網路通訊流量。一切都很正常。我們沒看到任何流量的上升，沒有異常的ＩＰ網址點擊。」

「唔，很不幸，這一點他也料到了。這個病毒是以每秒鐘十二Kb的速率下載。緩慢但持續。一點都不急。以這個流量，完全可以融入像你們這樣一個公司的尋常背景中。對吧，麥克？」

瑞齡愁眉苦臉地點點頭。

「自從我們打開那封電子郵件後，這個病毒就開始二十四小時運作了，」阿倍說，「他能下載多少資訊？」

瑞齡在一本黃色橫格記事本上寫了些數字，推過去給阿倍看。阿倍面色凝重地點點頭。

「其實這個病毒厲害的就是這一點，它不是二十四小時運作的，」吉布森說。「而是每天五點就停止了。」

「喔，那他週末也休息嗎？」韓紀克問。

「其實呢，沒錯，」吉布森回答。「這個病毒只有九點到五點才運作。因為如果有個人在凌晨兩點還在看《華盛頓郵報》，看起來就會很奇怪。」

「《華盛頓郵報》？」瑞齡問。

「沒錯，幽魂君是利用《華盛頓郵報》首頁的一個廣告當中繼站。」

「可以這樣做？」珍妮佛問。

「當然可以，這種手法在駭客之間愈來愈普遍了。破壞一個主流網站的某個廣告，在該公司的瀏覽歷史裡面看起來不會有什麼不尋常，然後駭客就會利用這個廣告當成中繼站，把得到的資料傳到另一個指定的接收處。」

「唔，那我們得趕緊制止這件事，」韓紀克說。「關掉整個網路系統，直到我們可以把這玩意兒從我們的系統裡除掉。」

「我贊成，」珍妮佛說。「這是個大災難。」

「你們可以這樣做，但是我建議不要。除非你們不想抓到這傢伙。」

阿倍舉起一隻手示意大家安靜。「為什麼？」

「因為我只查到了中繼站，往後就沒辦法追了。一旦它通過《華盛頓郵報》網站上的那個廣告，我就不曉得幽魂君的病毒把你們的資料送到哪裡去。要是你們現在關閉系統，他就會曉得我們發現他。那我們就真的毫無希望了。」

「那你的建議是什麼？」

「照常運作。」

「讓他繼續偷走我們客戶的資料？」珍妮佛問。「你知道這會造成多大的損害嗎？」

「這個辦法並不理想，我知道。一切都要看你們有多想逮到這個傢伙。所以由你們決定。」

整個會議室立刻陷入熱烈的爭辯中。阿倍讓這個狀況持續幾分鐘，然後再度舉起一隻手。大家立刻回到一種不安的沉默，所有人都看著阿倍思索。

「你認為幽魂君想要什麼？」他最後終於問。「他的最終目的是什麼？」

吉布森聳聳肩。「這個問題很好。」

「所以如果我讓這個狀況持續下去，明知道可能會對我的客戶造成災難性的後果，那我們接下來的步驟是什麼？」

「幽魂君在追獵某些東西。所以我建議用一些他想要的東西引誘他。一些有關蘇珊的資料。」

「然後寫我們自己的病毒。」阿倍說。

「一點也沒錯。他認為他很巧妙，而且已經得逞了。他不會想到你們會將計就計，回過頭來要他。但是如果我們希望他中計，就得把我們的病毒嵌在某個誘人的資料裡面。」

「我們原先打算要把一些聯邦調查局的內部文件貼在更新網站上，那些資料你覺得怎麼樣？」珍妮佛問。「從來沒有公開過的那些？」

「應該很適合。」吉布森說。

「我得打個電話，」阿倍說。「你需要多少時間，才能寫出一個病毒程式？」

「已經寫好了。」吉布森說。

所有的人都轉過頭來瞪著他。

阿倍微笑著。「這個病毒能做什麼？」

「唔，如果能讓他下載，我們的病毒就會透過那個廣告上溯，等到他在他那一頭打開檔案，我的病毒就會把那邊的GPS座標和IP位址回報給我。」

「如果他打開檔案的話。」韓紀克說。

「沒錯。」吉布森說。

喬治．阿倍看了珍妮佛．查爾斯一眼，兩人交換了一個意味深長的眼色，吉布森無法解讀。

「那就動手吧。」阿倍說。

# 11

接下來兩個星期，幽魂君的病毒照常運作，每天上午九點開始工作，很有條理地蠶食著阿倍顧問公司的資料庫。它就像個模範員工。中午不必休息吃中飯，也從來不會請病假。

吉布森藉由研究其中的程式碼，知道幽魂君可以從遠端遙控這個病毒，下達新一批的指令。否則，它就只是永遠持續地進行目前的任務。但至今仍然沒有別的動靜。所以幽魂君要不是沒太注意阿倍顧問公司的檔案變化，因而忽略了那些新的聯邦調查局文件，就是他太聰明了，不會上當。

吉布森安慰自己，那是個佈置巧妙的陷阱。過去兩個星期，他每天都上傳一點聯邦調查局的檔案，刻意讓整個看來像是阿倍顧問公司正在進行的一個工作計畫，要把紙本檔案數位化。

「來吧，」吉布森對著他的螢幕喃喃說。「你順利偷走了很多檔案。你比我們聰明。我們是一群傻瓜。動手吧。我們永遠不會發現的。」

等到吉布森覺得老瞪著螢幕、期望發生什麼事變得無聊，他就開始在那些證物箱裡挖寶。好奇心驅使他打開一個標示著「湯姆・B」的厚檔案夾。那個神祕的男朋友從來沒有表明自己的身分。檔案夾裡包括了數量驚人的資料，但這條線索卻完全追查不出苗頭。也難怪，聯邦調查局實際有的憑據少得可憐。除了一個化名，他們唯一有的，就是從游泳池那些蘇珊的十來歲打工朋友們的說法，所拼湊出來的模糊的敘述：深色皮膚，矮壯身材，濃密的褐髮，亮藍的眼睛。連確切的年紀都不曉得，只是大家公認這個湯姆「比較年長」，範圍大得令人懊惱。

幽魂君就是湯姆．B嗎？如果不是，那為什麼湯姆．B從來沒出面解釋過？如果是的話，吉布森有辦法想像小熊會把一個網路戀童癖當成她的男友、保存他的情書、逃家跟著他嗎？這些都說不太通。

吉布森翻過剩下的檔案，然後放回箱子裡。你一定要看到這種堆積如山的文書資料，才能真正領略犯罪調查有多麼冗長無聊。而仔細看過這些資料，簡直比瞪著自己毫無動靜的電腦螢幕還乏味。

他正要放棄時，忽然看到一個標示著「家庭媒體」的箱子。裡頭是一堆光碟，存放著蘇珊的學校照片和家庭聚會的照片，全都仔細地按照日期和地點分類好。他花了幾個小時想找那張他在扶手椅上唸書給蘇珊聽的照片，結果徒勞無功。一片光碟標示著「一九九八年，陣亡將士紀念日」的光碟吸引了他的目光。他想不起一九九八年有什麼特別事件，但是一時好奇，便把光碟塞進他的筆記型電腦裡。他沒有任何杜克的照片，希望能找到幾張可以給愛莉看的。總有一天，他得告訴她有關她祖父的事情。

結果那張光碟是個金礦。杜克的照片出現在大約三分之一的照片中。很不幸地，其中大部分也有班傑明．隆巴德，就站在杜克旁邊，露出他那種油滑、狐狸進了雞舍的微笑。吉布森找到兩張可以剪裁的照片，複製到自己的硬碟裡。不過為了確認，他又回去看了所有光碟一次。他的毅力所得的回報，就是一張杜克的照片，裡頭是吉布森希望記住的模樣——在潘瑞思特那棟別墅後門廊上，手裡拿著啤酒，對著一群人咧嘴說笑，看得出來他正在講一個荒誕的政治圈故事，每個字都牢牢吸引住他的觀眾們。

吉布森看著那張照片良久。他想念這個版本的父親。他想念以往可以想到杜克而不會怨恨，思緒不會跳到那個地下室——杜克拋棄性命、拋棄他兒子的那個悲慘可怕的地下室——的時光。最早他把一切都怪罪給隆巴德時，自己會比較好過一些。當時他認為隆巴德背叛了杜克，而不是杜克背叛了隆巴德。那是一廂情願的想法。杜克．馮恩只不過是個犯了法的罪犯，又不肯面對後果，而是走進了地下室。那是他的性命，他自己才能決定。而杜克做出了決定，只想到自己。實情就是這樣，沒什麼好說的了。就算還想說別的，吉布森也沒法跟一個死人說了。

可悲的現實是，吉布森本來一直盲目地相信他父親，自從這種信任被推翻之後，他的人生就失速往下墜。那種感覺好可怕，他真希望那種下墜能停止。有個老笑話說，害死你的不是下墜，而是突然停止。好吧，少數運氣好的可以從那種撞擊中生還，對吧？吉布森願意冒險跟無情的地面一搏。任何狀況都會比這種下墜的狀況要好。就因為這種宛如向前直體跳水的高速下墜感，他做出了一連串莽撞、有欠考慮的決定。離婚之後，有時候吉布森覺得自己理解杜克的選擇。理解，但是無法原諒。他無法想像自己會對自己的女兒這樣做，或是任何人會對自己的子女這麼做。

他逼自己關掉那個檔案夾，不過要先複製一份。以備日後狀況比較好的時候……如果真有那麼一天的話。他正要退出光碟時，看到一張勾起他回憶的縮圖。他點開來，看到一張自己的照片：不可能超過十歲，他站在一個小噴水池前面，手裡抓著一隻巨大得超過畫面的牛蛙，他手臂伸直推遠了，彷彿牛蛙身上有輻射似的。那隻牛蛙就懸在那裡，憤慨地垂著雙腿，像個名人硬被一個死纏爛打的粉絲拖去擺姿勢拍照。

在吉布森旁邊，幾乎黏在他屁股後頭的，就是小熊。她穿著很不合身、下身鬆垮的泳裝，滿頭亂糟糟的捲髮，往上看著那隻牛蛙，那表情彷彿他剛制伏的是一隻獅子。他本來都完全忘記去抓這隻該死牛蛙的事情了。他們花了一下午，最後才終於在別墅後頭的一口老井旁找到牠，然後他追著那牛蛙前後跑來跑去，同時小熊站在一個安全的距離外，徒勞無益地東指西指。

抓到以後，他們兩個立刻明白，追逐牠要比真正抓到好玩得多。那隻牛蛙顯然也贊成，還撒了尿在他身上，讓他們完全確認了這點。可是隆巴德家的攝影師看到了，堅持要拍一張他們與戰利品的合照。他們站在噴水池旁拿著牛蛙，一拍完照就趕緊放了牠。當時小熊站在那口老井旁一直揮手，直到那隻牛蛙跳進灌木叢中消失。

想到這些往事，吉布森露出微笑。那是小熊難得放下書本，去從事真正探險的少數幾次之一。照片中的她，跟一個擁有神祕男友的少女相差太多了。也跟一個戴著費城人隊棒球帽、離家遙遠的疲倦女孩差太多了。要命，她還根本不是棒球迷……

想到這裡，吉布森僵住了。那頂帽子……那頂費城人隊的棒球帽有個什麼困擾他，現在他思索著，還是無法確定原因是什麼。

他複製了那張牛蛙照片，然後退出光碟。天曉得，他真想念那個小女孩。他深情的小熊。他童年意義中的一切幾乎全都被污染了，唯一能毫不保留深愛的，就只剩下她。可是有個人偷走她了。

吉布森去喬治．阿倍的辦公室，先在打開的門上敲了敲。阿倍抬頭，揮手示意他進來。

「吉布森，有什麼事？」

「你們要去逮他嗎？」

「逮誰？」

「幽魂君。如果他點開了我的病毒。你們不會直接通知聯邦調查局，而是打算自己去逮他吧。」

阿倍望向他依然打開的房門。吉布森猜想，這就表示自己說對了。

「我要加入。」

「吉布森……」

「我一定得參加。」

「拜託先關上門吧，」阿倍說，然後等到門關上，他才又開口。「請相信我：我對你的工作成績滿懷敬意，而且我絕對不會懷疑你對蘇珊的忠誠。但是我雇用你，是要協助我們找到幽魂君的所在地點，如此而已。如果是外勤任務，你就會變成包袱了。」

「包袱？」

「珍妮佛和韓紀克加起來有三十多年的經驗。」

「我當過海軍陸戰隊。我才不是什麼包袱。」

「我很清楚你的從軍資歷。但如果我們真的要去逮他，會由珍妮佛和韓紀克負責處理。」

「不行。」

「不行？」阿倍的表情是真心感到意外。

「你需要我。」

「我需要你？」

「沒錯，你需要我。」

阿倍盯著他看了許久，然後放下筆。「好，那你來說服我吧。」

「你說真的？」他原先沒料到能有機會。

阿倍低聲笑了。「是的，我是說真的。假設我們交上好運，你的病毒給了我們幽魂君的線索。那你來說服我，為什麼我應該派一個沒有這類經驗的人出去。」

「簡單。你需要一個懂電腦的人。不然你要派誰？麥克．瑞齡？我雖然沒有這類任務的經驗，但是如果想逮到那個傢伙，我就是你們的傑森．包恩了。」

「你的病毒不是應該會傳回他的位置嗎？」

「這個病毒會給我們一個位置。而且沒錯，或許他會太過自信而冒險用他家裡的ＩＰ網址，但是我不會指望。根據我們至今所觀察到的，我會賭他非常小心。很可能他是在偷用別人的無線網路。要是這個網址引導珍妮佛和韓紀克找到一家有免費Wi-Fi的咖啡店呢？他們知道接下來該怎麼辦嗎？聽我說，幽魂君不是一個人；他只是網路上的一個虛構人物。現在，如果你想找到幽魂君的人，那你就需要另一個想法像他一樣的虛構人物。這是我的世界，喬治。讓我跟他們一起去吧。」

阿倍往後靠在椅子上，仔細思索了幾分鐘，最後才終於回答。「我得考慮幾天，另外得跟我的人商量，你接受嗎？」

「接受。」

「而如果答案還是不行，你會尊重我的決定？」

「我會試試看。」

# 12

「再過四十五分鐘，我們就會降落在舊金山了，副總統先生。」

「謝謝你，梅根。」班傑明・隆巴德說，然後把注意力轉到正在研究最新民調數字的艾比蓋兒・薩達娜身上。

自從堅定、睿智的薩達娜上個月成為他的競選經理之後，就穩住了他的民調數字，也讓辛苦掙扎的團隊重拾信心。他們離度過難關還遠得很，但是現在支持度的下滑狀況，已經不像一個月前那麼慘了。

離加州初選還剩四天，有可能因此改變總統提名人選的情勢。加州是弗萊明的地盤，所以他們並不指望能贏。但如果他可以在她的主場拿到三成的選票，那就是一種宣告，而且給他們拚戰到最後的動能。這是個不無風險的攻擊性策略。但是薩達娜覺得弗萊明在家鄉比較難以防守，所以他們過去一個月就都把大量時間和金錢投入加州。到了星期二，一切就會見真章。

副總統沒有專屬飛機——所謂的「空軍二號」只不過是指副總統坐在上頭的飛機。他跟其他閣員共用的那些飛機裡，任何一架都可能是。而這些飛機通常都屬於小而舒適的那類，不像空軍一號有那麼多設施——隆巴德非常嚮往日後能享受那些設施的優點。眼前這架飛機的前段有一個小辦公室，但要是有超過三或四個人進去，就會嫌擠了。隆巴德比較希望自己的人馬全都聚集在一起，所以他平常都坐在中段的大客艙，這裡可以讓八個人較為舒適地共用兩張折疊桌工作。

隔著走道的那張桌子前，他的太太正在接受問答測試，複習今天下午那一站某些關鍵人物的生平概要。人們對私人的人際關係會有反應——提起他們子女的名字問候一聲，他們就會永生難忘。這是個古老的政治交際招數，但必須努力練習。葛瑞絲．隆巴德抬頭朝他看了一眼，露出疲倦的微笑。儘管她從來不愛競選活動，但結婚二十五年來，他從來沒聽她抱怨過。就他看來，正是她對種種權力的象徵缺乏興趣，才讓她對選民這麼有吸引力。有太多公眾人物刻意塑造普通人和接地氣的形象，但他太太卻是自然真誠、無須矯飾的。他知道她有助於平衡他。在這方面，他們是理想的一對。

「李蘭，」他問自己的幕僚長。「我的晚餐計畫是什麼？」

「跟羅素參議員會面。在你演講之後。」瑞德說，依然埋頭看著他的筆記型電腦。

「往後延吧。看能不能改約在晚上十一點，在我的飯店跟他喝一杯蘇格蘭威士忌。」

瑞德拿著手機站起來，沿著走道往前去打電話。隆巴德的目光又回到走道對面，看著他太太的助理笛妮絲．葛林斯潘。

「我太太很喜歡的那家餐廳叫什麼？可以看到海灣大橋的？」

「叫林蔭大道，副總統先生。就在內河碼頭那一帶。」

「就是那家沒錯。幫我們安排過去那裡。七點三十分。」

「幾個人，先生？」

「兩個就好。」他朝他太太微笑，她隔著走道拋給他一個飛吻。

艾比蓋兒．薩達娜讚許地點點頭。政治選戰中所需要的個人犧牲和刻意親密都很可怕。杜克．馮恩教導過隆巴德這一課。從事助選工作，你通常就得花很多時間跟核心的夫婦溝通。尤其對年輕、充滿理想的幕僚而言，必須做一大堆吃力不討好、乏味又收入低的事情。這對他們不僅僅是一份差事而已。這就是他們的家庭，他們必須相信他們的候選人。跟太太吃一頓安靜的晚餐，對全員士氣都會有幫助。就像讓小孩看到父母間深情的小動作，就會覺得更安心。

「班傑明，」葛瑞絲故意用所有人都聽得見的氣音講悄悄話。「這陣子每個人都那麼拚。我們吃晚餐的時候，就讓所有人都放假吧？」

隆巴德一點也不喜歡這個主意，但葛瑞絲就是這樣，心軟得對自己沒有好處。也對他沒有好處。但他還是放聲大笑起來，彷彿這是他幾年來所聽到過最棒的主意。其實仔細想想，他知道事情必然會如何發展，於是覺得也不錯。瑞德和薩達娜會婉拒，這表示他們的手下也得放棄。最後就只剩少數低階幕僚會接受而出去吃頓晚餐。這樣看起來很不錯，也不會耽誤到他什麼工作——結算下來，他是穩賺的。

「這就是為什麼我會娶這個女人。」他說。「不過晚餐之後，每個人都要馬上回來報到，聽到沒！」

這引來周圍一陣笑聲，但他的訊息很清楚：大家還有很多工作要完成。情勢正在好轉中，人人都喜歡幫贏家工作。一旦入主白宮，他會照顧每一個人。但眼前，他只能靠略施小惠幫他們度過困境了。

瑞德的一支手機響了起來，但他之前離開去打電話跟羅素參議員改期，還沒回來。瑞德的助理看了一眼手機螢幕上的號碼，可是讓它繼續響。

「你接一下電話吧？」隆巴德說。

那助理接了電話，問了幾個問題，然後用手掩住話筒。隆巴德立刻知道自己犯了錯。

「副總統先生，有一位泰圖斯・艾司奎吉？他要跟您報告阿倍顧問公司的最新狀況？」

隆巴德保持原先不感興趣的表情，但感覺他太太正在看著他。泰圖斯・艾司奎吉二世上校是冷港有限公司的創辦人和執行長——這家公司是維吉尼亞州一家民營的軍事承包商。冷港曾經是他競選參議員期間的主要金主，而且隆巴德和艾司奎吉的淵源已久。葛瑞絲可以從大部分人身上找出可取之處，但她受不了艾司奎吉，連假裝一下都辦不到。幾年前在她的堅持下，隆巴德斷絕了跟冷港公司的所有政治關係，所以他如果要接這通電話，就得有一個非常有說服力的理由。而眼前他想不出來。

在政治圈打滾了一輩子，或許教會他虛張聲勢的技巧——他就算背上挨了一刀，也還是可以吹著歡樂的口哨——但不知怎地，葛瑞絲總有辦法看穿他的偽裝。

「泰圖斯・艾司奎吉？唔，每年的這個時候，他們當然就會突然露面了。」他揮手打發掉那通電話。「交給李蘭，或者幫他留話吧。」

「是的，副總統先生。」那個助理說。

他看了葛瑞絲一眼，但她已經別開臉。他只能等著她稍晚再提起了。有一件事很確定：他安靜、浪漫的晚餐剛剛泡湯了。

# 13

珍妮佛・查爾斯坐在辦公桌前，回頭溫習她之前針對馮恩所做的那份報告。找他來當顧問是一回事，但是現在阿倍考慮要把他加入她的團隊，參與第二階段的行動。這是個錯誤，她打從心底有這個感覺，但除了感覺，她也沒辦法說清是什麼。她需要更多憑據，以證實自己的直覺。

吉布森・馮恩是莎莉與杜克・馮恩夫婦的獨子。生長於維吉尼亞州夏綠蒂城。他母親在他三歲時過世。卵巢癌。很痛苦的死法，她心想。吉布森・馮恩算是由他的工作狂父親撫養長大的——如果那也算撫養的話。

杜克・馮恩曾經是維吉尼亞州政治圈的傳奇人物。他在維吉尼亞大學取得政治學的學士和碩士，性格堅強，魅力天生，跟朋友和敵人都相處愉快。他對政治混戰特別有天分，後來找到了自己真正可以發揮的職業，成為班傑明・隆巴德的幕僚長。他們是完美搭檔——隆巴德頑固、堅持原則、嗓門大；而馮恩則是幕後協商的高手。一般廣泛認為，多虧了馮恩的指引，才能讓生嫩、知名度欠佳的班傑明・隆巴德成為參議員，接著馮恩更協助他以壓倒性勝利，贏得連任。

就珍妮佛所看到的，杜克為了替隆巴德賣命，犧牲了自己的兒子。這份工作的種種要求，使得杜克必須長時間待在華府，或是跟參議員到外地。這是一份全年無休的工作，所以杜克大部分的週末都跟隆巴德一家共度。

根據各方說法，隆巴德一家把吉布森當成自己的家人；在參議員位於大瀑市的家宅，以及他靠近北卡羅萊納州邊界的潘瑞思特海灘別墅裡，杜克和吉布森都各有自己的房間。然而杜克決心不讓兒子離開原來的學校，於是上課日時，吉布森往往獨自留在夏綠蒂城的家裡。杜克的姊姊米蘭達．戴維斯就住在附近，會幫忙照顧吉布森。但她也有自己的家庭，後來吉布森年紀稍長，她就比較不常過去探望。於是，到了吉布森．馮恩十二歲時，每逢星期一到星期五，他其實就是自己一個人生活。

很多小孩會對自己被這樣遺棄感到憤恨，但吉布森完全沒有怨恨或憤怒的跡象。相反地，年輕的吉布森．馮恩顯然很崇拜他父親，而且決心要盡好自己的本分。父親不在時，整個家裡由吉布森負責運作——處理帳單，打掃屋裡，整理庭院，找人來做一些小型的修繕工作。從很多方面來看，吉布森．馮恩是由自己撫養長大的。

表面上，他做得很不錯。成績好。幾乎沒有任何懲戒紀錄。唯一例外是有回開車超速被警察攔下，在時速限制四十公里的地方開到一百公里。一個十三歲的小孩可能對時速限制不是那麼清楚，所以超速也是情有可原的。根據非正式紀錄（因為沒有正式舉報），杜克和參議員當時去中東進行考察，而吉布森家裡的牛奶沒了。他不想打電話吵醒他姑姑，於是就做了唯一合理的事情，自己開車到超市去。

警方的逮捕報告說，這個男孩被攔下時，很有禮貌地問，「有什麼問題嗎，警察先生？」吉布森．馮恩還在駕駛座上墊了厚厚的《湯瑪斯．傑佛遜文選》，好讓自己可以看到方向盤外的狀況。被問到他父母人在哪裡時，吉布森引用憲法第五條修正案拒絕回答。因為擔心害他父親丟臉，他拒絕講話，直到警方設法聯絡到他姑姑。

他沒被正式指控任何罪名，整起事件後來成為維吉尼亞州的一樁軼聞。一部分是因為警方決定不要對一個十三歲少年追究，但應該也是因為杜克．馮恩跟夏綠蒂城的警察局長是好友。感覺上，維吉尼亞州好像很少人跟杜克．馮恩沒有私交。

這件趣事讓珍妮佛露出微笑。她是由祖母撫養長大的，知道從小就必須自立是什麼滋味。那可以造就你，也可以孤立你、讓你變得冷漠。如果當年認識這個小男孩，她會喜歡他的——機智、自尊心強，還有一點莽撞。他們曾在人生的某個階段非常相似，而且她現在還看得出他當年的一些痕跡。問題是，她所看到的不足以令她安心。杜克．馮恩的自殺，顯然改變了當年的那個男孩。

一個星期三，杜克．馮恩無預警地從華府開車回家，在地下室裡上吊自殺。之前在馮恩進駐會議室前，珍妮佛就先把杜克的驗屍照片找出來拿走，這會兒她翻著那些照片。怎麼會有這麼自私的混蛋，竟然在他十五歲兒子會發現的地方上吊自殺？沒留下遺書，什麼都沒有。真是不可原諒。

父親死後，吉布森．馮恩就完全變了一個人——敵意、叛逆，而且反社會。那種衝擊太明顯了。他退出了原來在維吉尼亞大學旁聽的電腦課程。他的學校成績一落千丈。兩個月內打了三次架。因為罵老師粗話而被停學一次。他搬去姑姑家，珍妮佛的報告裡有一堆米蘭達．戴維斯寫給她嫂嫂的信件影本，裡頭愈來愈絕望地敘述了她侄子惡化的種種細節。說他現在很少講話，不肯吃東西。除了去上學都不出門。還說他沒日沒夜就關在房間裡打電腦。

他在電腦上所做的事情，後來成了公開紀錄。

珍妮佛走到上司的辦公室外，輕聲敲門。喬治．阿倍總是鼓勵她相信自己的直覺，說出心中的想法。在中央情報局時代，這種做法對她從來沒有好處，所以她花了好一段時間，才把他的話當真。她是不輕易信任他人的，但阿倍卻能讓她信任。她願意為他赴湯蹈火。

在她中情局的職業生涯突然告終後，阿倍丟給她一條救命索。當時她以為自己不想工作，阿倍還是硬要找她來，她不理會他打來的無數次電話，他就設法找到她家去，說服她來加入這個公司。直到今天，她連他怎麼會知道自己這個人都不曉得。但是他設法幫她調整回工作狀態，給她空間重拾信心，卻不讓她覺得自己被呵護。這是好事，因為要是她一有這種感覺，就會立刻辭職了。回顧起來，她知道自己永遠無法回報這份恩情。

「進來吧。」阿倍說。

她打開門。喬治．阿倍坐在辦公桌後頭，正在檢視第一季的財務資料。房間裡小聲播放著滾石樂團的歌，是現場版的〈凋謝之花〉。她平常不太留意音樂，很少能聽得出是誰唱的，但是她知道這首歌，因為有回出差去紐約時，阿倍花了一小時細數湯斯．范贊特這首歌不插電版本的種種優點。滾石是阿倍最喜歡的樂團，於是珍妮佛也逐漸熟悉了主唱米克．傑格那種像是發情貓叫的嗓音。這間辦公室的牆上還有一張裱框的親筆簽名海報，畫面是一個巨大的嘴唇，舌頭伸出來。那是有回阿倍去看滾石樂團的全美巡迴演唱會得來的，也是他最珍惜的收藏之一。海報不遠處還掛了一張阿倍站在樂團成員基斯．理查茲旁邊的照片。

房間另一頭牆上是一個書櫥，整齊分成兩半，從某種角度來說，這也總結了喬治．阿倍這個人。他們家是最早移民到美國的日本家庭之一。他的祖先在明治維新後逃離日本，一八七一年抵達舊金山。他們努力成功致富，熬過二次世界大戰後日裔美國人拘留營，在一九五〇年代重建他們的財富。阿倍家對於自己的日本根源和接納他們的美國都同樣引以為榮。他們家有個傳統，在為子女取名時，日文和英文名各佔一半。

喬治．家康．阿倍。

書櫃裡有一半是有關日本歷史的書。喬治對武士文化尤其著迷，相關主題的幾十本書佔了一整架。他的中間名就是源自一六〇〇年創建德川幕府的德川家康（德川幕府於一八六八年明治維新時瓦解）。另一半的書櫃，則是放著美國殖民時期歷史的相關書籍。和他同名的喬治．華盛頓，以及另外兩位開國元勳麥迪遜、富蘭克林的書特別多。不過珍妮佛知道，裡頭沒有半本有關湯瑪斯．傑佛遜的書，喬治．阿倍認為傑佛遜不忠誠，是個叛徒。這個主題他可以長篇大論講上好幾個小時。她有時不太了解這位上司，也不見得同意他對傑佛遜的譴責，但他們對忠誠的看法是完全一致的。也因此她不明白，他為何要讓吉布森．馮恩加入這個任務的第二階段。

阿倍停下手上正在做的事，指著一張椅子。珍妮佛坐下了，然後立刻發現自己其實不太曉得該怎麼提起這個話題。阿倍一如往常，看透了她的心思。

「所以，是關於吉布森．馮恩？」

對於自己被一眼看透，她露出苦笑。她絕對不適合玩撲克牌。

「我只是不明白，」她說。「麥克不是適合的人選，這一點很清楚，但是電腦又不是吉布森．馮恩發明的。他到底有什麼資格參加這個任務？他小時候當過駭客，竊取了一個參議員的資料。一個有這種資歷的人，我們真的想跟他並肩合作嗎？我的意思是，這樣會讓我們都提心吊膽。他太自我中心了，而且他顯然喜歡照自己的方式做事。」

阿倍露出微笑。「所以你不喜歡他。」

「沒錯，但是這不重要。重要的是我不信任他。他是個危險因子。而且我擔心……」她猶豫著停下來。

阿倍往後靠坐。「你就說出來吧。」

「我擔心你們之間的過往恩怨……讓你盲目了。你現在認為，他會感激你給他的機會。我知道你相信你們以前的不愉快都一筆勾消了，我也尊重你的想法，但他不是那種人。他絕對不會原諒任何人和任何事，因為一切都是別人的錯。」

「到目前為止，他的表現都很好。」

「是啊。但是讓他出外勤，那就完全是另外一回事了。我很擔心要是我們接近幽魂君，他會把我們給害死。即使這表示他也會被自己害死。」

「就像寓言故事裡烏龜背上的蠍子。」

「恕我直說，」珍妮佛回答。「他不可信賴。」

「你要說的就是這些？」

「我不喜歡他在我們的電腦裡頭到處刺探。」

「還有別的嗎？或許你對他的髮型也有意見？」喬治．阿倍站起來，從一個嵌入牆壁的冰箱裡拿出一瓶礦泉水，然後坐在珍妮佛旁邊，瞪著空中。他常常慢條斯理地整理自己的思緒，一定要想好才開口。她知道現在最好不要打擾他，反正她要說的話都已經說完了。他這種作風老是害她很緊張，但她已經逐漸懂得欣賞這位雇主的內省特質。

「你說的可能沒錯。」最後他終於說。

這個答案讓她很意外，但還是保持沉默。

「有關這一切，你可能沒錯。我自己也有疑慮。」

「那麼，真值得冒險用他這個人嗎？」

「你對馮恩在海軍陸戰隊的工作，知道些什麼？」

「我知道他是去當駭客，只是美其名為滲透測試員。」

「不完全是。」

「他的檔案是這樣寫的。」她說，同時明白過來。「但是那只是表面的掩護，對吧？」

「沒錯。」

「那他真正在做的是什麼？」

「唔，我先問你一個問題。你要怎麼讓兩架黑鷹直升機飛進一個主權國家，無恥地侵犯他們的領空，然後降落在他們某個大城的市中心，而不會引起注意？」

「你指的是賓拉登。在巴基斯坦？」

「假設是吧，」阿倍說。「問問你自己，我們要怎麼辦到。問問你自己，為什麼他們一直到看了新聞才曉得。」

「那兩架直升機有特殊裝備。用了某種匿蹤科技。」

「有一部分是這樣沒錯，但只是一部分。你可以讓直升機的聲音降低到某種程度，這樣就會很安靜，但是雷達呢？你沒辦法讓黑鷹直升機在雷達上完全隱形，更當然不可能躲過巴基斯坦的空防。國防部在二〇〇四年取消了製造匿蹤直升機的計畫。而且匿蹤這種設計特點，不是你說要、就馬上能有的。」

「所以是怎麼辦到的？」

「雷達是機器。軟體把電脈衝轉譯出來，讓我們能看到雷達所看到的。所以與其花幾十億元在匿蹤直升機上，控制這個軟體不是會簡單一點嗎？把控制程式插入他們的系統中，這樣雷達軟體就只會秀出你希望他們看到的。就像變魔術一樣，黑鷹在那裡，但是又不在那裡。這樣講你聽得懂吧。」

「我們這麼做了？」

「馮恩這麼做了，」阿倍說。「唔，他參與過那個行動。那個任務錯綜複雜得不得了，參與的單位非常多。扣扳機的雖然是海豹部隊，但為了獵殺賓拉登，四大軍種都有參與，彼此緊密合作。還有中央情報局、國家安全局。如果我的消息來源說得沒錯，馮恩讓很多人印象深刻。」

「馮恩寫了那個程式？」珍妮佛問。

「他對程式有貢獻，但不是他寫的，他最獨特的貢獻不是程式。」

「那是什麼？」

「他讓巴基斯坦人安裝了那個程式。」

「什麼？」

「沒錯。」

「巴基斯坦人在他們的系統裡面安裝了一個病毒程式？」

「顯然是這樣。他就是這麼有說服力，而那些人可不是能輕易說服的。」

「你是說，行動處找了吉布森．馮恩加入？」

「他一受完新兵訓練就被找去了。」

「我的老天。」

行動處指的是情報支援行動處，是聯合特種作戰司令部底下的情報蒐集單位。簡單地說，就等於是軍方的中央情報局。自從一九八〇年鷹爪行動在伊朗的一片沙漠地帶災難性地告終之後，軍方怪罪中情局沒有分享關鍵性行動的人才和資訊，因而成立了行動處，這樣軍方就永遠不必再仰賴中情局。珍妮佛對這些掌故非常熟悉；中情局的每個人都很熟悉。

因為行動處是他們的競爭對手。

如果行動處要從四大軍種的各單位裡挑選人才，珍妮佛可以理解，像吉布森．馮恩這樣的海軍陸戰隊員應該會吸引他們的目光。他們特別重視能跳脫傳統思考框架的人才，而且有時候要抓到一個小偷，你們就需要一個小偷來幫你們抓。這件事讓她心中的吉布森．馮恩形象完全不一樣了。她很確定她的老闆就是希望如此。

「耶穌啊，」她說。「那傢伙協助拿下賓拉登，但是現在連要去漢堡王找份工作都找不到。」

「唔，就像你剛剛說的，電腦不是他發明的，而且不要雇用一個跟副總統作對的人比較安全。我更正。應該是下一任總統。」

「所以你的意思是，我應該放他一馬？」

「不，我不是這個意思。我的意思是，你有時認為人是黑白分明的，但其實很少人是這樣。在出外勤任務時，有時候就是得迅速做出判斷，而你在這類狀況下非常厲害。這就是為什麼我會雇用你。你的直覺很少出錯，但我們現在還沒進行外勤任務。而你有一個傾向，只要談到人，你會只因為一些負面因素，就完全推翻這個人。」

「抱歉，長官。」

「不必抱歉。馮恩有一些狀況激怒了你，讓你忍不住想把他排除掉。但是我從他小時候就認識他，而且我親眼見識過他和蘇珊的關係。你一定要看到過，才能相信他有多麼照顧她。她是個非常特別的小女孩，而他也是個很棒的小男孩。」

「可是那是很久——」她開口，但他舉起一隻手打斷他。

「我不相信吉布森．馮恩會故意阻礙我們找到她。同時我認為他和蘇珊．隆巴德的過往很獨特而珍貴。他可能會看出一些其他人看不出來的。對我來說，光是這一點，就值得冒險用他。但或許你想的沒錯。或許我的判斷被往事蒙蔽了。這就是為什麼我希望你保持原來的立場。如果他的行動對我們不利，我相信你一定看得出來，到時候我們再來處理。在此同時，我相信他讓我們有最好的機會，能讓這件事有正面的結果。你明白我的意思嗎？」

「是的，長官。」她站起來要走。

「珍妮佛，」喬治．阿倍說。「吉布森．馮恩這輩子受了很多罪，而且他為國服務的功勞很大。如果你低估他，那就太短視了。」

「是的，長官。」

「除此之外，幽魂君似乎不願意現身，所以這回的機會可能根本就沒用。」

「是的，長官。」

「還有，珍妮佛。這裡不是中央情報局。你喊我喬治就行了。」

「是的，長官。」

# 14

吉布森在星期六早晨的太陽下走過大片草地。能回到戶外感覺很不錯。之前的星期四傍晚，喬治・阿倍硬把他趕出辦公室，非常明確地警告他要到星期一才能再回去。放下工作很難受；搞得他滿懷罪惡感。但還有另一個小女孩需要他，而且她今天有一場足球賽。

過去幾個星期，他見到愛莉的機會不夠多。他知道，而且很不願意如此。但這是必要之惡。阿倍給他的錢，已經拿去付了愛莉和她母親所住那棟房子的貸款——離婚之前，他也住在那棟房子裡頭。

事後看來，他和妮可大概不該買那棟房子。他們是在房市崩盤之前的最高點買的，後來害他們財務上一直很吃力。但是買屋的當時，吉布森相信自己從海軍陸戰隊退伍之後，就可以挑到最好的工作。這個假設是有根據的。他眼看自己單位的同僚們一退伍，就紛紛被民間公司搶走。隨便只有他一半經驗或功勞的人，都能引發那些大型軍事承包商競相網羅。所以憑他的資歷，他認為自己也可以有同樣待遇。

他沒算到、而且原先沒搞懂的是，登上班傑明・隆巴德的黑名單是什麼意思。他找了好幾個月工作，連一個面談機會都沒有。一開始他只找大魚，因為那幾家國防產業巨頭總是需要有他這種專業技術的人。等到他終於接受他們不會雇用他的現實之後，就開始去找二線的公司，結果還是杳無回音。

為了能有進帳，他跑去一家連鎖電子產品賣場當家用電腦銷售員。他變得憤世嫉俗又滿懷戒心。那段日子很糟糕。他把自己封閉起來，偶爾冒出來只是大罵妻子和女兒。讓他羞愧的是，他跟妮可什麼都能吵。每件事都吵。而且要是她提出要賣房子的話題，那就完了。他們常常連吵好幾天，接下來他就滿腔憤怒地保持沉默。因為他知道自己失敗了。他害怕妮可把自己的幸福寄託在一個錯誤的男人身上，害怕她自己也知道，他從她的種種舉止裡都看到了怨恨。

這個狀況持續了幾個月，接下來，一切崩潰得很快。他以前的指揮官告訴他，一家當地的波帖斯塔生物科技公司正要找個資訊主任，還去幫他關說了一下。波帖斯塔小得連班傑明．隆巴德都不會注意到，或者他一個月前是這麼以為的。工作是很入門級的資訊科技：不必動腦筋又很無聊。他迅速通過面試，感激地接受了一年前他會嗤之以鼻的薪水價碼。但是家裡有妻小，還有沉重的房貸要付，吉布森不敢冒險要求更高。忽然間，醫療保險和持續的進帳彷彿是天賜大禮。工作滿意度和他想寵老婆的夢想就只能暫緩了。

前妻，他提醒自己。他們已經離婚快一年了，但他還是提不起勇氣把這個字眼說出口。

前妻。

他不想故意找麻煩，但麻煩來找他時，他也沒有任何抗拒，而是任由事情發生。在軍中調動多次，背著老婆偷吃這種事他一次都沒想過。諷刺的是，他在波帖斯塔工作後，反倒就開始了。那份工作並沒有神奇地彌補他婚姻中的裂痕，而且他太頑固又太驕傲，不肯去修補。反之，他跟一個名叫麗依的銷售代表跑去酒館的減價時段喝一杯。

回顧起來，他明白那只是暫時的逃避手段。懦弱、純粹，而且簡單。麗依喜歡他，而且對他很和善。除了一杯酒和一個笑，她不需要他給她任何東西。跟麗依睡覺的那個男人對他是個謎。即使到現在，他還是很難想像那個男人就是自己。

妮可非常了不起、也是永遠讓他感激的一點，就是她並不殘忍，也沒有企圖報復。她的律師很公平，而且儘管他們的婚姻告終，卻從不曾延伸到他跟女兒的關係。比起他聽過的一堆故事，他實在太幸運了。不過任何認識妮可的人都很幸運。

最艱難的部分，是看著妮可對他完全心死。她向來都是暗自悲傷，不讓他看到。所以她沒有找他吵架，沒有流淚，只是保持一段麻木的距離。甚至在找他當面談開時，她就已經對這段婚姻得出結論了。其他的一切只不過是個形式。

他求她再給他一次機會，但妮可不是那種會原諒的人。他們高中時就認識，他從來沒看過妮可在這種事情上頭讓步。談到忠誠，她是不會給第二次機會的。只要背叛一次就徹底出局，這種事沒辦法讓你從錯誤中學習。如果他不是她可以信賴的男人，那她就沒辦法跟你繼續當夫妻。吉布森向來很欣賞她決斷事情時的那種自信，但是當你站在她的對立面，那就完全是另外一回事了。

於是就這樣，他恢復單身，離婚的爸爸住在一棟乏味的水泥高樓公寓裡。六年的婚姻結束了。接下來他要付贍養費，要開車一小時去看女兒，同時深深懷疑自己是有史以來最蠢的混蛋。

這就是為什麼那棟房子很重要。

那是一棟好房子，結實的兩層樓鱈角式尖頂屋。遠離華府市區，寧靜而安全，附近有好學校。有年七月，在他休假期間，他沿著車道種了一整排杜鵑。忙完之後，他和妮可坐在門廊上的折疊式躺椅上，喝著啤酒，計畫著花園該怎麼安排，直到蟲子太多而逼得他們進屋。九個月後愛莉出生。那是吉布森此生最快樂的時光，而且即使到今天，他也從不後悔買那棟房子。即使為了要保住這房子，差點要了他的命。這棟房子代表了他原本應該給妮可和愛莉的生活。他寧死也不願意見到她們因為他而失去這棟房子。

他走過去時，足球賽才剛開始。球滾向邊線，兩隊的女孩一起追著球跑，同時開心尖叫著。他一眼就看到愛莉。她在球場另一頭，正彎腰專心看著草地上的什麼東西。吉布森咧嘴笑了。他女兒很可能是全世界有史以來最沒天分的足球員，因為她擺明了完全不管足球規則。只打一個位置讓她覺得很無聊，於是她在球場裡到處漫遊，不會有人處罰她。要不是穿了制服，你實在很難看得出她到底是哪一隊的。

在球場裡，愛莉開始張開雙臂兜著小圈子跑，往上看著天空，直到她頭暈而倒地。

吉布森忍不住微笑。有一半的時間，他不曉得自己的女兒是哪個星球來的，但他好愛她，因而想到自己無法每天哄她睡覺，就覺得好傷心。對著電腦讀床邊故事，一點也不像是在當父親。

愛莉開心地爬起來，朝球場的另一邊跑去，讓人想到人生原來有這麼多喜悅。承認自己的榜樣就是他六歲大的女兒，應該覺得羞愧嗎？

在場上，球滾向愛莉，她用力一踢。球朝右邊滾去，在離邊線十五碼處停住。吉布森朝球場走去，一面拚命拍手，活像愛莉剛贏得世界盃似的。她跑到一半停下來，朝她的爹地揮揮手，同時其他球員紛紛跑過她身邊。

在邊線前方，他太太朝他看過來。前妻，他提醒自己。妮可跟其他球員的父母坐在一起，一堆折疊椅和手提冰桶形成了一個小小綠洲。吉布森已經養成習慣，總是保持距離站在一旁。遠得不會害妮可不自在，也不至於太刻意。她已經和幾個父母成為好友，他很樂意把這部分領土割讓給她。她朝他點了個頭，他也回敬。她又轉頭回去看球賽，沒再看他了。

到了中場休息時間，球員們聚集在球場兩端，吃著切片的柳橙，同時教練討論著這些小女孩不可能執行的戰術。父母們彼此聊天，或者離開去找移動式廁所。妮可沿著邊線走向他。她今天穿著一件寬鬆飄逸的背心式連身裙，從高中時代就是她最偏愛的打扮。她背對著陽光，看起來美麗動人。

「嗨。」她說。

「嗨。」

這麼一點友好的表示，就讓兩人耗盡力氣，於是各自花了片刻重新振作起來。跟妮可交談時，只談愛莉總是比較安全。兩個人之間發生過太多不愉快的事情，但是談到愛莉，他們向來意見一致。

「看起來，愛莉鐵定是這個球季的最有價值球員了。」他說。

「我一整個球季都接到巴西球探打來的電話。」

「先按兵不動，等他們出高價吧。」

「我們就要發財了呢。」

「你收到錢了嗎？」

「收到了。謝謝。怎麼會有人付現金給你，吉布森？」

「那是簽約金。」

「給現金。」她瞇起眼睛看著他。「存進銀行沒問題嗎？」

「當然沒問題。」他覺得火氣冒上來，但妮可說得有道理。現在有誰會付現金？

「怎麼回事？」

「沒什麼。不會有事的。」

「不會有事？你真的為了這筆錢在冒險。」

「我們需要錢。不會有事的。我保證。」

「吉布森，拜託不要跟我保證什麼了，好嗎？」

她講得很平靜，沒有任何惡意，但是話很刺耳。於是他別開眼睛不看她。他們默默站在那裡，彷彿任何突然的舉動都會成為視為敵意之舉。這類時候是他人生中最糟糕的時刻。眼前這個人，曾是他這輩子唯一能敞開心房交談的人，但現在他卻必須戒備，小心翼翼地措詞或提防，斷續陷入沉默。

「我星期一會把那些錢送去你家。」

「妮可。」

「吉布森。」她說，絲毫不肯退讓。

「蘇珊。那份工作。那些錢。是有關蘇珊的。」

一聽到蘇珊的名字，她整個舉止完全不同了。原先冷漠的面具卸下，而且一年以來頭一次，吉布森看到她雙眼中出現了關切和憂慮——烏雲散開了片刻。

「蘇珊。」她望著他的眼睛，想確認他是不是說了實話。「你是想找到她？」

他點頭。

「耶穌啊。」

「我真希望能告訴你整件事。但是他們要我保密。不過我保證，那些錢是正當合法的。」

「不，你不必告訴我，沒關係的。」

「謝謝。」

「你還好吧，吉布森？我的意思是……蘇珊。」

「應該還好吧。」

「愛莉比賽後要去參加一個朋友的生日派對，所有父母都獲得邀請了。我想他們還雇了個小丑來。你應該一起去。」

「我很樂意。」

他發現妮可朝他背後看，於是轉身。穿著套裝和高跟鞋的珍妮佛・查爾斯正走向他。即使戴著太陽眼鏡，她臉上的表情還是讓他心慌起來。

「怎麼？發生了什麼事？」他一等她走過來就問。

「有他的消息了。」珍妮佛說。

「什麼時候？哪裡？」

珍妮佛看了妮可一眼，沒有回答。

「那至少能不能讓我一起去？」他問。

「老闆要跟你談。他在停車場。」

吉布森朝停車場的那些車看了一下，然後回過頭來看著珍妮佛，最後終於看向妮可。

「我得離開了。」

「去吧。」妮可說。

「可是愛莉——」

「她會理解的。務必打電話就是了。要是沒天天跟你講話，她就會瞎鬧。」

「我會的。」

他正要跟著珍妮佛往停車場走，妮可叫住了他。

「吉布森。」

「什麼事？」

「祝你狩獵順利。」

# 15

喬治．阿倍坐在一輛黑色的M-Class賓士汽車裡等他。乘客座上有一個長方形的盒子，外頭的鮮紅色包裝紙印著一隻隻白色的小獨角獸。

「盒子裡是什麼？」吉布森問。

「不是給你的。」

「唔，你這樣害我好傷心。」

阿倍低聲笑了，把那禮物放在後座，遞給吉布森一件休閒西裝外套。

「穿上吧，我們有個約。」

「祝你們好運。」珍妮佛說。

「你不一起去？」

她點點頭。「晚一點公司見了。」

那輛房車像一個舒適的大繭，載著他們流暢駛出停車場。吉布森從來沒坐過這麼好的車，覺得立刻可以領略車中的舒適感。他還有點希望能塞在車陣裡，好在車上多待一點時間。

「怎麼樣？」吉布森說。

「你的判斷正確。」

「他人在哪裡？」

「星期五下午，你的病毒從一個IP位址傳回訊息。是位於賓州西部一個叫桑摩賽特鎮的小城。」

「為什麼沒有人通知我？」

「只傳回一個IP位址訊息，然後就又潛伏不動了。」

「潛伏不動？」這種事不該發生的，他腦袋裡同時冒出好幾個可能的原因。

「那我的判斷是哪裡正確了？」

「那是一家公立圖書館。」

吉布森想了一下；很合理。公立圖書館有很多人進進出出。這樣很聰明，增加了另一層難以揭開的匿名性。他們得監視那家圖書館，希望如果幽魂君又想進入阿倍顧問公司的伺服器時，他們就可以查出那個人。

到了華盛頓圓環，他們走新罕布夏大道到二十二街，然後在P街左轉，進入喬治城。路旁的公寓樓房轉為成排的磚造家屋，接下來是大棟的私人住宅，周圍環繞著高聳的榆樹和櫟樹。杜克．馮恩曾形容喬治城是「深口袋和利牙齒之鄉」。他父親每年會來這裡四、五次，出席一些跟工作有關的場合，但是從來不帶兒子去。這回不是那類派對，杜克曾解釋。那是個充滿敵意的領域。

即使他們是站在你們那一邊的？吉布森曾問他父親。

尤其是站在我們這一邊的，他父親擠了下眼睛回答。

「這表示你們要讓我去了？」這會兒吉布森問。

「我希望讓你去，」阿倍說。「你到目前為止都做出非常重要的貢獻，我猜想你的技巧應該會很管用。另外，還有你和蘇珊的關係。」

「所以確定要讓我去了？」

「要看情形。」

「看什麼情形？」

「賨普雷斯夫人要求見你。」

吉布森點頭，觀察著阿倍。他被召喚去覲見女王。至少感覺是如此。

「我想你可以幫上我們，而且我就是這麼告訴她的。但是賨普雷斯夫人希望自己做判斷。」

喬治．阿倍把車子停在一道鍛鐵柵門前。門上黑色的金屬牌上有金色的字：「可林居」。一根鐵柵條尖頂上飄著一大串鮮豔的氣球，一長排家庭等著接受兩個保全警衛的檢查。男人都穿著西裝，女人都穿著禮服。就連小孩都盛裝打扮，而且每個人都帶著禮物。如果天堂是由 Laura Ashley 和 Ralph Lauren 這兩個名牌贊助的話，那就應該是類似眼前的模樣。

一名警衛撇下排隊的人群，走向他們的車。

「你們得去街上找停車位……」那警衛認出駕駛人，講到一半停下來。「喔，你好，阿倍先生。你是來參加派對的嗎？」

「不，東尼，我是來見賨普雷斯夫人的。」

「啊，沒問題，開進來吧。不過別停在你平常的位置，改停在馬廄改建的車庫裡頭。我會打無線電通知他們。今天大宅裡頭有點瘋狂。」

「謝了。」

他們沿著碎石車道開往一棟聯邦時期風格的巨大宅邸，兩側的下坡有修剪整齊的花園。那宅邸的龐大讓吉布森目瞪口呆。他看到了至少有七根煙囪。這種產業應該是屬於英格蘭鄉間，而非美國大城之內。另一名警衛指示他們離開主車道，然後阿倍停在一棟兩層樓高、比妮可的房子還大的紅磚車庫前。七個停車隔間一字排開，外頭有一扇扇長方形的白門。中間的那個停車隔間開著，裡頭是一輛維護得很完美的綠色古董賓利汽車。

阿倍看到他在打量。「那是五二年的，原本屬於竇普雷斯夫人的祖父。他在羅斯福總統時代當過駐法國大使。是西奧多．羅斯福，不是法蘭克林．羅斯福。」

「他以前也住在這裡？」

「竇普雷斯家族從一八二〇年代就住在這裡，是華府最古老的家族之一。主屋是在一八一二年的第二次獨立戰爭後，由亞歷山大．竇普雷斯和知名建築師查爾斯．布爾芬奇設計的。」

「『可林』（Collin）的意思是什麼？」吉布森問。

「小山丘。是亞歷山大的太太從法國回來後取的。當然，竇普雷斯夫人可以告訴你更詳細的故事。談到他們的家族歷史，她就像一本活的百科全書。」

「還有誰住在這裡？」

「目前只有她和她外甥女。這個派對就是為了慶祝凱瑟琳的生日。」

「兩個人？就這樣？」

「竇普雷斯夫人前一次婚姻生了個兒子。他住在佛羅里達，不常來拜訪母親。她有兩個姊妹還在世，一個住在舊金山，另一個是匹茲堡大學醫學院的院長。她最小的妹妹多年前難產過世了，就是她外甥女凱瑟琳的母親。克麗絲塔收養了凱瑟琳。然後家族裡面還有上百個各式各樣的親戚，但是我記不住了。」

他們走向屋子，阿倍忽然示意兩人停下來，轉向吉布森。他顯然猶豫著不曉得該怎麼說。

「克麗絲塔……竇普雷斯夫人是個好人。」

「可是……？」

「她很嚴厲。她不太受得了有人跟她意見不同。她習慣聽自己的聲音，希望你懂我的意思。」

「你要我怎麼做？」

「如果你想要這份工作，就要順著她。」

吉布森的確想要這份工作。他得親自去賓州的桑摩賽特鎮。非去不可。他很怕他們可能在那裡發現的事情，但他還是一定要知道。如果條件是要他跳踢踏舞給克麗絲塔看，那麼他就會跳。他父親以前的工作就是在對付這些豪門世家，他從小耳濡目染，一定也能應付的。

他們繞過房子側面，迎面而來是音樂聲和小孩開心的尖叫。那個場面真是盛大。大宅有著又寬又長的露台，邊緣的欄杆外是綿延的草坪，吉布森猜想那裡有超過三百個人。草坪上搭了幾個白色大帳篷，一個狄西蘭爵士樂團正在其中一個帳篷下熱烈演奏。另外還架設了一個拼花地板舞池，幾十對人在裡頭跳舞。幾個小丑和魔術師對著面前的一群群兒童表演著各種把戲。

他想到愛莉今天下午要去參加的那個生日派對。他希望有雇小丑。愛莉會喜歡小丑的。

「這個過生日的小孩幾歲？」吉布森問。

「八歲。」

「八歲？」他說，不敢置信。「這些人跑來這裡，全都是為了一個八歲的小孩？」

「別傻了。他們是為了竇普雷斯夫人來的。」

「也是。我爸來過這裡嗎？」

「那當然。」阿倍說。「他以前和竇普雷斯夫人緊密合作。在華府，要是你敢不理會克麗絲塔・竇普雷斯夫人的邀請，就很難混得下去了。」

「隆巴德是怎麼攀上她的？」

「你弄反了。是克麗絲塔・竇普雷斯發現班傑明・隆巴德的。其實應該說，是她一手把他打造出來的。他們認識的時候，他還窩在維吉尼亞州議會。她挖掘出這個沒沒無聞的小子，磨亮他粗糙的稜角，介紹他適當的人脈，還出錢讓他競選美國參議員。」

「她太慷慨了。」

「唔，先不管那些民粹主義份子會怎麼談歷史。這世上有國王，也有造就國王的人。絕大部分時候，這兩者是缺一不可的。」

「所以如果隆巴德在十一月當選總統，她一定像是得到某種戰利品。」

「她和副總統現在沒什麼來往了。」

他們爬上一道石階，來到露台。這裡顯然設計為成人的活動區。兩打餐桌上頭有傘篷遮蔭。人們在裡面走動、喝酒、社交。打著領結的侍者穿梭繞行，端著放在托盤裡的小點心，或是替客人補充葡萄酒。吉布森餓了，於是動手拿了一份放在切片法國麵包上的里脊肉加辣根醬。阿倍帶著他來到露台中央，那裡有一張餐桌比其他的都稍大一些，也更精緻，而且跟其他桌子稍微拉開了距離。

阿倍示意吉布森在原地稍候，然後自己走向一個女人，她大概六十出頭，但是以她的財力，讓她看起來處於中年。吉布森不必問就知道，這位便是克麗絲塔·竇普雷斯夫人。她的氣質並不傲慢，遠遠超出了傲慢。那是一種自信——完全確定這個世界會照她喜歡的樣子安排。這使得她有一種格外優雅的姿態，其他同伴都相形失色。她的頭髮剪成很有型的鮑伯頭，下巴顯然有醫術高明的整型醫師修整過。她穿著一身白色鑲金邊的連身裙，沒佩戴任何首飾。阿倍彎腰在她耳邊低語。她抬頭朝吉布森的方向看了一眼，銳利的目光彷彿有穿透力。

「各位，對不起。我能不能失陪一下？」她說。

吉布森以為她會站起來，但結果是同桌其他人紛紛拿了皮包、端著自己的飲料離開。其中一個五十來歲的銀髮女人彎腰湊過去跟克麗絲塔咬耳朵，同時還朝吉布森看了一眼。克麗絲塔點頭說了些話，於是那女人滿意了，也跟著其他人離開。

阿倍招手要他過去。「克麗絲塔，這位是吉布森·馮恩。」

她微笑伸出一隻手來讓他握。

「請坐，」她說。「不是你，喬治。你自己去喝杯酒吧。我們很快就會談完。」

阿倍於是告退，但走前先朝吉布森使了個眼色，其中訊息明確無誤：可別搞砸了。

「很高興能再看到你，吉布森。你還記得我嗎？」

「記得。我也很高興能再看到你。」

「你該不會是工作到一半，硬被抓來的吧？」

「不是。」

「所以那個重大時刻發生的時候，你不在場？」

那口氣聽起來像是控訴。他吃了一口里脊肉，暫時逃避回答。

「無論如何，我這麼臨時才通知，謝謝你趕來了。很抱歉這裡鬧哄哄的，」她說，指著草坪上的派對。「如果不是今天，我很確定這裡會比較像樣，但是喬治覺得我們得按照既定的速度進行，而我想在進行之前跟你談談。」

「這個派對很不錯。」他說。

「是啊，而且天氣這麼好。我真後悔取消了飛行表演。」

「飛行表演？」

「是啊，海軍有個噴射機隊，會做一些非常厲害的表演。」

「你是說藍天使？」

「就是那個沒錯。」她說。

吉布森目瞪口呆，沒想到這個女人居然為一個八歲小孩的生日派對，預訂了藍天使的飛行表演。

「當然了，我自己也很開心。你很容易相信別人嗎，馮恩先生？」

「不，通常不會。」但這個女人不知怎地讓他不知所措。在她面前，他覺得膽怯，這種感覺他一點也不喜歡。他有回曾在一場會議中叫一個三星上將安靜點，但眼前這個女人，害他覺得自己像是狄更斯小說《孤雛淚》的孤兒主角奧利佛．崔斯特，正在遞出手上的粥碗，跟兇惡的管教人員要求再給一勺。

「希望如此。」她微笑。

「我來這裡要做什麼？」他問。

「別這麼急性子。對自己有點幽默感是很重要的。」

「那你呢？」

「對我自己有幽默感？當然有。不過呢，說笑話的人必須是我才行。」她朝他擠擠眼睛。

「換了人就完全不一樣了。」

「我會記住的。」

「那就好。我的家族好幾代之前就失去嘲笑自己的能力了。當你的地位重要到某個程度，就會傾向於用一種病態的崇敬眼光看自己的家族。你會受騙，開始相信這個家族的成功不是靠運氣和努力，而是因為天生就比別人優越。」她朝吉布森傾身，好像在跟他講什麼機密。「上天賜予。好基因。好血統。諸如此類的。這樣想當然很荒謬，不過很多人就是這麼想，而且下場都一樣。每一代都比上一代更養尊處優，也就更懶惰。更有興趣去瑞士度假滑雪，而不是增加家族的財富。養尊處優導致懶惰，接著就導致衰落。但當然，只要錢夠多，有可能幾十年你都不會發現自己家族的光輝已經蒙上灰塵。直到有一天你醒來，才發現最後一個有任何重大成就的家族成員，已經在甘迺迪總統暗殺事件之前就死掉了。你知道現在我兒子在做什麼工作嗎？」

吉布森搖搖頭。

「什麼都沒有。他跟一個女人住在佛羅里達州羅德岱堡的一戶豪華公寓裡，成天打高爾夫球。」她驚駭地睜大眼睛，好協助他了解這個事情的嚴重性。等到他沒有什麼反應，她就又緩緩再說一次。「羅德岱堡，馮恩先生。我的叔公曾協助威爾遜總統制訂凡爾賽條約，而我兒子的野心卻只局限在佛羅里達州沼澤區的一小片土地上。真可怕。」

「你不喜歡？」

「佛羅里達州？不喜歡，那裡證明了人類或許不該發明冷氣。」

「所以保持幽默感？」

「對我很有用。」她微笑，碰一下自己空葡萄酒杯的杯沿，一名侍者立刻過來幫她倒酒。

「從某個角度來說，我應該好好謝謝你。」克麗絲塔說。

「怎麼說？」

「你對班傑明做的那件事，害你陷入那樣的……困境。」

「我不懂你的意思。」

「你以為被盜用的款項是誰的？班傑明的？拜託，在我發掘他之前，那傢伙根本什麼都沒有。雖然你的做法太莽撞，但是你幫我認清我押錯了馬。」

「我不明白。你的意思是我父親？」

「不，不是你父親。他是個可愛的人，不過他只是騎師。希望你懂得我的比喻。」

「隆巴德？」

「沒錯。他是個有野心的小賊。你破壞了他的計畫。」

「但是我父親……」

克麗絲塔憐憫地看著他。「你真的相信他們的說法？說偷錢的是你父親？天可憐見，不。你父親太忠誠了。這一點他和喬治一樣。杜克．馮恩只不過是個替罪羊。死人沒有人權，反正律師是這麼告訴我的，也沒辦法為自己辯護。你這麼多年來，都真的相信你爸是個小偷？」

吉布森忽然覺得天旋地轉，耳中發出高音調的雜音，蓋過了派對的嘈雜聲。他暫時忍住彎腰把頭埋在膝蓋間的衝動。反之，他雙手十指交扣，像是在憤怒地禱告，同時迎視著克麗絲塔的目光。

「你為什麼都沒有出面說清楚？」過了好一會兒，他才問。

「很合理的問題。簡單說，因為那樣做不符合我的利益。」

「隆巴德竊佔的是你的錢啊。」

「沒錯，但是我的錢拿回來了。」

「所以這樣就算了？」

「政治是一幅醜陋的畫，外面裱著漂亮的畫框。儘管我很喜歡杜克．馮恩，但我不打算讓自己的家族跟班傑明．隆巴德鬧翻，好挽救你死去父親的名譽。對我來說，那樣的代價會是大得無法彌補的。」

「你讓隆巴德贏了。」

「但是我還活著可以跟他鬥。兩害相權取其輕。」

「所以你找我來，就是為了這個？要減輕你和喬治的良心不安？」

「啊，老天，不。良心不安的只有喬治。他太善良了。甚至是高貴，這是他的一大缺點。」

她說，露出被逗樂的微笑。

「所以這個安排不是你的主意？」

「要我雇用一個曾因為陷害班傑明．隆巴德而被定罪的人去找蘇珊？那太荒唐了。無論你以前做過什麼選擇，那都是你自己的事，跟我一點關係也沒有。但是喬治，老天，他太心軟了，他認為雇用你是一種平衡。所以才會有今天。」

「那我們為什麼在這裡？」

「我想，是為了滿足喬治心中對於因果報應的期待吧。」

「不，為什麼我們在這裡？」

「啊，你的意思是，為什麼我邀請你來我家？因為，且不管我對班傑明的感覺，蘇珊畢竟是我心愛的人。我是她的教母。我參加過她的洗禮。我一路看著她長大。她嬰兒時期是那種天使寶寶。真的，就是那種從來不哭的。她是個很難得的小孩，後來成為一個很棒的少女。這些你都很清楚。她對人生充滿熱情，那是我們家族的人輕易揮霍掉的。她很有智慧，或者長大後一定很有智慧。發生在她身上的事情是個悲劇。」

她從自己的酒杯裡喝了一大口。然後又停了好一會兒，才又繼續說下去。

「對不起，即使過了這麼多年，這個話題對我來說還是很難受。」

「我明白。」他說。

「你太善良了，馮恩先生。如果有那麼一絲機會，這張照片是真的——老實說，我認為那是惡作劇，故意要引發痛苦，重新揭開舊傷口，幕後的人是個虐待狂——但如果照片是真的，而這個人確實知道我教女的下落，那麼我會竭盡一切力量去找到她。至於要為這一切負責任的人……」她暫停下來，審慎考慮著自己的用詞。「他會吃到苦頭。」最後一個詞感覺上像是一把長柄大鐮刀。讓他想到喬治．阿倍說過，想跟抓走蘇珊的那個人坐下來好好談一談。

「無論如何，喬治認為你對我們這個計畫會有幫助。我想跟你見個面，親眼看一下。」

「所以這是個面試？」

「差得遠了。不，我只是個好奇的旁觀者。我的家族已經大不如前了，但這個姓氏還不是完全沒有影響力，我相信有一天會再振作起來的。你看到樹籬之外的那個小小的圓頂嗎？」

她指著草坪之外的一個點，吉布森看到產業邊緣的那棟圓頂建築物。那片樹籬的高度少說也有四公尺半，所以他不懂她是用什麼當標準，認為那棟建築小。

「那是我的曾、曾、曾祖父亞歷山大．賓普雷斯在他太太過世時蓋的。過了十二年他死去後，就葬在她旁邊。我們整個家族都埋葬在那兒，除了我的叔叔丹尼爾，他葬在法國諾曼地的一個白色十字架底下。我早晚也會加入他們，而到時候，我的家族在這個城市的歷史就已經有三百年了。但在我真正加入他們之前，我希望能看到我們家開始重拾以往偉大的傳統，報效這個國家。」

「不要再有人跑去佛羅里達住豪華公寓？」

「沒錯。我說這些不是給你上歷史課，而是要跟你保證，我的感激不會微不足道。你和你的家人都會受惠。但萬一你動歪腦筋，」她說，口氣陰沉下來。「打算利用情勢來達到自己的目的，把這件事公諸媒體，就像你以前做過的那樣……唔，那麼我就會認為你是針對我個人了。」

「我明白。」

「很好。我相信這段談話是完全沒必要的。」

「我也覺得沒什麼必要。」

克麗絲塔贊同地點頭。「很感謝你，馮恩先生。真的。」

「克麗絲塔阿姨！克麗絲塔阿姨！」一個小女孩大喊，全速衝向這一桌。一群小孩跟在她後頭，但全都在階梯頂端停下，好像被一堵隱形的牆給擋住。那小女孩停在她阿姨旁邊，上氣不接下氣，白色連身裙沾著零星碎草。她的一頭黑髮在腦後編成一條辮子，臉上有一對漂亮的藍眼珠。她看到吉布森，立刻害羞起來，緊緊依偎著她阿姨，在她耳邊說悄悄話。克麗絲塔大笑，抱住那女孩。

「好，當然好。但是不能超過二十個。去告訴戴維斯，讓他去跟他們的父母安排。」

那女孩咧嘴笑著說謝謝。打算要跑回下頭的草坪，但克麗絲塔抓住她的袖子。

「你可以跟我們的客人打個招呼嗎？這位是馮恩先生。這位是我的外甥女凱瑟琳。」

「哈囉。」她揮揮手。

「哈囉。」吉布森說。

「好好打招呼，小女生。」

她點頭認錯，冷靜下來準備好，然後走近吉布森，伸出一隻手。他握了。

「很高興認識你，馮恩先生。我是凱瑟琳．竇普雷斯。謝謝你來參加我的生日派對。」

她眼角偷看著阿姨，看自己是否做得正確。克麗絲塔嘆了口氣，揮手趕她。

「去吧，去玩。另外記住，不能超過二十個。」

「是，克麗絲塔阿姨！」凱瑟琳興奮大喊，一邊衝下階梯。

「我還在努力教她，」克麗絲塔說。「恐怕我不是天生有母性的人。我那個遊手好閒的兒子就證明了這一點。不過我盡力。」

「或許我這些話你聽了會有點安慰，她的表現比我小時候乖多了。」

他從她臉上看得出來，一點安慰效果都沒有。

「能再看到你很高興，馮恩先生。祝你們在賓州好運。」

# 第二部

# 桑摩賽特鎮

# 16

次日一早，他們要出發前往桑摩賽特鎮。吉布森來到阿倍顧問公司樓下的地下停車場，發現裡頭幾乎是空的，他的腳步聲在水泥牆之間迴盪。韓紀克正在抽菸，身子倚著一輛頗新款的破爛Grand Cherokee休旅車，輪艙外鏽痕斑斑，車身側面有許多凹痕。後保險桿看起來像是反覆撞上過水泥路堤。

「好漂亮的車。你們原先那輛Range Rover送修了？」吉布森問。

「九萬元的休旅車，在賓州小鎮裡也太顯眼了，馮恩。我們得盡量保持低調。」

吉布森舉起雙手。「我只是開玩笑啦，大哥。」

「你只要管好電腦的部分，行嗎？」韓紀克朝兩個大大的黑色筒狀旅行袋彈了一下菸灰。「那是你專用的裝備，搬進車子後頭吧。」

韓紀克上了車，發動引擎。吉布森拉開那兩個袋子的拉鍊，檢查一下裡頭的東西，然後才放進後行李廂，裡頭原先已經放著好幾個一模一樣的黑色行李袋。韓紀克的裝備可真多，到底帶了些什麼？

珍妮佛開著一輛比Cherokee更破的福特Taurus停下來。那車子看起來像是曾開過一條比車身窄了四分之一吋的小巷。不過車身的損傷並沒有延伸到車子內部。車子逐漸停下時，吉布森聽得出引擎的聲音低沉有力。他關上後行李廂的掀門，注意到這輛Grand Cherokee和珍妮佛開的那輛福特Taurus一樣，都是賓州的車牌，後保險桿上也都貼了賓州的貼紙。他雖然沒有監視的經驗，但他很欣賞注重細節的人。

那輛福特Taurus前排乘客座的門鎖住了。他敲敲車窗，看著裡頭的珍妮佛。她搖搖頭，一根手指指向Cherokee車。韓紀克按了喇叭。

「你是開玩笑的吧？」吉布森用嘴形說。

珍妮佛的車窗下降一吋。「我們桑摩賽特鎮見了。」

「出發了。」韓紀克喊道。

「我願意付你錢打開這扇車門。」

「我知道你賺多少錢。」

韓紀克又喊著要他快點。吉布森懇求地看了珍妮佛最後一眼，但她只是木然地瞪著前方，努力憋著笑。

韓紀克開出華府，上了克拉拉．巴頓大道，這條公路是沿著昔日的切俄運河修築的。路旁的綠樹有如天篷般罩著馬路，他們開著車窗行駛，吉布森問能不能聽球賽轉播。韓紀克指著收音機，示意他自己動手。

「你有喜歡的球隊嗎？」吉布森問。

「我老爸喜歡道奇隊。我沒有。」

「他也是警察嗎？」

「不是。」

吉布森等著韓紀克繼續說下去，但他好像說完了。於是吉布森伸手去轉收音機。

「錄音工程師，做音樂的。他幫 SST 和 Slash 這兩家唱片公司做了很多工作。」

「好酷。有什麼我可能聽過的樂團嗎？」

「除非你很迷以前的龐克樂團。黑旗？」

吉布森搖頭。

「那其他的你就更不可能聽說過了。」

「你爸是做音樂的，那你怎麼會去當警察？」

「因為我去申請讀警察學院，不然你以為呢？」

韓紀克扭開收音機，表示談話結束。

棒球賽進行到第二局，華盛頓國民隊以二比〇領先。杜克要是知道華府現在又有了一支棒球隊，一定會很高興。在吉布森小時候，因為華府沒有本地棒球隊，巴爾的摩金鶯隊是最接近的，杜克一年會帶他去看個十場、十五場棒球賽。但如果要吉布森猜，他認為他父親更喜歡聽收音機裡的轉播。他還記得父親帶著他開車在夏綠蒂城和華府之間的車程上，聽著知名球賽主播梅爾·普洛克特和吉姆·帕瑪轉播球賽。那好無聊，聽著兩個老頭描述一些你看不到的東西。但就像很多人一樣，當他逐漸長大，那就成了一種安慰。他常常根本沒注意球賽內容，只是把轉播開小聲，享受那種撫慰的節奏在背景中。今天就是那種時候。

和克麗絲塔·竇普雷斯夫人昨天的對話，害他到現在還暈頭轉向。要是她的話可以相信，那麼吉布森過去十年以為的一切，都建立在一個謊言之上。他所有關於自己人生的假設全都突然轉向，只因為一個簡單的陳述：杜克．馮恩沒有犯法。從一開始就是班傑明．隆巴德，他竊佔了幾百萬元，且誣陷好友以掩蓋自己的罪行。吉布森還沒從那種震驚中恢復過來，無法完全接受自己從一開始就是對的，只是中途轉向了。他相信了隆巴德有關他父親的說法，很可恥地像其他人那樣怪罪他父親。

另一個想法啃噬著他。這麼多年來，他一直相信他父親是因為竊佔隆巴德的錢而自殺的。他沒有留下遺書，所以這是吉布森唯一想得出來的理由。但如果杜克．馮恩沒有竊佔那些錢，如果他沒有犯法，那麼逼得他自殺的原因是什麼？儘管吉布森老早以為自己得到了答案，但這問題依然困擾了他一輩子。原先的答案令他氣憤又怨恨，但至少它提供了一個薄弱、可悲的結束之感。但現在他連這個也沒有了。

吉布森清楚記得那棟老房子。前院的斜坡草坪上，他小時候曾花了好多時間在那邊耙樹葉、割草。院子裡有一棵枝葉茂盛的高大榆樹，杜克曾徒勞地在樹下教兒子投變化球。那輛風塵僕僕的Volvo停在車道上，表示他父親在家。會發出吱呀聲的門廊階梯，還有吉布森從來不覺得舒適的木涼椅。從來不會上鎖的前門。

那天前門大敞著。

吉布森喊了他父親，但是沒聽到回答。立體音響裡播放著老鷹合唱團。是〈新來的小子〉那首歌的頭幾句歌詞。他父親很喜歡這些：詹姆斯．泰勒、傑克遜．布朗、巴布馬利與痛哭者、寇斯比、史提爾斯、納許與尼爾揚。他的「大學校園裡的陽光午後，飛盤音樂」。吉布森把書包扔在樓梯腳，走過屋裡，又喊了他父親。他還記得有種不安的感覺，因為他爸應該要到星期五才會回家，而杜克·馮恩提早去做任何事的次數，吉布森用一隻手的指頭就夠數了。

他每個房間都檢查過兩次。又去看了後院。杜克有時會跟鄰居聊天：他大概只是在跟服務於維吉尼亞大學的胡柏先生聊那個學校的棒球隊。這似乎很合理。不過吉布森不喜歡前門就這樣敞得開開的。他又在屋裡看了一圈，注意到地下室的門開了一條縫。他還沒去檢查地下室，因為那裡從來沒人去。裡頭大部分只用來儲藏東西，加上一個湊合的臥室，好讓極少數有朋友來訪時使用。

他打開那扇門，看到地下室的燈開著。糞便的臭味撲鼻而來。他喊著父親，但地下室沒傳來回應。他緩緩走下樓梯，知道事情不對勁了。離底部四階時，他低頭看著地下室裡面，看到他父親的光腳丫懸垂在空中，往下指著水泥地板，彷彿整個人正要飛走。

又下了一階。

那看起來不像他。繩子把他父親的面容繃緊，使之轉為黑色。吉布森低語著他父親的名字，重重坐在最後一格階梯上。他一直沒哭，直到警察到達，跟他說他得跟他們一起走。

你為什麼要自殺，杜克？你是無辜的。是什麼逼得你跑去地下室？

韓紀克的車在傍晚駛入桑摩賽特鎮。這個小鎮位於匹茲堡東邊一個小時車程外，是個藍領工人為主的社區，人口不到七千。桑摩賽特鎮在歷史上最有名的事蹟不太好，就是一七九四年威士忌暴亂的反叛溫床。比較最近的，則是九一一事件聯合航空九十三號班機，墜毀在附近的尚克斯維爾。但眼前最重要的是，桑摩賽特鎮距離那個布里茲伍德的加油站很近——往東只有一百六十公里。

韓紀克在鎮中心那個青銅圓頂的法院周圍繞了一圈，然後停下來等珍妮佛，她落後了大約十分鐘。韓紀克或許不是個好相處的出差同伴，但他可真是個好駕駛。之前他們在馬里蘭萊恩碰到塞車，吉布森就查閱他手機上的交通狀況，想找找看有沒有別的路。

「手機收起來。」韓紀克吼他，一眼地圖都沒看，就開車轉入空蕩的六十八號公路。這傢伙是個人身GPS。

從頭到尾，這是吉布森記憶中最順暢的一次車程。每個人都認為自己是個好駕駛，但韓紀克的確貨真價實。停下時非常流暢，加速時又順得讓你幾乎沒感覺，而且韓紀克似乎毫不費力。不知怎地，韓紀克行駛的車道總是不會塞著不動，而且那不是運氣好；如果一輛車在前方五百公尺踩了煞車，韓紀克就能預料它會如何影響後頭一大串車，然後據此調整速度或改變車道。

珍妮佛在幾分鐘後也到了。之前因為吉布森無法確定幽魂君偷走了阿倍顧問公司裡多少資料，又希望繼續引誘他們的獵物，於是便在該公司內部實施全面的電子掩飾工作——不用電子郵件，不打字，不用Word文件。麥克．瑞齡為這回的行動特別設置了一個專用伺服器，跟公司內部不連線。但是在此同時，一切事宜都用記事本和手寫便條進行，這對每個人都是個詭異的轉變，只有韓紀克除外，他好像更喜歡這樣。

這也表示他們沒有預訂旅館，但是韓紀克知道桑摩賽特鎮全鎮的格局，而且迅速背出方圓三哩內的每家汽車旅館的名字。

「你以前來過這裡？」吉布森問。

「我看起來像是來過這裡嗎？」

「所以你每天回家就研究地圖集？」

「如果我要去哪裡，就得了解那個地方的事情，Google不能代替的。記住這句話。」

珍妮佛的車子也抵達，他們就繼續往前行駛，最後挑了一家低矮的一層樓汽車旅館，比較聽不到高速公路的車聲。吉布森還是覺得坐立不安，於是決定先出去慢跑一下，回來再想晚餐要怎麼解決。他離開房間，看到韓紀克已經從房間裡拉了一把木椅子出來外面，正坐在那邊懶洋洋地抽菸。

「我一個小時後就回來。」吉布森說，朝韓紀克點了個頭。

韓紀克咕噥一聲，然後吉布森就開始輕鬆地朝街道跑去。夏天到了，六點過後還是悶熱的三十二度。他往南朝鎮中心跑去，留意著一路的地形狀況。中間他經過了頂峰餐館，是位於路邊一家典型不鏽鋼預鑄的建築物，有著紅綠兩色霓虹燈招牌。屋子翻新過，但他敢說那裡以前就是一家道地的美式家庭餐館，大概早在一九六〇年代就開始營業。換了杜克就一定會曉得，但無論如何，這都是一家珍貴的餐館。吉布森知道接下來待在這裡的期間，自己會去哪裡吃飯了。

跑到法院外，他右轉，往西迎著夕陽前進。看到圖書館後，他慢下腳步，剩下的路用走的，希望能親眼看看。這家圖書館的網站只有首頁。基本上只是一面公告開放時間的電子招牌。他找到過圖書館的幾張照片，但是都沒法看出圖書館的整體格局。最重要的是，有個聯邦調查局最想捉拿的罪犯之一就把運作基地設在這裡，他很好奇，想來看一看。

以一個大壞蛋的巢穴來說，這裡有點令人失望。卡洛琳·安瑟尼圖書館是一棟漂亮的紅磚建築物，窗框和大門的門框都漆成了白色。外頭是一片修剪整齊的草坪和圍繞在邊緣的花壇，隔開了馬路的喧囂。大門一邊是一座鮮紅色的消防栓，另一邊是一台飲水機。看起來就是典型的美國小鎮，而且就跟法院一樣，跟周圍那些有著黯淡護牆板的房屋顯得格格不入。

飲水機的水量很小。吉布森設法喝到了一點水，然後繞著建築的周圍走了一圈。圖書館的一側和後方的地勢往下傾斜，形成一座公園，裡頭有長椅、野餐桌、綠油油的草坪，公園中央還有一個石砌噴泉，懶洋洋、不太穩定地噴著水。

這讓他想到了有蘇珊和牛蛙的那張照片。繼而想到之前有件事困擾他……那頂帽子，是有關那頂費城人隊的棒球帽。*有什麼好大驚小怪的？*他問自己。她需要一頂帽子遮住臉，於是買了費城人的棒球帽。結案了，大偵探。

但這事情還是困擾著他。

*專注在眼前的工作吧*，他告訴自己：搞清圖書館的格局。看起來進出口有三個：大門、一側的裝卸貨口，外加一道開向公園的側門。圖書館是一棟獨立的建築物，所以也沒有什麼閒逛經過的藉口。再加上這是個小鎮，這表示任何外來者很容易就會被注意到。在他們看到幽魂君之前，幽魂君老早就會發現他們了。

吉布森利用自己的手機檢查他已經知道的——圖書館的Wi-Fi沒有密碼保護。他離開圖書館走了半個街區，訊號才完全消失。明天他會帶著一個訊號測試機過來，在地圖上標出Wi-Fi訊號的範圍。不過眼前已經很清楚，幽魂君可以用圖書館裡頭的Wi-Fi，但完全不必踏入圖書館一步，甚至不必在圖書館視野所及的範圍內。他們的工作變得更棘手了。不是不可能成功，但是變得複雜許多。

好吧，現在他也完全沒辦法做什麼。他把耳機塞回耳裡，然後開始朝汽車旅館跑回去，準備在晚餐前打電話給愛莉。

# 17

頂峰餐館裡面狹窄而偪促，是個令人會有幽閉恐懼症的小地方，給人一種坦率、實用的感覺。固定不能動的黑色鋼製凳子從四方形吧檯底部彎出來，還有一排排卡座緊貼著外側牆壁，每個人都緊挨著另外一個人。珍妮佛看不出這裡有什麼好，但是馮恩對這地方卻抱著一種常人對待博物館才會有的崇拜和敬畏。

「看看這地方，你能相信嗎？」吉布森問。

「不能，」珍妮佛說。「『蝴蝶圈餅融化』（pretzel malt）到底是什麼？」那是菜單裡特別推薦欄的菜色。

吉布森咧嘴笑了。「有點類似披薩餃，只是外面包的是蝴蝶圈餅。你會很喜歡的。」

珍妮佛瞪著他。「這是為了報復我不讓你搭我的車，對吧？」

「你往後會感謝我的。」

「那你可有得等了。」

珍妮佛在菜單上找到了生菜沙拉，這才鬆了一口氣。韓紀克點了美式肉糕。菜上來後，韓紀克把肉糕切成十來個一口的份量，然後每一口都要沾Tabasco辣醬。吉布森點了一份奶昔和一種叫做辛蒂．蘇的巨大玩意兒——一個滴著烤肉醬的漢堡，上頭放了厚厚的洋蔥圈，配菜是炸薯條，難怪他花那麼多時間在健身房；整份漢堡一定有一千五百卡洛里。吉布森邊吃邊跟他們兩個人簡報一下，提出監視卡洛琳．安瑟尼圖書館會碰到的種種挑戰。

韓紀克也認為想融入環境恐怕會很困難。「面對真相的痛苦時刻到了。這是個沒有被充分利用的小鎮圖書館。新面孔出現在裡頭，就需要一個好理由。」他說。

「唔，我們要找的這個傢伙，十年來都始終能避免被人查到，顯然不會是個不小心的人。」珍妮佛邊想邊說。「他挑的這個地點很好。他會看到我們；但是我們看不到他。」

「沒錯，但他也等於告訴了我們一件事。」韓紀克說。

「什麼事？」吉布森問。

「陌生人會很突出。這表示他不是陌生人。他在那裡很自在，很有信心。」

「我們還有個更大的問題。」吉布森說，解釋卡洛琳．安瑟尼圖書館的公共Wi-Fi不用登入、也沒有密碼，而且全年無休，而且訊號強得都可以到月球了。

「所以現在我們知道什麼？」珍妮佛問。

「我們知道的是，這位老兄任何時間都可以使用圖書館的Wi-Fi，無論日夜，而且不必踏進圖書館一步。他可以凌晨兩點把車停在半個街區外，坐在車上做他想做的事情。而我們阻止不了他。」

「但是他只有在上班時間，才會給他的病毒下指令。」珍妮佛說。

「沒錯，而且我們沒理由相信他會改變策略。我的意思只是說他可以改變，要是他想的話。」

「要是他想的話。」韓紀克又強調地重複一次。「但也有可能他這樣玩得很高興，那就此路不通了。」

「如果有人主動入侵到阿倍公司的網路裡，你的監控程式要多久才會發現、而且通知你？」珍妮佛問吉布森。

「大約三到五秒鐘。從那個《華盛頓郵報》網頁廣告所發動的任何入侵行動，都會觸動警報，傳到我這裡。我會收到一則手機簡訊、一封電子郵件，還有一通電話。」

「你不是擔心幽魂君可能會監控阿倍公司的通訊嗎？」

「不然你以為我幹嘛要完全避開你們的網路？」

珍妮佛看了韓紀克一眼。他也不比她更喜歡這個答案。

「你可以讓那個警告也發到我們的手機嗎？」

「當然可以。我晚餐後就來弄。」

「讓我整理一下，看我是不是搞懂了這個計畫，」韓紀克說。「我們等著幽魂君透過他的病毒入侵公司系統，然後像傻瓜一樣跑來跑去，去尋找一個帶著筆電、下頭硬起來的中年戀童癖。有漏掉什麼嗎？」

「沒有，計畫差不多就是這樣。」珍妮佛說。

「那我明白了。」

「但是為了提防他萬一改變平常的時間表，我們就輪班睡覺，」珍妮佛說。「我們得二十四小時隨時準備行動，但是我有個直覺，他應該會遵照平常的時間表。」

吉布森贊同地點頭。他之前在阿倍公司已經仔細查過網路紀錄，尋找幽魂君在公司伺服器裡的足跡。每一次都是在星期五下午，一週的末尾。

「所以我們還有四天可以規劃。」

「我做過一點研究，」吉布森說。「幾年前，維吉尼亞州有很多戀童癖利用公立圖書館，他們會三更半夜把車子停在圖書館前面，下載兒童色情片。所以這不是什麼獨特的新手法。」

「那我們有什麼選項？」珍妮佛問。

「我們可以把圖書館的 Wi-Fi 改成必須登入，同時非上班時間關閉，但是……」

「任何系統的改變都會把這個傢伙嚇跑。」

「沒錯。這也表示我不能干預 Wi-Fi 的訊號範圍或頻寬。照之前的行為看來，他都一直很小心、很聰明。如果我們動了什麼手腳，他都會發現的。」

「我們可以打電話回公司。找更多人手來幫忙。」韓紀克說。

「進行一個大規模的監視行動，幾乎可以確定會被人注意到。這不是我們要的結果，」珍妮佛說。「我們需要的解決方式，是不必動用大批人手的。」

「我們今天晚上都好好想一想吧。我可能有個辦法。」吉布森說。

珍妮佛本來考慮要逼他講出細節，但最後決定採取她老闆的建議，先信任吉布森的說法。韓紀克吃完肉糕，就先離開去勘查圖書館。吉布森又點了一片黑莓派和一球香草冰淇淋，提出要分她一點，但她謝絕了，隔著自己的咖啡審視他。

「中央情報局。」珍妮佛說。

他看著她，不明白她在說什麼。

「你之前問過我在哪裡服役。」

「真的？那時你在夜遊者快餐店監視我的方式，我以為你以前是軍人。」

她感覺到他的雙眼搜尋著自己的臉，彷彿在研究一個算錯答案的方程式。

「我爸媽以前是軍人，」她說。「我爸是海軍陸戰隊。我媽是海軍。」

「你爸是在哪個單位？」

「第八陸戰團，第一營。」

「在哪裡？」

「黎巴嫩。」

吉布森放下湯匙。「他當時在那裡？」

「對，他當時在那裡。」

一九八三年貝魯特軍營炸彈襲擊事件時，她才兩歲，有一輛卡車開進海軍陸戰隊的軍營，撞入大廳。那輛卡車所遇到的阻礙，只有蛇腹形鐵絲網和步槍裡沒有子彈的哨兵。那個時期的武器使用規則是處於狀況四：彈匣卸下、槍膛裡沒有子彈。不過就算有，也沒有差別了。汽車炸彈的威力把整棟建築物轟離地基，然後摔回地面，壓死裡面的人。接著大火燒死剩下的。珍妮佛發現了一個很準確的經驗法則：一件事的殘酷程度，和「瞬間」這個詞使用的頻率成反比。她父親死前沒有受苦——這是整件事唯一的安慰。但是對她母親來說就不是了。

珍妮佛小時候所記得的母親很嚴厲。貝絲．查爾斯是個務實的小個子女人。丈夫的葬禮之後，她就開車直奔酒鋪。她以前不喝酒的，後來就只喝伏特加，因為值勤前用漱口水，就可以遮掩掉酒味。她不常揍珍妮佛，也從來不會揍太狠。她身上只有一道疤，是在耳後，不過那是個意外。珍妮佛記得只有少數幾次她真的很害怕，大部分是夜裡，她母親會把槍拿出來，放在茶几上拆開來清理，同時電視開得很大聲，吵得珍妮佛得用枕頭蓋著頭睡覺。

母親車禍身亡之後，珍妮佛就去跟她祖母一起住。她舌頭又舔了一下門牙。

「我很遺憾。」吉布森說。

「你為什麼喊她小熊？」

吉布森笑了，吃了一口黑莓派。「她擁抱時總是全心全意。雙臂繞住你，使盡全力抱得緊緊的。她每次看到我爸，就會衝向他，然後他會大喊，『熊抱要來嘍！』變成他們之間的一種儀式。這個綽號很適合她。另外也是因為她老是拿著書，跑到某個地方冬眠。不過，我想我是唯一喊她小熊的人。」

「她是什麼樣的人？」

「小熊？她是我妹妹，你知道。我的意思是，不是親生妹妹，但是我們一起長大。我們沒有很多共同點，但是她是個好孩子，真的很好。會讓其他父母嫉妒的那種，會覺得自己的小孩為什麼不能更像她一點？她很隨和，很有禮貌。對每個人都很好。完全沒被寵壞。但是她也真的很頑固。」吉布森隨著回憶而笑了起來。「要是她決定了一件事該怎麼做，誰反對都沒有用。」

「她是什麼時候開始改變的？」

「我不曉得。我逐漸長大，待在夏綠蒂城的時間更多了。學校什麼的。一開始我可能根本沒注意到，因為她向來很安靜。我甚至不曉得她有男朋友。然後我父親就，你知道……之後我再沒見過隆巴德家的人。三個月後，我被逮捕了。」吉布森放下叉子，坐在那裡瞪著黑莓派。「我有個問題，你對那頂費城人隊的帽子知道些什麼？就是布里茲伍德那捲錄影帶裡面的。」

「那頂帽子？不多。據我所知，那頂帽子沒什麼特別的。她父母都不曉得她有那頂帽子。她非常痛恨棒球，所以一般假設是，她是在路上買了那頂帽子的。」

「誰說她痛恨棒球的？」

「她父母。聯邦調查局的訪談逐字稿裡面有。」

「真的？那就怪了。」

「為什麼？」

「不曉得，那頂帽子就是有個什麼困擾我。或許不重要。」

「或許吧，」她贊同道。「但是你必須謹慎對待直覺。詳細解釋給我聽吧。」

「唔，小熊的確是不迷運動。至少我記得的是這樣。但是杜克和隆巴德常常聊棒球，兩個人都是金鶯隊的忠實球迷。我想如果她討厭棒球的話，我應該會記得才對。她是那種藏不住心事的小孩，你知道？」

「唔，就像你剛剛說過的，你有好一陣子沒見過她了。」

「是啊。」吉布森承認，但是口氣並不是很信服。

在吧檯用餐區，佛瑞德．汀斯利把液狀鮮奶油倒進咖啡裡攪拌，一邊看著菜單。他不餓，但是入境隨俗。他聽不到那兩男一女說些什麼，但是也沒差。他不是來這裡偷聽的，只是想來看一下而已。

那小個子男人以前在洛杉磯當警察，但是看起來很好解決。不過丹尼爾·韓紀克大概一輩子都被低估。汀斯利不會犯這個錯。另一個男人馮恩，看起來體格很不錯，當過軍人，不過是當某種電腦技師。海軍陸戰隊從什麼時候開始也開始使用鍵盤了？整個世界變成這樣，真是不幸。

珍妮佛·查爾斯是三個人裡頭唯一有點挑戰的。她曾在戰鬥中取人性命。汀斯利覺得殺她最過癮。他喝著咖啡，想著如果真接到動手殺他們的指令，自己會怎麼做。一切要看他們的行動是否成功。他們必須無能而失敗，才能保住自己的命。汀斯利覺得這個狀況很滑稽。

他這回接到的工作極其不尋常。無論是否動手，他都會拿到錢。所以他可以在旁邊靜靜看好戲，結果對他毫無影響。這種新鮮感對他很有吸引力，他也很想看看整件事會如何發展。同時，他唯一要做的，就是等待和觀察。這兩件事他都很拿手。

而且當然，他還是要去看一下那位醫師。自從十年前的那個夜晚，他就沒再看過她了。他欣賞她的工作，跟自己的截然不同，但是同樣需要在異常狀況下保持冷靜，發揮專業能力。他尊敬這一點，也期待能再跟她見面。

女侍回來了，他點了一份魯賓三明治，只是為了打發掉她。他的餐還沒上來，那小個子男人就站起來離開了快餐店。汀斯利不在意他去哪裡。反正沒差別。

那輛Cherokee休旅車在汽車旅館前面停下時，已經是凌晨兩點多了。白天吉布森和珍妮佛從快餐店回到旅館的時候，韓紀克已經不在了，直到現在才回來。此時吉布森坐在自己的床上寫寫畫畫，試圖為圖書館的Wi-Fi問題找出一個大致的解決方式。他聽到韓紀克進了房間甩上門。過了一會兒門又打開，這回比較小聲地關上。

吉布森把工作放在一旁，走出房間。韓紀克正坐在Cherokee車的引擎蓋上抽菸。他穿著黑色長褲和一件防風夾克，儘管現在的氣溫還是有將近三十度。車子的後車廂是空的；那些旅行袋全都塞進韓紀克的房間裡了，一定很擠。

「你之前講那個圖書館的情形，還真沒吹牛，」韓紀克說。「只憑我們三個人，要監視所有的出入口和附近的街道，一定會很吃力。更別說會被人注意到了。這還不算我們要輪班睡覺。」

「阿倍可以再多派點人手過來嗎？」

「可以，但是又會碰到另一個問題。要是我們一大票人去監視那個圖書館，那就會顯眼得像是拉斯維加斯賭場裡的女童軍。而且本地的警察或許很多事情不太行，但是我跟你保證，如果我們大批人馬駐守在一個兒童頻繁進出的圖書館，我們的下場就會非常非常難看。」

「所以我們完蛋了？」

「不完全是。我在圖書館周圍安裝了監視攝影機。是動作感應式的，三道門都涵蓋了。雖然不盡理想，但是可以拍到所有進出者的臉，如果他會進出那個圖書館的話。但是也不能太指望。」他把菸灰彈進水溝。「我們當然用得上你的那些網路忍者巫毒功夫。」

「網路忍者巫毒？」

「這不就是你來的原因嗎？」

「韓紀克，我可以問你一個問題嗎？你在洛杉磯市警局辦過這種案子吧？」

「你是說尋找失蹤兒童？辦過一些。」

「找回過很多嗎？」

韓紀克看著他。「我要是回答了，你不會又衝去浴室吐吧？」

「那算了。」

「通常來說，你有四十八個小時。過了這個時間，要是你能找到那個小孩，通常他們都不會呼吸了。」

「所以你認為，蘇珊還有活著的機會嗎？」

韓紀克又點起一根香菸。「不，」他說。「不，她老早就死了。我認為行兇者當初不曉得他抓走的是誰。我想他一發現她是參議員的女兒，就知道自己麻煩大了。一曉得事情的嚴重性，他一點時間都沒浪費，立刻就殺了她，然後把屍體丟掉。」

吉布森呻吟起來，那是一種低沉的喉音，他都不曉得自己發出來，直到韓紀克打斷他。

「嘿，是你自己要問的。」

「我知道，」吉布森說。「那你跑來這裡做什麼？」

「這是我的工作。」

「少來了。」

韓紀克扔下菸蒂，滑下引擎蓋，用腳跟把菸蒂踩熄。

「這對老闆來說很重要，所以對我也很重要。此外，我不喜歡戀童癖，尤其不喜歡聰明的戀童癖，自以為很狡猾，還寄了手下被害人的照片來嘲笑別人。所以我跑來這裡做什麼？我來，是打算把腳踩在那傢伙的脖子上。就這樣。而既然談到這個話題，你又為什麼要跑來？」

「以防萬一她沒死。」

韓紀克長年的臭臉消失了，一時間變得真誠而嚴肅。「你可別這麼做。」

「做什麼？」

「相信她還活著。一秒鐘都不可以。」

「為什麼？」

「因為一旦你開始，就像車子發動了，永遠停不下來。聽我的話。希望是一種癌症。接下來只有兩種情況會發生，第一種是你永遠不曉得真相，那種癌症會啃噬你入骨，直到毀掉你整個人為止。第二種更糟糕，你知道了真相，但車子已經停不下來，最後飆到一百五十公里，你整個人撞出擋風玻璃，只因為你心中的希望告訴你：開車不必綁安全帶也沒關係。」

「所以，要假設最壞的情況。」

「四十八小時很久以前就結束了。所以綁好安全帶。我的意思只是，你找個來這裡的其他理由吧。」說完了，韓紀克就回房關上門，留下吉布森獨自一人。

還留下韓紀克的手機，忘在Cherokee的引擎蓋上了。吉布森看著那手機，計算著自己有多少時間。三十分鐘？大概更少。值得冒這個險嗎？他判定值得。務必要留著一個備胎計畫，即使你永遠用不上。

他抓起那手機，回到自己房間裡，將手機接上他的筆電，啟動程式。他眼睛看著螢幕，同時豎起耳朵留意著韓紀克的房門是否有動靜。最糟糕的狀況，就是韓紀克開門出去找手機，沒找到，但後來手機又神奇地出現了。那吉布森就慘了。

二十七分鐘後，手機回到韓紀克原先留下的地方。

網路忍者巫毒的功夫不錯吧？

# 18

吉布森忙到星期二晚上，才完成他的程式。幽魂君沒再出現，但他的病毒持續蠶食著聯邦調查局的備忘錄和文件，那些資料是瑞齡陸續上傳到公司伺服器的，免得忽然刪除會引起幽魂君的疑心。

珍妮佛每隔一陣子就來吉布森的房間察看進度。

「需要我們幫什麼忙嗎？」他開始工作後的第一個早上，她跑來問。

「三頓熱餐和一張床。」

「還需要什麼？」

「早餐時間給我早餐。晚餐時間給我晚餐。中餐隨你們挑。」他遞給她一張頂峰餐館的菜單。然後送她出了房間，把「請勿打擾」的牌子掛上，自己鎖在房間裡。他拉下所有的遮光簾，冷氣調到最冷，感覺像是關在一個與世隔絕的地下洞穴。他在寒冷而全身穿得厚厚的時候，腦袋總是比較清楚。

狀況安排好之後，他就坐在筆電前面，戴上耳機，連續工作兩天。

最重要的事情先處理。他需要那個圖書館網路的詳細規格架構。於是他連線過去，掃描了所有可用的埠。他覺得有點蠢，這樣駭侵到賓州鄉下的一座公立圖書館裡。在駭客圈那個與世隔絕的社群裡頭，大家還是會在乎這類事情的，而他的網路化名「毀　路人」在那個圈子裡還頗有名望，因而令他覺得眼前這樣小兒科的駭侵，恐怕有損他的傳奇。這有點像是史上有名的芝加哥黑幫老大「疤面煞星」艾爾．卡彭，跑去勒索一個小孩擺的檸檬水攤子。

他掃描完畢，電腦發出嗶聲，秀出分析結果。他皺眉閱讀著。通常像公立圖書館這種過時的網路系統，你可以預料裡頭雇用的是最低階的資訊人員，他們不是懶惰就是無能，或者兩者皆是。作業系統往往都過時了兩代，而且太久沒更新修補程式。這類網路就像一條友善的大狗；只要你拍拍牠，牠就會當場翻身，向你露出牠十來個保全上的弱點。

不幸地，吉布森持續探索下去，卻沒抓到任何破綻，他好像是來到了一個非常認真處理資訊系統的領土。這個圖書館的網路所用的視窗系統是目前的版本，而且看起來剛更新過修補程式，還額外增加了一道防火牆。吉布森嘆了口氣，喝了口咖啡。整個網路系統不是那麼精密，但是維護得很專業。他就得辛苦一點了。

原先估計只要十分鐘的，結果最後花了兩小時，才得到他需要的詳細規格架構資料。他看了一下很滿意，那些軟體和硬體他都非常了解，而且因為網路系統維護得很好，讓他寫程式變得比較容易，只要他能找到一個方式，去利用那個無線網路的基礎結構。他閉上眼睛，想像要怎麼加以利用，就這樣靜坐在那兒，直到想清楚了，然後露出微笑。他睜開眼睛，把音樂調大聲，開始寫程式。

寫程式其實不是他的強項；他喜歡那種智力的挑戰和程式碼的邏輯，但他真正厲害的不是這個。跟一般大眾的誤解正好相反，駭侵不是兩個打字很快的程式天才之間的對決。電影裡演的情節，通常都是這種過度戲劇化、腎上腺素飆高的特技場面——有人拿槍抵著駭客的腦袋，給他們六十秒去侵入某個難以穿透的網路。閃電般飛快的敲擊鍵盤速度，以及幾分之一秒的時間差。

要實際侵入一個有防護的網路，根本一點都不刺激。整個過程很慢，很冗長無聊。而且需要耐心，以及對種種細節的專注。

有些人天生對程式語言的感覺特別敏銳，他們有辦法找出種種可能的漏洞，像是有第六感似的。但是有防護的網路也只不過是一堆機器，而且運作和維護這些機器的是人。十次有九次，進入一個安全電腦網路的最簡單方式，並不是透過硬體或軟體，而是透過人。這一點，就是吉布森厲害的地方。

吉布森向來有種本事：他檢視著一個有防護的網路和負責運作的人員，總能看出這兩者之間的破綻。他會找出那些適當防護過程中的縫隙，還有那些防護人員以為不會有人注意到的捷徑。無知、好奇心、習慣、懶惰、貪婪、愚蠢——電腦厲害，是因為運作的人厲害，而且總是有弱點。對吉布森來說，駭侵一堆電腦很無聊。但是駭侵人類？那才真正好玩。

但是必要時，他也有辦法寫程式，只是速度並不特別快。於是當他終於寫出程式、除錯完畢，而且測試一次成功時，已經是星期二晚上十一點多了。除了星期天夜裡短短幾個小時之外，他都一直沒睡覺，而缺乏睡眠讓他累垮了。

吉布森手指撫過頭髮，頭探出房門外。韓紀克跟他打招呼，擰熄了香菸。吉布森少數幾次離開房間、好讓腦袋清醒一下時，韓紀克都沒出來抽菸。他簡直是想念他了。

「跟她說我完成了。」他疲倦地說。

「好。」

「我明天會測試。」

「好。」

「昨天到現在，有發生什麼事情嗎？」

「不多。」

吉布森和衣爬上床。在一個完美的世界，他會睡上十八小時。但是在現實世界裡，他只睡了六小時，而且前面三個多小時都輾轉難眠，因為他體內太多咖啡因，想睡卻睡不著。到了早上九點，他已經沖完澡、刮好鬍子，準備好所需工具。他走出房門，在早晨的陽光下眨眼。

韓紀克和珍妮佛一直在忙。過去四十八小時，他們微調過韓紀克的那些監視攝影機，現在不光是涵蓋了圖書館的各個出入口，還包括通往圖書館的所有道路。珍妮佛已經探查過那一帶，找出圖書館附近一些比較不起眼、但還算隱密的地點。韓紀克也在這些地方裝了攝影機。

「不過新的消息是，這個圖書館的核心客群，顯然是四十五歲到六十歲之間的白人男性。」韓紀克說。

「是啊，從星期一早上開始，我們所拍到進入圖書館、符合我們年齡側寫的男子，總共有二十六個。照片已經傳回華府了。或許會交上好運。」珍妮佛說。

「你想他會是其中之一嗎？」吉布森問。

「韓紀克認為不是。我保持觀望態度。」

「我只是不認為這個傢伙會成天泡在圖書館裡面看雜誌，」韓紀克說。「我覺得不像。我覺得他會進去辦自己的事，保持低調，辦完就離開。」

「我認為，有可能他在自己的地盤很放心，所以泡在圖書館裡正是他會做的事情。」珍妮佛說。「但是我們對這傢伙的所知太少，所以這些都只是純推理而已。他可以融入群眾，除非我們有方法認出他來。所以這又回到了……」她的聲音愈來愈小。

「我的程式。」吉布森說。

「能用嗎？」她問。

「我想應該可以。但是除非實際去用，否則我沒辦法確定。」

「你不能先測試嗎？」韓紀克問。

「我已經測試到某種程度了，模擬狀況沒問題，但是除非你想等到我做出一個圖書館網路的模型，否則沒辦法確定，只能實際去用了。」

「這程式要怎麼安裝進去？」珍妮佛問。

「隨身碟。只要進入圖書館員的辦公室兩分鐘就行。」

「聽起來可行。韓紀克和我會負責去辦。你留在這裡，等到安裝成功，我們會通知你，然後你就可以遠端啟動，看看是不是能運作。」

「嗯，這大概不是個好主意。」吉布森說。

珍妮佛頓了一下，正要發火，但是又忍住了。「為什麼？安裝過程太複雜，所以我們這兩個電腦白癡應付不了？」

「不，其實只要滑鼠點一下就行了。」

「那是為什麼？」

「唔，你們說過，在那個圖書館裡頭，充滿了符合我們尋找目標的男人，對吧？」

「對……」

「唔，那如果他就是其中之一呢？」

「這就是重點啊。」韓紀克說。

「我想，我們不該假設他不知道你們兩個人的長相。」吉布森說。「你們已經去過圖書館那一帶了。往後得小心一點，盡量不要再去那邊露面。」

「他怎麼會知道我們的長相？」珍妮佛問。

「這個嘛，他入侵阿倍公司的資料庫已經好幾個星期了。」

他看著珍妮佛慢慢消化這個資訊。

「基督啊，」她說。「我們的員工檔案。」

「我們的照片。」韓紀克說。

「你們還希望我留守在旅館裡嗎？」

卡洛琳．安瑟尼圖書館雖然小，但是在這裡工作的人顯然非常以自己的工作為榮。吉布森四下張望，觀察著整個形勢。圖書館維護得很好，乾淨，明亮，吸引人。讓你渴望著坐下來看一本書。在這裡，小熊會像是置身於天堂。前門進去，是一個小小的、宜人的中庭，裡頭的新書排列在木製展示架上，擺放得很雅致。

在主櫃檯後頭，一個中年婦人正在登記歸還書籍，工作時粗粗的臂膀搖晃著。她一頭燙過的毛燥頭髮，像是填縫劑和微波爐的奇怪組合。她暫停一下，朝吉布森嚴肅地點了個頭，然後又回去忙自己的工作。櫃檯後的書庫裡密密麻麻塞滿了書，一路往圖書館後方延伸。左邊是一排個人閱讀小間，每一間裡頭都有一台舊式的映像管螢幕。一面措詞簡潔的牌子上指示讀者，可以向值班館員申請電腦使用時間。一道寬闊的樓梯往下通往「兒童區」。右邊則是一片閱讀區，放著扶手椅和腳凳，除了一張椅子外，其他全都被退休人士佔據，他們看起來似乎長期就坐在那裡不動。

吉布森納悶著，他們正在追獵的那個人會不會就是其中之一。他想仔細看清每一個人，審視他們的臉。看自己是否能從中找出那個人，雖然他明知道從一個人臉上是看不出那種邪惡的。十年前那個人綁架了小熊，而且多年來都設法守住了這個祕密——這種人的臉絕對不會出賣自己的。他一定是你最想不到要懷疑的那個人。畢竟，他沒把小熊拖上他的車；她是自願上車的，因為她沒看到一張令她害怕的臉。要等到後來，那張面具才會卸下，露出真面目。

或許這就是為什麼，要駭侵到這個偏僻小鎮裡的偏僻圖書館，讓他覺得那麼卻步。從任何客觀標準來看，這個任務都很簡單。但是他很緊張。那個知道小熊下落的人熟知這個地方，而且過去兩個星期內曾經來過這裡。此刻他或許不在，但這個舒適溫馨的小圖書館，依然是一個重大祕密的關鍵。

而且韓紀克說得或許沒錯：這個祕密只有一個無可避免的結局。但如果他們能逮到這個傢伙，那麼或許還算是實現了一點正義。不是屬於小熊的正義，因為吉布森知道，任何正義對死者都毫無用處。但或許對活著的人而言，這樣可以帶來一些補償感。不，這點他也不相信。這麼重大的罪孽，是沒有辦法補償的。要是小熊死了，那麼找出綁架她的人，只是解答了一些最好不要問的問題。是誰抓走她的？把她關在哪裡？她是如何受苦、如何死去的？

他的思緒開始轉向愛莉，但是逼自己不要想。無論在任何情況下，他都不許自己去想像女兒步上蘇珊的後塵。

既然融入人群其實不太可能，於是吉布森便採取了反向的策略：難堪地凸顯出自己。他身上穿著很醜的、搭配得很糟糕的運動夾克和領帶及皺巴巴的卡其褲，覺得這是很不錯的組合。他看起來就像是想給人好印象，卻失敗得很淒慘。吉布森之前查到了這個圖書的館員瑪格麗特・米勒，又透過Google追蹤她，發現了她的兒子塔德。偷跑進圖書館辦公室去安裝他的程式是個辦法，不過這個辦法很糟糕。讓米勒太太邀請他進去，要遠遠容易得多。

他看起來一點也不像塔德，但是沒關係。他不必長得那麼像他。在塔德・米勒的大部分照片裡，他看起來都有點不合時尚。吉布森的衣服就是模仿塔德那種完全缺乏時尚感的作風。另外吉布森還把自己的頭髮很整齊地旁分，就跟塔德一樣。

他站在圖書館剛進門的地方，慌張地四下張望。

「我可以幫忙嗎？」她問。

吉布森轉向她，露出他最好的、最需要支持的神情。可憐我吧，那個表情等於是在這麼說。

「希望可以。請問米勒太太在嗎？」

「我就是米勒太太，」她說。「有什麼我可以效勞的？」

「真是抱歉。我知道這個請求很奇怪。但加油站那邊有個人建議我來問你……」他的聲音啞掉了。

「問我什麼？怎麼回事？」

「唔，我有個求職面談是在四十五分鐘後。就在上頭那個滑雪度假村。」

「四十五分鐘？啊，親愛的。你得快一點了。」

「我知道。我今天早上從哈格斯城開車過來。要應徵協理的職位。我叔叔認識那邊的一個人，幫我推薦了一下。但是，唔，我早上睡過頭了，匆匆忙忙出門，忘了帶我的履歷。就忘在廚房料理台上。」他說，徒勞地比劃著那個想像中的廚房料理台，竟無情地扣留了他的履歷。「那個度假村真的很挑剔。老天，我叔叔幫我安排了這次面談；要是我搞砸了，他一定會殺了我。」

他忙著低頭馴良地盯著地板，但是眼角偷偷觀察瑪格麗特．米勒的臉，想看看自己的表演有什麼效果。從她臉上那個嚴厲的表情，看起來不太妙。

「對不起，我們這裡沒有公用印表機。我已經申請了，但今年我們的預算不夠。」

「喔，」他說，然後一副喪氣狀。「他們說你辦公室裡面有一台的。」

「唔，沒錯，不過那台是員工專用的。」

拜託，行行好吧。別逼我哭給你看。

他沮喪地點點頭表示理解，然後堅忍地咬緊牙關，扮出努力控制情緒的模樣。如果下巴發抖，會演得太過火嗎？

「你想得出別的地方，可以讓我去試試看嗎？」吉布森問。

「唔，有一家印刷店，但是很遠，在……」米勒太太抬頭看了時鐘一眼。「不，你趕去絕對來不及了。」

「沒關係，或許他們不會那麼在乎。」

瑪格麗特・米德嘆了口氣。

「你的履歷存在光碟或什麼上頭嗎？」

「隨身碟。」他說，連忙遞給她。

「檔名是什麼？」

「就叫『履歷』。裡頭只有這個檔案。」

她瞪著那隨身碟好一會兒，正在決定他的命運。

「跟我來吧。」她嘆氣說。

她帶著他進入書庫，館員辦公室就在櫃檯內部後方另一端的角落。前二十呎她還設法忍著沒說話，但接著她就回頭，開始輕聲數落他這麼沒有責任感。說他叔叔努力替他關說，要是讓他失望就太不應該了。這樣數落著他，對她簡直像是有療癒效果，他只是點頭，同時在適當的地方喃喃抱歉地說「我知道」和「你說得沒錯」。這樣似乎恰到好處。

她打開辦公室門鎖，暫停一下。

「對不起，裡面很亂。」她說。

她沒撒謊。她的辦公桌埋在一整山紙張裡頭，隨時有山崩的危險。書籍堆疊在地板上，她所有的植物都需要澆水或舉行臨終儀式了。

辦公室裡唯一整潔的區域，就是放在一整架伺服器旁的電腦工作站。再一次，他很驚訝桑摩賽特鎮郡對電腦基礎設備這麼重視。但這當然不是瑪格麗特．米勒的功勞，她連USB插槽是什麼、在哪裡都不知道。吉布森還得禮貌地指出她該把隨身碟插在哪裡。總之，她堅持要自己印那份文件，這也沒問題。他已經把他寫的病毒程式嵌入那份履歷裡，只要她點開檔案，那個程式就會自行安裝在電腦裡，然後刪去所有下載的紀錄。病毒會乖乖待在電腦裡休眠不動，直到他啟動為止。

他隔著她的肩膀看著螢幕，圖書館的防毒軟體先掃描過檔案，然後才打開。她印了三份。「以防有個什麼萬一。」她說。

他只能指望她不會太仔細看他的履歷，因為那是他從一個求職網站下載的樣本。他花了十分鐘改了一些細節，假裝自己在哈格斯城的一些商家做過事，但那些資料經不起太仔細的檢查。

印完了，她就趕緊催他離開，同時祝他好運。

# 19

那棟房子離馬路夠遠，所以汀斯利不擔心被人看到。外頭一排萊蘭柏擋住了馬路往裡看的視線，除非沿著前院的走道往屋子走進去，才會看到他。厚厚的森林綠門墊上有大大的「歡迎」字樣，汀斯利跪在上頭，迅速且有效率地挑開門鎖。他讓門盪開，等著必然發出的聲響。門發出小小的咿呀聲，開到四十五度。保全警鈴發出嗶嗶聲。

汀斯利走進去，關上門，解除警鈴。當皮膚上的汗水冷卻後，汀斯利不由自主地打起哆嗦。比起外頭的悶熱，屋裡簡直是寒冷。他朝屋子後方走，那裡有一個大大的廚房兼起居室。現在是傍晚，陽光照進了大面落地窗內。牆上裝了一台大型平板電視，從沙發或花崗岩檯面的廚房中島都可以看到。電視兩旁是嵌入式大書櫃，裡頭放著許多精裝書。那些書似乎是要對一台電視所帶來的膚淺效果予以抵消，而且算是某種致歉。這個房間感覺上也像一個女人的家，不過汀斯利說不上來是為什麼。

住在屋裡的那位醫師要到七點以後才會回家。汀斯利還有很多時間可以摸熟整棟房子的狀況，比方哪一扇門是上鎖或沒上鎖的，哪一扇門打開時會發出咿呀聲或完全無聲，電話放在哪裡，從樓上某一扇窗是否可能看到他。他悄悄在屋裡移動，戴著乳膠手套的手指摸過牆面，彷彿是在測試那些牆是否牢靠。他坐在她的床緣，想著她會怎麼安排這個場景。一個受人尊敬的醫師會怎麼做？讓我相信，他心想。他就那樣坐在床緣許久。

等到他想好了，就撫平羽絨被，回到樓下。一樓有一間客房，開門時很順暢。他可以在裡頭等。他練習一下走到她臥室的路線。測試那些地板，摸清每一道縫隙。等到他滿意了，就又打開屋子的保全系統，進入客房，把門帶上。他小心翼翼地上了廁所，把不小心落在馬桶座上的一滴尿用衛生紙擦掉。然後他滑入客房的床下，清空心思。屋裡發出的微微嗡響很悅耳。

他等著。

汀斯利感覺到車庫門開啟，那震動直透他的脊椎，把他震得完全清醒過來，於是他仔細聽著整棟房子向他低語。車庫門關上了，保全警鈴再度響起，但一會兒就被關掉了。高跟鞋走向屋前，接著是門鈴聲。有人跟著她，或許她邀了朋友一起回家。不過是男人還女人？她是寡婦，所以兩者都有可能。他聽著她去應門，接著前廳傳來兩個女人熱烈交談的聲音，還有笑聲。她們走過他門前，往後到廚房。

接下來幾個小時，汀斯利傾聽著兩個女人準備晚餐，然後用餐。古典音樂遮掩了她們的聲音，但他一直留意那兩人在屋裡的位置。每個傳來的聲音和氣味，他都予以分析並歸類。馬桶的沖水聲。銀器和玻璃杯的叮噹聲。大蒜和橄欖油的氣味。在心中的棋盤裡，他移動著她們的位置。她的朋友很幸運，客房的門始終沒打開過。

他只想對付一個就好。

過了十一點，醫師才要送她的客人離開。她們站在門口繼續談，擬出一些醫師無法實踐的計畫。之後她的朋友會覺得難以相信，在這麼一個美好的夜晚之後，醫師竟然會結束自己的生命。但逐漸地，她會相信這頓晚餐其實是一種告別。可是當時她那麼開心，那麼充滿活力……心理學家會解釋說，人們一旦下定決心要自殺，就往往會變得興致勃勃。彷彿卸下了一個重擔。最後，她會接受這個事實，即使她心裡有一小部分始終存疑。他聽到汽車發動的聲音，過了一會兒，車子開走了。

汀斯利傾聽著餐後收拾的熟悉聲響。餐具放進洗碗機的碰撞聲。水龍頭的流水聲。丟垃圾聲。最後音樂關掉了。腳步聲。保全警鈴設定好。從門下的縫隙，他看到燈光熄滅，她爬上樓梯到二樓。十分鐘後，他很確定醫師的晚餐同伴沒有忘了什麼東西，不會出其不意地回頭來拿了。

他從床底下爬出來。

即使裝了滅音器，那把白朗寧的Buck Mark點二二口徑手槍握在手裡還是感覺很輕。小口徑的武器，但主要作用只是讓人看而已。如果真有需要，這把槍在近距離也夠有效率，而且幾乎無聲。若是事情出現意外的轉折，他還有西格紹爾（SIG Sauer）的P二二〇當備用手槍，綽綽有餘。

汀斯利悄悄走出客房，爬上樓梯。臥室的燈亮著，但他聽到她的聲音從辦公室傳來。她正在講電話，對方聽起來是她的美髮師。他站在樓梯中段的平台，聽著她留話取消明天的預約。這麼小的事情，但往往就是這種細節，能說服一個多疑的警探。她考慮很周到。一聽到她掛斷電話，他就走進辦公室。

他改變了姿勢，站得更挺直，講話故意帶一點英國口音。某些美國人對英國紳士情報員的印象太深刻了，所以他這樣的口音有助於讓他們這樣想他。一點點的周到，說不定能幫上你大忙。

「晚安。」他說。

接下來狀況有可能好轉，也有可能惡化。

她尖叫著站起來。這是很自然的。房子的牆壁很厚，她的叫聲也沒大到會引起鄰居注意，所以他就讓她叫。他舉起槍好讓她看到，但是沒指著她。她的嘴巴猛然閉上，瞳孔擴張，呼吸變得急促。她的目光從他的臉迅速轉到那把槍，接著又轉回來。然後她瞇起眼睛，認出他來。

「是你。」

「你好，醫師。」

「你跑來我家做什麼？你想幹嘛？」

汀斯利喜歡她。她夠聰明，看得出自己已經陷入困境，且抗爭不會有好收場。她在設法跟他講道理。不會有用的，但這是她最好的辦法。如果她容許的話，他會溫柔對待她的。

「我要你打開你的保險櫃，傅斯特醫師。你可以幫我做這件事嗎？」

「我的保險櫃？你想要……」她逐漸停下。「我可以打一通電話嗎？我可以解釋所有的誤解。」

他沒回答。他沒有她喜歡的答案。

「拜託？」她又要求一次。

他比一下她藏著保險櫃的書架。她起身，扶著書桌邊緣穩住自己，然後照做。那保險櫃放在一個瓷罐後頭。她把瓷罐搬到一邊，以迅速、機械化的動作轉著號碼盤。然後她壓下把手，保險櫃的門彈開了。

「謝謝你，醫師，」他說。「請你後退。」

保險櫃裡唯一的東西，就是一個薄薄的牛皮紙資料夾。裡頭只有一張紙。左上角印著匹茲堡大學醫學院的英文縮寫UPMC。底下是：「DNA檢驗報告」。汀斯利沒繼續閱讀，把那張紙放回資料夾裡。

「沒有其他副本？」

「只有這一份。」

「很好。我們去臥室好嗎？我有個訊息要給你。」

醫師的雙眼警戒地睜大，汀斯利明白她誤會了。

「不，不是那樣的，醫師。我不打算引起你任何痛苦，除非你找麻煩。我跟你保證。」這是實話。他當初接到的指示很明確，就是沒有痛苦。他讓槍垂在身側，以示善意。她很謹慎，但是願意配合。她還在期望他冷靜的口氣顯示他有理性、可以講道理。他跟著她走進臥室，叫她躺在床上。她現在變得很溫馴，很順從。他站開了，立定在窗邊。月亮已經升起。

「我被要求來傳話給你，說雙方不必傷感情。事情在幾天內就會結束了。」

「我絕對不會告訴任何人的。」她說。她的聲音充滿感情。「那只是一時的軟弱而已。」

「是啊，那當然。但是一份檢驗結果形成了太大的風險。十一月的成敗影響太大了。你留著這份報告是不對的。」

「我知道。我很抱歉。只不過我一想到那個可憐的女孩，就懷疑起自己，懷疑我們之前的所作所為。」她搜尋他的臉，尋找理解的跡象。

他不曉得該如何裝出那樣的表情。

「這些都不關我的事，我只是來傳話的。但我的確有個問題。而且我希望你能誠實回答。」

「那當然。」她說。

「傅斯特醫師，這屋裡有其他什麼我該知道的東西嗎？其他有牽連的？」

「沒有，我發誓。只有保險櫃裡的那份報告而已。」

汀斯利點點頭。他知道她說的是實話，所以琢磨著要做出什麼動作，好表示自己相信她。「謝謝你。我很感激。」

「所以我們結束了？」

「快要了。我接到的指示，是無論如何都要搜查你家。但是，」他刻意強調，好讓她曉得這是個報答。「我會盡量不要翻亂任何東西。因為你一直很合作。」這是謊話，但可以確保她的順從。

「謝謝。」她說，好像他幫了她一個忙。

「現在我要給你一點溫和的鎮靜劑。」

「哦？」她說，聲音又開始警戒起來。

「沒事的。我剛剛說過了，我得搜索屋裡，而且我寧可不要把你綁起來。打鎮靜劑比較不痛苦。對你的血液循環也比較好。你會睡個幾小時，等到你醒來，我已經離開了，這整件不愉快的事情也會結束。」

「好吧。」她說，很努力要相信他。

他打開一個小皮革包的拉鍊，拿出一根注射針和一小瓶苯巴比妥。不是他平常在這類狀況下會用的藥物，但這種是醫師可以輕易取得的。驗屍官會覺得很合理。這是一種抗癲癇藥物，不是鎮靜劑，但是有類似的效果，至少低劑量時是如此。

「你喝了幾杯葡萄酒？」

「兩杯。」

他稍微調整一下劑量，把注射針放在床頭桌上。

「麻煩你了。」

「你要我動手給自己打針？」

「你是醫師啊。」

她想了一下，拿了注射針，然後把袖子捲起來，找到手肘下方的一根血管。打完之後，她把注射針放在床頭桌上，不耐煩地看了他一眼，彷彿是在說：「這樣你高興了吧？」短短兩分鐘內，她的情緒就已經從驚恐變成煩躁了。

「麻煩樓下的水晶要小心點。那是我度蜜月的時候，我先生在愛爾蘭買的。如果砸壞的話，我會很難過的。」她說。

他向她保證他會非常小心。

等到她昏睡過去後，汀斯利又從小包裡拿出一根注射針，幫她打了第二針。以她的年齡和體重，四十毫升絕對足夠。接著他坐在窗邊的一張扶手椅上，傾聽著她的呼吸減緩，直到慢慢停止。他等了半小時，然後檢查她的生命徵象。他滿意了，把空的小玻璃瓶放在注射針旁邊，後退欣賞這幅畫面。缺了個什麼。

他下樓來到鋼琴前，看著上頭擺的那些裱框照片，直到發現一張醫師和她已過世的丈夫所拍的合照。兩人牽手坐著，身後是大海。他把照片拿上樓，放在床頭桌上她可以看到的位置。然後他離開臥室，悄悄關上門，像是怕吵醒她。

他來到辦公室，拿起之前那份檔案，關上保險箱。他原先還無法決定該把遺書放在哪裡，現在他決定放在辦公室才對。她的個人專用信紙很厚，他把那信封立起來，折口撐在桌面的吸墨墊上。旁邊放著寫這封遺書的鋼筆。

通常狀況下，他會避免用假造的信，因為有太多可能出錯的機會。但之前他得到保證，沒有人會質疑這封信的真假。

佈置滿意後，他回到臥室，脫下傅斯特醫師的鞋，放在床邊——並排著，腳尖朝外。他不曉得自己為什麼會想這麼做，但做完了，他才有辦法離開。不知怎地，那雙鞋感覺上是個終結。

汀斯利悄悄走出門。外頭開始下雨了；沉重的雨水有如一具具小屍體落在人行道上。汀斯利幾乎沒注意到別的，只是很慶幸這位優秀醫師所居住的街道因此空無一人。他脫掉乳膠手套，快步走入陰影中。

# 20

星期五一早，珍妮佛跑進吉布森房間裡開了燈，像個教育班長似的拍著手，就這樣粗暴地吵醒他。他記得自己明明鎖上房門的。

「五點二十八分了。」珍妮佛說。

顯然她只打算說這句話，然後就離開房間，門也沒關上，他猜想她是要去教訓其他新兵了。韓紀克一分鐘後出現，把一大杯咖啡放在他的邊桌上。

「早安，小子。六點整檢查裝備，然後她希望把計畫從頭複習一遍。」

二十分鐘後，吉布森的旅館房間看起來像個廉價的指揮中心。他把床墊翻起來靠牆撐立，在床座上放了一大堆筆記型電腦、螢幕、鍵盤，排成半圓形。黑灰兩色的纜線把這一切連接在一起。在一組螢幕上，韓紀克架設的攝影機每三秒鐘更新一次，播放著圖書館周圍街道上的靜態畫面。在另一個螢幕上，瑪格麗特·米勒好心安裝的那個程式列出了圖書館 Wi-Fi 使用者的大量相關資訊。

吉布森的程式不會太過複雜，但是極其有效率，是靠圖書館的 Wi-Fi 幫他做大部分工作。

一部電腦有很多埠。當使用者來敲門時，這些埠就靠防火牆告訴它們要相信誰。防火牆只不過是一個巨大、魁梧的守門保鏢，他會擋下所有名字沒在貴賓名單裡的人。這一切都運行順暢，直到夜店的老闆（也就是人類使用者）命令保鏢，給了使用者貴賓通行許可。使用者叫保鏢把護欄杆上的天鵝絨粗繩解開來，讓他們進入夜店，不要問問題。當使用者打開一個網頁、點了電子郵件的一個連結，或是跑一個程式、加入一個Wi-Fi網路時，就會發生這樣的事。

為了讓使用者能使用Wi-Fi，這個保鏢就必須信任這個使用者，為他或她打開一個埠。一旦這種信任關係確立，使用者透過這個埠所傳送的任何東西都會被信任。這是因為圖書館網路有自己的防火牆，而且大部分使用者設定自己的電腦時，都是用預設的設定，這種設定一碰到Wi-Fi網路，往往都會傾向於過度信賴。通常這樣很不好。而在這個案例裡面尤其糟糕，因為吉布森的程式已經在圖書館的防火牆內了。

於是，吉布森的程式就讓他可以到處亂逛而沒人理會，從大部分連到圖書館Wi-Fi的電腦裡蒐集資訊。每個電腦的防護設定不同，他可能蒐集到名字、地址、聯絡人、手機號碼、信用卡號碼，以及對外連線ＩＰ位址，全都在幾秒鐘之內就能搞定。

此外，藉著散布在圖書館周邊的Wi-Fi存取點，他多少可以三角測量使用者的位置。不幸的是，因為存取點不夠多，所以他只能得到一份粗糙的地圖，但是只要看一眼，他就知道圖書館每層樓裡有幾個使用者，公園西邊又有幾個，或是Wi-Fi訊號範圍內的一條小街上是否有任何使用者。

他站起來要去參加珍妮佛六點半的簡報時，一個螢幕閃出警告。裡頭顯示有一個人從公園登入。然後這個人的個人資訊開始在另一台螢幕上列出：麗莎．戴維斯……區域號碼八一四……聯絡人……網頁瀏覽歷史。他微笑，切換到公園裡的那些攝影機。沒有人在用筆記型電腦：公園裡唯一的人是個推著嬰兒車的懷孕女人。

大概是她的智慧型手機自動連接到圖書館的網路了。為了確定，他撥了她的手機號碼，然後從攝影機螢幕上看到那個女人掏出手機，不認得打來的號碼，就直接轉進語音信箱。

很確定了，一個位於Wi-Fi訊號範圍邊緣的行人會連接到網路裡幾秒鐘，接著又離開訊號範圍。他的地圖上會亮起一個小點，然後很快又消失了。

吉布森皺眉。智慧型手機會讓狀況變得很混亂。這個問題太明顯了，他很氣自己竟然沒事先預料到。自從他被逮捕以來，時代已經變了，他得趕緊跟上才行。他很高興站在這裡的不是珍妮佛或韓紀克，否則讓他們先發現這個問題，叫他來解決，那就尷尬了。

他思索著自己有什麼選項，然後調整了一下他的程式，把智慧型手機的連線過濾掉，放到一個子目錄裡。他沒刻意找使用者的照片，但他會先蒐集資訊，稍後等到有必要時再來檢查。他的手指在鍵盤上輕舞。他寫的字或許潦草難認，但他每分鐘可以打將近八十個字——時代的產物。他按了「重新整理」鍵，看著公園裡面的手機記號消失。這樣應該可以稍微清理掉一點了。

但也只是一點點而已。桑摩賽特鎮的鎮民們顯然急著要擁抱這個反常的涼爽天氣。連續好幾個星期的白天最高溫都超過攝氏三十度之後，今天這樣二十四度上下的氣溫，感覺像是天賜大禮。中午之前，桑摩賽特鎮鎮中心已經不太像吉布森他們星期天初次抵達時那個荒寂的鬼城了。圖書館旁的公園裡，充滿了帶著小孩的媽媽們、帶著中餐來這裡吃的上班族，還有出來享受陽光的人。一群高中女生在草坪上鋪了幾條海灘毯，在上頭曬太陽，於是吸引來一些打赤膊的年輕小夥子在旁邊擲飛盤。一輛賣冰淇淋的卡車在公園角落停下來，臨時賣起冰淇淋和冰棒。當這個下午逐漸流逝，人群沒有消散，而是愈來愈多，因為有些人就決定蹺班，提早開始過他們的週末。

「狀況怎麼樣？」珍妮佛的聲音透過耳機傳來。

他望著那台對準公園的攝影機。珍妮佛獨自坐在一張視野很好的公園長椅上。在她的員工檔案照片裡，她穿著正式套裝，頭髮放下來。今天她是一身運動打扮——頭髮往後紮成馬尾，棒球帽和過大的太陽眼鏡遮掉大半張臉。她拿著一個水瓶喝水，看起來像是慢跑後在休息。他之前看慣了她穿訂製套裝，原以為珍妮佛就是那種迷上跑步減肥的女人，人生目標就是把手臂練得像兩根麵條似的那麼瘦，同時可以穿得下二號尺碼的衣服。但她今天穿的背心和短褲，讓他明白自己有多麼大錯特錯。她是個運動健將，而且是身體出奇健美的那種。不過他知道她練得這麼健美，是基於實用的目的；她雕塑般的雙肩和大腿，表明了她有那種緊繃的、致死的力量。

「看起來不錯。」吉布森說。

她朝攝影機的方向看了一眼，但是在那副太陽眼鏡和匹茲堡鋼人隊的帽子遮掩之下，他看不出她的表情。

「你最好是指天氣。」她說。

「不然還能指什麼？」

「嗯哼。韓紀克，你的狀況？」

韓紀克開著那輛Cherokee，駐守在圖書館外的一個街區，從那裡居高臨下，可以清楚看到圖書館前的那條馬路。

「我看到一些人徒步走進圖書館和公園，但是出來的不多。我數了一下，圖書館裡有五個、或六個人，可能符合我們目標的側寫。另外七個則是不符合我們側寫的標準。」

「我在公園裡面看到六個。吉布森，我們有漏掉嗎？」

「沒有，跟我看到的一致。電腦連線的狀況一直很穩定，我沒看到訊號範圍內有任何可疑的人。」

「阿倍公司那邊也都很安靜嗎？」珍妮佛問。

很不幸，太安靜了。用來監視阿倍公司網路出入狀況的那個螢幕裡，看起來沒有任何異常。而且無論他看得有多認真，那個螢幕似乎下定決心要保持正常。搞得他很擔心，深怕他們可能早已暴露了意圖而不自知。

他們在等待的那個人，有可能早已逃到千里之外、永遠不會出現嗎？或者那個傢伙只是這星期休息？吉布森試圖想像他們要等到下個星期五。然後再下個星期五，以及更往後的星期五。有關蘇珊的記憶，每一天都沉甸甸地壓著他，現在開始有點壓得他喘不過氣來了。韓紀克提到過他最長的監視經驗是七個星期。吉布森祈禱他們不必等到那麼久。

「吉布森。阿倍公司有動靜嗎？」珍妮佛又問了一次。

「到目前為止沒有。」他說。

「好吧，唔，接下來就等他出招了。」

雖然他們專注在符合聯邦調查局側寫的白人男子，但他們的攝影機會拍攝到進入圖書館方圓一百碼內每一個人的影像，無論男女。珍妮佛在早上簡報時，曾跟他解釋這個方法。這位小姐真的很愛做個出色的簡報。

「那個側寫很有可能是正確的。側寫不是直覺，而是統計學，而那些統計數字指出，擄走蘇珊的人大概是個白人男子，現年四十來歲或五十來歲。」

「可是……」他說，覺得她接著就要這麼講了。

「可是總是有例外。或許是一個女人想為失去的小孩找個替代品，或者這個人比我們在這類案子裡所看到的加害者更年輕或更老。一個有色人種在自己的種族群範圍之外出獵。一個恐怖份子或其他政治狂熱者。事實是，聯邦調查局無法排除其他的可能性，我們也沒辦法。」

「所以我們就根據機率行動，但是其他一切也要兼顧好？」

「根據機率行動。其他一切也要兼顧好。」

他在汽車旅館的房間裡度過這個下午，回頭檢查那些監視影片，尋找清楚的臉部畫面，轉成靜態照片，如果相關的話，就把他從那些連上Wi-Fi的個人電腦裡所抓來的個人資料配上相片。每個小時，他都把所有的新照片和個人資料傳到阿倍公司——但不是直接傳。

因為擔心幽魂君已經入侵了阿倍公司的伺服器，吉布森和麥克．瑞齡之前就設定了一組獨立的伺服器，以接收跟案子相關的所有通訊和資料。瑞齡現在正忙著把那些臉部照片放進臉部辨識軟體裡面跑，這個軟體跟聯邦和賓州的資料庫都有連線。基本上，他們就是把臉和名字湊在一起，希望能找出一筆罪犯紀錄。如果能有一筆符合全國性犯罪者登記名錄的資料，那就是全壘打了。

吉布森開了電視作伴，但是關成靜音。等到他看到ESPN的「體育中心」播過三次同樣的重要新聞之後，就轉到新聞台。班傑明．隆巴德仍持續進行競選活動，要和弗萊明州長角逐黨內提名。隆巴德雇用了新的競選經理，而且在弗萊明的主場加州表現得意外強勢。政治名嘴們討論他更有攻擊性的新策略有哪些利弊。副總統目前正在新英格蘭地區巡迴競選，今天早上要在波士頓發表演說。預料出席人數很多。

吉布森很好奇，要是他們真的找到了蘇珊，不曉得會怎麼樣。這對隆巴德的選情會有什麼衝擊？美國人熱愛好故事，而一家人重新團圓的畫面可能太令人難以抗拒。這會讓隆巴德登上總統寶座嗎？想到自己竟然要成為班傑明．隆巴德的救星，吉布森不確定自己受得了這種諷刺。

「我需要咖啡。」韓紀克暴躁地咕噥道。「任何人都不准叫我，除非你看到了某個人穿著『我綁架了蘇珊．隆巴德』的T恤，好嗎？」

五分鐘後，他們看到了下一個可疑的人選，一個笨拙、高瘦的駝背男子，皮膚看起來像是蠟燭的燭淚做的。這個白蠟男在一張野餐桌前坐下來，卸下背包，放在桌上。接下來他緊盯著噴泉旁遊玩的那些小孩，像個觀光客在透明水箱前挑選活龍蝦。這個人肯定不對勁。

「你看到這個傢伙了嗎？」吉布森問。

「看到了，我也在注意他。他大老遠就讓我起雞皮疙瘩。他在用筆電嗎？」珍妮佛問。

「沒有。他只是坐在那兒，活像是在幫『北美男人男童戀愛協會』召募會員的海報照片在擺姿勢。」❸

就在此時，白蠟男打開背包的拉鍊，拿出一台亮銀色的筆記型電腦。

「看起來，他很願意接受指定的訂單，」吉布森報告說。「他剛剛應觀眾要求，拿出了一台筆電。我們來看看他會不會是個變態的跟蹤狂。」

白蠟男開始打字，吉布森看到他連上了Wi-Fi。過了一會兒，吉布森的病毒程式開始取得了亮銀色筆記型電腦的相關登記資料。

「你查到了什麼，吉布森？」珍妮佛問。

「這位是詹姆斯．麥克阿瑟．布萊德利。我拿到他的住址和手機號碼了。」

「很好。把這些資料連同他的照片傳到華府去。我們來看看這位布萊德利先生是不是有犯罪前科。」她說。

他們緊張地觀察了布萊德利十分鐘，默默催促他做點什麼。每隔一陣子，白蠟男就會暫停打字，隔著筆電螢幕的上方看著草坪上的那些小孩，同時舔著嘴唇。

「他在做什麼？」韓紀克問。

「除了害我起雞皮疙瘩？沒做什麼。」珍妮佛說。

「沒錯。」

❸ 北美男人男童戀愛協會（The North American Man/Boy Love Associatio，簡稱NAMBLA）主張成年男子與未成年男孩間性交除罪化，多年來不斷引起公憤，被視為支持戀童癖的非法組織，現已不再有公開活動，形同結束。

「是啊，不過呢，如果他沒有連到阿倍公司的網路，那他再怎麼讓人起雞皮疙瘩，也只是我們在想像而已。」韓紀克說。

「我真希望我有好消息，可惜沒有。」吉布森說。

忽然間，白蠟男闔上筆電，塞進背包，然後匆忙朝街道走去。

「他要去哪裡？」珍妮佛問。

「我們嚇跑他了嗎？」吉布森說。

「我不認為，」珍妮佛說。「韓紀克，他正要繞過轉角往你那個方向去，三、二、一……」

韓紀克咕噥著確認。「看到了。啊，沒錯，我明白你的意思了。看起來就不是個好東西。他上了一輛新款的福特車。發動了，然後，開走了。」

「該死。」珍妮佛說。

「唔，我有他的車款和車牌號碼了，」韓紀克說。「不過如果那是我們要找的人，那麼沒錯，我們剛剛查出他的身分了。」

「如果不是呢？」吉布森說。

「那麼我想他有事情要趕到別的地方去。」

「我們要跟著他嗎？」

「不用，」珍妮佛插嘴。「現在也不能做什麼。我們先假設他不是我們要找的人，繼續監視這裡。如果需要的話，反正我們已經有足夠的資料，可以稍後再來跟進追查。」

然後他們三個人又開始更進一步的、專業的等待，也就是這一行裡頭所謂的無聊到爆。到了四點，公園還是很多人，但是相當穩定了。整整三十分鐘，Wi-Fi網路都沒有新的人登出或登入。吉布森正在追蹤十四個登入圖書館Wi-Fi的使用者。九個在外頭，五個在裡頭。外頭的那九個，有四個是用平板電腦或電子書閱讀器：兩個白人女子、一個二十來歲的白人男子，還有一個銀髮的非洲裔美國人，肯定至少有八十歲了。所以圖書館外頭還有五個人在用筆電，同樣是性別和種族不等，其中有三個人特別有趣。

第一個是個矮胖、健壯的白人男子，三十來歲後段。他的電腦登記姓名是科比．泰特。那張平庸的臉跟他巨大的肩膀和胸部完全不成比例，看起來就像把一個小孩的臉用Photoshop貼到一個男人的身體上。結果不太好看，但那個人似乎喜歡這種效果，因為他穿著緊緊的卡其短褲和小了好幾號的背心汗衫。吉布森知道這種型的男人，以前海軍陸戰隊裡就有這樣的同袍，他們就連在暴風雪中，都會穿著背心汗衫，秀出肌肉。

泰特坐在噴泉附近的一張野餐桌旁，時間一半用來專注盯著電腦螢幕，另一半用來專注盯著坐在海灘毯上的那些女孩。他戴了太陽眼鏡，但是遮掩不了他腦袋隨著那些女孩而移動的欣賞姿態。

第二個是一名四十來歲的拉丁美洲裔男子，丹尼爾．艾斯皮諾薩。開始禿頭了，太陽穴兩旁的頭髮轉為灰色，年齡符合，但戀童癖傾向於追獵自己同種族的人。光憑這點不能排除掉他，但也不會讓他成為最優先考慮的目標。他有張友善、坦率的臉，正在跟一對同桌的男女聊天。

第三個男子是羅倫斯・坎尼，五十出頭，身上筆挺的卡其褲、毛線背心，看起來全都是在同一個大型商場買來的，還有理直氣壯地旁梳抹油的髮型。這個人看起來就像個典型溫和的會計師，忙著在自己的筆電上敲敲打打，但他搞得吉布森很不安。原因也說不上來。或許是因為這個會計師坐在人群中，卻顯然與眾不同。一個女人推著娃娃車跟那會計師擦身而過，他僵住了。他的目光跟隨著她，灼熱地瞪著她的背部，搞得吉布森手臂上的寒毛都豎起來了。在賓州起雞皮疙瘩合理嗎？

希望瑞齡可以把這些人的名字和臉配起來，進行背景調查。但在此之前，他們就只能靠老派的警察辦案方法和直覺了。

珍妮佛和韓紀克正在爭論並分析他們的目標。聽著他們討論，吉布森明白了兩件事。第一，他們兩個很內行。第二，他自己不內行，於是他們的對話他很快就聽不懂了。他對連續犯的知識主要來自《沉默的羔羊》和派翠西亞・康維爾所寫的法醫犯罪小說。他了解的是電腦和使用電腦的人。他很好奇，用來側寫殺人犯和強暴犯的那些技巧，是否也適用於駭客身上。如果他從駭侵阿倍公司的特徵反推回去，會是哪個人呢？

他想他會押寶在那個會計師身上。那個病毒程式碼寫得俐落、精確，而且對細節一絲不苟。至少從衣著來看，那個會計師是最符合的。不過這個推斷很站不住腳。他認識很多程式設計師都懶惰而邋遢。這些事情實在不是他的專長，於是吉布森放棄這個理論，回頭去整理麥克・瑞齡從華府寄來的那堆大頭照。接下來一個小時，他盡可能繪製出他們的地點。

到了四點四十五分，吉布森沒睡著，但也沒那麼警覺了。他盤腿坐在地板，下巴撐在握拳的指節上，看著螢幕列出阿倍公司的伺服器資料。他覺得好像在等待一架持續延後起飛的班機。所以當他的手機在雙膝間的地板上震動時，他的反應有點慢。震動到第三次，他低頭看著手機，看到了文字簡訊，立刻抬頭看著螢幕。腎上腺素大量分泌。一條紅色橫槓跳出來，裡頭是一則警告訊息。阿倍公司伺服器裡的那個病毒收到了新的指令。

「你們兩個有收到新的簡訊嗎？」韓紀克問。

「有，我收到了。吉布森，發生了什麼事？」珍妮佛的聲音有點激動——興奮加上掠食者的飢渴。

「病毒啟動了。幽魂君正在傳達指令。」

「從圖書館？」珍妮佛問。

「等我一下。」他說，掃視著從圖書館外連線的清單。快點，寶貝。快點。他手指沿著螢幕往下滑。找到了。好大、好美，而且有罪。某個人正在利用圖書館的Wi-Fi，跟那個病毒用來當匿名中繼站的廣告伺服器通訊。這不可能是巧合，而且只表示一件事情。

「那狗娘養的在這裡。」他說。主要是對自己，但他沒關掉麥克風，於是立刻得到回應。

「哪裡？」珍妮佛問道。

「他在外頭，在公園裡。」吉布森說。

他看著公園傳回來的監視畫面。他們要找的人就在那裡。綁架蘇珊·隆巴德、而且可能謀殺了她的人，就坐在光天化日之下曬太陽。

「哪一個？」珍妮佛又問道。

他把IP位址跟一台電腦比對，然後閱讀裡頭的資料，總算查到了這個人的大頭照。他的目光從名字轉回螢幕，找到了他們的目標。

「逮到你了。」吉布森微笑著說。

# 21

汀斯利坐在權充凳子的木條板箱上。他天亮前就來到這裡了，一直看著太陽升起。他正在等著事情發生……或者不發生。對他來說都沒差別。

這個星期稍早，他已經找到了一個空的小辦公室躲著。從眼前的這個二樓窗戶，汀斯利可以看到圖書館和鄰接的公園，視野毫無阻礙。在這個時間，圖書館和公園都空無一人，但汀斯利想要花時間讓那片空無滲透到他的視網膜裡，把那片風景烙印在記憶中。稍後，當這片風景充滿屍體，每個目標都會在他的腦海裡清晰浮現，像全新原作上的一塊瑕疵。

當初帶他來看房子的那位租屋仲介人曾抱怨，說汀斯利是一個多月來第一個來看房子的。汀斯利把這視為一個好預兆，稍後那天夜裡就偷闖進來。這幾天，他都把這裡當成行動基地，但是從來不留下任何來訪過的跡象。他希望靜悄悄離開這個小鎮，不曾激起任何一丁點騷動。這回汀斯利不打算殺了那個租屋仲介人，但是他留著那個傢伙的名片，以防萬一情況有變化。

汀斯利眨了一下眼，中午的太陽迎接他。

汀斯利又眨了一下眼，太陽的下端已經碰觸到遠方的地平線了。

他昂貴的手錶告訴他，他已經坐在窗前十二個小時了。他的雙眼持續追蹤著公園裡那些形影的模糊活動。沒有什麼重大的改變。那個女人還是坐在公園長椅上。那個暴躁的瘦男子還是坐在他的汽車上。第三個人沒看到，但汀斯利相信馮恩留在汽車旅館裡。大概正在他的其中一部小電腦上打字。打字，打字，打字。

這其中有種諷刺性——獵人們沒意識到自己也被追獵。而如果他們找到了獵物，就表示他們會死掉。他並不覺得這有什麼了不起，不過他的確是暫停一下想著：如果他自己也被追獵，他會知道嗎？他假設只有自己佔了優勢，不會太自大吧？這個念頭讓他笑了。那樣就太複雜了。派一個殺手去解決另一個殺手；把所有沒了結的事情全都處理掉。不太像，但也不是完全不可能。他會把自己調整得更警覺一點，以防這樣的背叛。

在某種意義上，他其實渴望這樣的情況發生。事實證明這份差事平淡無奇，想到要殺他們，根本激不起他心中的任何火花。韓紀克不算什麼。珍妮佛·查爾斯會需要小心對付，但也只是如此而已。汀斯利跟吉布森·馮恩有淵源，但即使是這樣，也無法讓他打起精神。

不過現在看起來，大概不必殺他們了。星期五應該是他們的關鍵日，而到目前為止，看起來他們的任務無法達成。他應該去上小號或吃點東西。兩者他都不覺得非做不可，但手錶告訴他時間到了，他就相信。

汀斯利的手機震動了。他不感興趣地看了那則簡訊。發生了。他的視線又回到公園。那個女人已經離開長椅。他發現她正走向噴泉，繞過了靠近圖書館那幾張野餐桌的人潮，然後停下來在飲水機給自己的水瓶裝水。韓紀克仍在車子裡，但汀斯利看得出他正起勁地在講手機。

他很好奇地看著另外一個人的臉，那是他奉命要殺的另外一個人——多年前這個人設法避開了他。畢竟，那才是他的主要目標。當年未完成的舊事，如今把他帶回到這裡來。若不是汀斯利十年前殺錯了人，就是有個共犯一直沒被注意到。一如往常，時間給了這個人錯誤的信心，讓他又現身了。汀斯利很快就會跟他討這筆帳。

其他三個只是附帶的而已。

他們現在就是在惡搞他。班傑明．隆巴德感覺得到。他手腕猛地抬起，看了一下手錶。下午六點四十七分。他待在參議院議場外的副總統辦公室裡，已經無所事事地耗了將近七個鐘頭了。

這一切全都是為了一個沒有實際作用的移民法案，從今年初春就在參議院擱置。然後現在，離關鍵的加州初選只剩幾天了，參議院忽然神奇地集中精力，要把這個法案付諸表決。多數黨的黨鞭預料到票數會打成平手，便事先通知身為副總統的隆巴德必須留在華盛頓，以便在參議院投下關鍵一票，打破僵局。

多數黨領袖曾向他保證，今天一開議就會投票。於是隆巴德一早飛過來華府，十一點半抵達國會山莊，準備中午投票。本來加上時差，他可以在下午三、四點趕回達拉斯，出席幾個競選活動。但結果，他忍受了一個意料之外的冗長發言拖延、一個不相關的修正案，還有一次失敗的終結辯論表決。每回發生的時間，都是在即將對最終版本的法案進行唱名表決之前。他現在擔心的是，他們會把表決拖到明天，那他最快也要到星期六下午才能回到達拉斯。

不是巧合或意外，這一點很明顯。從以往的經驗裡，隆巴德很清楚參議院是怎麼玩這些遊戲的，而且他可以想像少數黨領袖在自己的辦公室裡嘲笑他。好吧，趁你還有機會的時候，盡量嘲笑吧。隆巴德心想。過去幾個小時裡他決定了，等到他當上總統，一定要把這個混蛋拉下台。

他又看了一下手錶。雖然他不會跟任何人承認，不過他現在的競選團隊很厲害，他缺席一天，他們也自有辦法解決。弗萊明就要出局了，如果隆巴德花在民調資料上的錢值得，那麼他下星期就會獲得黨內提名。

不，讓他焦慮的是賓州那邊的發展狀況。一小時前，艾司奎吉發來一則暗語簡訊，說吉布森．馮恩可能找到了那個擄走他女兒的男人。這個狀況很棘手，通常隆巴德可以暫時拋開的，但現在他沒辦法專注想其他任何事情了。他想知道發生了什麼事，而且要馬上知道。

但結果，他卻被困在這裡，周圍是一堆他不信任的耳朵，沒辦法私下打電話去問最新狀況。八年來頭一次，身為美國副總統真是太不方便了——擁有全世界的權力，卻沒辦法影響那個尋找他女兒的行動。他又看了手錶，狠狠轉了幾圈發條。

「副總統先生？」一個年輕助理站在辦公室門口。

「什麼事？他們終於準備好了嗎？」

那個助理悶悶不樂地看著地板。

「現在怎麼樣了？」隆巴德問。

「又是另一個修正案。」

他感覺到自己的血壓上升。「要多久？」

「九十分鐘……或許兩小時？」

隆巴德看了一下手錶。沒辦法回到達拉斯發表演說了。他得跟瑞德談一下，開始為星期六預做安排。

「把門關上。」

那助理感激地退回走廊上。隆巴德坐在他的辦公桌前，拿起電話，然後又放回聽筒。他坐在那兒，鬱悶地瞪著電話好久。

# 22

吉布森開著那輛 Taurus 停在路旁。一輛輛車在旁邊迅速掠過，近得讓這輛車子都因而震動。他坐在那兒，雙手握著方向盤，傾聽著引擎空轉的聲音。他現在離桑摩賽特鎮五十公里。他們會跟著他嗎？他又看了後照鏡一眼。沒有。但他還是不太放心。韓紀克很厲害，如果他想躲起來的話，吉布森絕對看不到的。

過去三十六小時充滿變故。結果幽魂君就是科比．泰特，那個想當健美先生的傢伙。吉布森的病毒程式完美達成任務，直接從那個被破壞的廣告追到了泰特的電腦。瑞齡把泰特的名字輸入聯邦和州方的資料庫去進行比對時，韓紀克和珍妮佛就跟蹤泰特到他的住處。次日早晨，他們已經百分之九十確定就是這個人；然後到了星期六下午，瑞齡把泰特的檔案傳給珍妮佛和韓紀克之後，他們就完全相信了。喬治．阿倍打了電話給他在聯邦調查局的幾個熟人，解釋他們逮到科比．泰特了。

「這傢伙有前科，」韓紀克說。「曾經因為非法拘禁罪，在弗瑞克維爾坐了五年半的牢。那些肌肉一定是在獄中練出來的，因為在被捕的檔案照裡頭，他根本是個瘦皮猴。」

「他做了什麼？」

「被逮到十一歲的翠希．卡士柏在他車上。」

「他是登記在案的性犯罪者。」珍妮佛補充。

「是啊。那個女孩的弟弟指認出他的車離開一家超級市場，女孩的媽媽趕緊打電話報警。等到警方攔下泰特時，發現那個女孩在他的後行李廂裡，手腳被綁住，半裸。」

「他是在蘇珊失蹤的一年半前出獄的。」

「不幸的是，這個怪物本來應該要以綁架未成年人的重罪起訴的。」珍妮佛說。

「一級重罪。」韓紀克附和。

「所以本來應該判二十年的。」

「但是當地警察逮捕時太激動了，上銬後又揍了那傢伙。」韓紀克說。

「他手臂骨折，一邊肩膀脫臼。他的律師跟檢察官談了認罪協商的條件，改為非法拘禁起訴。」

「二級重罪。」韓紀克說。

「於是他就來得及出獄，擄走蘇珊。」吉布森說，看出了這一切都悲慘地拼合在一起。

「我們逮到他了。」珍妮佛說。

星期六晚上，韓紀克去調查泰特住在哪裡時，珍妮佛和吉布森便像兩個戰勝的英雄般走到峰頂餐館。珍妮佛緊繃的性格放鬆了，兩人像老友般一同大笑，聊著過去一星期發生的故事，好像那是發生在半輩子前似的。他頭一次覺得自己是團隊的一份子，兩人拿著奶昔舉杯。珍妮佛溫暖而感激，說要是沒有他，他們的任務是不可能成功的。喬治．阿倍甚至親自打電話來謝他。能夠在一件重大的事情上頭有所貢獻，感覺真的很好。

珍妮佛付了帳單之後，就對吉布森下達逐客令：阿倍要他回華盛頓。

「你要了解，你在場會損害我們的可信度。聯邦調查局已經很不高興我們沒在一開始就把案子交給他們。現在我們對付他們不能有任何差錯，要是有你這樣的人在場，就會把這池水攪得更渾了。」

「像我這樣的人。」

「有你這樣過往經歷的人。聯邦調查局不會明白蘇珊對你有多麼重要。他們只會看到你和隆巴德以前的恩怨。」

吉布森不相信。他保證不會礙事。他什麼都願意保證。他們這麼接近了；他不能現在回家。

「你在這裡打出了全壘打，」珍妮佛說。「我們很感激，但是你得讓我們從這裡接手。你希望我們抓到這個傢伙，對吧？」

他們站在餐館的停車場，吵了一遍又一遍，聲音和火氣都愈來愈大，直到最後餐館經理出來請他們別吵了。回到珍妮佛的房間裡，他們又重新開始，重複著同樣的老爭執，你來我往。最後，兩個人陷入了筋疲力盡的沉默。

「老天在上，你就算了吧，」珍妮佛最後告訴他。「你之前做得很好。這輩子就這麼一次，你應該見好就收。」

這是個好建議，即使有點刺耳。即使他不打算聽從。因為這是小熊的事情。即使得獨自進行，他也會堅持到底。他們可以把給他的錢收回去。

大約爭執到一半，他才發現怎麼講都不可能說動珍妮佛了。他還是繼續辯，但只是做做樣子。在一個適當的時間點，他就衝出去，回到他房間去打包。次日早晨，珍妮佛設法跟他求和，但他生氣地不予理會。否則她不會相信的，而他得讓她相信他會回家。

他又看了一眼後照鏡。他騙過他們了嗎？如果是的話，那麼就要怪他們自己，竟然相信說些好話就能讓他放棄。吉布森轉動方向盤，把車子掉頭，朝向桑摩賽特鎮駛去。

朝向小熊。

韓紀克說得沒錯。希望是一種癌症。

吉布森看著韓紀克把所有裝備都搬進Cherokee車後頭，甩上後行李廂蓋，點了根香菸。過了一會兒，珍妮佛從汽車旅館的經理辦公室走出來，示意韓紀克該上路了，隨即進入乘客座。韓紀克弄熄他抽了一半的香菸，也上了駕駛座。

那輛Cherokee發動上路，當車子掠過吉布森的車旁、往鎮外駛去時，他在駕駛座上坐低身子。之前他停在兩個街區外，用他在置物匣裡發現的一副雙筒望遠鏡觀察他們。他還是覺得自己很顯眼。這輛車他們認得，而且韓紀克很少沒注意到什麼。他半期待著他們會停在路邊，跑來把他拉下車。但是韓紀克和珍妮佛只是以平穩的速度開過去，連朝他的方向看一眼都沒有。他想跟著他們，但是對如何跟蹤一輛車毫無概念。韓紀克從一公里外就能發現他了。

吉布森坐直身子，覺得好蠢。但這真的只是犯蠢嗎？他覺得有個什麼不對勁。照理說，珍妮佛和韓紀克應該要乖乖待在原地等著阿倍飛過來，以便跟聯邦調查局協調合作。所以他們這麼匆忙是要去哪裡？

但真正原因也不是這個，而是韓紀克處理的方式。其實不算是匆忙，但是動作中帶著一種目的。這表現在他走路的方式，很簡潔，在房間和車子之間來回。沒有趕著要去哪裡，但是也不浪費時間。那讓吉布森回想起海軍陸戰隊裡，部隊在移防前線時的打包——一再檢查裝備，心裡頭清點著種種事項。那是他們要離開原駐防地、進入某個重大地區之前，潛藏在每個人心頭的一種潛在的緊張感。

所以他們要去哪裡？他才離開頂多一個半小時吧？而這段時間裡，珍妮佛和韓紀克就已經要換到別的地方去了。他們不是在他離開後才改變計畫的；不，這始終就是他們的計畫。這一點他很確定。

他現在明白昨天晚上是怎麼回事了。晚餐時的那種同志情誼，是珍妮佛在演出她的個人秀。她是想駭侵他，利用他的不安全感和虛榮心。她帶他出去吃晚飯，握著他的手，在他耳邊低聲講些空洞的甜言蜜語。一切都只是為了要讓他乖乖離開、回去華府而已。

要讓某個人聽話的第一法則是什麼？搞清他們需要什麼，給他們一點甜頭嚐。不足以滿足他們，但足以激起他們的胃口。足以讓他們想要更多。需要更多。唔，他需要什麼？尊重？欣賞？成就？昨天晚餐時，珍妮佛餵給他的不就是這些嗎？一再誇讚，把他捧上了天。利用他對蘇珊的忠誠，算準了要以此來控制他。吉布森看著乘客座上的那個牛皮紙信封，裡頭是一萬元。現金。阿倍公司給他「傑出」工作成績的獎金。這一定也有助於說服他，不是嗎？

如果從一開始的計畫就是如此，要在找到幽魂君之後打發他回家，那麼下一個問題就是為什麼？他和喬治．阿倍重逢那天，阿倍說想跟那個擄走蘇珊的人坐下來談一談，剩下的再交給聯邦調查局，那是什麼意思？唔，如果能確保他不會礙事，那不是很合理嗎？他們真的想找到蘇珊嗎？如果不是，那他們想要的到底是什麼？

真正的問題是：那他該怎麼辦？重要的事先做。吉布森開到一家優比速快遞公司的分店，把一千元對折塞進臀部口袋，剩下的錢裝進紙盒寄給妮可，裡面附了張字條。如果事情不妙，至少她會拿到錢。然後他走出店門，回到陽光下，車鑰匙在手裡晃得叮噹響。

遊戲開始了。

他或許無法跟蹤韓紀克，但其實也不必。之前韓紀克把他的手機忘在房間外頭時，吉布森就當成是邀請他幫忙，把手機稍微升級。當然了，韓紀克的私人資料全都加密過，所以要破解並不容易。但因為吉布森並不想要、也不需要那些資訊，所以事情就變得相當簡單：只要把這些資料暫時移開，越獄那支手機，安裝一個他自己的程式，最後再把韓紀克的加密資料放回手機裡就好。

吉布森現在利用自己的手機，啟動了當初安裝的那個app程式，等著取得韓紀克手機裡的GPS資料。等到下載完成，一個紅點出現在他的手機地圖上，持續往北移動，逐漸遠離代表吉布森位置的綠點。他望著那紅點，直到它停下來。然後用手指放大地圖，找到一個地址，再用那個地址上網搜尋。

那是個自助儲存倉庫。

這個葛瑞夫頓自助倉庫離桑摩賽特鎮二十分鐘車程，位於一條淒涼的兩線道高速公路邊，道路兩旁都屬於一個州立公園的範圍。他開過去時，發現倉庫就在他右手邊，而且是他開了幾哩之內所看到的第一棟建築物。吉布森減速，以便看得更清楚。

這家倉庫佔地將近兩英畝，格局相當簡單：周圍是一圈煤渣磚高牆，牆頂有刀片鐵絲網；一道自動柵門旁有一個小辦公室，裡頭是一排又一排完全一樣的一層樓倉庫，有著一模一樣的藍色捲門。他不明白怎麼會有人發了失心瘋，在這種荒郊野外蓋一座自助式儲存倉庫。但這大概也是為什麼葛瑞夫頓倉庫如今關門大吉，而且看起來已經好一陣子了。

他一路繼續往前開，直到他發現一條岔出去的泥土路，可以停下來，把車子藏在那裡。然後他走四百公尺回到葛瑞夫頓自助倉庫，沿路都沒看到半輛車子經過。近看之下，那個廢棄的自助倉庫更加破敗：一面破爛的「出售」招牌歪掛在柵門上，柏油路地面上的裂縫間竄出濃密的草。封住柵門的粗鏈子和生鏽的掛鎖看起來一百年沒人動過了。

他那個程式出差錯了嗎？他走近倉庫，重新開啟一次那個追蹤韓紀克位置的app。不，結果還是顯示韓紀克在葛瑞夫頓自助倉庫裡面。吉布森更仔細打量那個掛鎖。生鏽表面下透出來的那些金屬斑點，是有人用鑰匙想打開造成的嗎？他什麼時候成了生鏽掛鎖的專家了？

他四下看了一圈。如果珍妮佛和韓紀克真的在裡頭，那他們進去後是誰幫忙鎖上門的？這說不通，除非還有別的方法進去。或者韓紀克故意把自己的手機丟進牆內，好誤導他。但那就表示韓紀克知道他在跟蹤。

或者，或者，或者……

吉布森摩挲著前額。有太多可能性，該把這些可能性削減一些了。

他打韓紀克的電話。響了五聲或六聲後，韓紀克接起來了，聽起來很不高興被打擾。

好極了。

「嘿。」吉布森盡力裝出愚蠢的口氣。

「嘿什麼嘿？我跟你還沒了結嗎？我記得你離開了。難道沒發生？我記得明明發生了。」

「我知道，對不起。珍妮佛在嗎？我有個小問題要問她一下。」

「她有她自己的電話，你知道吧？我不是她的秘書。」

吉布森又開始道歉，但珍妮佛接了電話，聲音只稍微比韓紀克輕鬆一點。

「什麼事？」

「很抱歉打擾你們，不過如果我直接回家，明天再把車開回阿倍公司可以嗎？」

他幾乎可以聽到珍妮佛在翻白眼，於是他又開始編謊，說他下午想趕去看愛莉的足球賽。她打斷他，說沒問題。

「喬治到了嗎？」他問。

「還沒。」

「你真認為他會睡在那個破爛的汽車旅館裡？」

珍妮佛努力擠出一聲笑，聽起來空洞且毫無喜悅。她也說那會很好玩。

「唔，幫我拍張照片。我一定得看看才行。」

她沒再說半個字，就掛了電話。

吉布森疑惑地瞪著自己的手機。所以珍妮佛和韓紀克來到一條荒涼公路旁，把自己鎖在一家廢棄的自助倉庫裡。暫且不管這件事本身有多怪異，他們怎麼有辦法進去之後還上鎖？他正想繞著圍牆走一圈、以尋找第二個入口之時，就注意到離主柵門約十五公尺處，有一段刀片鐵絲網被剪掉——從公路上很容易看漏了。

他沿著圍牆走，一手摸著光滑的牆面。理論上，這個缺口夠寬，可以讓一個人爬過去，但牆頂有三公尺高，再厲害的專家也還是需要有可以抓的地方。你會需要……一把梯子。

灌木叢裡有個黃黃的東西吸引了他的視線。他走過去看一下，幸好沒被剪斷的那段刀片鐵絲網絆倒而刺傷。他最後一秒才看到那些鐵絲網，像一條蛇似地捲曲著藏在長草中，上頭的刀片好鋒利，他還得笨拙地踮起腳尖旋轉才避開。他失去平衡，倒退兩步，腳跟踩到一個結實的東西，狠狠往後摔個四腳朝天。

吉布森躺在那兒皺著臉，直到疼痛消退，然後才坐起身子，看著剛剛害他摔倒的那把嶄新梯子。

*這到底是怎麼回事？*

他正在思索著這個問題時，一根繩子忽然從牆內飛出來，懸在離地面一呎之處，前後搖晃著。吉布森還呆呆瞪著那繩子一會兒，才慌忙掙扎起身。他剛勉強躲到一棵樹後頭，珍妮佛就一腿跨過牆頂，抓著那繩子落到地面。她朝牆裡喊著她下來了，然後那條繩子又收回牆內。

吉布森看著她走過去打開掛鎖，推開柵門。韓紀克開著Cherokee車出來。車子後行李廂是空的，這表示他們把裡頭的設備都放在牆裡了。他納悶著那幾個黑色行李袋內到底裝了些什麼，還有他在寫駭侵圖書館的程式時，韓紀克跑去哪裡了。

珍妮佛又重新鎖上柵門，於是吉布森就看著他們今天第二度開著車子離去。他考慮過要翻牆進去察看一下，但是這個倉庫太大了，說不定得花一個星期才能找到他們的基地。最好還是盯著他們，看他們要去哪裡。他拍拍身上，走回自己原來停車的地方。

# 23

手機地圖上的小紅點引導吉布森往東，穿過一連串工人階級的小鎮，一個比一個荒涼。等到他經過最後一個，已是暮色四合時分，車子後照鏡裡的天空燒成了一片炭紅。他減速察看一下手機——韓紀克的小紅點已經停下來三十分鐘，現在離他不遠了。

自從離開那家自助倉庫之後，他心中便逐漸生出一種憂慮的確定感，很擔心自己完全知道珍妮佛和韓紀克要去哪裡。他期望自己是錯的，但他們的行動只有一個合理的解釋。他很快就會知道了。

沿途的房子愈來愈少，最後每隔至少一百碼，才會有下一棟房子。在這裡，各家產業沒有清楚的界限。沒有籬笆。只有開放的空間，彼此界限模糊。

這裡的空地雖然很大，但房子本身卻是簡陋的、附地下室的平房，或是兩單位的活動屋放在煤渣磚地基上。大部分人院子裡都有衛星圓盤天線。這種荒郊野外，夜裡除了看電視和上網之外，大概也沒什麼事情可做，而且有線電視的線路還沒普及到這麼偏遠的地方。

他繞過一處彎道，看到那輛Cherokee停在前面左邊的碎石車道上，旁邊是一輛木質側板的舊旅行車。無論那房子原來是什麼顏色的，反正都早已褪去，現在成了一片斑駁的雜色，活像是一碗發霉的麥片粥。屋子正面的一扇窗戶玻璃破了，但是沒換新玻璃，而是釘上塑膠布遮住那個破洞。屋頂中央灰色的木屋瓦下陷，整棟房子看起來像是狠狠踢一腳就會倒塌。一張褐黃兩色的沙發被拖到一棵榆樹下，在高度及膝的野草叢中孤單地發霉。

想到有人會淪落到住在這裡，實在太慘了。這不會是任何人的第一選擇。

吉布森發現在這裡停下車一定會被看到，於是繼續向前開。他沒看到那輛Cherokee上頭有人，想必他們是在屋子裡。

經過兩棟房子後，他看到一棟浸信會的老教堂。路邊一塊寫著「進來跟我們一起做禮拜」的破爛牌子，字母缺了好幾個，看起來好像很多年沒人進去過了。就連上帝也不想住在這裡。吉布森開過去，繞到教堂背後，這樣從馬路上就看不到了。

他拿了雙筒望遠鏡，躲在一道矮牆後頭觀察並等待。他看了一下手機，但這裡收不到訊號。幾個小時過去了。

這是個沒有月亮的夜晚。有個風暴經過南方，發出隆隆聲響，但沒有落下半滴雨。這裡沒有街燈，所以唯一的照明就是來自零星的門廊燈，或是窗子透出來的電視閃爍藍光。但是Cherokee車旁的那棟房子一片漆黑。吉布森看不出屋裡的燈是否開了，因為窗簾都緊閉著。想到屋裡可能發生的事情，他就覺得很苦惱。

他評估著溜到那棟屋旁的優缺點。優點：這樣他就比較能摸清屋裡到底發生了什麼事。缺點：他們身上有槍，他沒有。如果他們看到他，他不確定會怎麼樣。真好笑，今天早上他還只擔心他們會罵他而已。十二個小時的變化好大。

等到珍妮佛和韓紀克終於移動時，吉布森一開始還沒發現，直到韓紀克發動那輛休旅車時才注意到。車燈亮起，吉布森透過雙筒望遠鏡看到車內頂燈透出的光線，照著珍妮佛的側影。她推著一個人走出房子。黑色頭罩蓋住了他的頭，但是從寬闊、健壯的肩膀來看，那是個男人。他的雙臂被綁在背後，所以她扶著他的後頸引導他，把他塞進車子後座。然後她上了停在車道上的那輛木紋旅行車，跟在韓紀克後頭開走了。

吉布森在矮牆後頭壓低身子。珍妮佛和韓紀克沒找聯邦調查局來，至少到目前為止是這樣，但他覺得，他們可能從來不打算找聯邦調查局。這件事的重點不是要把幽魂君繩之以法，而是要復仇。這就是為什麼他們硬要他回華府。克麗絲塔．竇普雷斯在喬治城跟他說過什麼來著？說擄走蘇珊．隆巴德的那個人會付出代價。不，她用的詞不是這個。克麗絲塔是說他會受苦。

喬治．阿倍或克麗絲塔都對班傑明．隆巴德毫無忠誠，但是都對蘇珊的失蹤耿耿於懷。吉布森從他們談到她的聲音中聽得出來。副總統對這件事毫無所悉，而且吉布森認為他永遠也不會知道。這件事純粹就是喬治、克麗絲塔，以及擄走蘇珊那個男人之間的事情。

他讓自己捲入了什麼？他的責任有多大？他有辦法證明自己根本不曉得他們的計畫嗎？他事前是否知情有差別嗎？他駭侵了一家公立圖書館……一個有創意的檢察官會怎麼解釋為這就像是闖入一棟政府大樓？更別說他收到的酬勞都是現金。忽然之間，那似乎也非常要命了。

他思索著自己有什麼路可以走。現在就報警。或許大部分人都會這麼做，但他實在沒準備好又要回去坐牢。他可以打電話給隆巴德，告訴副總統說他以前的政治盟友和保全主任要去做什麼。*是喔，*吉布森心裡告訴自己，*隆巴德會狠狠報復所有人，但是唯獨放過我哩。*

等到珍妮佛和韓紀克離開後，吉布森又等了十分鐘，然後沿著公路走向那棟房子。腳底下的碎石車道聽起來像是搖滾樂團在演唱會之前暖身。下一棟房子在一百公尺之外，但他還是很不放心。

屋子的前門鎖上了，後門也是。他試過所有窗子，發現全都牢牢拴好了。吉布森皺起眉頭，又繞回前面，用他的汽車鑰匙在罩住破窗的塑膠布上割出一道口子。他伸手進去，打開窗栓，然後推開窗子。

這棟房子是個豬窩。一開始他還以為是珍妮佛和韓紀克把這裡翻亂了，但很快就發現這種髒亂是好幾年的累積，而不是幾個小時造成的。他不想冒險打開燈，不過他的手機有手電筒功能，於是就用來檢查那一大片垃圾和壞掉的家具，以及空紙箱。有至少四十把傘堆在一起。一個摔爛的手風琴。一個鹿頭標本放在地上，茫然往上瞪著天花板。

那個廚房生病了，沒有其他字眼可以形容。那個氣味，耶穌啊，居然有人住在這裡。吉布森沒有勇氣踏進去，於是決定把廚房留到最後再來看。屋裡唯一乾淨的區域是一個客房，改裝成健身室。裡頭有舉重練習凳、生鏽的槓鈴，還有一個單槓架。幾面變形的大穿衣鏡一面接一面掛起來，形成一面虛榮的牆。對面牆壁下堆著一疊疊健身雜誌：《肌肉與健身》、《健美》、《天然肌肉》、《肌肉星球》……

吉布森想尋找私人物品，任何上頭有名字的，可以確認他心底已經知道的。他覺得或許從健身雜誌裡找得到，但結果那些都不是訂閱的，而是零買的。要是有張屋主的照片也可以，但牆上什麼照片都沒掛，而且這種住家不像是那種會擺出裱框照片的。臥室裡也沒有任何幫得上忙的東西。吉布森又走到前門邊，找到了一堆沒拆開的郵件。

他把那些郵件逐一拿起來用手機照，尋找一個名字。大部分收件人只寫「屋主」或「目前居住人」，但最後他找到一封從賓州矯正署寄來的信。那名字正是他想找的：「科比．泰特」。

前門發出了有人試著想打開的聲音，嚇了他一跳。門鈕就離他的臉只有幾吋，他著魔似地盯著那門鈕左轉右轉。有可能是鄰居過來看一下嗎？泰特有朋友嗎？更可能是珍妮佛和韓紀克忘了什麼而回來拿。或是回來找你，他腦袋裡一個聲音嚴厲地說。

他把那信揣進口袋，從門邊退開。他有出其不意的優勢，可以對付掉一個。但如果珍妮佛和韓紀克兩個人都回來，他就沒有機會了。他不想等著看到底有幾個人回來。金屬摩擦的輕響傳遍安靜的屋子，但幸好門沒打開。他想起靠近廚房那裡有個壁櫥，櫥前放了一堆堆的垃圾。他們會殺他嗎？會到這種地步嗎？

他鑽進那個壁櫥，背貼著牆，滑下身子呈蹲姿。他沒法完全關上門，因為內側沒有門把。他腳下溼溼的，聞起來像尿。他把手機調成飛航模式，聽到前門推開了。

根據他所能判斷，只有一個人，但是不曉得是誰。這個闖入者沒有出聲，也沒開燈。他聽到前門輕輕關上。一支手電筒打開，隔著壁櫥的門縫，他看到那光線掃過牆面。之前他剛進門時，就留意到地板某些縫隙會發出咿呀聲，但這個闖入者要不是對這些縫隙非常熟悉，就是走動時有如鬼魂。他聽得到這個人的腳步聲，但只是因為他集中了全副注意力在聽。燈光一閃。然後又是一次，再一次。這個人在屋裡到處走動拍照。很有條理地拍過每一個房間。也會包括每個壁櫥嗎？

如果壁櫥門打開，他就打算朝他下體狠狠打過去。一直打一直打，直到對方動不了為止。不過他很擔心自己會在腳下這些潮溼的爛泥裡滑倒。他緩緩移動，雙腳輪流交換著重心，尋找一塊乾燥的表面，以便踩穩施力。

他不認為自己暴露了藏身處，但拍照聲一停止，他立刻發現了。整棟房子陷入一片沉默，他耳裡都能聽到自己的脈搏聲。他屏住呼吸，所有感官都警戒起來。那就像是兩艘潛水艇在昏暗的深海裡玩貓捉老鼠的遊戲——彼此努力傾聽著對方的動靜，深怕暴露自己的位置。

幾分鐘過去了。吉布森聽到那些鬼魂似的腳步聲又朝前門走去。門打開，接著輕輕關上。然後什麼都沒有了。

他吐出一口氣，但是沒動。他在壁櫥裡等了好像有一輩子，深怕剛剛那個人可能又會折返，或者更糟糕，怕他根本沒離開，只是想騙他離開壁櫥。他一直豎著耳朵聽，直到他的太陽穴都在搏動，但整棟房子一片死寂。

吉布森悄悄溜出壁櫥。有半秒鐘，他恐慌起來，因為地板上那個鹿頭和陰影的關係，看起來像個男人。他輕喊一聲，然後又難堪地閉上嘴。

振作一點吧，小子。

他垮坐在一張沙發裡，揉著因為蹲在衣櫃裡太久而抽筋的小腿。接著他打開手機的手電筒，四處看了一圈。這張沙發顯然是科比・泰特度過最多時間的地方。吉布森坐在唯一的空位，其他位置都堆著髒盤子、垃圾食物空盒，還有幾百本色情雜誌。他都不曉得現在還有人在出色情雜誌。

他兀自輕笑起來，但是立刻停下，因為他想到一件事。誰會去找色情雜誌來看？沒有網路的人。外頭院子裡沒有衛星天線，這就表示沒有電視機，而且更重要的是，也沒有辦法上網。

一個有本事駭侵到阿倍公司的人，家裡竟然沒辦法上網？他又搜索一次屋裡，這回刻意尋找那種電腦迷家裡會出現的東西。結果什麼都沒找到。沒有工具。沒有書。沒有工作空間。沒有儲存電子檔案的裝置。只有垃圾、色情雜誌，還有健身設備。如果科比．泰特是駭客，那麼他就是吉布森所碰到過唯一不必二十四小時都有高速上網環境的駭客。

那麼是誰在幫他？泰特有合作的夥伴嗎？

吉布森盡可能安靜離開房子。比起屋裡，外頭亮得像是日正當中。他沒看到任何人，不過為了安全起見，他還是繞路回到他停車的地方。他摸黑開車上路，直到離泰特的屋子好幾哩，這才打開車頭燈。

汀斯利站在黑暗的屋子裡。所以馮恩又回來了。這個消息很有趣。他本來此時應該回到家了。好吧，顯然馮恩有了別的想法。不過這也不會改變任何事。其實還讓汀斯利省點事，可以少跑華府一趟。有點類似那句老話，所有的雞蛋又回到同一個籃子裡了。

他坐在馮恩坐過的那張沙發上。當時馮恩忽然想到什麼，汀斯利從他臉上看得出來。那一刻兩人離得好近，汀斯利伸手就可以碰到他。他只能想像馮恩若是看到他會有什麼反應。但反正馮恩沒看見；汀斯利的目標從來不會看見他。這樣也好，因為這裡不是馮恩該死掉的地方。諷刺的是，在這個地方，馮恩是安全的。

汀斯利看著剛剛馮恩拿起過的那些色情雜誌，但不管剛剛馮恩因此想到什麼，汀斯利都看不出來。他皺起眉頭。為什麼馮恩要回來？他不喜歡自己沒能預料到。沒關係。如果科比・泰特就是十年前躲開他的那個人，這表示汀斯利的工作就快完成了。

# 24

珍妮佛站在一排監視螢幕前看著科比．泰特。牢房裡很暗，泰特在螢幕上像個鬼影似的一片綠。他從綁住的手腕處往後吊起，雙臂伸展。她看著泰特腳尖舞動，設法要讓雙腳保持在下方。當他兩腳失控時，肩膀就承受了全身的重量，直到他有辦法讓雙腳又回到下方。他被搞得筋疲力盡。而這就是吊刑的目的。

隔著牆壁，她可以感覺到音樂的重低音轟炸著泰特。那是某個速度金屬樂團的作品，他們相信每分鐘低於兩百五十拍就是無聊的電梯音樂。她很驚訝有些人居然是自願想聽這種音樂。她只知道，這些歌被中央情報局在全世界各地的祕密拘留所列入歌單。

她擦掉眼睛的汗水。即使捲門打開了，太陽的熱力還是曬得這些儲存空間裡像烤爐似的。對泰特來說更糟糕得多。要是他不像原先預料的那麼容易屈服，她願意折磨他到什麼地步？她拋開這個問題。他會屈服的。或許逼到太過分時，他們得小心處理，但她很確定他會在達到極限之前就妥協的。非妥協不可。

在中情局工作期間，珍妮佛曾親自參與過不曉得多少次所謂的「加強偵訊」。無論你認為自己有多強悍，每次偵訊都會讓你良心不安一輩子。雖然她相信這些刑求手段是有必要的，卻也無助於讓她夜裡睡得比較安穩。那些受偵訊的對象都是有原則、有信仰的男人。她瞧不起那些原則，因為就是那些原則導致了不可饒恕的罪過。但那畢竟還是原則，而在某種基本程度上，她也尊重他們的獻身。偵訊這樣的人要花時間。因為你要慢慢逼一個人放棄自己的信仰，目睹那個過程非常可怕。負責偵訊則更是可怕。

而另一方面，科比・泰特只相信自己的需要。除了他自己的殘忍慾望之外，他沒有任何原則。像這樣的男人已經有殘缺了。她沒指望他能撐多久。一個軟弱到會找兒童下手的男人，脾氣能有多硬？

她打著哈欠伸了個懶腰。這是漫長的一夜，她羨慕地望著睡在角落行軍床裡的韓紀克。再過兩個小時她就會叫醒他，然後他們會再回去對付泰特。

泰特是個職業罪犯。除了綁架翠希・卡士柏搞砸之外，他有一長串前科紀錄，從十五歲開始就進出監獄。他從小就在這套制度裡打滾，以為自己很了解司法是怎麼運作的，懂得種種規則。她知道他會很有信心，以為有辦法佔到便宜。所以他們在泰特家逮到他之後，就在他心裡建立一種錯覺，讓他以為自己已經不在美國了。他們引導他相信自己已經遠離祖國十萬八千里，沒有人會來救他。他得趁早覺悟他對司法的概念不適用於這裡——沒有律師，沒有保持沉默的權利，沒有討價還價的空間。不回答問題，就要受罪。沒有別的路。

為了要製造這種錯覺，他們就載著泰特到一條很少使用的飛機起降跑道，讓他登上一架飛機，幫他扣好安全帶。當然，這架飛機始終沒離開過機棚，但在泰特的心裡，他們已經飛過了半個世界。

韓紀克是個超厲害的音效技師。他變出了一群機組人員，表演一整套飛航前的檢查事項。她和韓紀克假裝是在進行移監，一路粗暴地推著泰特，還對著他大聲命令。泰特在頭罩之下掙扎又呻吟，但因為嘴巴塞住了而無法說話。韓紀克用力敲他的腦袋，叫他乖一點。

在「起飛」之前，他們用麻醉氣體迷昏他。藥效一點也不強，只夠讓他昏過去五分鐘。等到他醒來，飛機已經在「空中」了。他們製造的效果很厲害，駕駛艙發出轟鳴聲，好像這架飛機正在空中飛行。韓紀克讓起落架上偵測重量的著陸確認開關失效，然後在機艙內加壓；珍妮佛還真的感覺到耳朵裡發出輕微爆聲。一名「機師」透過機上廣播系統向機艙內報告了最新狀況：飛機速度、高度、飛行時間。韓紀克還在飛機底下放了一個很大的重低音喇叭，持續製造出類似引擎的低頻聲。他們兩人一直在聊天，珍妮佛扮演老鳥，韓紀克則是菜鳥。在「航程」中，韓紀克問起有關他們的目的地，珍妮佛便講得很恐怖，刻意要讓泰特聽。

他們表演了三十分鐘，好讓泰特吸收，然後再度用氣體迷昏他。這回給的量多一點。所以等他醒來時，就覺得昏沉無力又搞不清東西南北，輕易便相信了他已經回到陸地，然後他們押著他上了一輛車。其實是同一輛車，但隨著背景中有外語交談的聲音，他根本不會知道。泰特在頭罩之下嗚咽起來。

等到他們到達葛瑞夫頓自助倉庫，泰特相信了。珍妮佛從他的聲音聽得出來。中間他還尿溼了褲子。

之前吉布森關在桑摩賽特鎮的汽車旅館房間裡寫他的病毒程式時，韓紀克就過來這裡，把其中一間倉庫單位改裝成克難的指揮中心。他們準備了兩張行軍床、一個攜帶式火爐、食物，還有飲水。一個手提式發電機供電給他們用來監視泰特的那些螢幕。

科比．泰特的牢房就在他們指揮中心附近，是個十呎乘三十呎的儲存單位，韓紀克把那房間改裝成牢房兼偵訊室。他在房間一半的位置裝上了鐵絲網圍籬和一道掛鎖門。地面上還有一圈帶刺鐵絲網。角落裡的一堆乾草是讓泰特乖一點的時候可以睡覺用的，另外有個桶子讓他大小便。

一切都很原始，這是他們故意的。

他們把他推下車，進入牢房。然後把他的雙腕用繩子捆住吊起，此時他被塞住的嘴發出歇斯底里的咯咯聲。接著他們換上黑色連身工作服，戴上滑雪面罩。藉著掩飾他們的身分，他們也給泰特一線希望，讓他覺得他如果吐實，他們就會放他走。以泰特的智商，一定知道如果他看到了他們的臉，那他就死定了。

珍妮佛拿掉了泰特的頭罩，泰特眼睛暴突，慌亂地四下看著。韓紀克負責講話，因為珍妮佛覺得泰特面對一個男性權威形象會比較肯回答。像泰特這種人，誰曉得他跟成年女性有過什麼難堪的關係呢。

她本來有點擔心韓紀克。他有幾十年的傳統偵訊經驗，直覺也非常厲害。但眼前這種偵訊是完全不同的。她已經訓練他兩個星期，儘管抽象上他懂得，但實際去做是完全不同的。結果她根本不必擔心。韓紀克是天生好手。

「你這下子完了，小子。」韓紀克是這樣開始的。

泰特被塞住嘴巴仍試圖要講話，結果徒勞無功，只發出一串滑稽的咕嚕聲。

「你真以為你可以逃掉？真以為我們不會找到你？告訴你一個壞消息，小子。這裡就是你的終點站。這班列車你早就該下車的，現在你離家可遠了。」

珍妮佛拔出塞住他嘴巴的破布。

「我要一個律師。」泰特要求。

韓紀克大笑。「地獄裡沒有律師，小子。」

「這是非法的。我要我的律師！」

「我就是你的律師。你需要什麼？」

「你不能這樣，」泰特叫嚷著。「我知道我的權利。」

「這裡沒有權利，小子。你以為你人在哪裡？」

泰特的眼睛睜大，充滿一種動物的恐慌。他嘴巴無聲動著，彷彿那塊破布還塞在裡頭。

「你可聽好了。我們知道你是誰。我們知道你做了什麼。我們全知道了。我們只希望聽你說出來。你惹了不該惹的人，擄走了他的女兒，這一點無法挽回了。你知道他的權力有多大、他的勢力範圍可以達到哪裡嗎？我想你不知道，不然你就會去找其他人的小孩，對吧？不過你惹出大麻煩，做過的事情無法改變了。現在你只能考慮眼前。你要怎麼做才能從這裡脫身。要進行得長一點還是要短一點？你要決定的是這個。我就讓這過程進行得短一點如何？因為相信我，你不會希望長一點。」

「我跟基督發誓，我不曉得你在講什麼。我不曉得你在講什麼！」

韓紀克搧了他一個耳光。下手不重，但是效果很大。泰特閉上嘴巴，氣憤又害怕地望著韓紀克。

「你剛剛講的那種話，」韓紀克說。「那種話就是會讓短的事情變長。」

「我發誓。」泰特嗚咽道，眼睛輪流看著他們兩個人。這裡沒人扮白臉。

韓紀克一根指頭放在唇上。「我們就讓你自己想一想吧。要長還是要短。一切都看你自己。你說實話，就會進行得很短、沒有痛苦。要是你跟我們撒謊，你就會痛苦很長、很長一段時間。懂嗎？」

泰特沒吭聲。

「懂嗎？」韓紀克吼道。

泰特點點頭，腦袋懶洋洋地往旁邊垂著。

「很好，」韓紀克說。「那麼，我們就讓你自己想一想。同時，我的搭檔和我要去吃晚餐。其他的就看你自己了。等到我們回來，你就得告訴我們一切關於蘇珊·隆巴德的事情。不然我就會好好修理你。」韓紀克故意講得很平靜，完全不動感情，好像是要他在兩種淡啤酒裡選一種。

韓紀克朝珍妮佛點了個頭，然後他們就留下泰特懸吊在他的牢房裡。泰特在他們身後大喊，直到他們把牢房的捲門拉下來關上之後，他還繼續喊了好久。

「誰？」他重複大叫。「我不認識什麼蘇珊！我不認識。他媽的誰是蘇珊·隆巴德，大哥？我不認識她。」

然後一直重複。

比起泰特的聲音，珍妮佛還比較喜歡速度金屬音樂。他好有說服力，那麼誠懇，那麼無辜。要不是她以前看過很多次這種表演，還真會被他打動。偵訊室是有史以來最厲害的表演學校。他們會拚命抓著謊言，就像抓著一件救生衣。那麼令人信服，因而她有時會納悶，最後他們是不是連自己都相信了。但長期而言，這些都完全沒有差別。唯一有差別的，就是他要花多久的時間才明白。她看了一下手錶，按了控制台上的一個鈕。泰特的牢房淹沒在熾亮的白光中。他的身體蜷縮，嘴巴竭力張大吶喊，彷彿那光會燃燒。

音樂繼續播放著。

珍妮佛和韓紀克走出泰特的牢房，進入陽光下。珍妮佛把捲門拉下。他們脫掉連身工作服和滑雪面罩。倉庫裡頭很臭，他們兩個人都滿身大汗。她看著韓紀克穿著四角內褲和馬丁大夫鞋走到一旁去點菸。她自己是短褲和運動胸罩，也沒有資格抱怨。他們老早不管什麼社交禮節了。

她回到他們的指揮中心，從冰桶裡拿出四瓶水。然後找到一個陰影處，背貼著牆壁，滑下來坐在地上。韓紀克回來時，她遞給他一瓶水。

「現在幾點了？」他問。

「管他幾點，今天星期幾？」

他拿出手機，舉起來對著她的臉。

「居然已經星期四了？」她問。

他們到現在已經對付泰特四天了。進展很慢，而且他們兩人對於進度的看法不盡相同。珍妮佛有點驚訝會花這麼久。她原先估計泰特早就該屈服的，沒想到這個可悲的戀童癖這麼有毅力。但是可以確定的是，泰特已經接受了自己的處境毫無希望的事實。他逐漸把珍妮佛和韓紀克視為他的神。到了現在，他的招數就是承認得夠多，足以討好他們，但也不會顯示自己有罪——一個標準的中間步驟。他講話一直反覆兜著圈子，但是那圈子每天都愈來愈小。

頭兩天，他一口咬定說他從沒聽說過蘇珊．隆巴德或她被綁架的事。這種謊言太愚蠢了，韓紀克狠狠修理泰特，讓他在星期二放棄了這個謊言。他們逼泰特告訴他們整個故事。泰特非但聽過蘇珊．隆巴德，還根本就是迷上了這宗綁架案，前前後後知道得一清二楚。但是到目前為止，泰特都沒告訴他們任何非公開紀錄，還拚命發誓說他不曉得任何有關駭侵阿倍公司的事情。

「你今天還想繼續逼他到什麼地步？」韓紀克問。「他需要吃飯，睡覺。他現在已經不行了。」

珍妮佛點點頭。韓紀克說得沒錯。他們就要把泰特逼到崩潰了，但不是有用的那種。她得跟喬治．阿倍報告最新進度。他不會高興的。克麗絲塔一直逼著他要查出結果來，而且他們在這裡每多一天，就更增加一分被人發現的風險。委婉地說，那可不會太妙。泰特做了什麼根本一點關係都沒有。要是她和韓紀克被逮到跟泰特在這裡，他們就都得去坐牢很久。

韓紀克手裡的手機發出嗡響。他看了一眼，一開始很不解，然後是困惑和憂慮。

「什麼事？」她問。

「是馮恩的病毒。」

「他的病毒怎麼了？」

「剛剛啟動了。」

吉布森趴著觀察珍妮佛．查爾斯和韓紀克脫掉一模一樣的連身工作服。他在葛瑞夫頓自助倉庫另一頭一個儲存空間的屋頂上，那裡可以看清珍妮佛和韓紀克的活動，視野毫無障礙。他不完全確知泰特發生了什麼事，但大致上可以猜得到。要動用滑雪面罩的事實，搞得他有點反胃。泰特很可惡沒錯。但那個儲存單位裡面所發生的事情，也並不因此就是正當的。

所以他為什麼沒有報警？這事情老早就違犯了他心中的道德標準。他雖然沒跟珍妮佛和韓紀克一起動手，但拖到這個時候，他的過失也根本沒兩樣了。為了查出泰特知道些什麼，他願意袖手旁觀到什麼時候？界限到底在哪裡？

他感覺到自己的手機震動，於是放下雙筒望遠鏡。他正在等阿倍公司回電給他，因為星期一他曾打電話去問說能否留著那輛車再用一星期，還是維持他已經回到華府地區的說法。喬治・阿倍的助理說他會再回電給吉布森，但始終沒有。顯然阿倍公司還有其他更重要的事情要忙。

他看著手機，發現自己只猜對了一半。那是一則來自阿倍公司的簡訊，但是跟車子一點關係也沒有。他之前嵌入阿倍公司檔案裡那個指路的病毒，剛剛啟動了。

那個簡訊是一長串資料，最後是一個GPS座標。他最早那個病毒的指令，是讓病毒程式自行安裝在那名駭客的電腦裡，然後刪去病毒本身的活動紀錄，再利用那名駭客電腦裡的GPS回報位置。但這件事之前沒有發生，因為病毒被下載後，就一直保持潛伏不動。所以他們才會改去監視那所圖書館。

但那個病毒本來就是姑且一試，所以後來沒成功，吉布森也不太驚訝。若是要成功，對方就得在一台有網路連線的電腦裡，打開這個病毒檔案。換了吉布森，他就會把下載的檔案拿去某個獨立的、沒連線的電腦再打開。而那名駭客顯然正是這麼做的。

這個病毒在泰特被關起來時啟動，確認了吉布森的懷疑。他的病毒無法自行啟動。而現在它傳訊回家，就表示某個人刻意讓這病毒檔案連上網路了。這個人當然不是科比．泰特。所以是誰？誰剛剛敲響了晚餐鈴？

吉布森又拿起雙筒望遠鏡對準珍妮佛和韓紀克，他們兩人正在激動地討論。韓紀克生氣地指著他們關著泰特的那個倉庫單位。珍妮佛．查爾斯十指交扣放在頭頂上，一副不敢置信的模樣。

你們也沒想到會收到這樣的簡訊，對吧？

吉布森設法把各個碎片拼湊起來。如果那個病毒現在啟動了，那麼就表示還有另一個玩家也涉入。泰特有個搭檔。這個人懂電腦，啟動了吉布森的病毒。有可能是不小心出了錯，也有可能是故意的。吉布森敢賭這是故意的。但是為什麼？

如果是故意的，那麼這個搭檔一定知道泰特被抓走了。啟動病毒可能是要引導他們放過泰特。這個搭檔不願意或無法冒險打電話報警，於是使出了次佳招數，設法把嫌疑從泰特身上轉開，讓他們認為自己抓錯了人。這麼一來，就可以救泰特一命。

同時也讓自己曝光？這實在說不通。這個駭客和泰特一定感情非常好，才會為他涉險到這種程度，否則他大可以讓他們抓走泰特，自己逍遙自在。除非泰特根本不是他的搭檔，而是工具。這麼一來，幽魂君到底在玩什麼把戲？

吉布森放棄去計算所有的排列組合，回去看望遠鏡裡。珍妮佛和韓紀克已經擬出一個計畫。他們安頓好泰特，把他像一箱舊衣服似的關在那個儲存空間裡。半個小時內，兩個人就又換好了外出服裝。他們還是照原來的路線離開倉庫，也就是珍妮佛先爬牆出去，打開柵門鎖，讓韓紀克開著休旅車出來。

他們離開後，吉布森跳下屋頂，跑到他們關泰特的地方。他們把他的儲存空間上了鎖，但是沒鎖上他們自己待的那一間。他在捲門內側旁的一個鉤子上找到了鑰匙，很好奇自己在裡頭會發現什麼。雖然眼前還不知道，但他希望泰特的神智還夠清醒，可以回答他的問題。

# 25

韓紀克沿著賓州收費公路朝匹茲堡行駛。珍妮佛．查爾斯翻著她的筆記，設法想搞懂到底發生了什麼事，同時期望自己不會後悔把吉布森趕回華府的決定。她現在還真的用得上他的專業知識。她思索著，舌頭舔過牙齒。韓紀克破例保持沉默，想到他們可能抓錯人了，這個可能性恐怖得讓人不敢往下多想。

「泰特又不是什麼純潔無辜的天使。」韓紀克說。

她沒回答，又翻了一頁筆記。

馮恩的病毒提供了一個GPS座標，引導他們來到北杭亭頓——匹茲堡外一個比較古老的、頗有名氣的郊區地帶。成熟、威嚴的大樹庇蔭著街道，一片片完美的綠色草坪。每條車道上都停著昂貴的汽車。

「這裡唯一缺的，就是小孩在門口擺的檸檬水攤子了。」韓紀克說。

那個GPS座標引導他們來到柳橙巷一七五四號，結果是一棟寬闊的都鐸式兩層樓房，上頭鑲著白色的木飾條。一輛警車停在屋前，韓紀克繼續往前開。到了街尾，他停在路邊，調整後照鏡，然後往後坐著觀察。

「就是這棟房子嗎？」韓紀克問。

「如果吉布森的病毒正確無誤的話。」珍妮佛打電話給瑞齡，要他去查這棟房子的繳稅紀錄。

二十分鐘後，一名警察走出那棟房子，後頭跟著一男一女。那對夫婦看來三十出頭，即使隔得老遠，也看得出他們顯然不開心。太太緊挽著丈夫的手臂，同時那位丈夫跟警察握了手。然後夫婦兩人站在門廊上，直到警察的車子開走。那位太太還揮手道別。

珍妮佛的手機震動起來。是瑞齡傳來的簡訊。這棟房子的屋主是比爾與凱特·麥其歐。珍妮佛拿給韓紀克看。

「你有什麼想法？」

韓紀克等到那對夫婦回到屋裡，就把車子掉頭往回開，然後停在那棟房子的對街。

「要查清楚，只有一個辦法。」他說著下了車。

一名老婦人坐在自家門廊上，放下手裡的書朝珍妮佛揮揮手。她也禮貌地揮手回應。很友善的街坊地帶。沒有戒心。歡迎外來者。她跟著韓紀克過街，上了柳橙巷一七五四號的屋前台階。韓紀克按了門鈴，後退等待。他活動著脖子，活像是要準備打架似的。女主人開門時，韓紀克換上了溫暖、友善的微笑，那是珍妮佛從來沒見過的。

「有什麼我可以幫忙的嗎？」凱特·麥其歐有一張和善的臉和一對褐色的大眼睛，頭髮用一個翠綠色的蝴蝶結綁在後頭。

韓紀克從西裝胸前口袋裡拿出一張名片，遞給她。

「很抱歉來打擾府上。我的名字是丹尼爾·韓紀克。這位是我的搭檔珍妮佛·查爾斯。我們希望能請教你們夫婦幾個問題。」

「你們是警探嗎？」她問，看著他的名片。

「不是。阿倍公司是一家私人企業。我們是本地警局的承包顧問公司，協助評估他們的流程。」

「啊，」她說，把名片遞還。「但是剛剛有一位警察來過了。」

「我們不是警察。我們做的是後續調查。這是針對全郡進行的，為了要改善服務效率。我們負責這個地區，決定過來一趟，看是否能趁著你們記憶猶新的時候，讓我們做個紀錄。」

「他人很好。我不希望害他惹上什麼麻煩。」

韓紀克笑得好甜。珍妮佛開始明白為什麼他在洛杉磯市警局的破案率名列前茅。他那種轉換簡直是出神入化。

「我完全了解，」韓紀克說。「這個調查其實不是針對他，也不是針對任何特定的警察。我們只是想看看有什麼方式，能讓郡方改善並加強他們和社區的互動。」

「凱特，是誰啊？」一個男人的聲音從屋裡傳來。

「幾個警探，想來問問題。」那女人朝屋裡喊。

「我們不是警探。」

過了一會兒，一名身穿卡其褲和馬球衫的高瘦男子來到門口。

「怎麼回事？」

「比爾，這兩位想跟我們談有關剛剛那位負責這個闖空門案件的警察。」麥其歐太太解釋。

「先生，我的名字是丹尼爾．韓紀克，這位是我的搭檔珍妮佛．查爾斯。」他伸出一隻手，比爾．麥其歐握了。

韓紀克跟珍妮佛使了個眼色，同時又講了一遍幫本地警察擔任顧問的說詞，表明他們不是警探。珍妮佛覺得麥其歐夫婦不像是會綁架小孩的戀童癖。蘇珊失蹤的時候，他們的年紀應該是二十出頭。

麥其歐夫婦很樂意幫忙。韓紀克拿出一本筆記本來記，一邊問了一連串問題，有關那個回應警察的舉止、是否熱心幫忙、對細節的注意力。珍妮佛也配合問了一些後續問題，好從這對夫婦口中問出被闖空門的細節。就像大部分小型犯罪的被害人，麥其歐夫婦很樂意討論。

之前麥其歐太太從雜貨店回來，發現後門被撬開了。她打電話報警，她先生還在上班，公司離這裡只有十分鐘。她在門口等到那位（非常和善的）警察抵達。那位（非常熱心幫忙的）警察確認了後門的確被撬開，就去地下室和樓上檢查一圈，這才讓他們進入屋內。看起來沒有任何東西被偷，不過他們還沒有時間仔細檢查。屋裡沒有大筆現金或昂貴的珠寶。

「那個警察說，大概只是幾個小鬼。」

「為什麼？」珍妮佛問。

「因為屋裡沒有毀損，」麥其歐太太說。「那位警察告訴我們，大部分盜竊案都很重視速度，所以他們會把屋裡亂翻。那位警察說，屋子裡應該會亂七八糟才對。抽屜東西倒出來，照片扔在地板上，尋找任何有價值的東西。他說，通常會造成很多毀損。」

「可是你們沒有任何東西不見了？」韓紀克問。

「到目前還沒有。我們真的才剛開始檢查而已。」

「那個警察給了我們名片，說如果我們發現有什麼不見了，就打電話給他。」麥其歐先生說。

「我可以看一下名片嗎？」珍妮佛問。

麥其歐先生遞過來。珍妮佛記下了那個警察的資料，然後把名片遞還。

「那電子用品呢？屋裡有電腦嗎？」

「我們有一台立體聲音響和兩台電視。我太太有一部筆記型電腦，另外我們還有一部桌上型電腦放在客廳裡，是給小孩用的。」

「我們不希望他們在我們看不到的地方上網。」麥其歐太太說。

韓紀克問，「所以你們的電腦有密碼保護吧？」

「我的有，但客廳裡面的那台就沒有。怎麼了？」麥其歐太太問。「你認為他們的目標是電腦？」

「什麼事都有可能。為了安全起見，你們最好檢查一下。」

麥其歐太太轉身進了屋裡，片刻後搖著頭回來。她的電腦顯然很正常。

「你介意我去看一眼嗎？」珍妮佛問。

電腦位於客廳的一張木製小書桌，連接著舊式的映像管螢幕。機殼放在書桌旁的地板上，前方的USB插槽蓋開著。

「我可以試一下嗎？」珍妮佛問，指著鍵盤。

那個電腦正進入休眠模式。珍妮佛按了一下空白鍵。硬碟又開始運轉，螢幕亮起。有個人開了一個Word文件檔，打了一個姓名：「泰倫斯．馬茲葛洛夫。」

麥其歐夫婦彼此看了一眼。

「你們認識這個人？」珍妮佛問。

「不，」麥其歐先生說。「唔，不算認識。」

「我們這房子是跟他買的。」凱特．麥其歐說。

「是跟他的遺產託管人買的。」她的丈夫糾正。

「我們跟遺產託管人買了這房子。很不幸。我其實不太清楚整個故事。」她說。

「這是我們看的第二棟房子。我們故意還了一個很低的價，猜想他們會再討價，但結果他們就接受了。老實說，我們真的是佔了太大的便宜。三十天就完成交易。看起來他們急著要賣掉。」

「你們知道為什麼嗎？」珍妮佛問。

「那件事在這一帶是個敏感的話題。沒有人願意談。」麥其歐先生說。「不過我們後來發現……你不想覺得自己是在利用別人的不幸。而且那種壞的能量，我們也不想帶進家裡來。」

珍妮佛朝他們抬起一邊眉毛。

「他是自殺的。」麥其歐先生說。

「比爾。」麥其歐太太震驚地說。

「唔，是真的啊。就在這屋裡。這也是為什麼我們能那麼便宜買到。事情發生後，這屋子就一直空在這裡，他的手足們再慢慢考慮看要怎麼處理。」

「他發生了什麼事？」韓紀克問。

麥其歐先生聳聳肩。「我沒辦法告訴你。鄰居都不願意談。只知道是個悲劇。」

「我也不想知道。」麥其歐太太插嘴。「那都是過去的事情了，或許是在某個小孩的房間裡。要是知道了，我該怎麼辦？」麥其歐太太關上電腦。「好，這樣就好多了。」

珍妮佛感覺到自己的手機震動了。她退開去看。是阿倍公司自動傳來的簡訊，說馮恩的病毒程式離線了。她朝韓紀克點了個頭，於是韓紀克向麥其歐夫婦告辭。他們四人在前門握了手，然後韓紀克和珍妮佛走下車道。珍妮佛把簡訊給韓紀克看。

走到車道盡頭，珍妮佛回頭看著那對夫婦。

「還有一件事，」她說。「你們住在這裡多久了？」

「今年四月剛滿九年。」麥其歐太太說。

「那之前這棟房子空了多久？」

「大約兩年。」麥其歐先生說。

「啊，好吧。謝謝你們的幫忙。」回到車上，珍妮佛轉向韓紀克。「以你的標準，這件事有多詭異？」

「你指的是有個人在這種好地區隨便挑了一棟房子闖入，然後把馮恩的病毒植入一個小孩的電腦？一切都在大白天發生？」

「對，沒錯。」她說。

「滿分十分，這個大概是十一分吧。」

「他們不是嫌犯，這點我們同意吧？」

「那對夫婦？不可能。」

「所以為什麼要這麼做？為什麼要挑這裡？」

「或許有個人在耍我們。讓我們知道他太聰明了，不可能被抓到。故意引導我們朝錯誤的方向走。」

「你認為他只是在炫耀自己？」

「唔，我們跑來這裡，不就是白費力氣嗎？」

「不曉得。這樣風險太大了。闖入一棟房子？在這個地區？在大白天？為了什麼？為了害我們浪費兩個小時？這樣好像不值得。」

「或許他在幫泰特製造一個不在場證明。有可能他們是兩個人搭檔。」

「是啊。兩個小時能做的事情很多，」珍妮佛說。「我們應該回葛瑞夫頓自助倉庫。」

「贊成。」韓紀克發動引擎，但是沒上路。他瞪著珍妮佛。「怎麼了？」

「我要去跟鄰居談一下。」

「那位老太太？」韓紀克問。「談什麼？」

「我要知道泰倫斯．馬茲葛洛夫跟這一切有什麼關係。」

過了四十分鐘，她才回到車上來。

「她給了你她的肉桂小酥餅食譜嗎？」

珍妮佛朝他舉起一根手指，同時掏出手機打給喬治．阿倍。她跟阿倍解釋了整個狀況，韓紀克在旁邊認真聽著。

等到她講完，阿倍問他們需要什麼。

「去查一下泰倫斯・馬茲葛洛夫的公開紀錄。」她拼出了姓名，然後給了他柳橙巷這邊的地址。「大約十年前吧。」

然後她轉向韓紀克。

「這裡是什麼郡？」

「西莫蘭郡。」韓紀克說。

阿倍跟她說，他會先打電話跟當地警方打個招呼。珍妮佛的舌頭舔過牙齒。要嘛就是泰特有個同夥，要嘛就是他們抓錯人了。要是泰特是無辜的，那就只能祈禱上帝幫幫他們了。

# 26

吉布森悄悄溜進那個儲存單位後，把捲門拉下來關上。酷熱中迎接他的是汗臭味和嘔吐物的氣味。他聽到房間中段那道鐵絲網圍籬後頭傳來的動靜，於是小心翼翼地在昏暗中前進。

科比．泰特呈胎兒狀蜷縮在一堆乾草上。儘管悶熱不堪，他卻在發抖。他望著吉布森，瞇起的眼睛有一種野獸的警覺。吉布森擠出微笑，舉起一瓶在熱氣中結了水珠的水。

泰特舔著龜裂的嘴唇。

「拿去吧。」

泰特往後方的牆壁縮，彷彿吉布森拿著槍在威脅他，而不是要給他一瓶水。

「拿去吧，」吉布森又說了一次。「沒事的。」

吉布森打開水瓶，放在那個鐵絲網圍籬內。水瓶倒了，懶洋洋地畫著圈，水流到水泥地板上。泰特目光緊盯著那水瓶，計算著風險，尋找著必然存在的陷阱。接著他沒站起來，只是迅速往前爬，攫住水瓶，弓身蹲在那裡大口喝。等到水喝完了，他又回到他的稻草窩裡。

吉布森把另一瓶水放在泰特看得到的地方。

「還渴嗎？」

泰特點點頭。

「我得問你一些問題。」

泰特整個人僵住不動。

「我不會傷害你的。我甚至不會進去。你過來一點，這樣我才能看到你。我會給你水，然後我們談一下。」

泰特挪動著身子，但是沒往前。吉布森又試著勸誘和保證。他把第二瓶水放進那個克難牢房內，然後在外頭的地板上坐下，希望自己看起來比較沒有威脅性。

泰特緩緩朝牢房前方爬。吉布森必須能看到這個人的眼睛。泰特拿了水瓶，盤腿坐在地上，面對著吉布森。

「所以好警察不戴面罩？」泰特說。

「你是跟誰合作的？」吉布森開門見山就問。

「什麼？」

「你的搭檔是誰？」

「我沒有搭檔，大哥。我沒有搭檔是因為我什麼都沒做。我已經告訴另外那兩個混蛋了。」

「所以打從他們在你後車廂發現那個女孩以來，你就一直是個純潔的小天使了？」

泰特的臉掠過一個奇怪的表情。一部分是羞愧，一部分是驕傲，還有個什麼讓吉布森起雞皮疙瘩。

「是啊，大哥，我愈來愈乖。學到教訓了。乖得要命，你懂嗎？」泰特露出他那種正直公民的不正常微笑。

「那你筆電裡頭的色情照片呢？」

泰特的微笑消退了。「大哥，那沒什麼。拜託，只是照片而已，你知道，只是讓我腦袋裡可以想想而已。免得我又闖禍。」

「只是減低你的慾望，嗯？」

「是啊，大哥，一點也沒錯。慾望。你知道……這樣我的後行李廂就不會有人了。」泰特擠了下眼睛。

吉布森忍住了作嘔的衝動。

「你還好吧，大哥？」泰特現在咧嘴笑了，還稍微逗他一下。

吉布森硬擠出微笑。「我好得很。不，我懂。降低你的慾望，這樣才是負責任的做法。」

「負責任。對。負責任。」泰特同意。

「你這樣做只是為了他們。要保護他們。」

泰特起勁地點頭。「一點也沒錯。那就是我的目的。我不想再傷害別人了。」

在泰特心中，他認為自己是好人。他看兒童色情照片，只是為了防止他的壞衝動控制自己。他是為了兒童著想。

是喔。

人類狀況的一個永恆真理，就是沒有人認為自己是邪惡的。無論他們的行動如何應該受到譴責，人們總相信自己是有正當理由的。

「這就是為什麼你會跑去那個圖書館嗎？」

「是啊。他說那個圖書館為了安全，每星期五都會清空他們的伺服器。所以沒人會曉得我下載了什麼。」

「清空伺服器？」這話根本就沒有意義。沒有人會每週清空伺服器，一家公立圖書館就更不可能了。

「是啊。他是專家。」

「他？」吉布森問。「誰是他？」

「不曉得，大哥。那傢伙。他。我一年前接到這封信。唔，不是信，是一張字條貼在我前門上。說他跟我一樣是個『熱心人士』。說他在網路上發現一個資料庫，裡頭可以找到跟我做過同樣事情的前科犯，他就是在那裡找到我的，還有我的照片和地址。他說他正在聯繫那個區域的每個人，覺得我們或許可以創造出一個小圈圈，以供『志同道合的人士』，他就是這樣寫，還挺像那麼回事的。志同道合的人士。」

「目的是什麼？」

「集中我們的……你知道……資源。」

「交換照片？」

「照片。影片。都有。」

吉布森明白了。有個人把「全國性犯罪者登記名錄」轉為一個戀童癖專屬的社群網站。地獄來的新企業。

「所以他告訴你，那個圖書館會清空他們的伺服器？」

「是啊，他說每星期五清空的時候，所有連接上去的人都是匿名的，所以我可以盡量下載，不會有人注意到。」

「但是只有星期五。」

「沒錯。那傢伙全都摸透了。」

「那麼這個傢伙是誰，科比？」

「不曉得，大哥。從沒見過。」

「少來了。」

「不，我說真的。那就像是首要規則——每個人都應該是匿名的，這樣要是大事不妙了，我們也沒辦法出賣其他人。」

「但是他知道你是誰。」

「什麼？」

「唔，他來找你。所以他知道你是誰。」

泰特顯然完全沒想到過這一點。

「是啊，但是我不知道他是誰，所以……」

他看著泰特的愚蠢自行瓦解。

「科比，只有每個人的身分都保密，那才是匿名。」

「呃，是啊，我想沒錯吧。但是，你知道，他真的很酷。」泰特還在徒勞地解釋。「他幫了我。一直不肯放棄我。」

「可是現在你卻在這裡。」

泰特瞪著他好一會兒。吉布森刻意不要別開眼睛。他看著泰特逐漸恍然大悟。

「操他媽的混蛋。」泰特咬牙道。

然後泰特站起來，在牢房裡繞著圈子走，一邊詛咒著。吉布森靜靜等著，直到泰特氣消了，又垮坐回他面前的地上。

「他告訴你我做了什麼？我的意思是，我們根本沒交換什麼啊。」

「是嗎？」

「是啊，大哥。我一開始寄了一些給他，但他從來沒寄給我，所以後來我就沒再寄了。」

「那團體裡的其他成員呢？」

「沒有其他成員。他一直想拉人進來，但是沒辦法。那些人太害怕了，他說。說我們是唯一有遠見的。我提過要幫忙拉人進來，但是他說由他一個人來做比較安全。」

「你是怎麼跟他聯繫的？」

「一開始是字條，貼在我門上。後來我弄了一台電腦，我們就在電腦上談。」泰特忽然想到了。「他告訴你們，說那個隆巴德家的女孩是我殺的，對吧？那就是為什麼你們這些混蛋讓我飛來這個爛地方。因為他說是我殺的。」

飛？在昏暗中，他希望泰特沒看到他一閃即逝的疑惑表情，很擔心這個神祕飛行不曉得要怎麼交代。但在此同時，他就順著掰下去。

「他就是這麼告訴我們的。」

「唔，那是鬼扯。」

「你的房子裡有網路嗎？」

「我的房子？沒有。那個破地方什麼都沒有。」

「為什麼？」

「花不起那個錢，大哥。你知道一個有兒童猥褻前科的人現在能賺多少錢嗎？不多。大家不喜歡雇用我。我偶爾替我叔叔打點零工。有機會就去工作一天，但是那些操他媽的墨西哥人喜歡雇用自己人，你懂嗎？我根本買不起衛星天線。何況我要網路做什麼？我的意思是，我只要去圖書館用網路就好了，幹嘛自己裝呢？」

「網路還有其他功能的，科比。」

「不，大哥。要閱讀太多東西了。媽的，搞得我頭痛。」

「所以你為什麼要保護這個傢伙？」

「我沒在保護他啊。我根本不曉得他是誰。我跟他一點關係都沒有。」

「你幫他駭侵到阿倍公司。或者你不是為了幫他，而是為了自己？」

「另外兩個人也一直在講這個。大哥，我沒駭侵什麼鬼啦。」

「拜託，科比。我是想幫你，但是你總得給我一點東西。星期五在圖書館，你從阿倍公司下載了大約十ＭＢ的資料。」

「不，大哥，不。你知道，我只是在下載照片那些玩意兒的。」

「別騙了。我們查過，東西都在你的電腦裡。」

「聽我說，我跟他買那台電腦的唯一原因，就是要弄那些照片。就這樣。」

吉布森停下來。「他把電腦賣給你？」

「是啊，我打算買一台二手的，但是他說不用了，他可以幫我組一台新的。還說會稍微調整一下，幫我保持安全。」

吉布森閉上眼睛。泰特沒有神祕贊助人，也沒有搭檔。他有的是一個操弄傀儡的師傅。太聰明了，找來一個戀童癖參加一個不存在的兒童色情照片同好圈，幫他量身訂做一台電腦，還讓他相信有關星期五下午的那些鬼話。

「什麼？怎麼回事？」泰特問。

吉布森沒理他。幽魂君在泰特的電腦裡幫自己開了一個後門，然後像操作空拍機似的控制這台電腦。幽魂君透過泰特的電腦下載阿倍公司的資料，還在電腦硬碟上留下一份拷貝讓他們去追蹤，然後乾乾淨淨地脫身。真正的幽魂君有可能在千里之外，也有可能就在旁邊那張公園長椅上。

的確很厲害。但吉布森還是不明白幽魂君在玩什麼把戲。在你逃過追查十年後，這樣做會冒很大的險。到底是什麼東西這麼寶貴，讓他樂意冒險去取得？

他只知道幽魂君還沒找到這個東西。吉布森的病毒今天被啟動，就證明了這點。那不是意外，幽魂君啟動病毒也不是為了保護泰特。泰特只是個被利用的卒子。幽魂君啟動了病毒，表示他還想繼續玩這局棋。吉布森只需要找出陪他玩下去的辦法。

他站起來要走。

「拜託，大哥，我知道你想通一些事情了。」

吉布森把他剩下的補充品遞給泰特。一瓶水、一根燕麥棒，還有一個蘋果。

「我什麼都沒做。你知道的。」

吉布森轉身要離開。「什麼都沒做可是個非常嚴重的詞啊。」

# 27

派翠西亞．丹紐斯警員並不太樂意看到他們。她上下打量著珍妮佛和韓紀克一會兒，然後又回去忙著在她的鍵盤上摸索。

「通常我們處理這類事情，都是要書面申請的。你們知道嗎？我們對於資訊透明法是很慎重的。非常非常慎重的。」派翠西亞解釋著，頭沒抬起來。「我們有個網站入口，所以一般大眾可以在線上提出申請，包括你們在內。」

「這個我們了解。」

「我們是有流程的，你明白嗎？我得照順序處理，」派翠西亞說。「我這裡就有一疊書面申請。這個我也告訴阿倍先生了。但是你們阿倍先生說今天非要不可，愈快愈好。他是重要人物，所以幹嘛在乎什麼該死的流程呢。我就這麼告訴他的。但接著他就去找法蘭克，」她說，往後指著警長辦公室。「然後五分鐘後，法蘭克就來這裡告訴我，說我得放下手邊所有事情，配合你們。」

「我們真的很感謝。」珍妮佛說。

韓紀克看著窗外。

「警察的職責就是服務與保護。」派翠西亞說。

檔案室在地下室，但是派翠西亞的辦公桌是在二樓。「他們想讓我去地下室辦公，但是下頭那裡的灰塵多到不行。連狗住在那邊都不適合，」她說。「我就是這樣告訴法蘭克的。我跟他說，他應該自己去試試看，看他的氣喘有多喜歡那裡。」

派翠西亞從一個抽屜裡拿出鑰匙，走出座位。她身高不會超過一五三公分，身材像個俄羅斯娃娃。下身胖大，上身逐漸收窄。派翠西亞調整了一下腰帶，然後以一種緩慢、O形腿的步態，從容地朝地下室走去。

這個檔案室以金屬檔案架分隔成一排排，架上堆著貼了標籤的紙箱。有關灰塵的狀況，派翠西亞沒唬人。各個表面都累積了厚厚的一層灰塵。裡頭很暗，而軌道式的日光燈外頭也罩著灰塵，難以穿透那片昏暗。

所有五年內的檔案都有電子格式存檔，派翠西亞解釋。局裡有計畫要把剩下的紙本資料數位化，得雇用一組人去做所有的資料輸入，但是郡裡一直沒撥款。她打開金屬柵門，帶著他們沿著一條走廊往前。她帶了一張字條，上頭寫了要找的檔案資訊，這會兒就拿著像藏寶圖一樣去找。派翠西亞的管理很嚴密，每樣東西都很專業地裝箱、貼標籤、予以整理分類，於是很快就找到了那個案子的檔案。

「我在洛杉磯市警局工作了二十年。這是我見過最棒的資料室。」韓紀克說。

「謝謝，」她說，高興起來。「你們當過警察，怎麼不早說？」

「只有我。她以前是在中央情報局。」他解釋。

「中央情報局？喔。好吧，我們不會拿這個去為難她的。」派翠西亞說，手肘撞了韓紀克一下。

「真的很感謝你的協助。」韓紀克說。

「唔，我很樂意幫忙的。我剛剛不高興，是因為你們的阿倍先生一開始打電話來的時候，我聽到『自殺』，就以為他講的是傅斯特的案子。這種案子不常有，大概一年才有一次。」

「傅斯特？」韓紀克問。

「艾芙琳．傅斯特，」派翠西亞說，看他們兩個還是一頭霧水。「艾芙琳．傅斯特醫師。」

「對不起，我們不是本地人。」珍妮佛說。

「艾芙琳．傅斯特？匹茲堡大學醫學院的院長？」派翠西亞沒必要地提醒他們。「唔，新聞報得好大。她就住在這邊，通勤到匹茲堡上班。真是悲劇。她人很和氣。做很多善事。所以我一聽到『自殺』，就以為你們是記者，想來挖資料羞辱她。恕我多嘴講一句，以我的意見，這裡是自由國家，應該包括一個人有處置自己性命的自由。倒不是我會想自殺，不過這是個原則。」

「有道理。」韓紀克說。

「不，我們是要來查剛剛跟你說的那個人。」珍妮佛說。

「派翠西亞，這個馬茲葛洛夫的檔案，你想我可以影印一份嗎？」韓紀克問。

「整份都要？」

「那就幫了大忙了。」

派翠西亞的表情不太確定。「不曉得。照規定是不行的。」

韓紀克一手放在她手臂上安撫。「我明白，」他說。「但是我跟你保證，我們會很謹慎的。我欠你一次。不然我們老闆會一直來煩我。老實說，他真的很難搞。」

這番話似乎引起了派翠西亞的共鳴，但還是經過他們兩個保證好多次之後，她才勉強同意。她帶著他們上樓去影印檔案，印好之後遞給他們。

「以後還需要什麼，就直接打電話給我。好嗎？」她遞了一張名片給韓紀克。「有關你們老闆，你說得沒錯。那位阿倍先生搞得法蘭克很緊張。」

他們又保證之後，這才告辭離開。

「你要找她約會嗎？」一出了警局，珍妮佛就問韓紀克。「她很喜歡你喔。」

「沒問題。你先找馮恩約會，我就來約她。」

這話讓珍妮佛走到一半停下。

「什麼？」她問。

「你聽到我講什麼了。」他朝她擠擠眼睛。

「嘿，拜託一下，你站在那裡別動。我得回車上拿我的槍。」

「是啊，我會乖乖遵命，神槍手。」他朝她揮揮馬茲葛洛夫的檔案。「要不要去吃飯，一邊看這個資料？」

珍妮佛唯一的要求就是別去快餐店，其他什麼都好。吃了一星期馮恩迷戀的快餐店菜色，害她覺得自己的內臟都好像在油脂裡煎過。她需要一些新鮮的、綠色的食物。

他們走向街尾的一家餐廳時，她想像著馮恩坐在他常去的那家夜遊者快餐店裡。口袋裡裝著現金，脫離了這團混亂。於是她露出微笑。他要是看到她這幾天做的事情，絕對不會坐視不管的。儘管他自己的人生搞得一塌糊塗，但是令她佩服的是，他有一種頑固的道德感。尤其是當他看到某個人倒楣的時候，或許就像科比．泰特現在這樣。這類事情以前也會困擾她。但現在，她只把泰特視為這類行動中無可避免的殘渣。甚至她不覺得困擾這件事，也不會令她困擾。

在餐廳裡，他們把資料攤在桌上，邊吃邊仔細閱讀。泰倫斯．馬茲葛洛夫的故事令人哀傷。根據各方說法，馬茲葛洛夫在社區裡備受敬愛，他是當地出身，半工半讀完成了大學學業，接著是獸醫學院。珍妮佛瀏覽著一疊手寫的報告，裡頭有各式各樣的故事，敘述的都是馬茲葛洛夫如何願意為一隻生病的動物盡力付出，遠超過一般獸醫師的職責。他的奉獻也讓他逐步拓展執業版圖，多年來他的獸醫診所增加到四家。還有人提過要全國授權連鎖，但始終停留在計畫階段。不過他當然還是非常成功，他和妻子寶拉以及女兒愛普若一起住在柳橙巷十八年了。

總而言之，泰倫斯．馬茲葛洛夫是個好人。他太太寫過兩本童書，熱心參與當地慈善活動。他女兒上私立學校，是個游泳健將，十一歲時還參加了全國青少年比賽。這一家人每年冬天都到懷俄明州滑雪，夏天則到兩個小時外的伊利湖畔度假。

珍妮佛放下手上那疊資料，拿起叉子吃著她的生菜沙拉。

「耶穌啊，這個真是太慘了。」韓紀克說。

「你看到什麼了？」

「那個女兒，愛普若。她十四歲的時候，跟她母親北上去他們的夏季別墅，只有她們兩個。」

「在伊利湖畔。」

「對，有一天母女兩個人坐在他們的湖畔碼頭上，女兒決定要去游泳。所以警方推測她就直直游出去了。」

「然後？」

「然後被一艘汽艇撞上。腦袋撞得很嚴重。」

「足以讓她送命？」

「足以讓她失去知覺。她淹死了。但接下來更糟。她母親恐慌起來，跳下水要游出去救女兒，但是她的游泳技術不如女兒那麼好。於是在試著救她的時候，自己也淹死了。」

「馬茲葛洛夫有不在場證明？」

「我的第一個疑問也是這個。沒錯，醫師一整天都在診所裡。大概有一百個目擊證人。警方到處查，但是從來沒有理由把他列為嫌疑犯。」

「那他的自殺呢？是在多久之後？」

「超過兩年。但是他身邊的人都說他得了憂鬱症，後來喝酒喝很兇。說他後來狀況非常糟糕。喜怒無常，個性變了很多，事業也受到影響。」

珍妮佛往後坐，認真想了一會兒。

「這是個悲傷的故事，但我還是認為我們在這裡是白費力氣。一個死掉的獸醫跟我們這個行動有什麼關係？」韓紀克說。

「你看看日期。」珍妮佛說，手指敲著驗屍報告。

韓紀克看了一眼，搖搖頭。「怎麼？他是在蘇珊失蹤兩個月之後自殺的？硬要扯在一起也太牽強了，你不覺得嗎？」

「本來是很牽強。但是現在有人引導我們到他以前的房子，又把他的名字打在一部電腦上。」

「所以你的推理是什麼？那個馬茲葛洛夫沮喪過頭，發神經在網路上跟蘇珊聊天，妄想要拿蘇珊取代他的女兒；然後碰面、誘惑、綁架蘇珊；還有天曉得別的什麼？後來他清醒過來，明白自己做了什麼，但是已經太遲了，所以內疚得自殺？」

「你這個推理比我想的還要好。」

韓紀克翻了個白眼。「少來了。」

「兩個女孩都是十四歲。有何不可？」

「好，第一，如果泰倫斯・馬茲葛洛夫擄走了蘇珊，而泰倫斯・馬茲葛洛夫死掉了，那麼科比・泰特是扮演什麼角色？第二，今天闖進麥其歐家的是誰？」

「是啊，不曉得，」珍妮佛承認。「我覺得我好像是在玩德州撲克，但是手上只有三張牌。」

韓紀克點著頭。「沒辦法湊出一手完整的牌。」

「我們漏掉了什麼？」她問，既是在問韓紀克，也是在問自己。

他們付了帳，收起馬茲葛洛夫的檔案。一張照片忽然吸引珍妮佛的目光。那是馬茲葛洛夫自殺的犯罪現場照片。泰倫斯・馬茲葛洛夫是上吊的。她感覺脊椎掠過一陣寒意。韓紀克看到她的臉色變了，於是也好奇地朝那張照片看。

「怎麼回事？」

「不曉得。我得回葛瑞夫頓倉庫去。我需要我的筆電。還有……」

他們望著彼此。兩個人都不願意說出科比．泰特的名字。

「沒問題。你要打電話給喬治，還是我來打？」

「他會愛死這個的，對吧？」她說。

「我可不會用這個字眼。」

# 28

吉布森坐在卡洛琳．安瑟尼圖書館陰影下的一張野餐桌旁。經過之前那個倉庫裡的酷熱之後，來到這裡的感覺好舒服。他同時也希望回到犯罪現場能有助於思考，理清一些思緒，但那圖書館也就只是一家圖書館，無法告訴他任何有用的資訊。公園今天比較冷清，不像上個星期五。當時他讓自己被矇騙，讓自己被巧妙地操弄，把目標對準泰特。

他太容易上當了。

吉布森看著他的病毒傳回阿倍公司的GPS座標資料，彷彿它可能會跟他說話。珍妮佛和韓紀克一定是去追這個座標了，無論是追到哪裡去。或許他們會出其不意逮到幽魂君，但吉布森覺得不太可能。幽魂君太小心了。要是吉布森的病毒啟動，那就純粹是因為幽魂君故意的。但為什麼要在這個時候現身？他原來陷害泰特的目的，不就完全被破壞掉了？當然，除非幽魂君忍不住——他狂妄到非得要炫耀他的才智。吉布森當然認識過這樣的駭客。他自己就曾經是這樣。這正是他以前會做的那種事……在他十五歲的時候。

他的筆電發出乒一聲，螢幕角落出現了一個小小的文字框。吉布森的手臂起了雞皮疙瘩。

**幽魂君：聽說你在找我**

那是以網路上某些圈子流行的速記混搭語寫的。口氣就像懶散的十來歲小孩，但吉布森不敢妄加假設。他認識一些五十來歲、有碩士學歷的程式設計師也常常在網路上這樣用。在某些網站上，文法太正確可能會害你被大家排斥。

**吉馮恩：我連你是誰都不曉得。**

**幽魂君：沒錯。但是你知道我不是誰，對吧？？？**

**吉馮恩：你不是科比．泰特。**

**幽魂君：糟糕**

吉布森可以感覺到幽魂君在嘲笑他。

**吉馮恩：你真的把他害慘了。**

**幽魂君：我不會替那個垃圾難過。他活該**

**吉馮恩：你也真夠狠的了。**

**幽魂君：是啊，但是把他關在倉庫儲存間的人可不是我**

**吉馮恩：你是個厲害的傀儡木偶操縱師。**

**幽魂君：你不爽我發現你的程式了？**

**吉馮恩：它達到目的了。**

幽魂君：那是因為我允許
吉馮恩：你為什麼要允許？
幽魂君：為什麼你沒照他們交代的回華府？
吉馮恩：你一直在暗中監視我們？
幽魂君：一點點。回答我的問題，你為什麼還在這裡？
吉馮恩：蘇珊。
幽魂君：我也是

吉布森瞪著最後一句話整整一分鐘。

吉馮恩：幽魂君。我想你就是那位大名鼎鼎的幽魂君？
幽魂君：（羞）
吉馮恩：我不相信你。我想你是某個模仿者使用他以前的化名。
幽魂君：你沒那麼蠢。你知道明明是我
吉馮恩：是嗎？
幽魂君：還有誰會有那張照片？？？
吉馮恩：說不定是偽造的。就像你一樣。
幽魂君：別再耍花招了。你是在浪費時間

吉馮恩：或許該輪到我浪費時間了。你的那些花招讓我也想玩一玩。

接下來是好長一段沉默。

幽魂君：你玩夠了吧？
吉馮恩：暫時夠了。所以就是你？你擄走了蘇珊？
幽魂君：算是吧……事情要更複雜
吉馮恩：「算是」是什麼意思？
幽魂君：我不是他們想的那樣
吉馮恩：他們是怎麼想你？
幽魂君：像泰特那樣的戀童癖。認為我傷害她
吉馮恩：可是你沒有？
幽魂君：對。我愛她
吉馮恩：你知道你有多病態，對吧？
幽魂君：不是你想的那樣
吉馮恩：好吧，你愛她，好吧。那麼她現在人在哪裡，羅密歐？

又是沉默許久。吉布森擔心自己激怒他了。他忍不住。聽著這個狗娘養的說他愛小熊，實在

太難以忍受了。但是他得讓這傢伙繼續聊下去才行。

吉馮恩：你對她發生的事情覺得難過嗎？

幽魂君：每一天啊，每一天都難過

吉馮恩：那麼她現在是在哪裡？說嘛。你讓我們所有人都懸著一顆心。我們已經玩了你的小遊戲。你已經證明你有多厲害了。陷害泰特那一招很高明。給你拍拍手。但這些前戲也玩夠了吧？現在主戲該上場了。大揭密。這一切的重點不就是這個嗎？某種毛骨悚然的告白？終於卸下你靈魂的包袱？

幽魂君：你沒搞懂

吉馮恩：或者你只是想念那種關注？只是想讓那些愛她的人再多一點痛苦？

幽魂君：我愛她！！！

吉馮恩：那她人在哪裡？

幽魂君：我不知道。

吉馮恩：操你的，幽魂君。

幽魂君：我跟上帝發誓。我以為他們知道

吉馮恩：他們？誰是他們？

幽魂君：阿倍顧問公司。不然你以為我幹嘛駭侵他們？？？

吉馮恩：你認為阿倍公司知道蘇珊在哪裡？

**幽魂君：之前是這樣認為**

**吉馮恩：那現在呢？**

**幽魂君：我不確定了**

吉布森往後坐，瞪著螢幕。

**幽魂君：嘿，你看起來也太驚訝了，吉布森**

這激怒了他；他受夠了被人玩弄。他用力敲打著鍵盤。

**吉馮恩：啊，你知道我的名字。真厲害。從那麼多阿倍公司的資料裡頭慢慢查出來，一定很辛苦。**

**幽魂君：你開玩笑吧？你走到哪裡我都認得出來。毀路人。你是個傳奇。蘇珊老是在談你。**

吉布森很震驚。小熊居然和擄走她的人談起他。他很震驚她被擄走後還在想著他。他感覺到一股莫大的哀傷，外加一些餘怒。

**吉馮恩：喔，是嗎？她談起小時候在海邊的美好古老時光，同時你在折磨她，或是做任何病**

態的爛事？

幽魂君：屁啦！！！我愛她。她真的常常談到你。說你喊她小熊，唸書給她聽

吉馮恩：我不想聽你說這些。

幽魂君：她提起你對她爸做的事，說搞得她爸氣瘋了

吉馮恩：他去死吧。

幽魂君：至少我們有點共識了哈哈

吉布森想不出該如何回應。幽魂君顯然心裡有話要說。

幽魂君：你為什麼來這裡？

吉馮恩：來查出蘇珊發生了什麼事。

幽魂君：你的同伴們。他們是要來殺我的嗎？

吉馮恩：我不知道。

幽魂君：想知道一件好笑的事情嗎？

吉馮恩：什麼？

幽魂君：我信任你。很蠢，對吧？

吉馮恩：對。

他們一來一往，打字愈來愈快。吉布森敲鍵盤敲得好用力，還沒想清楚就傳出去了。他手離鍵盤，瞪著螢幕上閃爍的游標，等著回應，但是對方沒有任何反應。他喃喃詛咒著。

**吉馮恩：還在嗎？**

沒反應。該死，該死，該死。回來，你這個病態的混蛋。

慢著，什麼？

吉布森把螢幕往上捲動，回去看幽魂君打過的話：「你看起來也太驚訝了。」看起來也太驚訝了？這狗娘養的看得到他。幽魂君人在這裡，正在觀察他，就像他們之前觀察泰特那樣。這會兒他認真想起來，幽魂君一定也在圖書館的網路裡。不然他怎麼有辦法在他的筆電上開一個聊天視窗？

吉布森四下張望，看還有誰也在公園裡。他雙眼鎖定一個動作笨拙的高瘦青年，就坐在隔了兩張野餐桌的對面。不會超過二十五歲。形容他最貼切的字眼是邋遢。長而捲曲的金髮從他腦袋上冒出來，往各個方向亂竄，讓吉布森懷疑他可能沒有梳子。他想留鬍子但是失敗，於是結果就是參差不齊的長鬢角，唇上的小鬍子半長不短，跟下巴的濃密鬍子連不到一起。他穿著一件滑結樂團（Slipknot）的黑色T恤——這個重金屬樂團吉布森在部隊裡聽到生膩了。時髦的黑框眼鏡掩飾不了那青年友善的大眼睛。

**吉馮恩：幽魂君？**

他緩緩打字，覺得不可能是他。蘇珊失蹤時，坐在他前方那個青年還只是個小孩而已。

那青年往下看著他的筆電，然後抬起眼睛點點頭。

# 29

韓紀克減速，車子駛近葛瑞夫頓倉庫。

柵門是開著的。

珍妮佛也看到了。她打開乘客座旁的門下了車，同時那輛Cherokee緩緩駛向柵門。她垂手握槍，槍身貼著腿，大步跟著車子往前走，利用打開的車門當成盾牌。有人用斷線鉗乾淨俐落解決了柵門上的那個掛鎖。

「你覺得呢？」珍妮佛說，目光還是看著前面的路。「警察？」

「警察不會這麼招搖的。他們會把柵門關上，引誘我們進去。是別的人。」

「贊成。我們進去吧。」

韓紀克面色凝重地點頭。珍妮佛把車門關上，好方便他開車，同時自己跟在車子後頭。進去後，珍妮佛關上了柵門。一方面，他們會被困在裡頭，面對他們的不速之客。但另一方面。不速之客也被困在裡頭，面對他們。到底是誰吃虧？答案很快就能揭曉了。

她敲敲Cherokee車尾，韓紀克緩緩往前開過一排排倉庫建築之間的交叉口。珍妮佛找了個角度，讓車子可以掩護她，同時她的視線也不會被擋住。幸好傍晚的太陽就在他們後方，這樣也有助於抵消敵方偷襲的戰略優勢。

他們朝向關著泰特的那個儲存間，一路前進得很慢，如果這是個陷阱，慢慢走就比較有機會看得出來。不過珍妮佛贊同韓紀克的說法。如果這是個陷阱，柵門就應該會關上，等到他們發現時，就已經太遲了。那柵門是個訊息，而當他們逼近泰特的囚室，她看到捲門拉起來了。

韓紀克駛過泰特的牢房，但珍妮佛離開車尾，來到囚室一側外頭。韓紀克停在往前九公尺的地方，下車走回來，站在囚室另一側外頭。他豎起三根手指，珍妮佛點點頭。他嘴形默唸著「三、二、一」，然後珍妮佛以蹲姿轉入囚室內，手槍舉起，朝裡頭掃掠一圈。韓紀克落後半步也跟進，堅定而迅速地同樣持槍掃掠一圈。

他們猛然停下，手槍無力地垂在身側。囚室門開著，泰特不見了。

珍妮佛朝前走了一步，感覺腳下溼溼的。她低頭看，一大片血從泰特的囚室一路流過來這裡。有人在囚室裡流血至死。無論泰特現在人在哪裡，都絕對不是自己走過去的。

「好吧，這可不妙。」韓紀克說，把槍插回槍套裡。

她望著他，思索著。「攝影機還開著吧？」

「是啊。」韓紀克說。

「你倒帶回去看一下。我來打電話給喬治。」

「或許我們該討論一下這裡發生了什麼事，你不覺得嗎？」

「先不要。去檢查監視影片。」

「然後呢？」

「我們趕緊拔營離開。然後再來討論這裡發生的事情。」

珍妮佛走到傍晚的陽光下，撥電話給喬治．阿倍。電話轉到語音信箱，她掛斷重新撥了一次，還是轉到語音信箱。她皺起眉頭，又掛斷，改撥到阿倍顧問公司的總機。結果也是轉到語音信箱。她看了一下手錶。公司櫃檯的接待員是五點半下班；現在快六點了。通常辦公室裡還會有人在的。她試了瑞齡的手機，也是轉到語音信箱。大家都跑哪裡去了？她又打給喬治．阿倍，留下了簡短的訊息。「打給我！」這是他們的暗號，意思是派救兵過來。現在有救兵是好事。

她聽到韓紀克喊她的名字，然後在監視螢幕前找到他。

「這個你不會喜歡的。」韓紀克說。

「我還沒看就不喜歡了。」

韓紀克按了播放鍵。一開始是泰特在囚室裡的靜態畫面。過了一分鐘，隨著捲門打開又關上，囚室亮起後又立刻暗下來。吉布森．馮恩進入畫面。

「啊，這一定是在開玩笑吧……」

「早跟你說了。」

「是馮恩幹的？我不相信。」

「繼續看就是了。」韓紀克說。

馮恩坐在網籬前。泰特最後也過來坐在他對面，兩個人談了許久，然後吉布森離開了。她願意付一大筆錢，以便知道他們兩個在談什麼，但那個房間只錄了視訊。千金難買早知道。

韓紀克把監視影片加速前進。時間碼顯示往前九十分鐘。在錄影畫面裡，隨著捲門再度打開，牢房又亮了。韓紀克把影片調回正常速度，珍妮佛身體前傾。泰特站起來走到圍籬前。他似乎看到某個人走過來，臉上一開始是驚訝，然後是恐懼。無論來的人是誰，都待在鏡頭之外。泰特的動作狂亂起來，他舉起雙手，擺出投降和順從的姿勢。

第一顆子彈射中泰特的肩膀，穿過他的肩胛骨，讓他整個人往後轉。泰特踉蹌後退，設法站直，但還沒恢復平衡，就又被射中兩槍，整個人四肢大張摔在地上。泰特倒地後，槍手還繼續開火。珍妮佛驚駭地看著泰特的屍體被子彈打出一個個窟窿。她算了至少有十二槍。然後暫停一下，槍手裝上新的彈匣，又全部朝著泰特不動的屍體射光。

「耶穌啊。」

一分鐘過去了。一塊黑膠布貼在攝影機上頭。韓紀克再度讓影片快速前進；二十分鐘後，膠帶拆掉了。然後就像變魔術似的，泰特的牢房開著，他的屍體不見了。

韓紀克按了暫停鍵，兩個人瞪著凍結的畫面。

「是不是很扯？」他說。「你覺得是馮恩嗎？有可能他闖入麥其歐家，啟動他的病毒以便引誘我們離開這裡，然後他跑來這裡收拾泰特。」

「不可能。」

「蘇珊·隆巴德的事情對他來說有私人因素。」韓紀克說。「如果他認為泰特擄走了她，你不認為他會氣得發瘋嗎？」

「或許吧。但馮恩會讓自己被拍到，然後又在九十分鐘後回來殺了泰特，還把攝影機貼上膠帶？我不認為。」

韓紀克想了一下，咕噥著表示贊同。「真恨不得這是馮恩。」

「我知道。」

「那麼是誰殺了泰特？真正的幽魂君嗎？」

珍妮佛無法回答。

「喬治怎麼說？」韓紀克問。

「他沒接電話。」

「好極了。那現在怎麼辦？」

「拆掉一切。用漂白水清洗牢房，然後放把火燒了。把所有的監視影片刪除。」

「要是往後我們需要這些影片呢？」

「那也只能承擔這個風險了。」

# 30

喬治・阿倍按了方向盤上的一個鍵，掛斷電話。過了一會兒，滾石樂團一九七五年在洛杉磯論壇體育館演唱會的未授權地下錄音充滿車內。主唱米克・傑格嘶吼著一個喝得爛醉的酒吧女郎。這是滾石第一次沒有米克・泰勒的巡迴演唱會，而當時替補的羅尼・伍德雖然能力不錯，但還不是樂團的正式成員，只是在彈奏別人創作的歌曲。這個錄音是喬治・阿倍的最愛之一，但是現在他需要思考。他把音響關掉，在靜默中開著車。

剛剛跟克麗絲塔的那通電話不太愉快。她很不耐煩，很焦慮，而且愈來愈受不了桑摩賽特鎮那邊的進展不夠快。但這只是一部分而已，她妹妹的過世才是害她心煩的主因，而且毫不誇張地說，克麗絲塔的狀況並不好。

克麗絲塔跟她妹妹很親，而且在許多方面，艾芙琳・傅斯特是全家族裡最後一個值得世人傳頌的成員。艾芙琳跟克麗絲塔都對家族的傳承和影響力懷有強烈的情感。她是外科醫師，又長年擔任匹茲堡大學醫學院的院長，這些都是克麗絲塔津津樂道的。艾芙琳是女性先驅，是開路先鋒，而對克麗絲塔來說，這就是竇普雷斯家族的使命。

若說沒人能意識到她會出事，那就太過輕描淡寫了。喬治・阿倍認識艾芙琳好多年了，而且在凱瑟琳的生日派對上還跟她講過話，當時她似乎好好的。或許有一點心不在焉，但是絕對看不出有自殺傾向。當然，你不可能預料失去配偶會如何影響一個人。艾芙琳的遺書非常沉重而哀傷。

克麗絲塔在電話裡很戲劇化地提到自己「孤立無助」。其實克麗絲塔正在張羅葬禮，家裡有三十個客人，要孤立無助實在很難。不過克麗絲塔對於那些贊同她發揚家族價值觀的親人，以及那些逃到佛羅里達的，向來都區分得很清楚。在克麗絲塔心中，艾芙琳是少數依然奮戰的親人之一，是真正竇普雷斯家的人。她只在乎結果，不明白這類事情得花多少時間去處理。而賓州那邊的狀況絕對是變得愈加複雜了。

克麗絲塔也很生氣他帶吉布森．馮恩去她家。她從來就不希望他去那裡，但現在她認為都是因為他沒去賓州盯著，事情才會拖這麼久。她不斷質疑珍妮佛和韓紀克的能力，一直催阿倍應該要親自去桑摩賽特鎮主持大局。

原則上，喬治．阿倍明白。她是慌了，面對一個依然不明朗的情勢，她就胡亂發號施令。這不是她熟悉的領域，以這種方式尋找蘇珊，讓她面臨了很大的風險，就像他們所有人一樣。這個責任沉重地壓在他肩上。當科比．泰特只是個抽象概念時，他認可了這些策略。但是現在實際抓到人了，喬治．阿倍不得不懷疑，要求他的手下照著原定計畫做，是不是合乎道德。珍妮佛和韓紀克很忠誠。等到這個任務完全結束後，阿倍知道會有人跟他們算總帳的。

他的手機發出嗡響，是珍妮佛的語音留言。剛剛他在跟克麗絲塔講電話時，珍妮佛打來了兩次。她和丹尼爾現在應該已經看過了馬茲葛洛夫的案件檔案了。阿倍之前決定先不跟克麗絲塔提起馬茲葛洛夫的事情，先等他更清楚這個案子跟整個調查有什麼關係再說。對於這樣一個預期之外的變化，她可能會反應過度。

一輛黑色休旅車從旁邊迅速掠過，很挑釁地超到他前面。阿倍輕踩煞車，同時那輛休旅車減速，紅藍兩色的閃示燈亮起。第二輛黑色休旅車則緊跟在他後頭，把他前後包夾。前頭那輛響起短短一陣警笛，示意阿倍停車。阿倍遵從指示，同時按了他方向盤上的一個鍵。車子問他要撥什麼號碼。

「珍妮佛．查爾斯。」他說，發音清晰分明。

電話撥通了，同時他前面的車停在路肩。電話轉到語音信箱，他只簡短說了一個詞：「明治。」

他掛斷電話時，一個身穿深色西裝的高個子探員敲了他的車窗。第二個探員站在乘客座的車門旁。他後方那輛休旅車的車門也都打開來，但沒有人下車。阿倍把車窗降下一吋。

「我們是聯邦調查局。你是喬治．阿倍嗎？」

「是的。」

「請你跟我們走，先生。」

「有什麼事？」

「賓州，先生。請你下車。」那名探員試著開門，但門鎖住了。「請解開門鎖，先生。」

「我被逮捕了嗎？」

「如果可以，我們寧可避免逮捕你。」

阿倍思索著自己有什麼選擇。

「請你下車，先生。」

「稍等我一下。」阿倍說。

「請你下車，先生。」那個探員又說了一次，現在他的聲音裡有一股隱隱的威脅意味。

後頭那輛休旅車裡的兩名探員現在也下車了。阿倍可以感覺到事情很快就會脫離他的控制。他解開門鎖，那個探員打開門。阿倍下了車，讓那個探員對他進行拍搜。

「沒有武器。」那探員對著車子另一邊的搭檔說。

那探員帶著他走向領頭的休旅車。他的搭檔也走向他們，從兩輛車之間穿過。阿倍往下看了那輛休旅車後擋泥板上頗大的凹痕。聯邦調查局退步了。以前他們的車只要有個凹痕，就不准上路，得在二十四小時之內送修的。然後阿倍看到了車牌，微笑消失了。那不是政府車牌，也不是華府或維吉尼亞州的車牌，而是田納西州的……剛剛被逼著停下車時，他忙著打電話給珍妮佛，都沒注意到。那個探員也沒給他看證件。無論他們是誰，都不是聯邦調查局。他車上置物匣裡剛好有一把槍，但現在離太遠了。

阿倍放慢腳步，拍他的運動夾克口袋，好像忘了什麼。

「我的手機忘在車上了。」他說著轉身。

「請上車，先生。」那男人抓住他的手臂把他轉回來。

那人以為他會稍微抵抗，但阿倍沒有，而是順著那股拉力往回轉，拳頭擊中那男子的下巴。那一拳很用力，如果能如願擊中那男人的脖子，就可以弄傷他的喉頭。但阿倍的雙腳在碎石路肩上稍微滑了一下，所以那一拳沒有結實擊中。

然後那男人的腦袋往後一扭，發出一聲痛苦的低吼。阿倍沒辦法跑，即使他有辦法擺平身邊的這兩個，後頭那輛休旅車上的兩個人也會把他撂倒。於是他改去搶那人的槍。他唯一的機會就是在對方的搭檔趕過來之前把槍拔出。阿倍抓住手槍握柄拉出來，往旁邊轉，拉開自己和那個搭檔的距離。然後他想舉起槍，但是槍鉤住了那男人外套的襯裡。他猛拉一下擺脫了，但此時那個搭檔已經來到他身邊。

電擊槍的電力衝進阿倍的中樞神經系統。

珍妮佛坐在Cherokee車的乘客座，儀表板上放著那張泰倫斯．馬茲葛洛夫自殺現場的照片。剛剛因為發現泰特被謀殺的震驚，她都完全忘了這件事了。但後來因為思索著吉布森．馮恩為什麼回到賓州，於是讓她又想起這張照片。

她打開自己的筆電，找出她彙整的吉布森背景檔案，那是阿倍去找吉布森來工作前整理的。她點了標示著「杜克．馮恩」的檔案夾，一路往下翻，直到她找到了那張照片。她的雙眼輪流看著兩張照片。

「這怎麼可能？」她說出聲來。

那是一件小事——在每張照片底部一個沒有意義的小細節。除非並排在一起看，否則平凡無奇。她原來以為是自己的記憶作祟，或頂多只是巧合地相似而已。但這個，這個就是另有文章了。這個是一樣的，完全一樣。怎麼可能呢？

她拿給韓紀克看。

「這怎麼可能？」他也附和。

她不曉得，但這個細節把杜克・馮恩和桑摩賽特鎮發生的事情連在一起。連到了蘇珊・隆巴德的綁架案。

韓紀克認真看著他。「我們先別說出去，先搞清楚是什麼意思再說。」

「連馮恩都不能說？」

「尤其不能告訴馮恩。」

他們又回去工作，因為這件事一仔細想，就讓人驚駭得呆掉，但他們必須盡快離開這裡，一秒鐘都不能浪費。於是他們著手工作了一陣子，直到韓紀克的咒罵聲引起她的注意。她原以為自己已經很熟悉韓紀克講話的各種語氣了，但這回他的聲音裡有一種不熟悉的聲調。她發現他站在那裡，低頭看著他們的武器袋。

「怎麼回事？」她問。

「其中一把不見了。」

「其中一把什麼？手槍嗎？」

「其中一把葛洛克手槍。」他的聲音忽然降到接近耳語。「外加兩個彈匣。」

「還有別的嗎？」

「其他的都不需要。」

「什麼意思？」

「他有制住我的把柄了。我的意思就是這個。我本來還不明白他為什麼要搬走屍體。現在我懂了。」

「啊，慘了。」

「啊，一點也沒錯。那把槍我開火過一千次了。那些彈匣裡的子彈是我親手裝上的，槍也都是我清理的。我的指紋印在每一個可以拆卸的零件、每一個彈殼上。」

「而且他沒有留下任何彈殼……」

「對，一個都沒有。我檢查過兩次了。他全都撿走了。這表示他隨時想要，就可以棄屍，把槍放在旁邊，然後把謀殺罪名套在我頭上。所以就像我剛剛講的，他有制住我的把柄了。」

「誰？」

「不管是誰。吉布森。幽魂君。是誰重要嗎？」

韓紀克期盼地看著她，像個小孩只希望聽到一點大人安慰的話。但她想不出任何可以說的。他們本來一直以為自己領先兩步，但其實他們遠遠落後。她很好奇換了喬治．阿倍在這個狀況會怎麼做。處理這類困境危機是他的專長，但現在根本找不到他。所以真正的問題是：她會怎麼做？

「我跟那小子得好好聊一下。」韓紀克說。

「不是吉布森。」

「那你拿理由來說服我啊。」

「這個？」珍妮佛指著泰特囚室裡的那些血。「這不是他。」

「那為什麼他沒回家？為什麼他撒謊？說什麼要留著車子多用幾天的那些屁話？他從頭到尾就都在這裡，」他說。「還有麥其歐家電腦上耍的那個花招。難道不像是他會搞的？」

「所以你的意思是，吉布森啟動那個病毒，好把我們引開，然後他自己回來跟泰特單獨談話。提醒你一下，就在攝影機拍得到的地方。然後，一個半小時後又回來殺了泰特，這次刻意完全避開攝影機。此外，他還帶走屍體，偷了我們一把槍。你覺得這樣說得通嗎？」

「或許說不通，這就是我打算要查清楚的。」

# 31

幽魂君坐在吉布森對面。這個全世界最想抓到的戀童癖，就活生生的在他面前。離得這麼近，幽魂君看起來更年輕，說是大學生也沒問題。他有那種小男孩的活力，好像老是坐不住。深邃的褐色雙眼裡閃著一種調皮的智慧。但他雙眼周圍已經有了憂慮的皺紋，頭上還有一撮不協調的灰髮。幽魂君不安地摸弄他的眼鏡，但還是忍受著，讓吉布森盯著他瞧。他拿出一包香菸，想拿出一根，到半途又推回去。

「最好不要，」他說。「M太太會找人逮捕我。那就好玩了。」

「M太太？」

「米勒太太。」幽魂君豎起大拇指，往圖書館的方向比了一下。「友善的鄰居圖書館員。她在自己辦公室裡喝酒喝得昏天暗地，但要是我在這裡抽菸，就是天理不容。」

「基督啊，你就是幫她弄網路的人。」吉布森說。

「沒錯。」

「老弟，我就知道那些玩意兒對一個公立小圖書館來說太好了。你是郡政府的雇員？」

「是啊，要想不做得太好還很難哩。」

「不，你做得很好，騙過我了。」

「謝了。」幽魂君好像真的很高興被誇獎。「我是比利．卡士柏。」他自我介紹。

吉布森機械地跟他握手，這傢伙的名字他有點印象。「怎麼可能？你怎麼可能是幽魂君？我的意思是，當時你幾歲？十七？十八？」

「十六歲五個月。」

「五個月？」

「是啊，當時我才剛拿到駕照。」

「你是在告訴我，你真的就是十年來每個人都在找的那個人？」

「相信我，我當時就等著聯邦調查局會大張旗鼓闖進我的世界。頭兩年我多疑得像個老媽，老覺得我們的電話被竊聽。我是有史以來最焦慮的高中生。我爸媽還逼我去做心理諮商，覺得我有精神分裂症什麼的。我的意思是，幽魂君？鬼魂？卡士柏？《鬼馬小精靈》裡面那個友善的鬼不就叫卡士柏？這能有多難猜？但他們從來沒猜到。我猜他們根本沒在找十六歲的人。」

「她在哪裡？」

「我不知道。」

「她在哪裡？」

「我、不、知、道。」

「如果你跟我撒謊……」

「怎麼？你要殺了我？」

「是啊。」吉布森說，很驚訝自己說得那麼肯定。

比利微笑。「很好。否則我也不會在這裡了。」

「你真的擄走她了？」

「耶穌啊，大哥，我沒『擄走』她。事情不是那樣的。整個狀況要更複雜。」

「你介意解釋一下嗎？」

「是，我介意。你介意開車去一個地方嗎？」

「什麼地方？」

「我會帶你去看。我不會告訴你在哪裡的，所以不要問。我可不能讓你告訴你的同伴我在哪裡。」

「我以為你信任我，而且無論如何，他們不是我的同伴了。」

「去死吧。我已經說出我的名字，在哪裡工作。或許你能得到的就是這些了。」比利一臉憤怒。「或許你也該向我表示一點誠意，嗯？你不曉得他們做得出什麼事來。」

「嗯，其實呢，我知道。」

「不，其實呢，你不知道。」比利說。

吉布森開車載著他往北，離開桑摩賽特鎮。一遠離圖書館，比利似乎就鬆了一口氣。

「我想我應該告訴你，我有把槍。」比利說。

吉布森往旁邊看了他一眼。

「聽我說，我不打算要用或什麼的。除非你出賣我，好嗎？」

「其他狀況就不要拿槍指著我，好嗎？」

「你有帶槍嗎？在你袋子裡或哪裡？」

「沒有。我不太喜歡槍。」

「什麼？你在海軍陸戰隊待過耶，大哥。」

「又不是我自己願意去的。」

「那倒是真的。」比利說。他看著窗外微笑。

吉布森又往旁邊看了他一眼。「你在笑什麼？」

「只是鬆了口氣，你懂嗎？你不曉得非得帶著這種祕密過十年是什麼滋味。那會把你壓垮。有些日子，你就是滿心只想說出來。你不曉得我有多少次考慮要把她的照片貼在Reddit電子公布欄網站上。然後等著看每個人抓狂。」比利指著前面右邊。「前面紅綠燈轉彎。」

「為什麼你沒做？」

「為什麼我沒做什麼？」

「貼照片。匿名提供線索。」

「因為馬茲葛洛夫先生。」

「誰是馬茲葛洛夫？」

「我的鄰居長輩。」

吉布森等著他詳細解釋，但比利沒再說話，又陷入了一團憂思中。

他們在沉默中往北行駛。吉布森不斷刺探他，但比利說寧可帶他去看。比利問能不能抽菸。

吉布森說這不是他的車，但比利還是把車窗開了一條縫，小心翼翼地把煙霧吹出去。

無論比利．卡士柏會不會是綁架犯，或撒謊成性，或有精神分裂症，他看起來似乎是個正派的小夥子。吉布森看得出為什麼小熊會信任比利，因而跟他在布里茲伍德碰面，上了他的車。吉布森喜歡比利．卡士柏。但要是他真的對小熊怎麼樣，喜歡也救不了他。

他們往北開了幾個小時。接近目的地時，比利又焦慮起來。吉布森聽到他低聲呻吟，彷彿地殼板塊在他體內移動，彼此摩擦。比利自己似乎沒意識到。

「我討厭回到這裡來。」比利說。

他們轉入一條沒有路肩的窄街，跟伊利湖平行。道路兩旁林木繁茂，但隔著那些樹，沿著長長的泥土路往下，他可以看到奢華的水濱住宅，以及波光粼粼的湖面。這是個美麗、寧靜的世界，刻意營造出一種鄉村質樸的氣氛。他很驚訝就在離科比．泰特的房子不到一小時車程內，居然有這樣的一個地方存在。

大部分產業都沒有信箱，也沒有其他標示。在這裡一定很容易迷路，但比利顯然對整個環境很熟悉。

「好吧，就在下一個左手邊。不，不是這個，是下一個。」

「左手邊有什麼？這裡是誰家？」吉布森問。

「馬茲葛洛夫先生的。我的意思是，現在不是了，但以前是的。現在是他妹妹的。她住在聖路易，六月時她還來待了兩個星期。大概要到明年才會再來了。」

「那你是怎麼曉得這裡的？」

「我幫她照顧房子。」

「你有幾份工作啊？」

吉布森緩緩開進一條維護得很差的顛簸泥土路。就像很多產業一樣，前方有一條連在兩根木柱間的鏈子攔住了路。比利跳下車，打開鏈子的鎖，把鏈子丟到馬路邊，然後又回到車上。路兩旁的樹高高聳立，路窄得只能勉強容得下車子。

「這裡要慢慢開。路上有一顆大石頭。」比利指著前方的一個點。

開了四百公尺，出了樹林，眼前是一棟木造結構的兩層樓房。房子周圍環繞著由白色柱子撐起的、迷人的寬闊門廊。泥土路盡頭是一圈白色碎石子車道。一棵榆樹聳立在環形車道中央。割得短短的草坪在屋子兩側延伸，朝湖邊緩緩下降。屋子左邊是停車空間，但吉布森把車子停在通往門廊的階梯前。

「我們為什麼來這裡，比利？」

「當初我就是把蘇珊藏在這裡的。我想，就是因為這樣，我才會害馬茲葛洛夫先生被殺掉。」

比利．卡士柏一臉痛苦。他下了車，低著頭朝湖邊走去。吉布森看著他的肩膀無法控制地一聳一聳；比利在哭，其實是啜泣。吉布森讓他去哭，給他一點空間，然後跟上去。

比利坐在碼頭盡頭的一根木樁上。吉布森坐在他對面。有兩度，比利好像慢慢控制住了，但接著他心頭又翻起某一段壓抑已久的回憶，然後淚水又湧上來。

「我其實很少哭的，」比利半笑半哭地說。他雙手抹著臉。「你真沒想到，對吧？」

「有些事憋太久，頭一次說出來總是不容易的。」

比利抬頭感激地看著他，同時點點頭。

「馬茲葛洛夫先生是誰？」

「啊，大哥，他人超好。你會喜歡他的。跟每個人講話都是平等的態度，連對小孩都這樣。我們以前常聊電玩遊戲設計、電腦學。諸如此類的。但就像成人，你懂嗎？他就是什麼都懂一點，對什麼都有興趣。他跟我們家隔了兩戶，我爸媽跟他是好朋友。我媽每星期跟馬茲葛洛夫太太一起慢跑兩次。吉妮和我姊就像這樣。」比利兩根手指緊扣，比出密友的手勢。「我的意思是，在那個意外之前。」

比利指著湖面告訴吉布森，當時一艘船如何撞上了吉妮．馬茲葛洛夫，她母親又如何為了想救她而溺水淹死。這個意外如何毀了泰倫斯．馬茲葛洛夫——失去妻子和女兒後，他就開始酗酒、愛發脾氣。一個家庭就在幾分鐘內毀掉了。

「事後他只來過這裡一次。就在事情剛發生時，跟警察一起過來。後來這裡對他來說，就好像不存在似的。」

「他為什麼沒賣掉？」

「不曉得。大概是因為繼續付房貸比處理掉要容易。他後來變得一塌糊塗。但是他把這房子關閉。停掉電話、電力，全都停掉。只剩煤氣和自來水。」

「然後他雇你幫他照顧這裡？」

「是啊，他本來雇用了一個傢伙，但結果沒做多久。他在這裡開派對，發生了一些鳥事——馬茲葛洛夫先生就把他解雇了。所以我拿到駕照之後，馬茲葛洛夫就雇了我。我不是那種會開派對的人，他付錢讓我每個月開車一次過來這裡，確保一切都沒問題，說他實在沒辦法自己來照顧。這就是為什麼我覺得蘇珊很適合躲在這裡。除了我，從來不會有人來這裡的。」

「你現在還是繼續在照顧這棟房子？」

「對，他過世之後，他妹妹覺得繼續雇用我比較省事吧。」

「他是怎麼死的？」

「自殺，跟你爸一樣。」

提到他父親，讓吉布森覺得很刺耳。比利講得那麼自然、那麼令人意想不到。只有老朋友會這樣。這更讓吉布森感覺到，比利．卡士柏相信他們兩人是因為蘇珊而緊密相連的。

「我不想談我父親。」

「喔，對不起。」

「沒關係。但如果馬茲葛洛夫是自殺，為什麼你之前說他是被殺掉的？」

「因為我不認為他是自殺的。」

他們走回屋子，比利打開後門的鎖，兩人進入廚房。這是個明亮的大房間，顏色像網紋瓜的外皮。廚房有個小小的中島，還有兩個水槽和一台洗碗機。比利朝窗子旁邊的一張木餐桌指了一下。

「認得嗎？」

吉布森看著那張桌子。小熊照片裡的桌子，現在褪色了，但還是同一張沒錯。

「就是這張桌子？」他問。

「沒錯。當時桌子是靠著那面牆。蘇珊就坐在那裡，那張椅子。」比利說。「同一張椅子。我們到這裡的那天晚上，我拍了那張照片。她不想讓我拍。老哥，她當時累壞了。但也同時鬆了口氣，你知道嗎？之前幾個星期她都沒好好吃東西。總之瘦到我不敢相信的程度。不過她還是很美。我只是很高興她來這裡了，你知道。我們終於在一起了。」

吉布森聽出了比利聲音中的傷痛，設法在心中重建那一刻。小熊坐在那裡。筋疲力盡。比利很興奮，像一隻幼犬，拍了她的照片。他想像那個畫面，看自己是否能相信。十六歲的比利・卡士柏策劃了美國史上最著名的失蹤案之一？有可能只不過是兩個小鬼躲在一棟湖邊住宅嗎？

「她在這裡待了多久？」

「六個月，兩星期，零一天。」比利說。「我們常常玩卡坦島拓荒者。」

「什麼拓荒者？」

「卡坦島啦。你沒玩過？是一種桌上遊戲。很有趣。她超喜歡的。不過她比我厲害多了。老是把我宰得很慘。」

實在很難相信。兩個小孩躲起來，玩桌上遊戲，同時聯邦調查局在全國到處搜索要找他們。但當時執法單位的假設都是錯的，於是完全找錯了地方。有一件事很確定：如果比利的說法不是真的，那麼他就是世界級的騙子，或是世界級的瘋子。但無論吉布森怎麼努力，都無法從他的說法裡找出任何破綻。

# 32

「馬茲葛洛夫先生的妹妹重新粉刷過，」比利說。「但也就是這樣了。她把馬茲葛洛夫所有的個人物品、所有家庭物品全都打包裝箱，放到閣樓裡。這就是為什麼來這裡感覺那麼毛骨悚然。我的意思是，屋裡還是同樣的家具和其他一切，只是換了別人家的照片。好像他們的人生只是一層灰塵，被人拿了塊布擦掉了。但是人生就是這樣，對吧？你以為一個地方屬於你，但其實不是。你只是在等待而已。等到時間到了，也會有人把你的東西裝箱，彷彿你從沒存在過。大哥，我真的好恨來這裡。」

「那為什麼你還來？你可以辭職啊。」

「我非來不可，」比利聳聳肩。「我是在這裡失去她的。」

吉布森覺得非常合理。他們站在廚房裡，同時比利說著一個他等了十年才終於能說出來的故事。自從他們在圖書館那邊見面後，他就一直在迴避這個主題，但現在他滔滔不絕地說了起來。

比利．卡士柏，化名幽魂君，是在一個網路聊天室認識蘇珊的。這一點是真的。只不過他確實是十六歲，不是聯邦調查局所假設的某個中年戀童癖。他們變成朋友和知己，根據比利的說法，他們每天晚上都要聊幾小時。有些夜晚，他甚至會在電腦前睡著。蘇珊對於自己的身分一直含糊其詞，只說她父親是個很重要的人物，還說如果比利幫她的話，他自己也會有危險。

「連她姓什麼，都還是她到了這裡才說的。我發誓。」

「如果早知道，你無論如何還是會幫她嗎？」

「毫無疑問。」比利毫不猶豫地說。然後又想了一秒鐘，強調地點點頭，贊同自己。「毫無疑問。」

一旦他們決定要進行逃家計畫，兩人就花了好幾個星期策劃一條路線，可以避開那些裝了一大堆攝影機、有很多人員監視的高度警戒區域。比利教她怎麼避免被警方注意。如果碰到有人好奇一個十四歲小孩為什麼獨自出遠門，她該怎麼回答。

「而且她快十五歲了，」比利辯護地說。「我們開始聊天時，我是十五歲，只比她大一歲。所以這樣並不奇怪，你知道？我們從來沒有上床或什麼的。接吻過兩次，但也就只有這樣。她是我的朋友。」

「她也是我的朋友。」

「我知道，」比利說。「這就是為什麼你會在這裡。」

「那麼在那個加油站是怎麼回事？」

「就是啊，怎麼會被攝影機拍到？搞什麼鬼？」

「你事先不曉得她會這麼做？」

「開什麼玩笑，當然不曉得。直到電視新聞上播出來。」

「你問過她嗎？」

「問過她？我們唯一的一次吵架，就是為了這個。她說那是不小心的，但完全就是胡說。她是故意的。」

「故意做什麼?」

「送出一個訊息啊,大哥。」

「給誰?」

「別問我。我只知道那不是友善的訊息。你看到影片裡她的眼睛嗎?惡狠狠瞪著攝影機,只差沒比出中指了。我只是希望她能早一點做,而不是來到我地盤上才做。她讓聯邦調查局鎖定賓州。他們播出那段監視錄影帶後,我很確定加油站的那對夫婦一定看到我的車了,我猜想聯邦調查局會來突襲我家,把我們全家人都上銬帶走。你能想像嗎?」

「他們不會先敲門的。」

「唔,最慘的就是我媽迷上了這個案子,」比利說。「電視上成天都在播,她每天要看二十七小時。第一次播出時,我就坐在我媽旁邊。電視上播出錄影帶,最後定格在蘇珊的臉。我簡直像是動脈瘤破裂,嘴裡的葡萄汽水噴出來,搞得地毯上到處都是。我媽以為我的強烈反應是因為我姊以前發生的事情。我就假裝完全是這樣沒錯。我媽哭出來,跟我說沒關係,那不是我的錯。然後給我一個大大的擁抱。我感覺好差,但我不想讓她知道我就是那個人。」

「你姊姊發生過什麼事情?」

比利皺起臉,好像原來是不想提這個的。「你以為我為什麼要把科比.泰特送到你們手上?」吉布森往後坐,一隻手背遮著嘴巴。「卡士柏?被他關進後行李廂裡的就是你姊姊?」

比利點頭,憤怒像一片毒霧籠罩著他。「當時我們站在超市外頭,我和翠希。等著我媽。她忘了玉米又回去買,我老媽老是會忘掉三樣東西。泰特那個狗娘養的,就走過來牽著翠希的手帶走她。你知道他當時跟我說什麼嗎？」

吉布森搖頭。

「他說，『我馬上就帶她回來。』臉上還帶著微笑，好像那是我們之間的小祕密。看到我一臉困惑，他又說，『你媽說可以的。』於是我就像個白癡似的站在那裡，讓他帶走她。」

「嘿，當時你年紀還小啊。」

「是啊，嗯，現在我不小了。不是大家都說，報仇這道菜要放冷了才好吃？是真的。你等了十年，他們完全沒料到。好簡單，那個混蛋超好騙的。」

「耶穌啊，比利。」

「隨便啦，大哥。管他去死。我姊到現在還在吃抗焦慮藥物，都是他害的。她有各式各樣恐懼症。沒辦法出門，沒辦法面對陌生人。連去買自己的雜貨都沒辦法。去年我在她家廚房不小心砸破一個玻璃杯。她連續尖叫五分鐘，就是沒辦法停止。她從來沒有正常上班過。」比利的眼神變得恍惚。「是啊，泰特應該待在監獄裡的……在裡頭他會比較安全。」

吉布森瞪著他。在此刻之前，他一直難以相信比利．卡士柏有辦法策劃蘇珊的失蹤，或是駭侵到阿倍顧問公司裡。比利實在就是太可愛了。有點太單純。但現在，聽著他談起科比．泰特，他看到了。看到躲在比利友善雙眼後頭的那種憤怒，以及算計的智慧。

「你剛剛說，你把她關在這裡有多久？」

「我沒關她，你要我換多少種方式講，你才會明白？她待在這裡六個月。是她自願的。我週末或放學後只要找得到藉口，就會開車過來。開車遠得要命，所以也很難待太久。我騙說我在打一份工，還編出一堆假朋友，好跑來陪她。但是大部分時間，她都自己一個人待在這裡。我覺得很難受，知道她很孤單。但她好像喜歡這樣。她看了好多書。我想在某方面，她也需要這樣，有時間思考。她看到我總是很高興，但是我要離開時，也從來不覺得她有多難過。你懂嗎？」

吉布森點頭。

「我跟上帝發誓，我當時覺得好像自己有一半的時間都在開車。而且我不能老去同樣的雜貨店或藥房。」比利回憶著笑了起來。「我得開車跑遍賓州，免得有人好奇一個十六歲的小鬼買產前維他命要做什麼。」

吉布森一手扣住比利的喉嚨，把他往後壓向廚房料理台。他一直在等待這樣的謊言。「你剛剛說你們沒上過床的。」

「什麼？不，大哥！我們從來沒上過床。」吉布森的手壓得更緊，比利咳嗽起來。「她來到這裡時就已經懷孕了！不然你以為她為什麼要蹺家？」

這個晴天霹靂讓吉布森一時難以理解。那就好像是把你所有的假設都隨便亂丟在馬路上，看著有人開卡車倒車輾過去。他這才明白，每個人都多麼錯估了蘇珊。他放開比利，後退兩步。

「對不起，」吉布森說。「我得喝一杯。」

比利揉著喉嚨，但是沒動。「冰箱裡大概還有啤酒。」

吉布森在冰箱深處發現一手當地產的六瓶裝「鐵城」淡啤酒。他拿了兩瓶，一瓶要給比利。比利沒接。吉布森兩瓶都打開，再度拿著一瓶朝比利遞。

「對不起。」他又說了一次。

比利雙眼燃燒著怒火，然後冷卻下來。他接了啤酒，兩個人站在廚房裡沉默地喝著。

「她懷的是誰的小孩？」

「她說是他們家那邊一個叫湯姆的男孩。」

「她說過這個男孩什麼？」

「不多。只是一般的概況。每回我問起，她總是很快就轉移話題。老實說，我一開始還以為小孩是你的。」

「我？」

「是啊。她老是在談你。我原先猜想她是為了要保護你，才編出一個男朋友。」

「唔，不是我。」

「我知道，我早就知道了。當時你已經被關起來了。時間算起來對不上。」

「你想知道一件好笑的事情嗎？」

「什麼？」

「聯邦調查局和警方還以為你可能是湯姆．B。」

「我還希望呢。」比利低聲說。

接下來是一段死寂。

最後吉布森終於說，「小熊當時……是不是在生我的氣？」

「你在開玩笑吧？她一直在想各種方法要聯繫你。我就跟她說你瘋了嗎？他正在受審。全世界都在找你，你還想冒險傳個祕密訊息給一個坐牢的人？」比利舉起兩手。「我沒有冒犯的意思。」

吉布森揮揮手打發掉。「我沒被冒犯。」

「她為什麼要生你的氣？」

「因為我去對付她爸。」

「才不呢，大哥。她很愛你。搞得我都吃醋了。那就像是……唔，你就是看得出來。而且無論如何，反正她不是她老爸的忠實粉絲。」

「真的？」吉布森記得的不是這樣。「你想隆巴德知道嗎？她懷孕的事？」

「不，我不認為。蘇珊逃家的時候，還看不出懷孕的樣子。但是我知道她真的很怕被她爸發現，怕他會氣瘋。那傢伙顯然脾氣很可怕。她談到過他唯一關心的就是他的政治生涯。說要是他發現了，會逼她做什麼事。有關小孩的。這就是為什麼她得逃離他。」

吉布森在腦中搬演這個故事，小熊懷了男友——那個神祕的湯姆．B——的孩子，然後因為害怕隆巴德發現了會逼她做的事情，於是決定逃家。這部分似乎頗為可信。但是為什麼要找比利幫忙，而不是她男朋友湯姆．B？湯姆知道自己要當爸爸了嗎？或者就是因為他不知道，所以一直沒有主動出面說明？

「所以他們現在在哪裡？蘇珊在哪裡？小孩在那裡？」

「我不知道。」

「少來，比利。這個故事到目前為止很不錯，但是你需要一個更好的收場。」

比利走到冰箱，又拿了一瓶啤酒出來喝，他背對著吉布森，一口氣喝掉。吉布森看著他把空瓶放在料理台上，又拿了一瓶出來喝。然後他猛地轉身瞪著吉布森，怒火又回到他的雙眼中。

「你聽好了，要是我知道蘇珊的下落，你想你現在會在這裡嗎？要是我曉得，還會需要你嗎？我冒著曝光的危險，冒著送命的危險駭侵到阿倍公司，可不是為了要跟你在這邊享受溫馨的一刻。我做這些，是因為我不曉得她出了什麼事，難過得快死掉了。我愛她，大哥，但是我辜負了她。我沒辦法按照我原來的承諾照顧她。她的寶寶——有點不太對勁。最後一個月她老是不舒服。她想隱瞞，但是還出血。當時她都沒辦法起身走動了，你知道？我不曉得能幫她做什麼。把她一個人留在這裡讓我好愧疚。我想送她去醫院，我求了她好多次，但是她頑固得要命。」

說到這裡，比利淚流滿面了。「我弄了一支拋棄式手機給她，以防緊急狀況可以打給我。有天夜裡我接到一則留言。」比利停下，想讓自己冷靜下來，他的聲音降到近乎耳語。「她的聲音好小，她說她愛我，還說她很抱歉。『他們答應要幫我。』她說。就這樣。我回撥給她，但電話只是響了又響。你還不明白嗎？我沒辦法幫她，所以她打給某個有辦法的人。然後他們跑來把她帶走。但是不管他們把她帶去哪裡，總之不是她家。我一直等著會看到『失蹤女孩跟家人團聚』的新聞出現。但等了十年都沒有。所以，我的意思是，她現在人在哪裡？」

「你認為是喬治．阿倍帶走她的？」

「我之前覺得有可能。覺得或許她打給她爸，然後他派了親信來收拾善後，做損害控制。防止她給他丟臉。聽我說，我知道這話聽起來是什麼感覺，但你絕對想不到我過去十年腦袋想出過什麼偏執狂的狗屎。」

「的確是非常偏執狂。」

「我再給你一個更猛的料。蘇珊打電話給我那天夜裡，就是馬茲葛洛夫『自殺』的同一夜。我聽到她的留話後，就開車趕過來這裡，但是她已經離開了。我回到家時，大概是五個小時後，結果我們家那條路上擠滿了警車，還有一輛消防車，一輛救護車。他們正把馬茲葛洛夫先生搬出來，裝在屍袋裡。」

「你認為兩件事有關？」

「我想蘇珊拒絕把我供出來。我想他們以為幫她的就是馬茲葛洛夫，因為這棟房子是他的。」

「你認為班傑明．隆巴德派人殺了你的鄰居，好防止政治醜聞曝光？拜託，比利，你電影看太多了。」

「是嗎？」

「你認為這個神祕的『他們』就是喬治．阿倍？」

比利聳聳肩。

「所以你駭侵到阿倍公司，就是要看阿倍是不是在隱瞞什麼？」

「那是最簡單的起點。就連我也沒瘋狂到去駭侵副總統。」

「他十年前還不是副總統。」

「我知道，我只是逗你的。不過沒錯，我把目標鎖定阿倍顧問公司。去騷擾一下，看會不會不小心找出什麼。希望至少有個線索，可以幫我指出正確的方向。可是喬治．阿倍知道的並不比任何人多。他跟我們其他人一樣在找她。我當時就該罷手的。我的意思是，我早就知道，最後他們就會找個高手去查，然後就會找到我了。」
「我們沒有找到你，比利。是你自己跑來找我的。」
「是啊，可是那是因為你。」
「什麼意思？」
「我的意思是，你，你是個象徵或什麼的。我一眼就認出你了。還記得你到鎮上那天，慢跑到圖書館嗎？我就在那兒，坐在我的車上，在用圖書館的Wi-Fi。我抬頭，你就在那裡。吉布森．馮恩。毀駱人。傳奇人物。」
吉布森舉起一隻手。「饒了我吧。」
比利露出微笑，表明自己只是故意逗他。「不曉得……我看到你在那兒，就是有種感覺，覺得你會懂的。」
「你不了解我。」
「對，但是蘇珊了解你。她信任你，而對我來說，這樣就夠了。」
「要仰賴十年前的信譽，這可是冒很大的風險。」
「或許吧。但我只是累了，大哥。我厭倦了躲躲藏藏，厭倦了害怕。無論如何，我必須結束這個狀況。」
「你還是愛她。」吉布森說。
「你不也是嗎？」

「跟你不太一樣，但是沒錯。她不是那種你會停止愛她的女孩。」

「同意。」比利說。「來吧，我有個東西要給你看。」

# 33

「明治。」

珍妮佛把喬治·阿倍的語音留言放給韓紀克聽。他們望著彼此。她又播放了一次，想找出她前五次可能漏掉的什麼細微差異。結果沒有，但是這個詞的意思明確無誤。這表示阿倍有麻煩了，所以他們也有麻煩了。這表示得趕緊找個安全的地方躲起來，不要引人注意，不要逞英雄。不要去找他，也不要試圖聯絡他。等到情勢安全了，他就會聯繫的。

「你覺得怎麼樣？」珍妮佛問。

「我想我恨賓州。」

「那喬治呢？」

「他大概愛賓州吧。」

「韓紀克。我們該怎麼辦？」

「當然是離開這裡，你有什麼意見嗎？」

他說得有道理。

接下來的這個白天和晚上，他們就在葛瑞夫頓倉庫裡抹去他們出現過的痕跡。韓紀克用漂白水刷洗泰特待過的那個儲存間。珍妮佛重新清點了他們的設備，以防萬一那個來搗蛋的人還拿了別的東西。

空的儲存間不太可能失火，所以他們得安排得讓人相信。消防人員通常不會太仔細檢查，除非有個夠好的理由。韓紀克把那個儲存間弄得像是有個遊民擅自偷住在裡面，而且愚蠢地想在裡頭生火。等到佈置得滿意了，韓紀克就劃了根火柴，看著他精心安排的縱火計畫被火焰吞噬。

韓紀克坐上駕駛座時，珍妮佛已經在車上了。

「我以前很喜歡星期五的。」

她還花了一分鐘細想。「今天是星期五？我們過了好慘的一個星期。」

「有喬治的新消息嗎？」

她搖頭。

「該死。」韓紀克詛咒道。

「還有更多消息。你不會喜歡的。」

「什麼？」

「阿倍顧問公司的電話都停話了。」她說。

「珍妮佛……這不是正常流程。」

「我知道。」

「慢著。全都停話了？」韓紀克問。

「全都停話了。」

「我們的專線呢？」

「全都停話了。」

「我不喜歡這樣。」

「早跟你說過了。」

韓紀克沉默坐在那裡，思索其中的種種含意。珍妮佛看著他消化著這些資訊。他們跑去一個男人家把他擄走，在一個廢棄的倉庫儲存間裡頭嚴刑拷問他，然後現在那個男人死了。槍手花時間用韓紀克的槍栽贓他。喬治·阿倍陷入了大麻煩，用暗號發出緊急通知。啊還有，過去二十四小時裡，阿倍公司的電話全都被停話了。

這是他們完全陌生的狀況。

現在他們不光是有失去工作的危險而已。韓紀克必須自己決定，她沒有資格說話。至於她自己要怎麼做，她已經決定了。

「要繼續往下查，還是要跑路，」他說。「這是個重大的決定。」

「是啊，沒錯。」

「跑路比較合理。」韓紀克說。

「我同意。」

「我有點太老，跑不太動了，」他說。「還得買那些醜死人的跑步鞋和那些很薄的小短褲。我不是那種很會跑步的黑人。」

「你的腿的確很瘦，沒什麼肌肉。」

他們都各自望著車窗外。

「所以，要去哪裡？」他問。

「去找吉布森．馮恩。」

「是啊，我也一直打算去拜訪他。」韓紀克說。「他人在哪裡？」

珍妮佛在自己的地圖上指給韓紀克看。

「為什麼我覺得看過這個地址？」

「要是我告訴你，你不會相信的。」

「眼前，就算你告訴我那是希特勒的地堡，我也會相信的。」

「那是泰倫斯．馬茲葛洛夫以前的湖畔別墅。」

「好極了，」韓紀克說。「不過我要正式告訴你，我比較喜歡我原來猜的那個。」

「我也是。」珍妮佛說。

喬治．阿倍醒來，發現自己坐在一張木椅上，腦袋垂放在一張粗糙的金屬桌上，手腕則銬著桌子中央一根結實的金屬棒。桌子表面冰涼地貼著他的側臉，但他還是勉強坐直身子，他的椅子搖晃得好像有人把所有螺絲都轉鬆了，故意讓椅腿搖晃不穩。

其他沒什麼東西可看的；這是個標準的八呎乘十呎煤渣磚訊問室。他被日光燈發出的刺耳嗡響搞得頭痛，活像有個冷酷的牙醫正在鑽他的犬齒。他的喉嚨哽咽發乾，背部緊繃又瘀青。從肚子裡的飢餓感判斷，他已經昏迷了至少十二小時了，所以現在是什麼時候？星期五早上？

阿倍打量著牆上那面大鏡子裡的自己。他看起來氣色沒有糟糕太多。他的肋骨也沒有斷。謝了，好心的主人。他的領帶歪了，現在沒辦法扶正，讓他覺得很煩。

他左邊一扇門打開，一名男子走進來，坐在阿倍對面。他在桌上放了一個杯子和一壺水。水是冰的，外頭凝結著點點水珠。

阿倍匆匆打量一下對方。那個傢伙打扮得很整齊，穿著一套成衣西裝。他們看著彼此，像是兩個失聯多年的朋友，不小心在街上碰到了。這時候阿倍應該要憤慨地大吼，要求有律師在場，誇張地威脅說「你知道我是誰嗎？」諸如此類的。他很渴，但是沒要求喝水。他有一堆問題要問，但那套西裝太廉價了，從這小角色身上問不到答案的。

「我們就跳掉前奏吧？泰圖斯在這裡嗎？」阿倍朝那面鏡子點了一下頭。

那小角色聽了眉頭稍微皺起來。

阿倍看著鏡子。「泰圖斯。這些花招真的有必要嗎？」

那個小角色垂下雙眼看著桌子，認真聽著耳機裡的指令。然後他站起來，一個字都沒說就離開房間。

阿倍等著。

門打開了，一個矮壯的男人走進來。他只比阿倍大幾歲，但是有幾年是在地球上某些最艱險區域的戶外度過。太陽和惡劣天候曬黑了他的皮膚，那張臉就像鋼絲刷，上頭鐫刻著深深的線條，腦袋上稀疏的頭髮是灰燼的顏色。下巴底下有一條鮮明的疤痕，從左耳往下，消失在襯衫領子裡。那是從伊拉克的提克里特所帶回來的紀念品。他左手缺了小指和無名指。他中槍幾次有各式各樣不同的說法，但阿倍相信泰圖斯寧可讓大家去說。身為冷港公司的創辦人和執行長，小泰圖斯．史東沃．艾司奎吉上校做的這一行是專門製造神話的。

「喬治。」泰圖斯在旁邊一張空椅子上坐下來。

「泰圖斯。」

他們打量著彼此。泰圖斯．艾司奎吉跟隆巴德認識超過二十年了。阿倍以前就不喜歡他，而根據中間這些年他所聽到的，也沒有理由改變想法。

冷港是一家中型軍事承包商，總公司在維吉尼亞州麥坎尼維爾東邊。公司名源自南北戰爭時一場格外殘酷的一面倒戰爭「冷港之役」，當年這場戰役就發生在麥坎尼維爾附近，致使格蘭特將軍領導的北軍傷亡慘重。冷港公司從來無法跟那些大型軍事承包商競爭，但是他們的團隊打造出使命必達——任何使命都行——的名聲，因而經營得相當成功。

有時殘酷比公司規模更重要。

泰圖斯咧嘴笑了。「好吧，我得問一下，你怎麼知道我在那後頭？你把我的團隊都嚇壞了，歐比王。是他們其中哪個人嗎？他們在應該專心聽的時候還多嘴講話嗎？」

「不，」阿倍說。「只是矇對了。」

「我真是沒禮貌。你一定渴了吧，」泰圖斯說，倒了一杯水。他把水推到離阿倍手指幾吋的地方。「是我手下的哪個人嗎？」

「不。你大概沒想到，只不過我的敵人並不多。」

「我不是你的敵人。」泰圖斯說。

「那是以前。」阿倍說。

「好吧。」

「隆巴德競選參議員時，最大的金主是誰？」

泰圖斯沒回答。

「誰支持冷港公司贏過黑水和KBR這些大型軍事承包商，拿到國防合約的？這些道理沒那麼難懂。如果隆巴德要擄走某個人，他還能去找誰幫忙？」

「我的功用就是這樣吧，」泰圖斯又露出他那種老好人的微笑。好像他們只是老友在隨意閒聊。「不錯嘛，喬治。你向來就很敏銳。不太實際，但是非常敏銳。你害我一個手下進醫院了。」

「我還以為我失手了。」

「沒有。他大概有很長一段時間沒辦法正常講話了。你雖然改坐辦公室，但是身手沒有進步。」

「你過獎了，但是既然你只有一手下人進醫院，而我還被銬在這張桌子上，我想我的身手實在很成問題。」

「我欣賞能夠接受自己失敗的人。」

泰圖斯把那杯水推得更近了。阿倍沒要求解開手銬以便喝水，也不打算像隻狗似的舔著喝。

「隆巴德找你而不是找聯邦調查局，你想過這是什麼意思嗎？」

「我不在乎，」泰圖斯聳聳肩。「他就要當上總統了。」

「這麼一來，你就準備著要大賺一筆了。」

「另一筆，」泰圖斯歪著嘴笑了。「第一筆有點寂寞了呢。」

「他在這裡嗎？」

「副總統？身邊環繞著一群特勤局探員？拜託怎麼可能。」

「當個公僕有時候真不方便啊。」阿倍說。

「對我從來沒有吸引力的。」

「他想要什麼？」

「他想當總統。但眼前，他非常想知道你和阿倍顧問公司的人做了什麼。」

「什麼意思？」

「少來了，」泰圖斯疲倦地說。「別跟我玩這套，喬治。我的意思是，這樣玩下去會有什麼結果呢？」

麥克．瑞齡已經失業十二小時了。他，連同阿倍顧問公司的每個人，全都在晚上十一點接到一封資遣的電子郵件。星期四晚上。沒有事前警告。沒有當面告知。什麼都沒有。這是一場大屠殺——整個公司毫無預警地結束營業了。他的同事全都接到同一封電子郵件，解釋說因為預期之外的財務困難，迫使阿倍顧問公司永遠關門了。

這是背叛。不是背叛全公司——麥克才不在乎任何一個人——而是背叛他個人。他們那些男人對男人的談話，說什麼正直，說要用正確的方法做事？結果這樣糟蹋人？這只證明喬治．阿倍是個偽君子，跟其他人沒兩樣。

於是麥克決定把資料交給副總統。畢竟，事情是有關他的女兒。在麥克心中，班傑明．隆巴德有權利知道。他不認為這件事情有必要保密到這個程度。找到那個擄走他女兒的變態男子是好事。副總統會很感激的。

珍妮佛．查爾斯一定會很生氣。好吧，反正會生他氣的人不光是她一個。他有幾件事要親自告訴喬治．阿倍。

他的情緒強烈程度讓自己都吃了一驚。麥克連對自己都不會承認，但他覺得對喬治．阿倍有某種感激和忠誠。他很欽佩阿倍。所以前一夜喝了七瓶或八瓶啤酒之後，他就鼓起勇氣打電話給阿倍，要跟他表達不滿。當時阿倍沒接電話，接下來麥克又打了好幾次，結果都一樣。

懦夫。

好吧，阿倍別想這麼輕易脫身。麥克很滿意資遣費，非常優厚，但這事情跟錢無關，而是原則問題。他從公司一開始就進來了，做了七年，你不能毫無解釋就這樣解雇人。

麥克搭了電梯要上公司那層樓，他的決心動搖了。昨天夜裡，他準備了一篇地獄之火的訓話要告訴聖人喬治．阿倍，但現在想到要面對他的前老闆，似乎令人膽怯。阿倍非常擅長在任何情況下都保持不動如山的冷靜，總是搞得麥克一下就慌亂起來。

麥克出了電梯，沿著走廊往阿倍顧問公司走。公司前門用門擋撐著沒關，這很不尋常。

接待櫃檯是空的。麥克走到一半停下來。不是沒有人的那種空。而是真正的空。所有東西都不見了：沙發、椅子、桌子、燈、藝術作品……全都沒了。連地毯釘和名牌都拆掉拿走了。麥克逐一檢查每個房間，但發現全都一樣。就連喬治．阿倍的辦公室也搬得一乾二淨。真是難以置信。他昨天晚上七點離開公司，一切都還很正常。而現在，阿倍顧問公司就像一隊吉普賽人連夜拔營離去，沒留下任何來過的痕跡。

麥克的手機響了。他察看一下來電號碼，但結果沒有。不是無法顯示，而是螢幕上根本就是空的。這類來電老是搞得他心裡發毛。好像是從不存在的地方打來的。他接起來，聽到一個熟悉的聲音，冰冷而機械式。

「我不曉得，」麥克說。「我不曉得。全沒了……是，我就站在這裡。整個地方是空的……我不曉得！我能告訴你什麼？他根本沒跟我說。」

對方停頓了一下。等到聲音再度傳來，就是滔滔不絕的一連串指示。麥克掛了電話，這才發現自己滿身大汗。他不敢說不，也不確定如果自己拒絕了會怎樣。

他真希望喬治·阿倍在這裡，告訴他應該怎麼做。

# 34

吉布森一直睡到早晨的陽光爬過地板，照著他的眼睛。他在沙發上翻身坐起。比利睡在樓上的一間臥室。他們昨天夜裡談到筋疲力盡，沒達成任何結論，於是就各自去睡覺。他的手機顯示現在是十點多了。他上回睡到這麼晚是什麼時候？而且還睡在沙發上。但是在車子後座連睡四天之後，一張舊沙發感覺上好透了。

比利的故事沒有疑點。到目前是這樣。

比利說閣樓是泰倫斯・馬茲葛洛夫家的聖殿，還真不是開玩笑的。他昨天夜裡帶吉布森去看。一排排紙箱沿牆整齊堆放著，每個都貼了標籤——「客廳照片」、「辦公室1」、「辦公室2」、「主臥室雜物」等等。彷彿馬茲葛洛夫一家還會回來，隨時要能找到他們的洗髮精。

比利直接走向一排貼著「吉妮的房間」標籤的紙箱。

「蘇珊當時就住在吉妮的房間。裡頭還有很多女生的東西，所以我猜想她會覺得比較能適應。我本來以為她可能會有點害怕，睡在一個死去女生的床上，但是她說無所謂。」

比利打開一個箱子翻找，然後拿出那個粉紅色的凱蒂貓背包，朝他遞去。

「你在開玩笑吧？」吉布森問。

「我說過我有東西要給你看。」

「馬茲葛洛夫先生的妹妹沒注意到這個？」

「一個女生的背包放在一個女生的臥室裡？當然沒注意到。藏在大家都看得到的地方，這是有道理的。」

「這個背包從頭到尾就一直放在這裡？」

「那你告訴我，一個二十幾歲的單身漢，該把一個小女生的背包收在哪裡比較好？」

他們把背包拿到樓下，比利看著吉布森把裡頭的東西全都拿出來，放在茶几上——粉盒、梳子、一個首飾盒、一個第一代的舊款iPod、耳機、兩件T恤和幾件內褲、牛仔褲。精裝本的《魔戒現身》，就是吉布森多年前唸給她聽過的那一本。還有一頂很舊的費城人隊棒球帽。

這會兒吉布森揉揉臉，把睡意驅走，然後小心翼翼地拿起那頂帽子，彷彿那是來自另一個世代的傳家寶。這頂帽子比背包還要令他覺得起雞皮疙瘩。他把帽子翻過來看著襯裡。褪色的麥克筆字跡是蘇珊的姓名縮寫「S．D．L．」——蘇珊．戴維斯．隆巴德（Suzanne Davis Lombard）。那個L帶著蘇珊特有的捲曲筆跡。這是她的帽子。知名錄影帶裡的那頂帽子。

它代表什麼意義？

此刻，在明亮的早晨陽光下，帽子的襯裡有個什麼觸動他。通常汗水會使得棒球帽的襯裡褪色，尤其是沿著前額的部分。小熊的這頂帽子看起來很少戴，但是帽子的其他部分都破爛不堪：費城人隊的標誌已經磨損起毛，帽子上方六個透氣圓孔周圍的繡線都鬆脫，帽頂圓鈕更是完全不見了。如果帽子很少戴，怎麼會造成這麼嚴重的毀損呢？

然後還有那張拍立得照片。比利昨天晚上拿給他看，但直到現在看起來還是好不真實。或許他只是不希望那是真的。在照片裡，小熊躺在吉布森剛睡過的那張沙發上。身上裹著一件毛茸茸的藍色浴袍，一本書攤開放在她的肚子上。那肚子好大，因為照片裡小熊已經是懷孕晚期了。她看起來很疲倦，但是比剛到那天比利拍的照片中要快樂。吉布森發現自己很難對著那張照片看太久。看著她懷孕的照片，對他而言，這件事情就成真了。

比利睏兮兮地拖著腳步下樓，走進廚房倒了一杯水。

「我還要回去睡。」比利回頭時說。

「嘿，有個問題。你見過蘇珊戴這頂帽子嗎？」

「除了我接她來的那一夜？沒有。從來沒有。她其實不是愛戴棒球帽的那種女生。」

「那你知道這帽子為什麼會搞得這麼破嗎？」

「啊，蘇珊就是這樣。她會坐在那裡拔那些繡線，好像那是她的工作似的。你看過狗把絨毛玩具整個拆爛嗎？蘇珊對那頂帽子就是這樣。」

比利上樓去了，留下他還在思索。

吉布森皺眉。裡頭有什麼故事，小熊？一個據她父母說討厭棒球的女孩，戴著一頂她父母都發誓不是她的棒球帽做什麼？假如她是在路上買來遮臉的，那很合理，因為帽子看起來從沒戴過。但如果她只戴那麼一次，又何必在襯裡寫上自己的名字？你只會在擔心搞丟的東西上頭寫名字的。

比利是怎麼說那個加油站監視錄影帶的？說小熊狠狠瞪著攝影機……像是在對某個人說操你的？這頂棒球帽也是訊息的一部分嗎？之前這頂帽子害吉布森納悶了好久，因而他一直希望自己看到它、摸到它之後，可以想到些什麼。但結果到現在還是一無所獲。

腦袋裡擠滿了這些問題，他掙扎著站起來，抓起帽子和書，準備要去廚房找吃的。這裡沒有什麼選擇，他只好將就著拿了兩個桃子罐頭，然後帶著小熊的書、罐頭、一把叉子坐在後門廊。湖面今天起伏不平，他看著一波波湖水呈斜線朝岸邊湧來，想著小熊。

他想著小熊在她的窗台上閱讀。她喝茶的方式像個媽媽，雙手捧著，一邊輕吹，一邊望著窗外。想到這裡，吉布森拿起書湊近鼻子，希望能嗅到什麼氣味，把他往童年拉得更深，但那只是一本舊書而已。於是他翻閱著，一邊吃著罐頭裡的桃子。

從頭到尾，整本書的邊緣都擠滿了筆記，那是從他整本書都跟她唸完之後，她就開始寫的。比利昨天夜裡指了書緣給他看，還承認自己有天夜裡喝醉了，發誓要把整本書和她寫的筆記看完，希望能從中找出線索，查明她到底出了什麼事。但他看到第五十頁就放棄了。那只不過是一堆小孩玩意兒，他說。

「有些是對著外太空什麼的說話。不曉得。對我來說太深奧了。」比利當時說。

吉布森翻到第一頁，開始閱讀。

蘇珊的筆記是用工整的小字寫成，沒有特定的順序，也沒有可資識別的年代。根據他所能判斷，這些顯然是多年來陸續寫的——有不同顏色的筆，有的還褪色了。其中一些確實是有關《魔戒現身》的，但絕對是少數。大部分都是片段的歌詞、電影台詞、喜歡或不喜歡的事物清單，一些零散的隨想。一個早熟少女以顏色鮮豔的筆寫下她的想法。他可以想像愛莉幾年後會做類似的事情，不過以她的字跡，她需要大很多的書緣。

他緩緩閱讀了幾頁，然後變得不耐煩，開始迅速翻過去，尋找著任何有重大意義的字句。他翻了十頁，然後二十頁。直到一片不同顏色的字跡：藍色、粉紅、綠色、紅色。他停下來。

橘色。

那顏色喚回了一段記憶，讓他胃裡翻騰起來。那是很早以前小熊問過他的。當時他在潘瑞思特別墅的廚房，隆巴德太太正在幫他做炙烤乳酪三明治，他在旁邊讀一本漫畫書。小熊跑到他旁邊，上氣不接下氣。

「吉布－桑。吉布－桑。」

「嗯哼。」他心不在焉地說。

「桑！我要問你一件事。」

他停止閱讀看著她。「什麼事？」

「你最喜歡的顏色是什麼？」

他跟她說是橘色——因為金鶯隊的代表色就是橘色。

「好，」她說，一臉嚴肅。「橘色就是你的顏色，好嗎？」

他根本不懂那是什麼意思。「好，沒問題，橘色就是我的顏色。」

「不要忘了喔。」她小小聲跟他說。

當時他們幾歲？他不記得了。他又翻了幾頁，直到他看到橘色的字跡。

「太陽（sun）。」跟桑（Son）同音。橘色是他的顏色。他忽然種種情緒湧上來。後悔。內疚。渴望。他頭垂在兩膝之間開始哭。老天，他好想她。

接下來一個小時，他又從頭翻那本小說，閱讀他所能找到的、用橘色墨水寫的筆記。大部分是小女孩的思緒。

太陽，你喜歡葡萄汁嗎？我喜歡。

太陽，我希望每個人都離開，除了你之外。

這些筆記就都類似這樣。有的滑稽。有的傷感。但接著，他發現一則筆記跟其他的不一樣，是寫給他的——寫得比較長，筆跡比較成熟。

太陽，葬禮是今天。我好抱歉。我希望你沒事。他們不肯讓我去。我真希望能去陪你。我們還是朋友嗎？如果沒辦法做朋友，我也可以理解的，但是我好想你。（三八九）

他開始擔心起來，趕緊往後翻到三八九頁。書頁邊緣只有一則筆記，是用兩種不同的橘色筆寫的，如果他猜得沒錯，兩種相隔了數年。前一種寫著：

太陽，抱歉我毀了那場球賽。別生我的氣好嗎？

然後另一種橘色筆，天曉得是多久之後寫的。

我早該在那場球賽後告訴你的。我早該告訴你一百次了。我好氣你沒看出來。對不起。我真希望現在能告訴你。這裡有個湖。不像潘瑞思特那麼美，但我們可以坐在湖邊，我可以告訴你一切。這是我最想做的事情。我希望你沒有離開。我希望你不會怪我。

他猛地闔上書。怪她什麼？一段記憶從腦海深處泅泳而上，有如一隻鱷魚，那可怕的、爬蟲類的脊椎就要破水而出時，又旋即下潛，迅速遠離他。他閉上眼睛，很怕將那記憶召喚回來，但知道自己非做不可。

那場球賽。那場球賽怎麼樣了？杜克帶他去看過上百場球賽。或許小熊跟他們去過其中一場？他有個模糊的記憶；唯一記得的是小熊那一整天都是個小搗蛋，一點也不像她。不，還有更多。記憶逐漸浮現，睜著冷酷的大眼，瞪著他，跟他比膽量。

那天他們去看巴爾的摩金鶯隊的球賽。他不記得來訪的客隊是哪一隊了。波士頓紅襪隊？很有可能。一開始只有他和杜克要去，但是隆巴德參議員聽說了，於是就帶著小熊也要加入。隆巴德夫人去外地了，所以只有兩個爸爸帶著各自的小孩去看球賽……外加一組安全人員在一段距離外低調地跟著。一半是家庭旅遊，一半是政治作秀。但接著小熊在球場大鬧，他們大半場球都沒看到。

不，不對。整件事更早開始。

吉布森認真回想起來，那時小熊已經不對勁好一陣子了，變得很孤僻。而在開車到巴爾的摩的一路上，她簡直就是個惡夢，對每個人都充滿敵意。她亂踢乘客座的椅背，誰朝她看就惡狠狠瞪回去。一點也不像跟他一起長大的那個活潑小女孩。他當時問她怎麼了，她不肯回答。這種事情以前從沒發生過。杜克向來可以哄得她露出笑容的，結果那天也只得到一張沉默的臭臉。

吉布森還記得隆巴德的懊惱和頑固，且決心要好好享受快樂時光。杜克曾在半途建議回家算了，但參議員不肯。那趟車程變成一場假裝樂觀歡笑的默劇，但他們都感覺到那種竭力偽裝出笑臉的壓力。

等他們抵達球場時，大家都沒什麼心情看球了。坎登球場裡人群熙來攘往，一直到他們來到座位上，他才發現小熊在哭。當時他只覺得是一個小搗蛋在鬧脾氣，但現在他明白她不光是心煩，她還很害怕。

我好氣你沒看出來。

沒看出什麼來？

他們就座時，球場上剛好有球打出去，觀眾全都站起來了。吉布森坐在靠走道的位置，也轉頭望著球場，等到他目光又轉回來時，小熊正在啜泣。杜克跪下來安慰她，但小熊躲著不讓他碰，更是嚎啕大哭起來。

吉布森努力回想接下來發生了什麼事，忽然覺得很不舒服。

隆巴德抱起女兒，帶她到座位後方那層樓的走廊通道去。杜克只是站在那兒，愁眉苦臉地看著他們離開。那個球場裡發生了什麼事？他漏掉了什麼？這麼多年來，吉布森一直以為他父親是因為被抓到盜用隆巴德的錢，才會自殺的。後來克麗絲塔・竇普雷斯跟他說其實盜用的人是隆巴德自己，那真是一大寬慰。但也因而引起一個不愉快的新問題：那麼，是什麼事逼得杜克・馮恩自殺的？

他的手機發出震動。他抓起來，很樂於轉換思緒。他接起之前先看了號碼。

「哈囉，珍妮佛。」

「吉布森，維吉尼亞那邊狀況如何？」

「很完美。維吉尼亞大學校隊超厲害。你應該來這裡看看的。」

「我正是這麼打算的。」

「啊，想我了嗎？」

「你一直很忙。」

「你也是啊。」他說。

「我們得談一談。你把我們給害慘了。」

「是嗎？我有跟你們一起綁架、刑求一個美國公民嗎？因為如果我沒有，那就操你們去吧。」

「泰特死了，吉布森。有人殺了他。」

吉布森把手機放到大腿上，嘴裡詛咒了兩句。他耳鳴起來。泰特死了。那是一級謀殺。賓州還有死刑嗎？他又把手機湊回耳邊。

「有人？」

「對。所以就像我剛剛說的，我們得談一談。」

「要去哪個自助倉庫嗎？」

「聽我說，這件事往後有時間談的。或許你說得沒錯，但現在不是計較的時候。現在，我們得分享資訊，因為有大事發生了。但無論是什麼事，我們的處境都很糟糕。」

「不曉得耶，珍妮佛。一部分的我想讓你和韓紀克自己去摸清楚。看看那是什麼滋味。」

「我理解你的想法，但是我們已經到這裡了。你得跟我們談。我寧可是在友善的狀況下。」

「你說『這裡』是什麼意思？」

「我們來到馬茲葛洛夫這裡了。就在車道盡頭。我想先通知你一聲。我們不打算突襲你，只是想談一談而已。」

吉布森站起來。「我不認為這是個好主意。」

「不管是不是好主意，我們馬上就到了。你可別溜掉。」她說，然後掛斷電話。

# 35

「誰跑來了？」比利站在後門廊門口，就在吉布森身後。他手裡那把槍在發抖。「你跟他們說我們在這裡？」

「不，但是他們找到我們了。」

吉布森站起來，朝比利走了一步，但是那把槍立刻舉起來對著他。他停下腳步，雙手朝外舉起。

「我不曉得他們是怎麼找到我們的。他們只想談談。」吉布森說。

「談談……是喔，當然了。」

他們兩人同時聽到車子駛近的聲音。比利眼神變得兇猛起來，頭往旁邊猛地一扭，像是動物聞到了一絲氣味。

「比利，不要！」

但是現在比利根本聽不進去。他轉身進屋，朝前門跑去。吉布森則轉向左邊，繞著屋側的門廊邊緣往屋前跑。他避開家具，蹲低身子。在前方，那輛Cherokee從樹林間冒出來，開始繞過環形車道。

比利從屋裡衝出來，進入前門廊。他舉著槍朝車子瘋狂地揮動，於是車子猛然煞住。比利完全不打算找掩護，恐懼和憤怒搞得他發狂，他只是大吼大叫要他們後退，離開，不要來煩他。韓紀克也大喊著命令比利放下槍，但在比利恐慌的叫嚷聲裡根本聽不清。

吉布森繞過轉角。他得趕緊制住比利，免得有人受傷。在那慢動作般清晰的一刻，他發現自己相信比利。相信他那整個荒謬的故事。不只如此，他還關心他。想到比利萬一受傷，他就受不了。

珍妮佛和韓紀克慢慢逼近，離門廊不到五公尺了。每個人都在大喊大叫。韓紀克往左移動，試圖分散比利的注意力。比利愈來愈慌張，用槍輪流指著兩個敵人。口水從他嘴裡飛濺而出。

吉布森走了兩步，一邊肩膀朝比利背部狠狠撞過去。兩個人一起摔到一張柳條扶手椅。那把槍從比利手裡鬆脫，滑過門廊地板。比利掙扎了一會兒，但吉布森遠比他強壯得多。比利趴在他身下，喘著氣。

「冷靜一點，比利。冷靜一點。一切都會沒事的。」

比利不相信，還在斷續掙扎著。

「吉布森！把你的槍丟到欄杆這頭來。」珍妮佛朝他喊。

「我沒槍啦，蠢蛋。而且我現在兩手沒空。你們哪個或許可以過來幫我一下？」

班傑明．隆巴德在他接受提名的演講稿邊緣寫字。政黨全國代表大會還在幾個星期後，誰能勝出也還完全不確定，但是修改演講稿可以讓他暫時分心，不去想維吉尼亞州和賓州發生了什麼事。狗娘養的阿倍，他又一如往常，去進行他一個人的聖戰了。

狡猾的混蛋，在路邊被逼著停下車幾分鐘後，不知怎地就啟動了機制，讓他的公司徹底收掉。等到泰圖斯的人跑去那兒，裡頭已經搬得一乾二淨。阿倍顧問公司被人從地表上完全抹除。這正是阿倍的風格，而且他還否認，裝得好像他跟所有人一樣驚訝。即使是在泰圖斯的手下狠狠揍過他之後。

隆巴德抬頭看了螢幕一眼；喬治．阿倍還是趴在冷港公司的訊問桌上。泰圖斯像一隻邪惡的小鬥牛犬，這一點毫無疑問，但是隆巴德開始懷疑他能及時有所突破的能力了。以他對阿倍的了解，光是打斷他幾根肋骨，還不足以讓他出賣自己的手下。

幸好，隆巴德有個人在阿倍顧問公司內部，一直向他們報告最新狀況，所以他們知道賓州的那個行動。不過他還是希望能親自在現場，聽聽阿倍會如何為自己辯解。當然，他不可能過去。泰圖斯的整個行動是高度不合法的，這表示隆巴德被迫只能站在邊線外，看著他的人生在一台二十七吋螢幕上演出。該死的喬治．阿倍。或許他該找聯邦調查局接手，但他不相信聯邦調查局那個布蘭特會幫他保密。好吧，做過的事無法收回，而且總之，現在時間差不多了，阿倍又該面對泰圖斯手下的大塊頭再修理他一回合了。

他的書房門響起敲門聲。隆巴德關掉螢幕，叫外頭的人進來。李蘭．瑞德臉很臭地走進房間，朝他遞出手機。班傑明不喜歡瑞德這麼明顯表現出自己的焦慮。做這行的人應該要盡量保持撲克臉。隆巴德問他要做什麼。

「克麗絲塔．竇普雷斯要找你。」

班傑明點點頭，好像正在等這通電話。但其實沒有。就算瑞德說是林肯總統從陰間打來的，他也不會更驚訝了。克麗絲塔．竇普雷斯？那個老巫婆怎麼會打電話給他？

「她不是你以前在維吉尼亞參議員時期的捐助人之一嗎？」瑞德問。「聽起來，她好像準備要重新跟我們大手筆合作了，不過她說想直接跟你談。」瑞德夠靈通，知道她是什麼人物，但又夠精明而懂得裝傻。「要我打發掉她嗎？」

在黨內初選期間，就已經有一些預期之外的贊助人來接觸過隆巴德，但眼前完全是另外一回事。就算他在地獄裡需要一毛錢上廁所，克麗絲塔也不會給他的。而且偏偏是今天。她跟阿倍顧問公司的牽扯有多深？

隆巴德不耐煩地彈了手指，要瑞德把電話交給他，然後揮手把他趕出房間。

「喂，克麗絲塔。」

「班傑明。」

「李蘭剛剛跟我說，你開始信奉耶穌了，想幫美國選出正確的人選。」

「是啊，我想就是這樣吧。」

兩個人都低聲笑了，但如果以為她覺得這件事很好笑，那就錯了，就像你以為一隻鬣狗在微笑，只是因為牠想秀出牙齒。

「你想要什麼？」

「喬治怎麼樣了？」她問。

「我不曉得你在說什麼。」

「班傑明，喬治在你們手裡。麥克・瑞齡可能也是。」

「你講的這些，可是很嚴重的指控啊。」

「如果你還想當總統的話，就閉嘴仔細聽我說。」

從班傑明・隆巴德大二那年開始，就沒人敢叫他閉嘴。而且從十四歲開始，只要有人叫他閉嘴，他就從沒照做過。但今天，克麗絲塔一開始講，他的嘴巴就閉得緊緊的，直到她講完。

韓紀克用手銬把比利銬在廁所裡，讓他雙臂環抱著馬桶座，彷彿熱戀中擁抱著愛人。他警告比利，如果他敢發出任何聲音，就要把他的頭壓進馬桶裡。

「到時候你就得找水管工來，才有辦法脫身了。」

除此之外，比利暫時都平安無事。吉布森試著爭辯說這一切都沒必要，但韓紀克沒有妥協的意思。

「你再多講幾句，我就連你也一起銬上。」

吉布森從客廳裡拿了一個抱枕過去給比利，好讓他靠在上頭。比利沉默地接受了；自從吉布森撲倒他之後，他就沒說過一個字，只是悲傷地看著浴室的地板。

吉布森把比利留在浴室裡，自己到廚房裡加入他的前同事。他們圍坐在餐桌前，瞪著彼此。這不是溫暖的重逢；但也沒有人拿槍指著他，所以吉布森認為這算是過關吧。珍妮佛似乎是兩個人之中比較友善的。而韓紀克則強硬得像是乾掉的水泥。

「你為什麼又跑回來？」珍妮佛問吉布森。

「你為什麼當初要趕我走？」

「為什麼？」她又問了一次，這回聲音更尖銳了。

「我有我的懷疑。」

「懷疑什麼？」

「你。還有泰特。不是他幹的。」

「是啊，唔，現在講這個有點太遲了。」韓紀克開始敘述他們追蹤吉布森的病毒去到馬茲葛洛夫的舊居，以及回到那個儲存間的發現。那些血。屍體不見了。韓紀克朝走廊另一頭比利的方向看了一眼。吉布森看到了。顯然韓紀克在心裡評估比利，想判定會不會是他殺了泰特。

「不是他。」吉布森說。

「不是？好，那麼就剩下你了。」

「你認為我殺了泰特？」

「你要否認你去過那裡？」

「我不否認我去過。你認為我殺了他嗎？」

韓紀克狠狠瞪著他看了好一會兒。

「不。我們不認為。」珍妮佛說。「但是我們想不出有其他嫌疑犯。」

「除了浴室裡頭的那位朋友之外，」韓紀克說。「他承認是他用馬茲葛洛夫舊居裡那個病毒的花招把我們引開。而就在我們跑去那棟房子裡瞎忙一場的時候，科比．泰特被殺死了。但是你卻認為這跟他完全無關。」

「不是他。我發誓。」吉布森盡力捍衛比利，把自己所知道的事情大部分都告訴他們。他敘述十年前比利曾如何冒險幫助蘇珊。他們默默聽著，看著吉布森拿出那個凱蒂貓的背包，把裡頭的東西攤在廚房的餐桌上。韓紀克仔細地檢查那頂棒球帽。吉布森還不打算透露自己對那頂帽子的疑慮。他看著珍妮佛拿起那本書翻閱著。

「這些筆記是什麼？」

吉布森聳聳肩。「十來歲少女的玩意兒。」

「好吧，那你對這個傢伙實際上有什麼了解？」韓紀克說。「他有背包和帽子。他寄了照片給阿倍公司。所以我相信蘇珊來過這裡。但是那位羅密歐有蘇珊懷孕的任何證據嗎？」

吉布森把照片給他們看。韓紀克似乎不為所動，但珍妮佛盯著照片，同時韓紀克還繼續盤問。

「他有任何證據，可以證明那不是他的種嗎？」

「沒有。」吉布森說。

「那有沒有馬茲葛洛夫不是自殺的證據？」

「沒有。」

珍妮佛清了清嗓子，韓紀克看了她一眼。那個眼神吉布森無法解讀。

「但總之，你就是相信他，」韓紀克說。「你相信他幫蘇珊是出於好心。他幫助一個被別人搞大肚子的女孩。然後某個人跑來帶走她，還殺了他的鄰居。你相信這個故事，但你卻不相信這個曾經駭侵阿倍顧問公司、引誘我們來這裡、引誘我們去抓泰特以報復他當初綁架了他姊姊——你不相信他有可能跟我昨天夜裡清洗過那個滿地是血的房間有關？」

「拜託，韓紀克。你覺得他看起來像是有辦法冷血槍殺某個人嗎？」

「那不然有辦法的人應該長什麼樣？」

「不是他。」

韓紀克撇撇嘴。「唔，不是你就是他。他的話，我不能證明是他幹的；至於你，你去過那裡。」

「你們也去過啊。」吉布森立刻反駁。

兩個男人冷冷看著彼此，吉布森盡可能盯著對方完全不動。僵持了好一會兒，然後就這樣，韓紀克冷哼一聲別開眼睛。

「喬治認為是我幹的嗎？」吉布森問。

珍妮佛和韓紀克看了彼此一眼。

「怎麼了？」

「要告訴他明治的事嗎？」韓紀克問。

「明治是什麼鬼啊？」

珍妮佛獨自坐在廚房，同時韓紀克在隔壁補眠。她很羨慕他有能力暫時拋開一切。他們兩個人過去兩天都睡不到一個小時，但她就是沒辦法閉上眼睛。眼前的變數太多，而恆定不變的常數太少。她知道自己只能暫時管住韓紀克。儘管吉布森努力捍衛，但韓紀克還是傾向於認為比利·卡士柏就是謀殺泰特的人，而她也無法想出一個可以抗衡、不包括吉布森的理論。

她的手機響了。是麥克·瑞齡。

「麥克？」

「珍妮佛，是你嗎？」

「不然還會是誰？」

「不曉得。事情變得好瘋狂，你知道？」

麥克聽起來不太對勁。他講話的口氣老是有點像愛抱怨的小孩，但現在聽在珍妮佛的耳朵裡，他整個人一片混亂。

「不會有事的。你現在人在公司嗎？為什麼電話都停掉了？」

麥克告訴她。

「你說阿倍顧問公司沒了是什麼意思？」

「我的意思是沒了。一夜之間就清得一乾二淨。」麥克描述他看到的那些辦公室。「整個都被拆光光，什麼都不剩了。」

「喬治人呢？」

「被逮捕了。聯邦調查局抓走他了。真是一片混亂。」

原來是聯邦調查局。至少現在她知道喬治．阿倍為什麼發出那個明治警訊，但這也同時啟動了另一個關閉公司的機制嗎？她完全沒聽說過有這樣的事。

「他們把他關在哪裡？」

「我不確定。老實說，我也不確定喬治曉得。我才剛跟他講完電話。」

「你跟他講到話了？」珍妮佛這會兒往前坐了。

「是啊，聯邦調查局的人讓他打一通電話。他聽起來不太好。聯邦調查局要我們今天交出所有關於蘇珊・隆巴德的資料，否則他們就不會對喬治手下留情了。」

「基督啊。」

「他一個小時後會打電話給我。我們現在有什麼？」

珍妮佛的舌頭舔過牙齒，思索著。「你手上有筆嗎？」

# 36

吉布森坐在浴缸邊緣，拿著一個鮪魚罐頭餵比利吃。韓紀克拒絕幫他打開手銬，所以餵食的過程緩慢又凌亂。比利還沒要求上廁所，但吉布森不敢樂觀。比利一直努力合作，但顯然還是恐懼又憤怒。被銬在馬桶上也對他的士氣毫無幫助。

「我覺得自己像個小孩。」比利說。

「是啊，可是那我不就成了你老爸了？這我不能接受。」

比利露出虛弱的笑容，然後轉為嚴肅。「他們打算殺了我嗎？」

「那他們得先殺了我才行。」

「知道你會比我早死個幾秒鐘，我就應該比較能接受自己死掉嗎？」

這回換成吉布森露出虛弱的微笑了。「不是說心意最重要嗎？」

這種苦中作樂的幽默沒什麼幫助。

「大哥，幫我脫身吧。」

「我正在努力。」

「是嗎？那就更努力一點，好嗎？因為我被銬在一個操他媽的馬桶上啊。」

自從上午在廚房的滙報之後，吉布森就沒再跟珍妮佛或韓紀克講過話了。整體來說，他們都束手無策，所以讓彼此冷靜幾個小時似乎是明智之舉。韓紀克心情非常糟糕，因為他很可能被套上謀殺科比．泰特的罪名。吉布森難得一次覺得有點同情他。但如果他敢碰比利一根寒毛，那他們恐怕就得翻臉了。他對科比．泰特那間囚室的記憶還鮮明得令人不安。

但今天下午到目前為止，珍妮佛和韓紀克都在忙著跟華府的麥克．瑞齡聯絡。顯然喬治．阿倍被聯邦調查局關起來了，他們正忙著談條件以交換他被釋放——用資訊換取豁免權。

之前為了避開這一切，吉布森就躲到吉妮．馬茲葛洛夫的臥室裡，小熊也曾在這邊度過好幾個月。他背貼著臥室門坐下，看了更多《魔戒現身》裡面的筆記。他想尋找有關他父親杜克犯錯的證據，但同時又害怕會發現。小熊那時要逃離的人是杜克嗎？這就是他結束自己生命的原因嗎？若是知道了真相，吉布森不曉得自己是否有辦法活下去。

這會兒吉布森審視著比利的臉。他孩子氣的眼睛，早熟的魚尾紋，他一頭亂糟糟金髮中那叢灰髮。沒有人是完美的，但對蘇珊而言，比利．卡士柏已經是近乎完美了。他當年為了她涉險，十年後又做了一次。他為了找到她而冒了那麼大的險，孤注一擲地駭侵到阿倍顧問公司。吉布森自己從來沒有做過這樣的事情，因而覺得很慚愧。

「我可以問你一個問題嗎？」

「問吧。」比利說，頭靠在抱枕上。

「你和蘇珊在網路上聊天聊了多久？」

「將近一年。」

「她是什麼時候開始談起要逃家的？」

「從一開始就談了。」

「為什麼？」

「為了她肚裡的小孩啊。我跟你說過了。」

「不，你說她到這裡的時候，還看不出懷孕的。那表示當時只有兩三個月。那為什麼她之前想逃家？」

比利說他不知道，其實之前沒認真想過。

吉布森打開小熊的書，唸出了有關棒球賽的那一段。

「那是什麼？」比利問。

汽車沿著車道駛近的聲音打斷了他們。吉布森把書放在洗臉台裡，站起來朝浴室的小窗子外看去。比利睜大眼睛看著他。

強烈的車頭燈穿透樹林的幽暗，吉布森回頭朝廚房喊著有人來了。但韓紀克和珍妮佛已經開始行動。珍妮佛忙著關掉屋裡的燈，她頭伸進浴室裡。

「看到什麼了？」她問。

「車頭燈。這是你們和聯邦調查局談好的嗎？」

「不是，」珍妮佛說。「你陪著他。看到什麼就跟我們說。」

她關掉浴室燈，把他們留在黑暗中。

一輛巨大的黑色休旅車駛出樹林間的車道，稍微往左轉，然後緩緩停下。第二輛休旅車沒開車燈，也在前一輛旁邊停下。這兩輛車聯手擋住了車道往外的通路。吉布森就像個球賽的電台播音員，把看到的每個動靜都轉播給珍妮佛。

兩輛休旅車忽然同時打開車頭燈，照得屋子籠罩在一片眩目的白光中。吉布森不得不別開眼睛，但在此之前，他已經看到車上的藍紅兩色閃燈照進樹影中。這根本就不像是要談條件。

在空轉引擎的低沉隆隆聲中，他們聽到了車門打開，但是沒關上。腳步聲踩在碎石路上。吉布森謹慎地往窗戶外看一眼。兩個人影走近了，車頭燈照出兩個扭曲的長影子。後頭還有其他幾個人站在車旁，但他看不出有幾個。

一個沙啞的聲音喊著他們是聯邦調查局，帶著微微的肯塔基口音。

「珍妮佛．查爾斯！丹尼爾．韓紀克！走出屋子。我們有你們的逮捕令。」

僵持的一分鐘過去了。他聽得到珍妮佛和韓紀克低聲交談著。比利的腦袋輕敲著馬桶座。吉布森趕緊低下身子，一手按住比利的後腦勺不讓他動。那個探員又喊了，重複著之前的指令。

這回更冷酷了些——如果有可能的話。

一隻手把頭罩拿掉，喬治．阿倍發現自己跪在一處泥土陡坡前，俯瞰著一片往南伸展的山谷。夜空裡繁星明亮。為什麼人唯有在這種時刻，才會注意到這類事情？

他轉轉頭，希望能舒展脖子僵硬的肌肉。他的雙腕被銬在背後，手肘上方也綁了束線帶，迫使他的肩膀痛苦地往後撐拉。他想盡了辦法，還是找不到一個姿勢能減低背部的壓力，而且他的雙臂已經逐漸麻痺了。

訊問他的人只有兩個問題。一是珍妮佛．查爾斯和丹尼爾．韓紀克在哪裡，二是阿倍顧問公司發生了什麼事？這兩個問題用很多不同的方式問，但是主旨都一樣。第一個他不回答，任何狀況下都不可能。要他拋棄自己的手下，他們就得先殺了他。至於第二個問題，喬治．阿倍不明白他們在說什麼。是關於他的辦公室被關閉且拆除裝潢設備。聽起來太荒謬了，或許是逼他講話的花招。儘管疼痛又流血，他還是竭力保持神智清醒。

第二輪的「問話」包括了非常殘暴的毆打。泰圖斯手下的那個惡漢把他修理得很慘。阿倍覺得自己的左眼都快掉出眼眶，鼻子絕對被打斷了。他下巴和襯衫前幅都覆蓋著乾掉的血。那個惡漢是右撇子，而阿倍感覺自己左邊的肋骨被打斷了好幾根。

他們回來要進行第三輪時，他已經準備好要面對更殘暴的狀況，但結果他們幫他套了個頭罩，然後帶他來這裡。

載運他的是一輛老舊的小卡車，他像一袋肉似的被丟到後頭的車斗，駛上這條崎嶇而蜿蜒的山路。到了山頂，他被拖下來，逼著跪在黑暗中。坦白說，換個地方讓他鬆了口氣。不過他不會幻想自己接下來的處境能有所改善。

泰圖斯一定是用別的方式得到了他想要的資訊，這對珍妮佛和韓紀克是壞消息。至少吉布森．馮恩沒跟他們在一起，還很平安。雖然阿倍不曉得這會有什麼差別。班傑明顯然是非要達到目的不可。

一個戴著頭罩的人被推著跪在阿倍旁邊的地上。頭罩拿掉，結果是驚駭的麥克·瑞齡。他被上了手銬，但除此之外，看起來沒受到傷害。

麥克在月光下仔細打量著阿倍。「喬治？」

「你怎麼會在這裡？」

麥克木然地搖搖頭。

「麥克，你怎麼會跑來這裡？你告訴他們什麼了？」

「沒關係的，」麥克沒把握地說道。「我都處理好了。」

「你做了什麼，麥克？」

「他們只是想跟珍妮佛和韓紀克談。和平解決這件事。」

「你覺得我看起來和平嗎？」

麥克不敢看他的眼睛。

「你告訴他們什麼了？」喬治·阿倍再度逼問。

麥克沒有機會回答。一聲槍響打斷了他們，回音傳到底下的山谷。麥克往前撲，倒在地上不動。阿倍看著血從麥克背部汩汩冒出來，死人心臟的最後痙攣。

阿倍低吼一聲，掙扎著想站起來。後頭的人用槍管用力抵著他的腦袋，然後一隻強壯的手按住他的肩膀。阿倍輕聲吐出一口氣，往上看著夜空，知道他不會聽到殺他的那聲槍響了。

「艾司奎吉，你那邊狀況如何？完畢。」一個無線電傳來刺耳的聲音。

抵著他腦袋的槍口鬆開了些。

「兩個解決一個了。完畢。」

「誰？完畢。」

「瑞齡。完畢。」

「好的，守在那裡等到換班。是否了解。完畢。」

「收到，守在這裡。確定了解。」

那兩個人留下喬治．阿倍跪在泥土地上。他壓低頭，回頭觀察他們。他們漫步回到那輛小卡車，靠在前擋泥板上，完全就是經驗豐富的殺手才有的輕鬆姿勢。一台無線電放在車頂，播放著不曉得什麼，太遠了沒法聽清楚，但有那種不流暢的節奏和警方無線電通話的爆擦音。那兩個人簡短地咕噥講話，同時專注聽著廣播，就像其他男人聽美式足球那麼認真。

過了一陣子，另一輛車也從這條路開上來。車子停下，一扇車門打開又關上。經過一番簡短的談話後，新來的人命令那兩名男子離開。阿倍聽到幾個簡短的「是的，先生。」是泰圖斯。

等到那輛小卡車離開，引擎聲逐漸遠去消失，另一扇車門打開又關上。阿倍可以聽到身後的泰圖斯在跟一個女人講話。他絕望地看著麥克．瑞齡，他的血已經滲入泥土了。可憐的笨蛋。

腳步聲讓他緊張起來。泰圖斯來到他面前，放下一張折疊椅，然後就離開了，沒講半個字，也沒有朝阿倍的方向看一眼。

「長話短說。」泰圖斯說。

「我愛講多久就講多久，艾司奎吉先生。」克麗絲塔・竇普雷斯在那張椅子上坐下來。「你好，喬治。」

珍妮佛把前門打開一條縫，悄悄溜進門廊。她一手遮著眼睛。該死的車燈太亮了。韓紀克站在門邊內側，就在她身後，手裡拿著槍。

「趴在地上！」那個探員厲聲喊道。「手指交扣在腦後。」

「讓我看你的證件。」珍妮佛吼回去。

「走下門廊，女士，我們就可以談了。」

「我要先看到你的證件再說。」

那兩個探員商量一會兒，然後緩緩往前走。後頭那個把西裝外套往後撥，手放在腰際。珍妮佛以前的一個教官說這類時刻是「脆弱的狀況」，而這類狀況有個糟糕的傾向，就是很可能會因為最不重要的小事情，而不小心完全失控。

領頭的探員脖子有條鏈子掛著證件，往前走時拿起來朝她揮動。好像她這麼遠可以看得清似的。他只是希望她把注意力放在那證件上頭，不要發現他身後正偷偷往右走的同伴。有人喜歡當魔術師。要你看著這手，然後他另外一手在忙著別的。要是另一個探員拔槍，珍妮佛的視線會被擋住，他就可以佔到優勢了。

她的雙眼逐漸適應了強光，可以看到至少還有其他五個探員站在休旅車打開的門後。另一個探員移向她左邊，從大約三十碼外包抄過來。這樣他就位於手槍的有效射程邊緣；他會想要往前縮短距離，除非後頭那些人有步槍。要是他們帶了步槍，眼前的狀況又出了大錯，這棟房子就會變成不折不扣的射擊場，而他們最後就會變成被射爛的靶紙。

非常脆弱的狀況。

那個帶頭的探員一路走到吉布森那輛還停在門廊階梯下的車子後。他就隔著車子站定了，舉起他的警徽讓她看。要是那是偽造的，那也偽造得很高明。她拍了腿後一下，聽到韓紀克輕輕詛咒了一聲。

「滿意了吧？」那探員說。「好，你是珍妮佛．查爾斯嗎？」

她點頭。

「丹尼爾．韓紀克跟你在一起嗎？他在屋裡嗎？」

她正要點頭，某種金屬的亮光一閃，吸引了她的視線。那個探員放開證件，落回胸口的一瞬間，他的外套掀開片刻；那閃光是他的配槍，而且顏色不對。

珍妮佛往前悄悄移動，下了階梯，走向那探員——一個流暢的動作就邊走邊拔出了她的手槍。走到第三步，槍舉起來了。那探員慌張地要拔槍，然後僵住了，他的槍還無用地朝地上指著時，她的槍口就已經對準了他。他們隔著吉布森那輛車的車頂看著彼此。

他的同伴走到她左邊，想找個好角度拿槍瞄準她。她配合著往右一步。這麼一來，他就得隔著車頂開槍，很難瞄準。她祈禱著韓紀克會掩護她，而且必要時可以毫無障礙地開火射中目標。後頭休旅車旁的那些探員拿起步槍，紛紛對準了屋子。

「叫你的手下冷靜點，」她對那帶頭的探員說。「因為如果他們不冷靜，你就看不到這一切行動了。」

他點點頭，往後叫他們待在原地別動。

「這不是你第一次碰到有槍口對著你吧？」

他點點頭。

「看得出來。大部分人碰到一把槍指著你胸口，他們就會抓狂的。但是你沒有。你是冰水先生。我很欣賞。真的。所以你就乾脆一點告訴我，你們真正的身分到底是什麼，不然這就是你最後一次碰到有槍口指著你了。」

「我們是聯邦調查局，女士。把槍放下吧。」

「不，我喜歡這把槍。我從八歲開始就用這把槍，或是用類似的槍。所以你再跟我說一遍吧。」

「聯邦調查局。」他頑固地又說了一次。

「你手裡那把是葛洛克二三嗎，探員？」

那探員往下看著槍。等到他抬起目光往前看，第一次露出緊張的神色。

「不是，」她幫他回答了。「那把槍看起來很像是鍍鉻的柯爾特一九一一。」

那探員臭著臉點頭。

「你知道誰會帶著鍍鉻的一九一一嗎？老二很小、心理情結很大的人。你知道誰不會帶這種槍？聯邦調查局的人。以前不會，以後也不會。所以再跟我說一次，你們到底是什麼人，如果你再跟我說是聯邦調查局，我就要把你那個警徽當成火車票，在上頭打一個洞。」

# 37

喬治·阿倍十四歲時，他父親就開始帶他去參加生意上的會議。他都安靜地坐在角落傾聽。事後，他父親會拿一堆詳細狀況考他。喬治可以發問，而他父親會跟他解釋策略。就這樣，他學到了談判的原則和判讀狀況的技巧。他父親的原則之一，就是除非絕對必要，否則絕對不要發問。

「等待，」他父親曾警告他。「絕對不要出其不意地發問，否則你會白白喪失自己的優勢。要等待，思考。答案往往就會自己出現。」

這會兒喬治·阿倍看著克麗絲塔，努力拼湊她出現在這裡所代表的意義。評估著她的背叛有多徹底，又是從什麼時候開始的。他掩飾著自己的憤怒，以及對手下人馬愈加深切的擔憂——他知道那些人現在處境非常危險。但他不能讓自己的關切表現出來，免得讓人有可乘之機。

「啊，喬治，你那種沉思的日本武士姿態就省省吧。我們沒有時間了。」

「那我們有時間做什麼？」

「或許可以問幾個問題。」

「那你就問吧。」

克麗絲塔微笑。「這就是我欣賞你的地方。你有那種亞洲人的神祕莫測，而且像個榮譽徽章似的穿戴在身上。」

「顯然地，我還有很多要跟你學習的。」

「是啊，我想是吧。」

「至少現在我知道我的公司裡頭出了什麼事了。」

「是的，唔，那個。我跟我的律師群商量之後，覺得清算阿倍顧問公司、認列為損失是比較明智的。為了節稅的考慮，你懂的。」

「我懂，而且我很佩服。那一定是花很多力氣計畫過的。」

「好幾年。」她說。

好幾年？怎麼可能？克麗絲塔到底是在計畫什麼？

「那麼，班傑明還好吧？」他問。

她的臉色亮了起來，像個忘了台詞的演員才剛得到提示。「過去幾個小時，班傑明和我已經達成了共識。」

「有關蘇珊嗎？」

「有關非常多事情。」她說。

「你覺得那樣聰明嗎？」

「這回事情會不一樣的。現在我們彼此理解了。」

喬治審視著她。「你想要的是什麼？」

「想要班傑明當上總統。」

「那你從中能得到什麼？」

「我的家族應該得到的一切。」

「那我呢？我最後會像麥克一樣嗎？這就是我應該得到的嗎？」

「麥克到底是誰啊？」

「倒在這裡的那個人！」喬治．阿倍啐道，他的憤怒終於壓抑不住。「你的新夥伴剛剛謀殺的那個人。」

克麗絲塔往下朝那屍體看了一眼，好像這才第一次發現這裡有個死人。「那是無可避免的。」

「還有珍妮佛．查爾斯？丹尼爾．韓紀克？吉布森．馮恩？他們被謀殺也是『無可避免的』？」

「這個世界並不完美，喬治。艾芙琳就了解這一點。」

艾芙琳．傅斯特？她真的邪惡到這個地步？「你做了什麼？」

克麗絲塔別開眼睛。「總得要有一些犧牲。」

「老天。那是你的親生妹妹啊。那關於賓州呢？蘇珊呢？」

「蘇珊不在賓州。」

片刻之間，他還以為她這麼說是因為挫敗而放棄。以為她放棄尋找蘇珊了。但其實她完全不是這個意思。

「那她人在哪裡？」

泰圖斯從小卡車那邊走過來，在克麗絲塔耳邊低聲說了些話。克麗絲塔認真聽著，但雙眼仍看著喬治．阿倍。

「恐怕我們的時間用完了。」她說。

「她人在哪裡？」

「夠了！」她厲聲說，然後又控制住自己。泰圖斯遞給她一具無線電。她調高音量，放在膝上。裡頭傳來的是冷港公司一個作戰小組的通訊頻道。

「珍妮佛．查爾斯！丹尼爾．韓紀克！走出屋子。我們有你們的逮捕令。」一個聲音在無線電裡吼道。

「看到一個白種女性在門廊。」一個組員說。

「是查爾斯嗎？」第二個問。

「預備。」

阿倍屏住呼吸。那些聲音來回交談。

「正面接觸。視覺確認。是查爾斯。」

克麗絲塔又看著阿倍。

「非常接近了。」

佛瑞德．汀斯利單膝跪在樹林深處。愈來愈不耐煩地看著珍妮佛．查爾斯，還有她跟那兩輛黑色休旅車下來的七個男人之間的僵持。他已經在樹林裡等了一整個白天，打算天黑後進攻屋內。本來會是很簡單的事情。他去過這棟房子，知道裡面的格局。

然後，偏偏就在這時候，這些男人大張旗鼓地跑來，莽撞、狂熱又喧鬧。珍妮佛．查爾斯不相信他們是聯邦調查局的。汀斯利不在乎是不是。他需要留一個活口。暫時性的。還有些問題需要回答。如果可能的話，他打算留著吉布森・馮恩。他顯然領先其他兩個人，而汀斯利想知道他是怎麼辦到的。

汀斯利打量著戰場。要是直接以手槍交火，他會死。這是毋庸置疑的。他的西格紹爾手槍相當不錯，但還是敵不過七個訓練有素的槍手。何況其中五個還帶著突擊步槍。

不過他知道如何抵消他們的優勢。

汀斯利從陰影中起身，緊貼著樹林邊緣走，在離第二輛休旅車幾呎之處，他溜出樹林。那輛車左右各有一個人站在打開的車門後。引擎還在空轉，掩蓋了汀斯利踩在白色碎石子車道上的腳步聲。此外，那七個人的注意力和步槍都聚焦在他們和珍妮佛・查爾斯的那場對峙中，當然也對汀斯利有所幫助。

汀斯利手上的刀熟練地一揮，就撂倒第一個人。鮮血濺在車窗上。他把那男人放低到地上，呈坐姿死去。

汀斯利隔著打開的車門看著休旅車另一側那個人，對方也在在同一刻回頭看。剎那間，他們只是瞪著彼此的雙眼。然後那人轉身，想把步槍轉向，但是在車門和車子之間那個狹窄的空間裡施展不開。

汀斯利放下刀子，問他現在幾點。

「什麼？」那人問，好像覺得聽錯了。

在當時的情況下，那是個奇怪的問題，因而就讓那個人的反應慢了一點點。這樣就足夠了。

汀斯利開槍射中他的脖子，滅音器在休旅車內部發出空蕩的咯咯聲，那個人抓著被轟爛的脖子倒下。

汀斯利查看一下剛剛的交手是否引來任何不必要的注意，但所有人的眼睛還是緊盯著門廊上。整個僵持局面很緊張，就像還沒點著的引火物，只需要一星火花就足以點燃。汀斯利拿了那個死人的步槍，朝珍妮佛．查爾斯的腦袋上方連轟幾發。

立刻就見效。

珍妮佛．查爾斯第一個有反應。她低下身子竄向左邊，同時朝那個聲稱自己是聯邦調查局的男人開了兩槍。那人踉蹌後退，倒下不動。他的搭檔還擊，但查爾斯躲到車子後頭不見人影。屋子打開的門內有人開槍，第二個男人趴到地上，爬向他倒地的搭檔。

四面八方的自動武器紛紛開火。那些步槍全都裝了滅音器，而且從聲音判斷，用的全是亞音速消音子彈。查爾斯猜得沒錯。這些人不是聯邦調查局的。

查爾斯躲在後頭的那輛車被打得爆出碎玻璃和金屬碎片。子彈擊中屋子側面，擊中前門，到處亂飛。汀斯利聽到一個男人痛苦大叫。

汀斯利看著那倒地男人的搭檔繞過車子，抓住同事的領子，往後拖到環形車道中央的一棵大榆樹下。查爾斯盡力還擊，但實際上就是被困在那裡不能動。屋裡沒有其他的動靜。汀斯利很好奇她是不是想犧牲自己，好讓她的同事有時間從屋後溜掉。

那可就不妙了。

有動靜吸引了汀斯利的視線。之前要從側面包抄查爾斯的那個人看到他了。子彈掠過汀斯利身邊，他撲進休旅車內，在座位上趴低身子，同時一波子彈擊中裝甲車門。空轉的引擎聲讓他停下來思索，接著他放低身子，用駕駛中控台當掩護，讓排檔進入D檔之後，再重重踩下油門。那輛休旅車猛地往前衝。好幾輪子彈擊中前引擎蓋。汀斯利腦袋上方的擋風玻璃出現了一個個像香菸燙疤的白圈。他把油門直踩到底。

休旅車不偏不倚衝向那個槍手，隨著一個肉體的撞擊聲，把他一路拖進樹林裡。然後車子同時撞上兩棵樹，震得兩個後輪都抬離地面，又扭動著停下。

汀斯利帶著流血的鼻子和受傷的右膝蓋鑽進樹林消失時，安全氣囊的氣都還沒完全洩光。

子彈在吉布森腦袋上方的牆面打出洞來。他踉蹌後退，趴在浴缸後頭的地板上。

比利僵住了，抱著馬桶活像那是救生浮具。吉布森爬過去把他推了半圈，好讓馬桶可以幫他擋子彈。有了馬桶和浴缸，應該可以暫時保護他們，但他得把比利弄出這裡。

比利哀求吉布森不要離開他。

「我馬上就回來。」他向比利保證。

吉布森蹲低身子離開浴室。走廊一堆瓦礫和碎玻璃。他小步沿著走廊往前門跑。韓紀克四肢大張躺在地上。看起來前門砸傷了韓紀克的額頭，從鼻梁到髮際線割出一道口子。傷口流了好多血，吉布森檢查了他的脈搏——感覺強而有規律。

他把韓紀克拖離打開的門邊，然後拍搜他身上。臀部口袋有一個沉重的鑰匙圈。他拿了鑰匙和韓紀克的槍，蹲低身子回到浴室，然後笨拙地翻找著鑰匙，解開手銬，示意比利跟著他。

他們一起爬過走廊，來到韓紀克身邊。自動步槍的開火已經減緩了，變得更審慎。屋外一段距離外傳來一個轟然的撞擊聲。汽車喇叭響起。他還花了好一會兒，才明白那撞擊聲使得大家都暫時停火了。

他比著手勢，要比利把韓紀克再往屋裡拖。

吉布森看著門外的一片黑暗，一輪子彈從他耳邊呼嘯掠過。一輛休旅車開進了樹林裡，另一輛的車頭大燈被射得熄滅了。他可以看到珍妮佛蹲在那輛車後頭，但是沒看到其他人。比利在他身後說著話。

「什麼？」

「泛光燈。」比利又說了一次。

吉布森指著腦袋上方的一排電燈開關，比利點點頭。

這個主意不錯。他敲敲門框吸引珍妮佛的注意。兩人目光對上，他秀出手上的槍，打手勢要她過來，然後豎起三根手指。她點頭，於是他用手指倒數。到了零，他把所有開關一口氣打開。明亮的鹵素燈照得車道彷彿日正當中。在強光裡，他看到剩下的那輛休旅車裡有兩個人，還有另一個人在環形車道中央的榆樹後，跪在一具身軀旁。

其他人呢？

燈亮起之後，珍妮佛就站起來迅速行動。吉布森採取壓制性射擊，朝她頭頂上方把韓紀克槍裡的子彈射光。珍妮佛輕巧衝進屋裡，然後他把門踢了關上。

外頭的人開始朝泛光燈開槍，他們又陷入黑暗。

他們移往屋內深處比較安全的地方，圍著韓紀克重整旗鼓。珍妮佛扶著韓紀克坐起身，輕輕搖醒他。她把最新形勢告訴韓紀克，同時他也設法理清思緒，擦掉眼睛上頭的血。吉布森把槍還給他。

門廊上傳來響亮的腳步聲，有個硬硬的東西砸到客廳的地板上。珍妮佛料到了。

「張開嘴巴，遮住眼睛和耳朵！」她命令道。

韓紀克立刻照做。吉布森和珍妮佛已經把頭縮到膝蓋間。吉布森朝比利大喊，但他只是困惑地張嘴看著他們。

那閃光彈在走廊炸開，雖然隔了一段距離，吉布森還是能感覺到他腦殼裡面的空氣壓力改變了。那就像是把一盞汽車警燈湊到他耳邊。他還可以看見、聽見，但只是勉強而已。比利毫無防備承受了那股衝擊，當槍聲再度紛紛響起時，比利蜷縮成一顆扭動的球。

無線電裡傳來槍聲。泰圖斯雙手扠腰站在那裡，瞪著無線電，彷彿他可以看到發生了什麼事。克麗絲塔皺著眉頭，不斷問，「發生了什麼事？發生了什麼事？」

沒人回答她。

喬治．阿倍很難把事情拼湊起來。幾個冷港的人倒下了，這部分他是確定的。有個人在斷續扯著嗓子嘶喊。一片喧鬧。他兀自冷笑。珍妮佛．查爾斯和丹尼爾．韓紀克可不會手下留情。

「攻堅。」一個聲音在那片混亂中清晰說道。

兩個爆炸聲同時出現。克麗絲塔的臉沒了血色。

「閃光彈。」泰圖斯開始前後踱步，低聲詛咒著，此時無線電中的混戰移入屋內。冷港快輸掉了。

「這裡還有另外一個人！射他！射他！搞什麼……」那聲音淹沒在一片溼溼的咕嚕聲中。接下來聽不出是什麼了。

「汀斯利，」克麗絲塔低聲兀自說。「啊，老天爺啊。」

她拿出手機趕緊撥號。

泰圖斯抓起無線電，要求某個人報告情況。「你的狀況是什麼？報告！完畢！」

泰圖斯發現阿倍在看自己，很不高興，然後拔出手槍走過去，槍口抵著阿倍的臉。

「不。」克麗絲塔說。

泰圖斯停下來瞪著克麗絲塔。「什麼？」

「我們可能用得著他。」

「原先的計畫是——」

「原先的計畫是你的團隊太無能了，」克麗絲塔打斷他。「我需要一個新的計畫。」

# 38

開了八十公里後，吉布森才鬆開油門，降到時速一百一十公里。他開車時一邊看著前面的路，一邊還注意著後方的黑暗中是否有人跟著的跡象。他還在耳鳴。

小熊那頂費城人隊棒球帽的帽緣低低罩在他眼睛上方。之前他手忙腳亂，覺得自己的腦袋是這頂帽子最安全的位置，沒想到現在這帽子感覺上卻出奇地舒適。在當時的一片混亂中，他設法抓了這帽子和小熊的書一起帶走。比利的槍壓在吉布森的右大腿下頭。吉布森還是搞不懂自己怎麼會沒中槍。那場槍戰根本就是一面倒。

他不曉得珍妮佛或韓紀克是否還活著。他們在槍戰中分頭各自行動，他只知道他們可能被抓到，也可能死掉了。他不想離開他們，但比利肚子中了一槍，得送去醫院。吉布森還得把他扛在肩上離開屋子上車，隨著步履艱難的每一步，都期望著不會有子彈再射中他們。

他開著Cherokee車下了交流道，找到了一座廢棄的加油站，看起來已經停業很多年了。他關掉引擎，但車鑰匙沒有拔出來。在加油站雨篷的陰影中，他往後看著他們來的方向，傾聽著比利潮溼而嘶啞的呼吸聲。

在黯淡的街燈光線中，吉布森可以看到比利的臉很蒼白，且冒出點點汗珠。比利咳出看似黑柏油的液體，流到下巴。吉布森幫他擦掉，然後看到比利的襯衫和長褲都被血染透了。比利咕噥著一些不成形的字句。自從之前在屋子裡的那片瘋狂之後，他就斷續昏迷又醒過來，但始終沒說出過半個清晰可懂的字。

他得送比利去醫院，但是要先確定他們沒被跟蹤。他打開車門時，儀表板發出咔的一聲。比利的手猛然伸出來，抓住他的手腕。

「你知道你接下來要去哪裡嗎？」比利問。

「應該知道。」

「我就曉得你會想出來的。你可以幫我做一件事嗎？」

「當然可以。」

「等你找到她，能不能告訴她有關我的事？」

「嘿。可別開始扮演悲劇英雄。一等到安全了，我們就去醫院。你會活著，而且會一直活下去的。」

「我很高興認識了你。能找個人講出來真的很好。」

「認識你是我的榮幸，比利。現在別說話了，乖乖別動。我馬上就回來。」

「好。」比利在疼痛中擠出微笑。

吉布森把帽子拉得更低，走到馬路上。他沒看到任何人，但也並不因此覺得安全。他還能等多久？比利得開刀才行。

他掏出手機。這樣很冒險，珍妮佛和韓紀克可能就是透過他的手機，才能追蹤到湖畔那棟房子，但他實在沒有別的辦法。他開了機，發現訊號只有一格，於是走到停車場另一頭，想找訊號好一點的位置。最後找到三格。換了韓紀克就一定曉得醫院在哪裡，但吉布森還得上網查。他找到一家離這裡十三公里的醫院，記住怎麼走，接著打了那通他一直害怕打的電話。他不想沒事嚇她，但是現在無法避免了。

「你不會相信這裡有多熱。」她接了電話後，他說。

「你說什麼？」妮可問。

「你不會相信這裡有多熱。」

「有多熱？」

「四十三度。」

「氣象局的高溫警告怎麼說？」她問。

「找陰涼的地方。」

她沉默了片刻，然後，「好吧，盡量保持冷靜。」

「告訴她我愛她。」

妮可沒再說一個字，就掛了電話。

這是他服役期間彼此的暗號，表示有個確實可信的恐怖威脅針對華府地區，她得換到安全的地方。打電話回家通常都會被監控關鍵字詞，所以軍中很多人都會找個暗號警告家人。

妮可會帶愛莉去她叔叔位於西維吉尼亞州的打獵小屋，十五分鐘內就會上路，而且會待在那個荒僻原始的山裡，直到他再聯絡為止。他服役期間從來不必用到這套暗號。現在他很感激她還是夠尊重而且信任他，沒有問任何問題。不過如果他能熬過這一切，他知道他會有很多問題要回答。

馬路上還是一片空寂，完全沒有車子經過，所以他又打了一通電話。這個號碼他超過十年沒打了；他背不出來，但是手指記得按鍵的位置。他只祈禱電話號碼沒換。

一個少年接了電話。吉布森要求找他姑姑。那男孩粗魯地放下電話跑開了，一面喊著：「媽。」

一個女人接了電話。她的聲音跟記憶中一樣。

「喂，米蘭達。」

「吉布森？是你嗎？」

他們談了幾分鐘，他告訴她自己需要什麼。她不確定自己是否還留著那東西，但承諾會去找找看。

「如果我還留著的話，就只會放在一個地方。」她說。

他們約了碰面的時間和地點。他謝了她之後掛掉電話。事情進行得不錯，比他合理的推測還要好。他試了撥珍妮佛的號碼，但直接轉到語音信箱。他考慮要留話，但無法確定她的手機沒被別人拿走。於是他掛斷電話，拿出裡頭的SIM卡，然後把他的手機在加油站側邊砸爛。如果這個手機還沒透露他的位置，反正也很快就會了。

總之，他也沒有電話要打了。

他走回那輛休旅車，計算著開到夏綠蒂城要多久。他可以夜間開車以避人耳目，但是天亮後車上的子彈孔就會引起不愉快的疑問。乘客座的門開著；比利不見了。血腳印穿過停車場，消失在加油站後方那片廣大的田野邊緣。他往裡走了十碼，就沒看到血腳印了。他在黑暗中喊著比利。但沒得到回答，連風聲都沒有。

吉布森審視著北方的地平線，發現自己根本不確定比利是朝哪個方向走的。他在黑暗中搜尋那片田野，對著冷酷的黑夜喊著比利的名字。

他回到車上。每個男人都會碰到一個時刻，必須選擇自己的路。比利已經做出了選擇，吉布森希望他能安心接受。

而吉布森自己選擇的路，則是前往夏綠蒂城。

# 39

天亮後，吉布森在一家汽車旅館前停車，外頭手寫的廣告牌上宣傳著「乾淨房間」。他把車停在旅館後方的停車場，離幹道遠一些，然後去訂了一個房間。他付現金訂了兩夜，不過其實只打算待到晚上。進了浴室，他把衣服放在浴缸裡沖掉血跡，雙腳踩著那些衣服，像古法釀造葡萄酒要先踩破葡萄那樣，把那些血踩得滲出衣服，迴旋著流入排水管。然後他站在熱水底下，直到皮膚發紅有如新生兒。

他狠狠睡了一覺，中間因為想上廁所而醒來，就把衣服掛在浴簾架上，再回去睡。最後終於起床時，已經是傍晚了。感覺上他好像只睡了五分鐘，而不是十小時。他又沖了個澡，洗掉睡意，然後穿上晾乾的衣服。雖然狀況有改善，但他還是看得出那些血跡。他把襯衫內裡翻出來穿，好一點，但這麼一來，他看起來就像個白癡。

沿著公路往下開一公里半，他在一家折扣服飾店停下來，買了一條牛仔褲和兩件襯衫。他在店裡換上新衣服，把舊的扔進垃圾桶。然後到一家五金行，買了一把拔釘錘。他繼續往前開，找到一條偏僻的岔路，拿了拔釘錘去敲車側的子彈孔。弄完之後，車子比他還沒弄之前更破爛許多，但是至少看起來上頭不像有子彈孔。

闊別十年，夏綠蒂城變了；但同時，重要的事物一點都沒變。首先且最重要的，它依然是個大學城。這個以自己的遺產與傳統為榮的南方小城，也同時年輕、生氣勃勃、步調悠閒——以吉布森的看法而言，兼有新舊兩個世界裡最棒的。他從二十九號公路開進城，過了二五〇號公路就成為艾米特街，大學校區映入眼簾。新的建築物點綴在校園裡，但是感覺還是同樣熟悉。一部分的他想把車停下來，在校園裡漫步；一部分的他又想要繞去白點漢堡店吃他們招牌的葛斯漢堡；還有一部分的他想把車子掉頭，離開這裡。之前他並沒有刻意決定永遠不回來，但總之，他總是有理由待在別的地方。

種種回憶讓他分了心，他錯過了大學道，但也沒有迴轉，而是一路開到傑佛遜公園大道，在校園邊緣接上西主街繞回來。現在是暑假期間，他小時候，夏天的夏綠蒂城總是處於睡眠狀態，彷彿被漫長的學年磨得疲乏了，試圖在兩萬名學生重返校園的幾個星期前好好補個眠。

他看到藍月亮快餐店的白磚外牆出現在他右手邊，比他記憶中要更快。他把車停進快餐店外那片狹窄的停車場，在悶熱的黑暗中坐了一分鐘。

自從當年審判過後，他就沒見過他姑姑了。米蘭達在他父親死後收留了他，平心而論，他是個不知感激的孩子。她對他暴風雨般的心情和惡劣行為極其理解，那是只有剛撫養過兩個青少年兒子的媽媽才會有的。而對於她的寬容，他回報的形式卻是讓聯邦調查局突襲她家。

在審判期間，姑姑跟他的接觸都克制而冷淡。其實不能怪她，但當時他年輕又憤怒，總之還是因此恨她。

律師帳單花掉了不少他父親留下的遺產，他和姑姑最後一次通信，就是因為家裡那棟房子賣掉了。找賣家要花時間，他在帕里斯島新兵營快要受訓完畢時收到了那封信——簡單的白信封，裡頭有一張支票。沒有附上任何字句，所以他也沒有理由回信。最後，那筆錢拿去付頭期款，買了現在妮可和愛莉住的那棟房子。

他不曉得對這場會面該有什麼期待，也領悟到他對姑姑只有小時候的記憶。他不曉得她是什麼樣的人。她只是米蘭達姑姑，以前會在杜克不在家時照顧他，確保他不會挨餓。他告訴自己，無論發生過其他什麼，她做的已經比大部分人更多了。他失去了父親，但她也失去了弟弟。然而，他還是完全不曉得杜克．馮恩對他姊姊有什麼重要性。如果要他坦白講，他一直沒回來夏綠蒂城，就是因為頑固地想避免這次的會面。

藍月亮快餐店跟以前不一樣了。他不該覺得驚訝的，但還是很驚訝。都已經超過十年了，經營者也換了。他心頭湧起一股哀傷，因為這個地方竟會讓他感到驚訝。

一個雙臂都有刺青的年輕白人女郎碰碰他的手臂，請他自己找位子坐。他挑了靠正面角落的一個卡座，這樣他就可以盯著前門，看米蘭達來了沒。

吉布森覺得新的老闆妥善保留了整個地方的感覺，但他父親一定會對大部分的改變表示鄙夷。

杜克．馮恩在很多方面都非常開明，唯獨在某些事情上頭，比方快餐店，他就是守舊到挑剔的地步。比方窗台上塞得爆滿的唱片，或是特價的啤酒和烈酒，沒有一樣是屬於杜克．馮恩心目中美國快餐店該有的。店內的一塊黑板上寫著晚間表演的歌手名字，鐵定會引來他的哀嘆。「快餐店是沒有歌手的！」他可以聽到他父親這樣宣布。還有菜單，裡頭有比方河鱒總匯三明治和印度烤雞三明治這樣的菜色，幾乎可以確定會引得杜克．馮恩嗤之以鼻。

總匯三明治似乎不錯，於是他就點了，然後把菜單還給女侍。

他的思緒轉向比利，以及珍妮佛與韓紀克。他們有任何一個能存活下來嗎？喬治・阿倍。科比・泰特。泰倫斯・馬茲葛洛夫。這麼多人的性命都跟一個失蹤女孩的謎團連在一起。但對吉布森而言，一切都要歸結到他父親身上。他不敢妄想自己很安全，但他必須找到這個答案，才能決定自己的下一步。儘管真相可能很可怕，但吉布森知道這個疑問會把他逼瘋。是什麼逼得他父親自殺的？吉布森可以感覺到他的疑心有如模糊的手指，把他掐得愈來愈緊。

他只能祈禱他姑姑還留著那個東西。

米蘭達・戴維斯從前門進來。吉布森起身要迎接，但不曉得該怎麼做。他姑姑幫他解決了這個難題，強壯的手臂一把將侄子拉進懷裡。他投入她的擁抱中，分開時兩人眼睛都溼了。

歲月對待米蘭達很公平。她當然老了些，但活力完全不減。她長年賽跑（包括六次馬拉松）所練出來的高瘦健壯身材，看起來幾乎跟十年前一樣。只有她的頭髮看起來完全不同了。

「我喜歡你的頭髮。」他說。

「啊，我厭煩了那些白頭髮。比爾認為我染成紅髮看起來很漂亮。」

比爾是她結縭三十多年的丈夫。吉布森只聽他談過兩個主題：維吉尼亞大學的運動校隊，還有他美麗可愛的太太。其他的話題，他全都讓給他太太去講。

「他說得沒錯。你看起來氣色好極了。」

米蘭達揮揮手要他別再恭維了。「唔，這些我不懂，不過謝謝你。另外，老天，吉布森。看看你，是大人了。真是好久不見了。」她說，然後壓低聲音。「這是我的錯，我知道。」

「不，」他說，那種激動程度讓他自己都嚇了一跳。「我當年太差勁了。」

「你當年是小孩，」她糾正他。「我是大人。我的行為應該要更成熟一點才對。」

「對不起。」他說。

她輕輕按住他的手。「我很高興你打電話來。」

「我也是。」

「老天，我們有時候還真頑固。你這回會待久一點嗎？比爾一定會很高興看到你。」

他說他晚上就要離開。米蘭達一臉失望，於是他保證等到他有時間，會很樂意再來拜訪。

「我有個女兒了。」他告訴米蘭達有關愛莉的事，還有妮可。米蘭達問了些問題，他盡可能交代自己這幾年的生活，設法講得積極樂觀。他很驚訝自己有那麼多好的事情可以講，也驚訝有個人願意聽他講出來，那種感覺有多好。

「我希望有天能看到她。」她說。

他保證他很快會帶愛莉來夏綠蒂城玩。米蘭達因此又開始掉淚和自責。她眼淚汪汪地露出微笑。「比爾說我太愛哭了，連風向變了都會哭。我想他說得沒錯吧。啊！我找到你要的東西了，差點都忘記我來這裡的目的。真是丟三落四的。我找到了。」

她伸手到包包裡，拿出一個前總統詹姆斯．麥迪遜的小型大理石頭像，放在兩人之間的桌上。這是吉布森的父親就讀維吉尼亞大學的大學部時代，在某個人家的庭院拍賣裡買來的。杜克說過這是他生平第一次「重大購買」，而且這頭像一直都擺在他書桌上，直到他死的那一天。

他們又談了幾分鐘，米蘭達一直在微笑，就連吉布森送她走出店門、兩人再度擁抱告別時，她也還是滿臉笑容。

「你跟他長得好像，你知道？尤其是眼睛。」她手指比劃著他臉上的五官。「跟他一模一樣。」

回到自己的座位，吉布森點的三明治已經來了。他沒動就把盤子推到一邊，雙手拿起那個頭像，感覺一下重量。他把頭像倒過來，摸著底座的凹痕。然後打開那片蓋板，露出底座上一個中空的小洞。這個設計本來是要藏紙條之類的，但也剛好可以放進一個隨身碟。然而，當那個隨身碟落到他手上時，他還是有點驚訝。

杜克．馮恩從大學時代就有寫日記的習慣。他總相信自己有一天會成功，說等到要寫回憶錄的時候，日記就會很有幫助。雖然杜克常常這麼說，但沒人看過半個字，所以杜克．馮恩的「日記」就變成某種家人間的傳說。

吉布森看過他父親從電腦裡備份檔案、再把隨身碟藏在頭像裡幾萬次了。他被逮捕之後，聯邦調查局沒收了他父親的電腦，裡頭有夠多顯示有罪的證據，足以摧毀杜克的名聲。電腦從來沒發還給他們，所以這個隨身碟很可能是杜克．馮恩日記僅存的一份。

他把那隨身碟插入自己的筆電。

螢幕上出現一個標示為「私人」的檔案夾。還真是開門見山啊。一個視窗跳出來，要求他輸入密碼。小時候他剛開始對電腦和加密產生興趣時，第一個研究對象就是他父親。所以他這輩子第一個駭侵的密碼，就是他父親的。那是他的第一次犯罪行動——如果把他小時候超速被攔下的那次也算上，就是第二次了。吉布森輸入密碼，視窗消失了。

檔案夾裡面有三十多個檔案，每個都以紀錄的年代命名，最早的始自一九七〇年代末期。裡頭涵蓋了從杜克．馮恩大學時代開始，到他在政壇崛起，一直到他的「自殺」，總共有兩百多萬字。有些寫得超短：「一九八七年十月七日。我痛恨到處拜票拉票。就是恨。」那是在一次競選活動期間。有的則寫得比較認真，長達好幾頁，內容富有洞察力且說理清晰。跟黨內重要人物的會面、參與制訂的法案，還有關於政治學的哲學省思。

吉布森打開一個程式，這個程式可以用關鍵字同時搜尋所有文件檔。他打了「棒球」，等著機器爬梳他父親的日記。結果出現了將近兩千筆紀錄。吉布森皺眉，增加了「蘇珊」和「吉布森」當關鍵字再搜尋。程式再度運作，最後發出一個叮聲，宣布搜尋完畢。這回只有一筆紀錄。

這一天的日記，表面上完全沒有什麼敏感性——出門去看一場棒球賽，結果因為一個亂鬧的小孩而提前結束。吉布森慢吞吞閱讀著，腦海中浮現出他父親的聲音唸著那些字句，同時他認真聽著是否有哪裡不尋常。但聽起來，只是一個男人關心朋友的女兒。吉布森讀到了小熊大鬧的那個部分，一開始跟他回憶中都符合，直到有一部分是他不記得的：

> 我已經安排好要跟馬丁內茲碰面。社交。沒什麼壓力。讓班傑明有個機會跟黨鞭修好，因為上回的失業法案我們沒有支持黨團的決議。那是正確的決定，不過讓我們付出了代價。期中選舉還在十八個月之後，但是我們得現在就修補好裂痕才行。
>
> 蘇珊這樣鬧，搞得我們很難赴約。必須做個決定。班傑明想延期，但這次會面是我求了又求才爭取來的。他非去不可。所以講好由我帶蘇珊回維吉尼亞。喬治會陪著吉布森和班傑明。把吉布森丟下讓我很愧疚，但黨鞭有個兒子剛好跟他年紀差不多。這個決定很合理，而

且根據事後我所聽說的，吉布森的表現是超大號全壘打。這個孩子以後會有出息。

蘇珊的狀況一塌糊塗，直到我帶著她走出球場。我還得跟她保持一段距離，否則她就又要開始抓狂，大鬧起來。我提議要幫她買頂棒球帽，她聽了似乎冷靜一點。走回車子的路上，我們找到了一個商品攤。她不想要金鶯隊的帽子。不要金鶯隊。好好好，當然不要。老天在上，這是金鶯隊的比賽啊，不然還能買到什麼帽子？她又開始哭起來。那老闆在箱子裡頭翻，找出兩頂費城人隊的帽子，他們也不曉得自己為什麼會有。我兩頂都買下來──覺得兩個人可以因此有連結。那帽子對她來說太大了，但後頭的扣環可以調整，於是我調整到最小，剛好她可以戴上。她因此很開心，而且感謝老天，回家的路上，她在後座睡得很沉。

金鶯隊輸球了。

吉布森現在想起那頂帽子了。後來他們開車回家時，第二頂帽子就放在後座。他跟杜克問起過，但是沒得到真正的回答，而且後來他們回到夏綠蒂城之後，他父親就把帽子扔進垃圾桶。他一直沒把那頂帽子跟小熊聯想在一起，直到此刻。

而且感覺很不對勁。一切都好不對勁。他沒找到任何確切的證據，但是已經有足夠的資料讓他的疑心更惡化。吉布森把那頂費城人隊的棒球帽又拿出來看。比利說得沒錯。這頂帽子是個訊息，而且他有個不祥的感覺，那個訊息是要傳送給他的。比利說之前小熊一直在想辦法，要跟獄中的他聯繫。

你想告訴我什麼呢？

吉布森沒把帽子戴上，而是放回書包裡。藍月亮現在客滿了。用餐室的一個角落裡，預定晚上表演的藝人正在幫吉他調音。吉布森得換個安靜的地方，以便仔細閱讀剩下的日記。一定有更多相關資訊的。

他收拾好東西，付了帳，走出側門來到停車場。雖然有風險，但是他得跟珍妮佛聯絡。當然，他的手機已經在賓州一個加油站的停車場砸爛了。舊一點的汽車旅館還是有公用電話，而且反正他也得找個地方窩一夜，不如一石兩鳥。

他來到休旅車旁，鑰匙插入車裡，此時一隻強壯得有如冷鐵的手掩住他的嘴，熟練地一轉，讓他的脖子露出來。那冰涼的銀色注射針輕戳進他皮膚，像黃蜂螫人。

「安靜點，」一個有如熟透水果的聲音低語著。「我會帶你去見你父親。」

# 40

杜克朝兒子微笑，招手示意他過來。吉布森順從地走向父親，設法乖乖讓杜克重新扣好他領口的釦子，又第三次拉直他的領帶。聖誕節派對進行得正熱烈，儘管參議員嚴格規定在這個年度聚會上「不准談工作」，但在每個人的嘴裡，政治始終不曾遠離。

一個滿臉通紅、胖乎乎的男人停下來跟杜克握手。吉布森已經很習慣了，大家老是要停下來跟他爸說話。他爸很重要，而且吉布森看到每個人對他那麼尊敬，就覺得好光榮。但是當兩個男人談話時，杜克總能讓對方感覺自己像是宇宙的中心——他會提起對方的太太和小孩的名字，問候他們，而且恭喜對方最近在參議院的一次勝利。那人開開心心地離開了，然後杜克又轉回去面對他兒子。

「要是哪天那個人接到我電話，那一定是我身上著火了，而附近三個州只有他有水管。」

吉布森笑了，雖然他其實聽不太懂這個笑話。他只是喜歡父親把他當成其他圈內人看待。杜克一手摸著兒子的頭，深情地揉亂了他的頭髮。

「爸……」吉布森抱怨，用手掌趕緊撫平頭髮。

「其他小孩跑哪裡去了？你不必待在樓下這個屠宰場的。」

「他們都在樓上看小孩電影。」他厭惡地說道。

當時十歲的吉布森已經有超齡的成熟。他最喜歡的電影是《教父第二集》——倒不是第一集不好，而是每個人都知道《教父第二集》更厲害。根據他父親的說法，約翰．卡佐爾是電影史上最被低估的演員。只拍過五部電影，但是我認為這五部電影勝過史上任何五部電影。父子第一次一起看這部電影時，杜克曾這麼告訴他。

那年秋天，吉布森被叫去校長室，因為他抓著一個同學的臉，模仿《教父第二集》的經典台詞大叫著：「我知道是你，巴比，你傷透了我的心。」然後狠狠吻對方的嘴。杜克後來笑得半死，直到吉布森哭起來才停了笑，然後杜克敷衍地告訴兒子以後不要再這樣做了。

「小孩電影，嗯？聽起來很無趣。」

「爛透了。這裡是怎麼回事？」

「只是把他們排列好，然後一個個擊倒。這類事情的重點就是要裝出那個樣子，小子。記住我的話，天底下再也沒有比華府假期派對更假的事情了。你一整晚唯一會聽到的實話，就是在吧檯點酒時講的酒名。」

「那為什麼要辦派對呢？」

「這種事情就是非做不可。重點就是要裝出那個樣子。這個我已經講過了嗎？總之，祕訣在於看出他們想隱藏的事情。他們想讓你不去看什麼？搞清楚這一點，你就搞清楚這個男人了。或者女人。不過從男人開始，因為他們比較好懂。女人比較接近博士級的課程。」

「懂了，」吉布森理解地點點頭，然後又問：「比方要怎麼搞懂？」

「好吧，就拿那邊那個傢伙來說吧。」杜克指著一個瘦瘦高高、臉上皮膚像砂紙的男人。他正一邊喝著啤酒，一邊看著房間裡。

「他是重要人物嗎？」吉布森問。

「你告訴我啊。」杜克說。

吉布森盯著他看了好久。「不是。」

「為什麼？」

「因為沒有人去找他講話。如果他很重要，就不會落單。」

「好孩子，」杜克低聲笑了。「不過先別管別人，就單純只看著這個人吧。光憑他的外表，你能判斷嗎？」

吉布森打量著那個人。他穿著西裝，打了一條發亮的領帶。他的西裝翻領上別著徽章，臉上戴著金屬框眼鏡，一頭金髮很保守地往後梳。吉布森看不出來。

「他看起來就跟其他人一樣。」

「沒有人看起來跟其他人一樣的。我們會努力像其他人，但都失敗了。兒子，祕訣就是不要看這個人的中心。看中心，每個人看起來都一樣。西裝、領帶、翻領徽章。他穿著制服，看起來不錯。看中心，他可能是美國總統。真相在於邊緣。就像頭髮，每個人的髮型從正面看起來很好。為什麼？因為我們在鏡中看到的就是這樣。我們只看到自己的正面，所以那是我們唯一擔心的角度。」

「所以我應該看他的背面？」

「不是真的去看背面，不過沒錯。看他的鞋子吧。你看到了什麼？」

「有磨損。其中一條鞋帶破了。」

「這告訴了你什麼？」

「他常常穿這雙鞋？」

「那這一點告訴了你什麼？」

吉布森很努力想。那雙鞋讓他想到同學班·瑞佐利的籃球。班·瑞佐利的父親在他還很小的時候就離開了，所以只有班和他媽媽一起生活。他們家沒有什麼錢。班的籃球永遠就是那一個，走到哪裡都要帶著。上頭的黑線和字跡全都磨掉了，而且光滑得幾乎完全沒有摩擦力。吉布森老是很替他難過，一個這麼愛籃球的小孩，卻買不起一個新籃球。

「他沒有很多雙鞋子。他大概買不起很多鞋子。他希望沒人看他的腳。」

「不錯。你認為參議員今天晚上會穿磨損的鞋子嗎？」

「不可能。」

「不可能，沒錯。現在你看我的鞋子吧。」

吉布森低頭看著他父親的腳。杜克穿著一雙很舊的黑色M形壓花翼紋鞋。腳趾上方的皮革有深深的皺痕。他抬頭好奇地看著他爸。

「所以，你爸爸的鞋告訴了你什麼？」杜克問。

「不曉得。」

「這表示沒有一件事能揭露一個男人。永遠不要傲慢得以為從一個男人的鞋就能了解他。但是……」

「但是，這是個開始？」

「沒錯，」杜克說。「所以他和我有什麼不同？」

「大家老是來找你講話。」

杜克擠擠眼睛。「這是個開始。」

吉布森好得意，起勁地點著頭。他覺得自己好像漏掉了什麼，但是他很開心得到父親的關注，不想問太多問題而破壞了這一刻。他稍後會自己設法搞清楚的。

「好了，小子。給我一小時，我得工作一下，不過接著，我知道喬治城有一個地方的奧利奧餅乾奶昔超棒的。就這麼說定了？」

「說定了。」

三個小時後，他醒來發現自己蜷曲在一間客房的床上，身上蓋著一件毛皮大衣。

「醒醒吧，兒子。醒醒吧。醒醒吧。」

杜克把他抱起來，帶他出門上車。一直到車門轟然關上，吉布森才醒來。

「醒醒吧……」

# 41

吉布森來到散布著他人生陳年遺跡的海底深處。在朦朧昏暗的光線中，他看得出他父親那輛綠色旅行車生鏽的巨大輪廓，半埋在一片沙洲裡。他童年的家已成廢墟，嚴重地往一側傾斜。荒謬地，後院的那棵大花山茱萸開了滿樹白花。他的第一輛腳踏車靠樹放著。而在他右邊是學校的教室，當年聯邦調查局在這裡給他上了手銬，押著他出來，走過一大片電視攝影機面前。

上頭的海面有個什麼吸引了他的視線，他雙腳朝海底一蹬，開始上升。破水而出時，他的雙眼睜開，粗聲吸了好深的一口氣。他看到一個沒有燈罩的電燈泡，像個難以控制的太陽，在他的臉附近搖晃著。他急速眨眼，設法讓雙眼對焦。但等到看清楚了，他真希望自己沒看到。

吉布森踮腳站在一張木凳子上，整個人搖晃不穩。唯一支撐他沒摔下去的，是套在他脖子上的一根繩子。但代價就是那根繩子狠狠勒進他的皮膚裡。他想抓住繩子，好把壓力從喉嚨鬆開，但他的雙手被綁在背後。他恐慌地開始掙扎，差點失去平衡。一隻手扶穩他，讓他再度恢復踮腳站在木凳上的姿勢。

「好了，安靜下來吧。別慌，別慌。先辦正事吧。」快餐店外頭的那個聲音說。

快餐店。

他回想起那個攻擊了。有關他父親的。他的心一沉，覺得好愚蠢又好孤單。脖子上的那根繩子讓他很難四下打量，但他盡可能吸了最大的一口氣，然後評估著眼前的環境。

他在一個地下室。灰黃的牆壁頂露出半截窗戶。現在是黑夜了。牆壁上掛著一連串鳥類水彩畫：蜂鳥、啄木鳥、北美紅雀。一個撐開的畫架放在角落裡。某個畫家的畫室？一道鋪了地板的樓梯通往上方，但上方是哪裡？

一名男子走入他的視線中。吉布森打了個哆嗦。他昏了頭，一時還以為這個人是從他剛剛的夢境裡跟著出來的，是某個潛伏在黑色大洋深處的水底掠食動物。但那其實只是個男人。至少外表是如此。中等身高。偏瘦。除了剛被打斷的紅腫鼻子，整張臉蒼白而平凡。他就是那種在旅館裡幫你辦入住手續，或是在診所等候室裡坐你旁邊的人。至少那個男人是希望你這樣看他的。但在這個人的邊緣，他的偽裝迷彩已經開始磨損了。

洩漏真相的是那對眼睛。有白晝貓頭鷹那種病態的黃色，且有如月球表面般靜止不動。深陷在眼窩裡的那對瞳仁死盯著吉布森，好像看到一切，又像是什麼都沒看到。吉布森在牢裡碰到過一些很可怕的人，後來在海軍陸戰隊碰到過更可怕的，但這個人——如果真的是人類的話——比他所見過的任何一個都更令他害怕。這個人是來取他性命的死神。

但或許更令人不安的，就是他的衣服。那人穿得跟他一樣，不是有點像，不是顏色和款式類似，而是一模一樣的襯衫、牛仔褲、鞋子。他們看起來就像一起去買了同樣衣服的雙胞胎。這表示他當初去服飾店買衣服時，這個男人正在跟蹤他，看到他買了什麼衣服，也挑了同樣的。這讓吉布森知道，他被綁架是完全計畫好的。無論接下來發生什麼事，都不會是好事。而且無論他想要嘗試什麼，這個人早都料到了。

「現在注意聽好了。你在專心聽嗎？我們的時間不多。」那人講話的口氣溫和有禮。就像一個外科醫生設法把複雜的手術講得簡單些，解釋給一個痛苦的病人聽。他們沉默看著彼此。然後，毫無客套或警告，那人就把吉布森腳下的凳子踢開。凳子嘩啦滾過地板，撞上另一頭的牆壁。

吉布森往下墜落的距離不超過一吋，但是差別非常大。那一吋殘忍無情地隔開了生與死。繩子被他的重量扯得一扭，深深嵌入他下巴的肉。他覺得脖子和肩膀的筋像是野草被拔起來。他的雙腿在空中踢蹬著。

那男人走上前，輕拍吉布森的腿。吉布森覺得無助又絕望，一大堆遺憾湧上心頭，他猜想那是死前必然有的感覺。他的遺憾很冰冷，沒有帶來任何安慰。其中充滿了他沒來得及說出口的話，還有他想對著講話的一張張臉。

他等著自己很快就會失去意識。電影上就是這麼演的。稍微掙扎一會兒後，繩子就會取走被害人的性命。但結果，他只是懸在那裡掙扎，聽著自己粗啞的呼吸聲，還有太陽穴的血液搏動聲。

「這是短距墜落，」那男人說。「你會注意到，不像標準墜落或長距墜落，你的脖子不會斷。現在看起來，短距墜落的吊死法好像是一種福氣，但到最後，你會希望是長距墜落，就不必等那麼久了。但這就是短距墜落的優點和缺點。你活得比較久，但是……你活得比較久。大部分人認為他們總是希望活得久一點，但是吊在繩子上二十分鐘才死，那就太久了。有很長的時間讓你後悔一堆無法改變、再也不重要的事情。」

那男人雙手抱住吉布森的兩腿，把他往上舉，撐起他的重量。那張木凳又滑到他腳下，吉布森雙腳在凳子上無力地踩蹬著。

「這樣我們就了解彼此立場了，」那男人說。「我想，讓你這種狀況的人預先了解會有什麼懲罰，對你們會有幫助的。懲罰不是為了滿足我。那麼你會問，你要怎麼滿足我？唔，我有個問題要問你。只有一個，但是這個問題很重要。我會問到答案讓我滿意為止。在我滿意之前……短距墜落。你懂了嗎？」

「懂了。」

那男人舉起他父親的隨身碟。

「你複製過檔案嗎？離開快餐店前上載到某個地方？」

「要是我告訴你，你會放了我嗎？」

凳子又翻倒了。他墜落。疼痛竄入他的背部和肩膀。他懸吊在那裡好久，比之前那次更久。最後，那男人再度用雙臂舉起他，直到他的雙腳感覺到凳子滑到他腳下。他覺得整個人變小，彷彿一部分的他被扯掉了。那男人給他一點時間，讓他回過神來。他眼角看到父親赤腳坐在樓梯底部，哀傷地凝視著兒子。吉布森眨眨眼，那個幽靈不見了，但他知道自己身在哪裡了。這是他的老家。

「啊，」那男人說。「歡迎回家。我本來不確定你是不是認得出來。過去十年這裡變了很多。我比較喜歡以前漆成紅色的樣子。」

「操你的。」吉布森想大喊，但結果說出來的只是氣音。

「我很高興認識你父親，」那男人拿出一把刀，展開那無情的長刀片。「我們在這個房間裡有一番談話。兩個男人達成協議。」那男人回想著，露出淡淡的笑。「不過我要回答你剛剛的問題，如果你把我要知道的事情告訴我，我不會放了你。任何狀況下都不可能。你的命不可能用任何條件交換。我知道你聽了會很難接受，但是誠實是最佳策略。不過呢，我會告訴你我願意給你什麼。」

「你去死吧。」

「樓上住了一對夫婦。琳達與馬克．湯普金斯。你在這裡看到的那些可愛的畫，就是琳達畫的。眼前他們知道的是，一個戴了面具、發狂的男人闖進他們家，把他們綁起來。這個男人穿得就跟你現在一模一樣。那個男人還一邊在哭，一邊歇斯底里地說他很抱歉，說他不想傷害他們。他告訴他們這裡以前是他家。等到湯普金斯夫婦明天被人發現，他們會指認你就是他們的攻擊者。警方會合理地斷定，你離婚後因為失業又失去了家人，於是一時絕望，闖入了你童年的家，步上了你父親的後塵。」

「這就是你願意給我的？」

「是的。」

「那如果我不回答你的問題呢？」

「如果你不回答，我就會把那張椅子推開。等到你死了，我就會上樓去殺了琳達與馬克．湯普金斯。我會讓丈夫親眼看著他太太死掉。我可以讓這個過程拖得很長。」

吉布森聽到那男人聲音裡搏動的興奮。他隱藏得很好，但吉布森從他臉上看出了喜悅，或者算是喜悅的東西吧。

「為什麼？他們又沒做什麼。」

「你也沒做什麼啊。」那男人指出。「他們真不幸，一連串事件讓他們遇見我們，就像一連串事件讓你遇見我。而且雖然不是他們的錯，但現在他們的性命可以說是懸而未決。」

「所以呢？」吉布森說。「我不認識他們。從沒見過面。你要殺誰關我屁事？那要算在你頭上，不是我頭上。」

那是虛張聲勢。他設法講得很可信。

「是啊，沒錯，是『算在我頭上』。你完全不會良心不安。但是你該擔心的不是你的良心。」那男人聳聳肩。「你不是應該要想到愛莉嗎？」

一聽那男人提到他女兒的名字，吉布森整個人就害怕得僵住了。「她怎麼樣？」

「唔……這件事會怎麼影響她？我的意思是，你的罪行。」那男人說。「想想媒體上會報得多麼駭人聽聞。他們會說你瘋了，但是在你上吊之前，還謀殺了湯普金斯夫婦——不幸買了你父親房子的人。媒體會說你是變態的精神病，自己悲慘還不夠，還要牽連別人。一個始自十年前的家庭悲劇，最後有了個瘋狂的收尾。那就是你一生的墓誌銘。等到愛莉長大，想到父親總是充滿困惑與羞愧。就像你想到你自己的父親那樣。所以我替琳達和馬克，也是替你女兒問你，檔案有另外一份嗎？」

吉布森張嘴要講話，然後又閉上。淚水滑下他的臉。那些淚是為了他的父親，為了他的女兒，也為了他現在不得不做出的選擇。

但他知道不必再跟這個男人爭辯或懇求了。從頭一次看到那男人空洞的雙眼，那一刻吉布森就隱隱知道，這個男人沒有憐憫，從來沒有。他才不要把人生的最後幾分鐘浪費在哀求上。他要把這些事情用來做點好事。他會救琳達和馬克。那才值得……即使她的畫作很蹩腳。

「你檔案有另外複製一份嗎？」

「沒有。」他說。

「為什麼沒有？」

「我沒想到有這個必要。」

那男人思索著。「不過你錯了，其實有必要。」

「是啊。」

「所以你沒複製過？」

「對。」

「沒有其他份？」

「完全沒有。」

那男人就繼續這樣問下去。同樣的問題換了幾十種不同的方式問了又問。真是太瘋狂了，但吉布森為了讓那男人相信而奮戰下去。同時準備好腳下的板凳隨時又會被踢開。最後……

「我相信你。」那男人說。

吉布森愣住了，全身筋疲力盡。「謝謝。」他說。他不太確定為什麼要道謝，但他覺得真的好感激，好平靜，現在這個人相信他了。他只想睡覺。

那男人點點頭，折起刀子。他收拾自己的東西準備要走，四下看了一圈，以確定沒有忘了什麼。等到收好了，他又回頭來看著吉布森。

「蘇珊在哪裡？」吉布森問。

「我不知道。」

「你為什麼要殺我父親？」

那男人好奇地看著他。「有差別嗎？」

「當時蘇珊懷孕了。她的小孩是我父親的嗎？」

「這就是你真正想知道的？知道了能給你平靜嗎？」

吉布森不曉得。「拜託。」

那男人考慮了一會兒，然後伸手到口袋裡，拿出摺起的一張紙，打開來，謹慎地不想看到裡頭的字。

「無論裡頭說什麼，無論你知道什麼，不要告訴我，臉上不要露出表情。別忘了樓上的那對夫婦。」

吉布森點點頭，於是那個人舉起紙讓他看。他很努力才有辦法集中眼睛的焦點，了解自己所看到的內容。那張紙是親子關係鑑定報告。裡頭有三欄：「蘇珊・隆巴德」、「孩子」、「父親（假設）」，以下是幾排並列的數字，吉布森看不懂。最底部寫著：

不排除此一假設父親與受測孩子之親子血緣關係。根據以上DNA分析，親子關係概率值為九九・九九九八％。

但讓他耳朵裡轟響的是下一句和其中的種種含意——貫串他整個人生的一連串骨牌，終於全部倒下。啊，小熊。啊，老天，小熊。

不排除班傑明．隆巴德與受測無名氏女童的親子血緣關係，兩者為父女。

樓上傳來木頭裂開和沉重的腳步聲。那男人猛地收起紙。吉布森看著他的眼睛。他原先為了融入人群的那種平凡面容鬆開片刻；底下是一張可憎的臉。那是某種古老的、無窮的兇殘，人們會自我安慰、相信這樣的兇殘早已滅絕，但在這名男子臉上，那種兇殘又復活了。

「吉布森！」一個女人的聲音喊。

珍妮佛？

他想喊她，但腳底下的板凳又飛過木頭地板，然後突然間，他又陷入垂死狀態，懸吊著直到意識逐漸模糊。

等到他醒來，發現自己仰天躺在地下室，珍妮佛．查爾斯跪在他旁邊。

「你們抓到他了嗎？」他問。

「抓到誰？」她問。「除了我們，這裡沒有別人。」

「樓上呢？」他問，想起了屋主夫婦和那些可怕的威脅。

「他們很好。韓紀克陪著他們。你還好嗎？」

他又哭又笑，紓解和絕望之感輪番湧上來。

「這裡發生了什麼事？」珍妮佛問，但幸好他的腦袋自動關機，於是他沒辦法回答了。

# 第三部

# 喬治亞州

# 42

吉布森在一間雙床房裡醒來，感覺好像跟死神共度了一夜。他想翻身側躺，但就是沒辦法。於是他放棄了，乖乖躺在那裡不動。他覺得自己的身體好像被兩輛高性能跑車拖著扯成四片。韓紀克帶著一瓶水出現，幫著他喝了幾口。光是這樣就搞得他筋疲力盡，接著他又睡著了。

他花了三天，才有辦法吞下珍妮佛用湯匙餵他的嬰兒食品，又花了五天，才有辦法自己坐起身。他開口講話時，聲音是一種顫抖、痛苦的啞嗓。韓紀克開始喊他湯姆．威茲，顯然認為他有這位歌手的招牌沙啞嗓音。後來吉布森就都不講話，改用寫的。

第八天早晨，活著似乎不再是他這輩子最糟糕的想法了。他雙腿下了床緣，使出渾身解數要去進行上小號的艱難任務。他站起來，一腿伸向前——像個老頭似地拖著腳步。他在浴室鏡中的模樣把自己嚇到了。他的確就是個老頭，憔悴的臉像那種執迷不悟的酒鬼。他十天沒刮的鬍子，也遮掩不了那道橫過他脖子、延伸到兩耳之下的鐵青瘀血勒痕。他手指沿著勒痕劃過去，想著當時就差那麼一點點，自己就要死掉了。

接下來他們要怎麼做？

吉布森沖了個熱水澡，站在蓮蓬頭下好久。小熊睜開眼睛，她躺在床上。時間很晚了，她正望著門下方透進來的光。等著陰影出現，幾乎不敢呼吸。

吉布森搖頭，試圖甩掉腦袋裡那個影像。小熊注意到了，目光轉過來望著他，無言乞求著。

他想問她隆巴德做了些什麼，逼得她保持沉默。但他其實已經知道了——她父親一定是利用可怕的情緒勒索去孤立她、控制她。

但是你失敗了，狗娘養的。你失敗了。從頭到尾，小熊一直跟比利．卡士柏商量，計畫要逃家。然後吉布森忽然想到——根本沒有湯姆．B這個人。是小熊發明的。為她還沒出生的孩子創造出一個虛構的父親，以防萬一她逃不成。她創造出一個可信的故事，以解釋自己的懷孕，保護這個小孩，也保護她母親。或許甚至保護她父親——你很難要一個小孩背叛她原來忠誠的人。她把一切重擔都攬在自己身上。她怎麼會這麼堅強？

他小心翼翼換衣服，穿上T恤時疼得呻吟。他的背包放在床尾，他翻了一下，確定他的筆電和他父親的隨身碟都沒了。但是比利的槍還在，還有那頂費城人隊的棒球帽和《魔戒現身》。書裡面也還夾著那張小熊躺在沙發上的照片，肚裡懷著「湯姆．B」的小孩。

一個瘋狂的想法浮上心頭，他開始把書往前翻，回到一開始。他花了好一會兒，但是終於找到了他要找的那一段，把那些熟悉的字句唸出來：「喂，我的小傢伙們，你們這樣氣喘吁吁的是要去哪裡啊？這裡是怎麼回事？你們知道我是誰嗎？我是湯姆．龐巴迪（Tom Bombadil）。把你們的麻煩告訴我！湯姆正在趕路呢。」

他流淚了，但也同時在微笑。一種絕望的歡喜。在書的邊緣，橘色字寫著：

我知道你會的。

吉布森笑出聲來，然後一手掩住嘴。這個勇敢的女孩所做的一切，實在令人無法置信。他的淚水還沒停，但他覺得自己好久沒有這麼腦袋清醒過了，而且很憤怒。他擦掉眼淚。現在他知道該怎麼做了。

他把帽子戴上，然後緊緊抱住那本書，搖搖晃晃地走出去，來到客廳。這個客廳小而質樸，聞起來像個古董行李箱的內部。韓紀克在一張破爛的沙發上睡著了，但吉布森拖著腳步經過時，他的眼睛眨動著睜開。一架龐大的舊電視機放在一張彎曲變形的架子上，裡頭是新聞頻道。現在正在報導亞特蘭大即將舉行的全國政黨代表大會。雖然安·弗萊明還沒正式承認，但隆巴德已經篤定會獲得提名了。根據報導，這兩人預定在亞特蘭大會面，商討兩人搭檔競選的可能性。

珍妮佛坐在窗邊的一張小几前，幾把手槍和子彈放在面前，手上正在拆卸檢修一把史泰爾M-A1手槍。吉布森很確定珍妮佛摸黑也照樣有辦法拆卸檢查，因為她雙眼始終盯著窗簾間的一道小縫隙，從那裡可以看到外面是否有人來。

「你躺夠了？」她問，眼睛還是盯著外頭。

「我也很高興看到你。」

她朝他看了一眼，露出微笑。「你看起來變高了。」

「我倒是沒感覺。這裡是哪裡？」

「北卡羅萊納州。葛林鎮外。」

「葛林鎮？」

珍妮佛和韓紀克把這幾天的狀況告訴他。從湖畔別墅槍戰的混亂開始，一直到縫在他背包裡的追蹤器引導他們往南，到夏綠蒂城，找到了停在他童年老家外頭的那輛Cherokee車。

「那你當初是怎麼找到我們的？」珍妮佛問。

「我駭侵了韓紀克的手機。」

她的表情幾乎是佩服；韓紀克就不是了。

「這樣我們算是扯平了。」她說。

「應該吧。」

他的攻擊者已經離開地下室，從後院逃走了。一定是有鄰居打了九一一報案電話，因為他們才剛離開那裡，大批警察就趕到了。他們在羅阿諾克市把車子扔在一家雜貨店的停車場，然後付現金買了一輛一九九五年的福特Probe車。

「就從那傢伙的草坪開走。」韓紀克說。他已經醒了，這會兒坐在沙發上伸懶腰，打了個哈欠。

從那裡，他們一路往南開，直到發現一棟便宜的出租小木屋。他們把吉布森塞在後行李廂，假扮成要慶祝結婚一週年的新婚夫婦。這棟小屋是包月出租的。地點與世隔絕。他們付現金包了一整個月，房東住在北卡州的首府羅利市，所以不太可能會順路來探望。從各個方面來說，能找到這麼偏僻的地方實在很完美，而且是這麼短的時間，甚至還帶著個受傷的人。

「你們的手機呢？」吉布森問。

「用膠帶黏在兩輛聯結車的車底了。」韓紀克說。

「我們現在用拋棄式手機。」珍妮佛拿起一個掀蓋式手機。「所以現在你知道我們的故事了。要不要告訴我們，你是怎麼會吊在一根繩子上的？」

「有什麼可以吃的？我好餓。」吉布森問。

「豌豆泥？胡蘿蔔泥？」

「除了嬰兒食品之外？」

「他們長大得好快。」韓紀克說。

結果韓紀克很會做菜。或者是因為吉布森這輩子沒有這麼餓過。他把炒蛋、培根、薯餅一掃而空，又吃了第二份。然後第三份。珍妮佛從客廳過來，站在廚房門口。

「夏綠蒂城發生了什麼事？」她問。

吉布森看著他們兩個。該從何說起？沒有親子鑑定證明書或杜克的隨身碟，就根本沒有證據了。他怎麼有辦法讓他們相信？在看到那份親子鑑定證明書之前，他一直擔心孩子的父親會是杜克。他要怎麼說服他們相信班傑明．隆巴德才是真正的敵人。最後他決定，倒不如從頭說起，於是打開《魔戒現身》，給他們看小熊的筆記。至少這是實際有形的。

「她是想告訴你什麼？」珍妮佛問，目光從書上抬起來。「那場球賽發生了什麼事？」

他告訴他們有關開車去看那場球賽的事情，還有小熊在球場裡崩潰。「所以前幾天我跑去夏綠蒂城要找我爸的日記。我以為裡頭會說出其他的部分。」

「結果有嗎？」

他告訴他們有關他父親的敘述。說大人商量後決定提早讓他父親帶蘇珊回家，他們上車前買了兩頂費城人隊的帽子。

「那頂帽子是杜克買的？」珍妮佛問。

韓紀克吹了一聲口哨。「還真是想不到。」

他解釋湯姆．龐巴迪的典故，還有蘇珊為什麼憑空創造出這個男朋友。「是隆巴德，」吉布森說。「所以她才要逃家。她懷的是隆巴德的孩子。」

珍妮佛和韓紀克沉默坐在那裡，消化著這個爆炸性的新聞。然後珍妮佛看了韓紀克一眼，兩人無言地達成一致結論。

「怎麼？」吉布森問。

「有個東西我們得讓你看看。」珍妮佛說。

她走出去，拿著她的筆電和一個牛皮紙信封回來。她從信封裡掏出一張犯罪現場的照片遞給他，裡頭是一個男人在車庫裡上吊。

吉布森審視著。「這是誰？」

「泰倫斯．馬茲葛洛夫。」

「就是那棟湖畔別墅的前任屋主？」

「對。現在我們得讓你看另一張照片。但是……」珍妮佛暫停一下，猶豫著。「是你父親。」

「杜克？」吉布森很白癡地問道。「是我想的那樣嗎？」

「我不會問，但是你得自己看看。」

他艱難地吞嚥著，然後點點頭。珍妮佛從筆電上找出那張照片，然後把螢幕轉過去讓吉布森看。有好一會兒，吉布森只是看著照片的邊緣，希望自己用眼角看著那張照片，能稍微減少衝擊。然後他發現自己呼吸急促。

他看了。

令他驚訝的是，他原先記得的錯了好多。在他心中，他那個下午發現時，父親就在樓梯旁邊，在他上方赫然出現，近得能碰到。但在照片裡，杜克是在房間的另一頭。而且他腳下踢翻的是一張有椅背的椅子，不是凳子。他父親的眼睛是閉上的，不是睜開的。

「為什麼要讓我看這個？」他問，輪流看著兩張照片。兩張照片裡都是死去的男人，而且有太多相似處。甚至兩個人都穿著襪子，還有鞋子。慢著。他回去看另一張照片。他們的鞋子是一樣的。

「鞋子？」

珍妮佛點點頭。

他又看了一次。兩張照片中，鞋子都並排得整整齊齊，指向屍體反方向一個特定的角度。同樣的角度。上吊的人很自然地會抽搐：繩子會扭動旋轉。繩子要花一段時間才會靜止下來。那兩雙鞋的位置不可能是巧合。

「他殺了他們兩個。」

「而且十年後的現在，他又出現要來殺你。」

「這太瘋狂了。」吉布森說。

「我很好奇，那個傢伙的鼻子斷了嗎？」韓紀克問。

「是啊，你怎麼知道？」

「五十來歲？白人。瘦瘦的。褐色短髮，開始禿頭了。長相沒什麼特徵？」

「是啊，就是那個人。」

韓紀克搖頭。「就是開槍射中比利．卡士柏的同一個混蛋。另外我沒辦法證明，但是我想他也殺了科比．泰特。」

「事情愈來愈奇怪了。」珍妮佛說。「我看到同樣的這個傢伙，朝作戰小組的其中一個人背後開槍。」

「是誤傷友軍嗎？」

「他開槍時可一點也不友善。」

韓紀克仔細思索著。「所以隆巴德知道我們在聯繫幽魂君，於是找他以前用過的職業殺手來搞定。他從第一天開始就盯著我們，一路跟蹤我們到賓州，等著看我們是不是能找到幽魂君，然後就要採取行動。」

「但是他在那個儲存間裡搶在我們前頭，殺了科比．泰特。」

「對。」

「然後派那個作戰小組去湖畔別墅，要把我們全都滅口。」

「對，因為我像個操他媽的白癡，把我們的位置告訴了麥克．瑞齡。」珍妮佛說。

「你認為是瑞齡把我們供出來的？」韓紀克問。

珍妮佛聳聳肩。「我跟他講完電話沒多久之後，那個作戰小組就出現了。」

「天殺的王八蛋。」

「那個作戰小組是誰的人？」吉布森問。

「不曉得。隆巴德跟一個叫冷港的公司有關係。很有可能就是他們的人。」

「那為什麼他還要派那個職業殺手來？」韓紀克問。

「好把那個殺手也除掉？沒理由留著這個活口。現在全都結束了。」

「隆巴德可一點也不敢掉以輕心啊。」韓紀克說。

「換了你會掉以輕心嗎？」珍妮佛問。「現在亞特蘭大那邊正是關鍵時刻，要決定誰代表政黨出馬角逐總統。眼前隆巴德應該會篤定獲得提名。要是吉布森的推斷正確，原來隆巴德曾猥褻他自己的親生女兒，還搞得她懷孕……老天，裡頭有太多利益糾葛，很多人押他十一月會選上總統的。為了要守住這個祕密，你願意做到什麼地步？」

「連蘇珊都不放過？」吉布森說。

「你認為他殺了自己的女兒？」

「不曉得。比利說過類似的話，我本來還以為他瘋了。但他真的瘋了嗎？蘇珊現在人在哪裡？她的孩子呢？如果她還活著，而且如果隆巴德的殺手十年前就殺了馬茲葛洛夫，那就表示他也殺了蘇珊。要是你們認為我錯了，那麼告訴我，蘇珊現在人在哪裡？」

珍妮佛臉埋在雙手裡。韓紀克的表情好像忘了該怎麼呼吸。就吉布森來看，現在他們只剩一招了，而且得趕快。要是此刻他們還不在隆巴德的滅口名單裡，很快也會了。但就算他們能設法倖存到政黨全國代表大會結束，隆巴德確定獲得提名，他也不會召回他的獵犬。他們三個人是太大的威脅。他會追獵他們。他會找到他們。他會殺了他們。這是無可避免的。他們就是沒有那麼多資源，可以避開一個即將入主白宮的人。

「好吧，這個鬼故事很精采，但是我們有辦法拿出任何證明嗎？」韓紀克問。

「我們可以證明她當年懷孕了。」

「但是有辦法連到隆巴德身上嗎？」

吉布森搖頭。

「那我們該怎麼辦？」珍妮佛問。

「去亞特蘭大。」

「去政黨全國代表大會？」韓紀克說。「你的腦袋是缺氧多久了？」

「這是唯一的辦法。」吉布森說，解釋他的計畫。不是沒有風險，因為這個計畫表示他們要走進獅子的巢穴，表示要把一個可能無辜的人捲入這一切，表示他們要去找葛瑞絲．隆巴德，證明一件無法證明的事情——她的丈夫不但強暴了他們的女兒，而且涉入了她的失蹤。

等到他講完了，其他兩個人都沒說話。沒什麼好說的。一個接一個，先是珍妮佛，接著是韓紀克都離開客廳，進了廚房。就像拳賽中，一個回合結束後的鈴聲響起時，兩個拳擊手各自回到自己的角落去重整旗鼓。吉布森也進入廚房，去看冰箱裡面還有什麼吃的。

上吊過一次後，會讓人胃口大開。

# 43

一個星期後，當他們開車進入亞特蘭大時，政黨全國代表大會正進入高潮，整個城市鬧哄哄的。同時，亞特蘭大也頗為名副其實地客滿了。各州代表都對他們的人選和贏得總統大選的機會滿懷信心與樂觀。他們無憂無慮，整個氣氛很接近政治上的狂歡節。會場周圍的道路上分布著複雜而稠密的安全檢查點，以及媒體聚集處。人行道任何時間都有很多行人，因此走動時困難重重。亞特蘭大以老派的南方好客精神接受這些侵擾，會場附近的酒吧和餐廳當然更不會抱怨了。

吉布森看著葛瑞絲．隆巴德的特別助理笛妮絲．葛林斯潘繞過轉角走向他。她大學就讀於漢默頓學院，歷史與政治學雙主修。然後在喬治城大學拿到公共政策碩士。人行道擠滿了來參加政黨全國大會的代表，但是你完全不必擔心會漏掉她。笛妮絲一八〇公分，一頭漂亮而獨特的黑人爆炸頭，微微帶著一點紅色調。今天她的頭髮用一條黃綠兩色的頭巾包起來，行走時在眾多人頭上方搖曳生姿。她在漢默頓學院時是賽跑和越野選手，去年秋天才剛以三小時二十八分跑完知名的華府海軍陸戰隊馬拉松——以一個第一次參加馬拉松的人來說，是個非常厲害的成績。在華府時，笛妮絲大部分早晨都會跟葛瑞絲一起慢跑，政治圈內人說這是她們緊密工作關係的核心。笛妮絲當葛瑞絲的特助已經四年了，從各方面來看，她都非常保護她的老闆。

她也是個慣性的動物。過去三天，每天傍晚六點，她都會休息一小時，去離會場八、九個街區外的同一家壽司餐廳吃晚餐。她偏好餐廳裡緊鄰正面窗邊的同一個座位，而且都會邊吃邊看筆電上的新聞和政治部落格。

昨天，韓紀克坐在她隔壁那桌。那是一家小餐廳，桌子都狹窄且擠在一起。因此很容易就可以錄下她輸入筆電密碼的畫面——一次是她剛到餐廳時，另一次是她從洗手間回來時。稍後，韓紀克把錄到的影片放慢速度，他們三個人圍著螢幕反覆看了好幾次，爭辯著那是K還是L。因為攝影機的角度，她的左手會稍微擋到鍵盤右邊。但是他們都相當確定她的密碼是DG5kjc790GD或可能是DG5kjl790GD。珍妮佛認為是DG5lhj790GD。絕對是其中之一。

今天，笛妮絲坐下時，等在她隔壁桌的是吉布森。他道歉一聲，把自己的書包從她座位上移開。她放下自己的筆電，但是完全沒提起他們有同樣的電腦。畢竟，這一款筆電相當普遍。

吉布森的注意力回到自己的新筆電上，這是他昨天才買的。笛妮絲點好了菜，看了一連串部落格。隆巴德和弗萊明剛剛宣布成為競選搭檔，她忙著察看這個消息所引起的各方反應。

吉布森抬起頭往上看，透過門邊那面大鏡子，可以看到珍妮佛的鏡影。她正背對著他坐在那個小小的壽司吧檯邊。女侍端著笛妮絲的食物要送過來時，珍妮佛就起身沿著後走廊去洗手間。女侍把食物放在笛妮絲桌上，然後又問他們兩個人是否還需要什麼。笛妮絲要了一杯茶，吉布森則要了帳單。

過去三天晚上，笛妮絲都等到她的食物上來後才去洗手。吉布森憋著呼吸，直到她闔上筆電，從兩桌之間走出去。在那面大鏡子裡，他看著笛妮絲繞過轉角消失了。他沒抬頭就把兩台電腦交換。做這種事最好迅速而充滿信心，不要像個小賊似的東張西望，免得引來注意。

他的耳機傳來聲音：「她進來了。九十秒鐘。」

他打開笛妮絲的筆電，輸入第一個密碼。密碼視窗抖了一下，說密碼錯誤。吉布森懊惱地往上朝自己的臉吹氣。老是要試到最後一個才成功，他悲觀地想。他試了第二個……一樣。第三個——那個密碼視窗再度反對地抖動。

「你那邊進行得怎麼樣了？」珍妮佛問。

「我還需要一會兒。」他喃喃對著自己的麥克風說。

「一會兒是多久？」

「你自己去查，我在忙。」

他瞪著那三個可能密碼的清單。D和G顯然是她姓名的縮寫順排和倒排。所以她並不反對用個人資料協助記憶。D代表笛妮絲（Denise）。G代表葛林斯潘（Greenspan）。5k表示五千公尺賽跑？那麼剩下的兩個小寫字母代表什麼？他又看著他們之前推估出來的那三個可能密碼。一堆j、l、h，還有一個c。她用這堆字母是要拼湊出什麼來？

她看到珍妮佛從通往洗手間的走廊出來，坐回吧檯前。hc是漢默頓學院（Hamilton College）的縮寫。有可能就這麼簡單嗎？他心想。打了DG5khc790GD。密碼通過了。人人喜歡自己的母校。他插入隨身碟，開始把自己的檔案儲存到她的筆電裡。笛妮絲．葛林斯潘的筆電桌面井井有條，所以她一要打開某個程式的時候，首先就會看到這個檔案夾。

笛妮絲從洗手間出來時，檔案還在儲存中。他從鏡中看到她，但還是低著頭。他有什麼可信的理由能解釋自己在用她的筆電？當然，除了是小偷之外。

「阻止她。」他低聲說。

珍妮佛忽然轉身，對著笛妮絲說了些話。笛妮絲暫停，然後緩緩轉身背對著吉布森。兩個女人友善地交談了一下。他心裡默默感謝珍妮佛．查爾斯的神通廣大，然後拔掉隨身碟，把兩台筆電交換回來。笛妮絲回到她那一桌時，他已經收拾好要去結帳了。

「你跟她說了什麼？」吉布森問。

「我問她那條頭巾是在哪裡買的。說我女朋友的髮型跟她類似，我正要找個禮物送她。」

他們兩個身體往前傾，隔著茶几舉起啤酒瓶互碰。

「現在慶祝，或許有點太早了吧？」韓紀克坐在窗邊，透過窗簾的縫隙往外看。他們在離亞特蘭大四十五分鐘車程外的一家汽車旅館找到了一個空房間，三個人排班睡覺，其中一個人固定駐守在窗邊。

吉布森老是忍不住去看茶几上的那支拋棄式手機。看手機是不是就像急著等待水煮開一樣，愈看就愈覺得怎麼這麼慢？

拜託，葛瑞絲。打電話來吧。

韓紀克抓起鑰匙，說他餓了。他出去三十分鐘，沒想到帶了食物回來給所有人。很不錯的中華料理。韓紀克把幾個塑膠盤子攤在那張美耐板桌面的小茶几上，三個人開始狼吞虎嚥起來。韓紀克只吃春捲。他會把兩端切掉，挖出裡頭的料，加上柳橙醬汁拌一拌。然後再費力地重新用叉子把料填回春捲裡，這才終於開始吃。

那支手機放在茶几上，像是餐桌中央的擺飾。他們聊著天，沒有特定的話題。都是些輕鬆的事情，也當然不去談他們全都在等的那通電話。吉布森刻意裝出一副胸有成竹的模樣，顯示對自己的計畫信心十足。

他們給葛瑞絲．隆巴德的訊息相當簡單，總共有三個檔案。首先是蘇珊和背包在餐桌前的照片，就是比利十年前拍下的那張。吉布森還記得自己第一次在阿倍公司看到這張照片的反應，知道這一定會讓葛瑞絲大為震撼。第二個檔案是蘇珊那本《魔戒現身》的照片。他們唯一保留沒給的照片是蘇珊懷孕的那張。那是吉布森的底牌，他打算當面拿給葛瑞絲看。

訊息的最後一部分是一段短片，裡頭是吉布森坐在茶几旁，棒球帽擺在他面前。珍妮佛一直反對。她希望寄一封簡短的信就好，但吉布森說這是唯一的辦法。如果他們希望有見面的機會，就得先讓她看到他的臉。

在這段影片裡，他直接對著葛瑞絲說話。

「嗨，隆巴德夫人，我是吉布森．馮恩。好久不見，希望你一切都好。你做的三明治是我這輩子吃過最好吃的。我想念在潘瑞思特的往日時光，也希望那棟別墅一切安好。」他說，暫停一下，轉換話題。「隆巴德夫人，我知道用這個方式聯繫你很奇怪，但我相信你最後會明白這是非常狀況。我得知了一些有關蘇珊、有關小熊的事情，一定要當面告訴你。附上的兩張照片，我相信可以證明我要說的那些話的真實性。我什麼都不要，只希望有個機會跟你談，而且只能有你在場。好讓我把真相告訴你。

「我要求你對這件事情保密，直到我們有機會碰面談話。萬一你選擇告訴你丈夫，那麼我保證你永遠不會曉得你女兒為什麼要離家，以及發生了什麼事。這樣聽起來好像是個威脅，但其實只不過是真相而已。」

韓紀克之前說這個計畫太瘋狂了，一直想讓他們打消念頭。他今天晚上還在批評這個計畫。

「嘿，」珍妮佛說。「這是我們最有希望的辦法。」

這樣類似的爭辯，從在葛林鎮開始就沒停過。毫不誇張地說，韓紀克對這個計畫一直就抱著懷疑的態度。

「是啊，但是據我們所知，她會把這個訊息直接拿去找她丈夫。我才不管你小時候跟她有多熟，吉布森。像這樣的事情，你真認為她會瞞著她丈夫？」韓紀克說。

「對，我就是這麼認為。」

「為什麼？」

「因為這是葛瑞絲，而且這件事是有關蘇珊的。」

韓紀克哀嘆起來。「唔，等到霹靂小組衝進來的時候，你一定要這樣告訴他們。我還是贊成直接公開，爆料給媒體，貼在網路上。書、棒球帽都貼上去。一旦曝了光，他們就沒有理由追殺我們了。」

這一切他們在葛林鎮老早討論過了。但是韓紀克不是唯一有疑慮的人，有時候重新討論一遍，其實也會有幫助。

「那樣行不通的。」吉布森跟珍妮佛異口同聲說道。

「為什麼？」

「你當過警察，對吧？」吉布森問。

那一刻韓紀克似乎不太想承認。

「唔，有的事情你知道，有的事情你可以證明。那麼你現在能證明什麼？那本書只會引來一大堆問題而已。那頂帽子無法證明隆巴德是戀童癖。我們在網路上公布這些，只會成為另一個偏執狂理論，這種神經病陰謀論多到數不清。對我們不會有好處的。」

韓紀克很不情願地接受了吉布森的說法，但他很不高興。

「是啊，但是你這個計畫太瘋狂了。你這樣是要進入一家戒備森嚴的飯店，而且是由隆巴德的人看守的。你要是進去裡頭，就死定了。」

「我想你搞錯了。其實正好相反，對我來說，那家飯店大概是最安全的地方。」

「怎麼說？」

「你看到過任何新聞裡頭有關於我們的報導嗎？」

「沒有。」

「對，因為隆巴德處理這件事是私下來的。特勤局沒在找我們。找我們的是那些冷港公司的人，而且他們絕對不會靠近那家飯店的。」

「這個辦法不行的。」韓紀克說。

「非得用這個辦法不可，」珍妮佛說。「她是唯一會相信我們的人，也是隆巴德唯一沒辦法消音的人。」

「要是葛瑞絲認為我可以告訴她一些有關蘇珊的事情，而且是她不知道的，那麼她就會聽我說。」吉布森說，希望聽起來不像他心中感覺的那麼一廂情願。

「好吧，那如果她早知道了呢？如果她跟她丈夫一樣變態呢？」珍妮佛這時又倒向韓紀克那邊了。

「不，我不相信。我了解她。這種事葛瑞絲・隆巴德絕對不可能有份。」

「但要是她聽了之後，決定算了，因為第一夫人的聲望和權力太大了，沒辦法現在放棄呢？那你就是走進陷阱裡了。」

「或許她會這樣，但是我爸總是說，她是他在政治圈裡所遇到過最接地氣的人。」

「耶穌啊，」韓紀克說。「你真的要把自己的性命寄託在你十二歲時的想法？而且教導你這個想法的是——呃，我沒有冒犯的意思——一個完全對他老闆看走眼而送命的人？」

「聽我說，你或許是對的，」吉布森說。「我這個想法或許很愚蠢。但反正我們也沒有別招了，而且那就表示我們得逃亡。如果我們現在逃，就得逃一輩子。我認為那才更愚蠢。」

這番話讓他們全都閉嘴了。沒錯，這是個糟糕的計畫，但也是他們唯一的辦法。

韓紀克低聲笑了。「該死，馮恩。你是什麼時候想通的？我喜歡現在的你。」

手機響了。他們全都暫停下來瞪著看。讓手機繼續響很痛苦，但這是講好的。過了一陣子，手機震動了，告訴他們有一則語音留言。

珍妮佛拿起電話聽留言。等到聽完了，她關上手機，抬頭看著他們。

「我們要上場了。」

# 44

笛妮絲・葛林斯潘站在遠遠的街角，看起來一點也不興奮。她每三十秒就看一下手機。在同一條街上，吉布森從一家咖啡店的窗內打量她，恨不得當初韓紀克更努力一點，說服他打消這個計畫。

「要是有人在跟蹤她的話，那些跟蹤的一定是好手，因為我完全沒看到。」珍妮佛的聲音從他耳機傳來。她在附近的屋頂上，從那裡可以看到十字路口的各個方向。

「這話還真讓人放心啊。」

「你當初提出這個瘋狂的計畫時，我可沒有提過任何有關『放心』的話。」

「我想那是暗示吧。」

「暗示？好吧，美國白人男性的平均預期壽命是七十六點二歲。所以統計上來說，你大概不會有問題。」

「你真的很不會安慰人。」

「聽我說，無論如何，我想你很會判斷人的個性。我只希望隆巴德夫人還是跟你記憶中一樣。」

接下來耳機裡是很長一段沉默。

「有什麼最後的話嗎？」珍妮佛又問。

他想不出任何話可說，於是把耳機扔進垃圾桶——反正耳機是通不過安檢那關的——然後走出咖啡店，來到街上。現在該慢慢習慣聽天由命了。過街時，他往上方看了一眼，想朝珍妮佛點個頭，但她已經不見了。

他走向笛妮絲．葛林斯潘時，她愣住了。

「你就是餐廳裡的那個人，坐在我旁邊的。」

「抱歉了。」

「你怎麼會有我的密碼？」

「你每天都坐在同一個位置。我偷偷錄影的。」

「真沒想到。你還偷了我什麼資料嗎？」

「沒有。」

她皺起嘴唇。「你的脖子是怎麼回事？」

「有個人想吊死我。」

「我不該問的。來吧。」

他脖子上的瘀痕已經消退了一些，現在鬍子也濃密到足以掩飾最嚴重的部分，但他還是把領子豎起來，又調整了一下領帶。

「只有我們兩個人吧？」他問，想判斷她的意圖。

「什麼？沒錯，沒有其他人，保密先生。你是這樣交代的。不過我可要告訴你，我查過你。我知道你做過什麼，或者該說你嘗試想做的。所以你聽好了，如果你是跑來要惡整隆巴德夫人，無論用什麼方式，我的意思是，如果這是個騙局，如果那張蘇珊的照片是用軟體做的，你只是想傷害她或利用她的好心，我就會燒一鍋水，把你綁起來，然後把水倒進你喉嚨裡。我講得夠清楚了嗎？」

「太生動了，」他說。「是的。我跟你保證。」

她那種真心的惱怒其實給了吉布森希望，覺得葛瑞絲．隆巴德應該是沒跟他玩花招。當然，有可能隆巴德夫人決定要設局陷害他，只是笛妮絲不知情而已。

這個狀況會很微妙。他之前告訴珍妮佛和韓紀克的話是真的——他相信葛瑞絲是他可以信賴的人。但顯然這種信賴只是單向的。所以如果葛瑞絲不信賴他，要怎麼說服她相信她丈夫——一個她信賴的人——跟蘇珊的失蹤有關？有個證據當然會有幫助。但是因為地下室裡的那個男人，這個證據他沒有了。所以要怎麼讓葛瑞絲看清真相？不能由他說出來；他知道。一定要讓她自己明白才行。葛瑞絲．隆巴德必須自己把各個點連起來。要是她覺得被操弄，原先打開的心就會像個陷阱活門似的立刻關上。

他們走近會場時，人潮更擁擠了。隆巴德接受提名的演講排定在當天晚上，整個城市因為期盼而忙碌。

「我把你列為媒體人員，要幫隆巴德夫人做專訪。」笛妮絲說。「你就報上真名。把你的駕照給他們看。偽造證件是通不過這些傢伙的。反正我會陪你進去，不會有問題。」

珍妮佛曾跟他描述過接近會場時的保全狀況會是什麼樣，但他覺得她還是太過輕描淡寫了。出現的執法人員多到嚇人：亞特蘭大市警局、特勤局，還有國民警衛隊的人。政黨代表大會的會場和飯店有一關接一關的檢查口。要闖過一關或許還有可能，但要全部混過去的機會似乎根本不存在。之前他一再說過，這對他是最安全的地方，但現在他開始明白，那真的只是說說而已。

兩個制服警員在他經過時狠狠盯著他，搞得他腦袋那個偏執狂的聲音變得好大聲，叫他趕緊跑得遠遠的。

結果認識笛妮絲．葛林斯潘很管用。她帶著他繞到側邊一個競選幕僚人員專用的入口。大約有二十個人正在排隊，等著安全人員逐一檢查。笛妮絲一陣風似的走到最前面，他還以為會引起一陣騷動，但結果完全沒人抗議。現在這是隆巴德的場子了，而且大家都知道。

笛妮絲認得每個特勤局人員，還記得他們的名字。「嘿，查理，我要帶這位先生上去採訪隆巴德夫人。臨時才決定的，他沒有出入證，但是我昨天晚上把他列入清單了。」

查理拿了一個寫字板查看一下，點點頭，揮手要他們通過金屬探測機，接下來有另一個探員拍搜吉布森，檢查他的書包和證件，又拿著一根棒子在他身體周圍掃過。然後他們遞給他一張臨時出入證，祝他們愉快。

笛妮絲帶他進入一條走廊，來到一排電梯前。總共有八台電梯，前六台是一般人使用。最角落的兩台電梯前面拉了封鎖線，且特勤局人員又設了一個檢查口。

「這兩台電梯是專用的，」笛妮絲解釋。「一台到副總統幕僚總部，另一台到隆巴德夫人的套房。她會在她的套房見你。」

「純粹好奇，那副總統現在人在哪裡？」

「他忙著接見不同的人，會一直忙到演講前。」

「喔，但是他人在哪裡？」

「一層樓之下。」

聽起來實在太不夠遠了，無法令人安心。

特勤局人員又攔下他們，他們再度經過全套的檢查：拍搜、金屬探測棒、檢查證件。吉布森不敢呼吸，但他的證件又遞還給他。傻人有傻福，他心想。

才不是呢，一個聲音說。他們是要帶你到一個安靜的、沒人看到的地方。

一個探員跟他們一起進入電梯，然後用一把鑰匙啟動。一滴汗沿著吉布森背部流下，等到電梯停在一個中間的樓層，他畏縮了一下。心臟狂跳。

冷靜一點。

「我還以為隆巴德是那種喜歡頂樓的人。」他說。

「每次都不一樣，」笛妮絲說。「特勤人員不建議你在飯店裡面每次都住同樣的樓層。免得很容易遭受外來的攻擊。」

笛妮絲在走廊停下來叫住他，然後打了個電話說他們到了。

「接下來要做什麼？」吉布森問。

「乖乖等著。」

「在這裡？你是在跟我開玩笑，對吧？」

笛妮絲聳聳肩。「你以為要把她所有幕僚請走、把所有原先行程排開，不會引起任何不滿嗎？你想要隱私，那是要花時間的。」

「這裡是走廊。」

「唔，那就盡量保持安靜吧。」

他們站在走廊裡，熬過了痛苦的二十分鐘，在這段期間，吉布森明白偏執狂的真正意思是什麼。每個在走廊經過他們的幕僚人員，每一對朝他看的目光，都害他設法解讀其中含意，尋找那些人臉上是不是有認出他或刻意看他的跡象。一分一秒逐漸過去，那條走廊彷彿縮窄又變得愈來愈長。一個眼鏡男停下來問笛妮絲有關當天晚上的行程。他們兩個走到一邊去談話時，吉布森發誓他聽到他們小聲的交談中提到了他的名字。

然後笛妮絲朝他露出勉強的微笑，帶著他沿走廊來到二三〇一室，敲了一下門，沒等有人回應，就帶他進去了。

# 45

珍妮佛看著笛妮絲・葛林斯潘帶著吉布森沿著街道往前走。他這麼做真的很勇敢，但她很好奇他是否知道自己為什麼要這樣做。是為了保護他們的安全，還是要為蘇珊和杜克討回公道？如果這兩者他只能得到一個，他會選哪個？他會為了扳倒隆巴德而犧牲他們嗎？老天在上，她希望不會搞到那樣。

吉布森走出視野後，珍妮佛從口袋掏出一支手機和電池，在手上轉了又轉。這是她從賓州那棟湖畔別墅的一具屍體身上拿來的，吉布森和韓紀克都不曉得。韓紀克要是知道她接下來要做的事，一定會把她關起來。強權就是公理。但是喬治・阿倍在那些壞人手上……她不曉得他們是誰，或許是冷港，或許是其他公司，但他們抓走了喬治，一定要讓他們放了他才行。

她不知道喬治・阿倍是否還活著，但如果是，那麼從吉布森走進那家飯店的那一刻起，時間就很緊迫了。隆巴德如果覺得自己走投無路，很難說他會做出什麼事情來。

珍妮佛把電池放進手機，然後開了機。他們現在可以追蹤到這個手機了——如果他們在找的話。她想了一會兒，打了阿倍顧問公司的總機。接下來又打了韓紀克的手機，天曉得現在那輛聯結車開到哪裡去了。電話直接轉到語音信箱：她沒留話，等了幾秒就掛斷。最後，她打了阿倍的手機。這個號碼自從在湖畔別墅以來她就不敢打；她憋住氣，聽著電話響了，直到她聽到阿倍要求來電者留話的錄音，她才吐出氣來。

她講得很簡短。「喬治，我們在賓州不得不放倒了幾條流浪狗，不過我們現在沒事，很安全。我們找到原先在找的東西了。接下來請指示。四、〇、四。」

這個訊息應該可以讓監聽的人動一下腦筋。亞特蘭大的區域號碼是四〇四。有點太明顯了。但她現在沒有拐彎抹角的心情。她寄望他們也不會有那個心情。他們在那棟湖畔別墅損失了好幾個人，報復是個強而有力的動機。她把手機塞進一個排氣孔，自己走樓梯來到人行道。沿著同一個街區往前，進入一座立體停車場，從那裡的三樓，她可以清楚看見她留下手機那棟大樓的大門口。

她不必等很久——有人已經料到他們會出現在亞特蘭大。

一輛黑色休旅車來到那棟大樓前，停在人行道邊，引擎空轉著。幾分鐘過去了。他們沒有攻入那棟大樓，所以賓州那一場讓這些混蛋學乖了。

不錯嘛。

車後方的一扇車門開了，一個穿著擋風夾克和軍靴的男子下了車，進入那棟建築的大廳。在這個悶熱的亞特蘭大早晨，穿著寬鬆的擋風夾克，原因只可能有一個。

接下來五分鐘，她沒看到任何進一步的動靜；然後又兩扇車門打開，兩個男人匆匆下車走進大樓。於是只剩下司機。

太完美了。

這條街道更往前一點的動靜吸引了她的目光。一輛綠色汽車擋住了立體停車場旁的那條巷口。他們找來後援了，很聰明。她看不出車裡有幾個人，但是一輛停在巷口的車，要比停在陽光大街上的一輛休旅車要容易對付太多。聖誕節提前降臨了。

珍妮佛穿過立體停車場，來到後樓梯。她正伸手要開門時，門忽然剛好打開，一個揹著運動袋的男人走進來。她讓到一邊，他們的眼神交會片刻。他隱藏得很好，但她發現他腳步略微停頓，那是因為他的腦子認出她、腳下因而慢了千分之一秒。他又往前走了一步，掠過她旁邊，同時禮貌地點了個頭，笨拙地去摸他運動袋的拉鍊。她啪地按開了垂在身側的伸縮式警棍，完全展開到五十三公分。

他聽到那金屬的摩擦聲，放棄了拉鍊，改拿著那個袋子朝她甩來。他是個大塊頭，那個袋子又很重。結果袋子狠狠擊中她一邊肩膀，她朝旁邊踉蹌，一邊膝蓋落地。他扔下袋子，湊近了朝她揮出一拳。她用警棍擋下來。以他的塊頭和體重，跟他搏鬥是沒有希望的。於是她用警棍朝他小腿後方的腓神經打過去。那條腿癱了，他踉蹌後退，人還沒倒地，她就已經站起來了，然後她狠狠踹他另外一條腿的腳踝，聽到了筋鍵斷裂的聲音。那根警棍一次又一次往下揮擊，直到他躺在那邊一動也不動。她又舉起警棍，腎上腺素大量分泌，接著吸口氣控制住怒火。打架之前的恐懼已經消失無蹤。現在她只想狠狠揍人，活該他送上門來。她手裡的警棍垂下，壓著他的臉收短了。

珍妮佛一邊喘著氣，一邊用束線帶把那男人的手腕和腳踝綁起來，然後把他拖到一輛車子後頭。運動袋裡面是一把光滑的黑色ＣＺ－七五〇——一種短槍管的捷克製狙擊步槍，絕對不是聯邦調查局的制式裝備。她可以想像這槍可能派得上用場，於是揹起那個運動包。

她下了樓梯，出來是巷口，就在那輛車的後方。她只看到車裡有一個腦袋，很可能是樓上那個傢伙的搭檔。這人的手肘放在打開的車窗上。她拿出一把小型電擊槍，像支手機似的湊在耳邊，然後朝巷子裡駕駛座旁走去，假裝在跟某人談著她瘋狂的一夜。

然後電擊槍壓在他的脖子上。

那司機抽搐，嘴巴可笑地下垂張開。這個低電壓只能讓他癱瘓幾分鐘，所以她把他的手腕用束線帶固定在方向盤上，又把安全帶割斷，免得他開車時還想耍什麼花招。然後她上了乘客座，槍管抵著他的鼠蹊。

「我這個星期過得很糟糕，所以等這一切結束時，我可能會朝你開槍。」她說。「不過如果你乖一點，我會讓你挑要射哪裡，懂嗎？」

那司機點點頭，舔了一下嘴唇。

「很好。今天天氣不錯，很適合開車。往北走吧。」

他緩緩駛離巷子，接著左轉。她看著那輛不動的休旅車，直到再也看不到為止。

「你是冷港的人？」

那司機點點頭。

「還是沒辦法講話？」

他又點頭。

「沒關係。這樣我就有時間好好告訴你，如果你不能幫我找到喬治·阿倍的話，你會有什麼下場。」

# 46

被帶進副總統夫人套房的那一刻，吉布森全身緊繃，痛苦難捱。要是他們打算伏擊他，就會是在這裡了。他憋住氣，半期待著會有一把槍指向他。但幸好，房間裡只有葛瑞絲．隆巴德獨自站在窗邊。

燦爛的亞特蘭大陽光照著她一頭及肩的金色捲髮，額前的瀏海整齊地撥到一邊——她的招牌特徵。雖然很不可能，但她看起來跟他記憶中一模一樣。她個子嬌小，從來就不是那種講究打扮的人。今天她的衣著風格一如往常，穿著牛仔褲和格子襯衫，看起來就像是剛從潘瑞思特的那個舊門廊走出來。這讓他強烈懷舊起來，很想過去擁抱她，但葛瑞絲．隆巴德沒朝他接近。擁抱是不必想了。

「你好，吉布森。」

「隆巴德夫人，很高興又見面了。」

「隆巴德夫人，」她跟著他說了一次。「你總是這麼有禮貌。」

「謝謝你願意見我。我知道要你盲目地相信我，是很大的考驗。」

「我希望我的判斷沒有錯。」她比了個手勢要他坐下，但自己還是站在窗邊。她的雙眼疑問地看著他脖子上的那圈瘀痕。

「你這些年過得怎麼樣？」她小心地問。

他大致講了這十年的狀況，最後談到愛莉。「我有個女兒。現在六歲了。」

「六歲？」她說。「我想你一定很會照顧小女生的。」

他覺得很受鼓舞，於是遞出了一張愛莉在國家動物園拍的照片。葛瑞絲走上前來接了，然後坐在旁邊一張扶手椅上。

「她看起來像個鞭炮。」她唇邊露出一絲隱約的微笑。

「這麼講是太保守了，你真該看看她踢足球的樣子。」

「她很厲害嗎？」她把照片遞還給他。

「不，爛透了，但是她完全不受影響。」

葛瑞絲笑了，但很快就又忍住。

他改變策略。「我要謝謝你的那封信。」

「信？」

「我剛到海軍陸戰隊時，你寫給我的那封信。」

「啊，當然了，是的。當時似乎有必要。」

「唔，那對我意義很重大。能夠得到你的消息，幫了我很多。我一直想回信的。不過那陣子實在很難熬。」

「那陣子對每個人來說都很難熬。我回想起來都很難受。但是不客氣，吉布森。對我們家來說，你和你父親曾經是非常特別的。」

曾經。話中沒有任何尖刻的意味，純粹是陳述事實而已。

「謝謝你，夫人。」

「尤其是對蘇珊來說。當時發生的一切讓她很震驚。你父親，還有你的……困境。」她很委婉地講完這個句子。

「是的，很遺憾我沒能陪在她身邊。我應該要的。她值得更好的對待。」

葛瑞絲僵住了。他講得太笨拙了，好像有點控訴的意味。接下來要小心了，他心想：這件事他只有一次機會。

「是啊，唔，現在你來了。」她說。「我想你應該要解釋一下那張照片吧。你是從哪裡拿到的？」

「一切最好是從頭開始講吧。」

「我會全心全意聽你說。」

吉布森清了清嗓子，說出了故事。他告訴她有關阿倍顧問公司，以及他們如何追蹤比利・卡士柏到賓州的桑摩賽特鎮。在這次會面前，他考慮過要略去很多事情不講，但到最後，他幾乎全都告訴她了。

葛瑞絲沉默聽著，同時笛妮絲一直在門邊徘徊。

等到他描述完那個湖畔別墅，就從自己的書包裡拿出那頂費城人隊棒球帽。他拿著帽簷遞向葛瑞絲。她伸出手接住帽子，拿得老遠，一副疑心的模樣。

「怎麼？你的意思是，這就是那頂帽子？」葛瑞絲問。

「你告訴我吧。」吉布森指著內裡的姓名縮寫給她看，葛瑞絲審視著。

「這是她的筆跡。」她疑問地抬頭。「這個比利．卡士柏，是他把帽子給你的？」

「是的。」

「為什麼他沒被逮捕？他綁架了我女兒。」

「隆巴德夫人，蘇珊逃家時，比利．卡士柏才十六歲。」

「他當時還未成年？」葛瑞絲站起來，走回窗邊。「這怎麼可能？」

他小心翼翼地觀察她，看她會倒向哪邊：相信還是否認。

「我想他們當時相愛。唔，比利愛上她了。小熊我就不知道了。」

一提到蘇珊以前的綽號，葛瑞絲開始哭了。她沒舉起手來摀住臉，只是淚流不止。

「有些事情你還保留著沒告訴我。」最後她終於說，一對杏仁眼毫不退縮地迎向他的目光。

「隆巴德夫人，小熊的狀況是什麼時候開始惡化的？」

葛瑞絲一時愣住了。「蘇珊是什麼時候開始變得難相處的？她的行為？這個問題我多年來一直問自己。但是從來沒辦法確切指出來。她不是某一個時間點忽然改變的，而是幾年間逐漸惡化。都是一些小事情。我還以為那只是青春期。」

「比利也給了我這個。」吉布森朝她遞出《魔戒現身》。葛瑞絲接過來緊緊握住，因為熟悉而點著頭。

「你當初讀給她聽，讀完之後，她走到哪裡都帶著這本書，」她說，翻閱著。「她會坐在廚房裡，不斷問我各式各樣問題，然後寫在這本書裡。」

「對我也是，」吉布森說。「當時搞得我快抓狂了。」

葛瑞絲在淚光中感激地笑了。「我一直在找這本書，到處都找遍了。她帶走也很合理。她那麼愛你。」

「你還記得小熊給我取的綽號嗎？」她問。

「記得，」她說。「她喊你『桑』。」

他指引葛瑞絲去看書上，解釋橘色字的意義。葛瑞絲閱讀她女兒的那段筆記，看完之後，她疑問地抬頭。

「什麼棒球賽？」

吉布森告訴她整件事。

「你知道，我還記得那個週末，」聽他講完後，葛瑞絲說。「當時我去加州一星期，拜訪家人，次日早上回來。班傑明一夜沒睡。我沒看過他那麼生氣。我們大吵了一架。還有蘇珊，老天。她連續好幾天都像個喪屍。」她又看著那頂帽子。「她那頂帽子就是這麼來的？在那場球賽？」

「我父親在回家的路上買給她的，為了要安撫她。在布里茲伍德之前，你真的從來沒看過這頂帽子？」

「在此之前沒有，總之是沒親眼看過。你知道我盯著她的眼睛看過多久嗎？盯著我女兒那張可怕的停格畫面？想猜出她當時在想什麼？為什麼她要逃離我？」

「我想她不是要逃離你。」吉布森說。

「你這麼說真是太好心了，但是她的確逃家了。」她暫停下來，思索他的話。「你的意思是，她不是要避開我。」

「是的，夫人。」

「這件事跟一頂帽子會有什麼關係？她戴著帽子出現在錄影帶裡，你不認為這是意外？」

「沒錯，夫人。我認為那是個訊息。」

「訊息？給誰的？」

「給我。」

「什麼意思？」

吉布森暫停一下，設法判斷時機。到了某個時間點，他就得把那個爆炸性的消息告訴她。是現在嗎？他不希望葛瑞絲受苦，但這個消息要夠痛心。唯有這樣，她才能明白。他吸了口氣，盡可能保持冷靜地說。

「小熊當時懷孕了。」

房間裡彷彿一時被吸光了氣。葛瑞絲幾度張嘴要說話，她的臉拉下來，緩緩站起身。

「我早該知道的。跟你見面是個錯誤。吉布森，我想著當年你是個多麼貼心的小男孩，真不懂你怎麼可能會變成現在這樣。我會請笛妮絲帶你出去。」

一如他的預料，葛瑞絲放棄他了。雖然殘忍，卻是必要的。她就像站在一處可怕的崖邊，盡量離得遠遠的，因為摔下去就會粉身碎骨。把他說成一個騙子，也總比跳下去要好。但他覺得自己看到了她眼中一絲覺察的微光，即使只是片刻。

他遞出最後一張照片。小熊懷孕的照片。她抓過來，雙手握著，站在那裡沒法動。吉布森朝她走近，低聲開口了。

「一切都歸結到一個謊言。一個精緻的、巧妙的謊言。因為編得太可信了，所以從來沒有人質疑過。或許就像你說的，當年我是個貼心的小男孩，而且沒錯，我一點也不以自己現在的樣子為榮。但是我分得清謊言和真相。我會來見你，是因為你也被同一個謊言蒙蔽了。就像我以前也被這個謊言蒙蔽過，使得你環繞著這個謊言做出決定、安排人生。最後當有人告訴你真相——說你的女兒懷孕了，而她逃家是因為她很害怕——你就沒辦法接受。但這就是真相。而且接下來會引發一個問題。孩子的父親是誰？」

「出去！」葛瑞絲尖叫。

笛妮絲走進來擋在兩人之間。「相信我，你不會希望特勤局的人進來的。」

「我就知道會是這樣，」葛瑞絲淚流不止，一邊哽咽地說。「又一個病態的嘗試，想羞辱我的家人。你對我丈夫的不滿真的對你那麼重要嗎？蘇珊崇拜你，吉布森。你真的會為了傷害我丈夫，不惜毀掉蘇珊的名譽嗎？」

「裡面一切都還好吧？」一個男人的聲音問道。

套房裡面安靜下來。笛妮絲朝他抬起一邊眉毛。你打算怎麼辦？

「我馬上就走。」吉布森說。

「是的，我們沒事，約翰。謝謝你。」葛瑞絲朝門外的特勤探員喊道。

她把手上的書朝他遞，但他搖搖頭。

「是你的了。你應該留著才對。」

「這本書不會是造假的吧？」

「你明知道是真的。」

葛瑞絲雙手舉著書拿遠了，小心翼翼翻著書頁，好像那書在流血似的。然後她停下，忽然無法吸氣，雙手顫抖地撫平書頁。

「葛瑞絲？」笛妮絲問。「怎麼了？」

葛瑞絲一臉慘白，抬頭看著他們。

「我最喜歡的顏色是藍色。」

# 47

汀斯利蹲在浴室裡，讓冷氣通風口對他低聲訴說真相。他蹲在那裡很久了。安靜不動。雙眼閉著。傾聽著隔壁的動靜。

之前在夏綠蒂城被打斷之後，他花了好些力氣才又找到他們。他們不是笨蛋。一旦知道有人在追殺，他們就非常高明地掩蓋自己的足跡。直到亞特蘭大，他才又終於找到他們。

克麗絲塔·竇普雷斯很不高興。這也可以理解。湖畔別墅的衝突的確很糟糕。汀斯利完全同意。當然，找第二組人馬來是她的特權，但如果她不事先告訴他這些計畫，那麼當兩方任務重疊而導致無可避免的衝突時，責任就不在他身上了。

但是她當然不這樣想。

汀斯利考慮過要退出，換了其他狀況他可能就真的會這麼做了。但是竇普雷斯夫人是老客戶了，與她為敵也不符合他的利益。而且除此之外，有個什麼讓他對這三個人念念不忘。那是一種歷史感，覺得事情沒做完。他進入這個故事已經超過十年了。他對杜克·馮恩的兒子有種出乎預料的親切感，看著這小子走到人生的終點，對汀斯利來說是很重要的。

模糊的開燈聲吸引了他的注意力。有人在哼歌？還是唱歌？是出自電視機還是一名男子？水管發出嗡響和嘆息，然後通風口傳來誘人的蓮蓬頭嘶嘶水聲。汀斯利等待著。那嘶嘶聲變了，聲音轉為低沉——水落在皮膚上，不是地磚上。時候到了。

汀斯利走出他的房間，往外看著停車場。珍妮佛·查爾斯和杜克·馮恩的兒子不在，只留下那個憤世男子。既然現在有機會，他打算就先解決掉這個。

汀斯利走了八呎，來到隔壁房門前，然後跪下來像是在綁鞋帶。這是個廉價汽車旅館，門上裝的都是廉價的鎖——他用冰棒棍都能挑開。他悄悄進了房間，拔出手槍。再也不會被打斷了。他失手了兩次，儘管每次的狀況都情有可原，但汀斯利的感覺很不好。事物的自然軌道被轉向了，就像在一條河流中間築起水壩。而且就像逐壩的河流，汀斯利可以感覺到那股想要修正的自然力量有多麼強烈。

除了電視的亮光之外，房間裡一片昏暗。兩張雙人床睡得皺巴巴，浴室門微開。唱歌或哼歌聲停止了。汀斯利走過房間，仔細傾聽著是否有任何改變。他背貼著浴室外那條短廊的牆壁。想到時幾乎已經太遲了：浴室裡的水聲不對勁，那是空蕩淋浴間裡那種比較尖的嘶嘶聲，顯然水是落在地磚上的。

汀斯利舉起雙臂，把那根揮過來的鐵撬棍從他頭上稍微擋開。疼痛竄過他的手腕，那鐵撬棍還是刮過了他的頭頂，灼痛得就像有火在燒。他的槍落地滑開。汀斯利轉身以抵擋下一記攻擊。在這條狹窄的走廊上，一根鐵撬棍很難靈活施展開來，這樣應該可以幫他爭取一點時間，讓他有機會振作起來，跟對方站在平等地位上較勁。很不幸地，那個憤世男子也想到了。鐵撬棍吭噹一聲扔在地上，同時一拳揮過來擊中了汀斯利的鼻子。他的鼻子在賓州被打斷以後，才剛開始復元，那一拳又把鼻子給打斷了。他倒地時，嘴裡嚐到血的滋味。

那憤世男子又揮出結實的拳頭，打得汀斯利趴在地板上起不來。那幾拳不但兇狠，而且精準，汀斯利很佩服。這兩者通常很難兼顧的。

汀斯利被打得暈頭轉向，他感覺到一邊膝蓋重重壓在背部，手銬清脆地銬住他的手腕。他自己那把槍冰冷的圓形槍口抵住他的太陽穴。

「要是有人料到你要來，你就沒那麼厲害了。」

「這種狀況，任何人都不會厲害吧。」汀斯利說。

「你是替誰工作的？」

汀斯利沒吭聲。

「你要知道，要是我沒得到我想要的，你就會死，」那憤世男子說。「或許你有某種榮譽守則，必須保護你的客戶。我無所謂。但是你要好好想一下，這種保護客戶的聲譽，對一個死人能有什麼用處。」

汀斯利在鮮血中眨眨眼。「什麼榮譽守則？」

「最後一次機會。是誰雇你的？班傑明．隆巴德嗎？」

「誰？」

「喬治．阿倍在哪裡？」

「誰？」

「好吧，」韓紀克說。「那我就成全你。」

那憤世男子把他拖進浴室。汀斯利明白為什麼。地磚上的血跡比較容易清乾淨。

「我要問你幾個問題。如果我不滿意答案，那你就要進浴缸裡，而且不是為了要泡澡。懂了沒？」

「你朝我開槍的時候，浴缸可以接住血。」

「沒錯。」

「把浴簾拉上吧。比較能防止血亂噴。」

「你是什麼人？」

「我是你的朋友。」

那憤世男子冷哼一聲。「我的朋友?你會殺掉你所有的朋友？」

「我們之前不是朋友。當時我們沒有友誼的基礎。」

「喔，那現在我們就有了？」

「情況改變了。你現在的立場應該要放我走。所以我希望我們成為朋友。為了回報，我會幫你一個忙。就像朋友之間會做的那樣。」

「你還真是個樂觀的王八蛋，對吧？」那憤世男子說，把汀斯利拖起來呈坐姿。「你要幫我的這個忙，是要告訴我誰雇用你的嗎？」

「不，我這個忙，是要把證明你殺了科比·泰特的那把槍和彈殼送給你。」

那憤世男子坐在馬桶上，槍口指著汀斯利的胸膛。

「你放在哪裡？」

「在一輛車的後行李廂。要是你殺了我，幾天之後，那輛車就會被拖吊走。警察會在後行李廂發現你的槍。上頭有你的指紋，還有其他證明你有罪的證據。」汀斯利說。「或者我們可以一起合作，就像朋友那樣，我可以把那些東西交給你。然後我們各走各的路。」

「那屍體呢？」

「我沒帶著。」汀斯利說。「不過屍體所在的GPS座標——這個我有。」

「然後你不會再來煩我和我的同事了？」

「是的。」

那憤世男子凝視他老半天。

「那麼，」汀斯利說。「我們是朋友了？」

# 48

葛瑞絲伸出一隻手，要去抓她身後一張椅子的扶手，但雙眼始終無法離開那本書。她的手懸在那裡，忘了，然後她的臉被一陣龐大而深切的痛苦淹沒。一千片碎片開始落到正確的位置——拼出了她從不曉得存在的事情。但是當她回想起以前一些不相干的往事，就開始看出那不光是一條尾巴，而是整隻大象。葛瑞絲・隆巴德張開嘴巴，發出一聲痛苦的呼喊。

「怎麼了，隆巴德夫人？」

「你該死，吉布森。」她拿著那本書用力摔在他胸部，那書還打開在同一頁，然後她轉向笛妮絲。

「他人在哪裡？」她問笛妮絲。

吉布森抓著那本打開的書，尋找藍色墨水的字跡。他發現寫在左邊書緣：

我真希望我可以解釋。要是我現在離開，在他發現之前，那他就又會變好了。他會的。都怪我逼出了他身上的壞東西。他總是這麼說。我實在不應該拖這麼久才離開。都是因爲我太害怕了。對不起。別難過。

吉布森抬起頭，驚駭地看著葛瑞絲，但她已經朝房門走去。

「誰？」笛妮絲問。

「我丈夫。笛妮絲，他人在哪裡？」

「隆巴德夫人？」笛妮絲問，口氣很不安。「是什麼事？先坐下來休息一下。跟我談。怎麼回事？」

葛瑞絲轉過來兇巴巴地面對著笛妮絲。「別再擺布我了，笛妮絲。我丈夫呢？他現在人在哪裡？」

「三號會議室。」笛妮絲結巴地說。「隆巴德夫人？」

但葛瑞絲已經走出房門，掠過那名嚇呆的特勤局探員。她半跑半走，穿過走廊的人群，一臉威脅著要造成嚴重後果的表情。幕僚們紛紛閃開，像田鼠躲開打穀機似的，不敢擋住她的路。

笛妮絲跟在她後頭。吉布森跟著笛妮絲。中途笛妮絲憤怒而控訴地回頭狠狠瞪著吉布森。那個特勤局探員約翰則殿後。

他們在電梯前追上了葛瑞絲．隆巴德。往下的箭頭亮了，但她還不斷按著那個鍵——好像有助於緩解她無可救藥的痛苦。

他們只搭一層樓下去，但在電梯裡感覺上漫長得永無盡頭。整個小空間裡的氣氛就是這麼緊張。笛妮絲試著想讓葛瑞絲看自己，但失敗了，於是她就把怒火轉向吉布森。

「你做了什麼？」笛妮絲從他手裡搶走那本書。

他只能祝她好運。無論他啟動的是什麼樣的力量，現在都已經脫離他的控制。接下來一切就要看隆巴德夫婦了。他和笛妮絲都只是旁觀者而已。

三號會議室裡坐滿了人，副總統站在一張巨大會議桌的桌首。他的西裝外套脫掉了，襯衫上最頂端的釦子已經解開，領帶拉鬆，襯衫袖子捲到手肘。他看起來像個剛談成一筆大生意的人，志得意滿地走進酒吧，準備好要吹噓自己的豐功偉業，舉杯祝賀自己的勝利。他身邊圍繞著顧問、演講撰稿人、媒體聯絡人，以重要程度排列。那就像古時候中世紀的謁見室，愈接近權力核心的人，權力就愈大。外圍則是比較不重要的：熱心的助理、實習生，以及貼身隨從。

整個會議室裡有一種樂觀的高昂氣氛。吉布森還沒看到，就先聽到了——那種豐沛的、沾沾自喜的持續笑聲。眼前或許還有工作要做，但慶賀的氣息已經開始籠罩。

守在門邊的兩個探員警覺到有事情發生了。兩個人身高都超過一九〇公分，手腕比葛瑞絲・隆巴德的腿還粗。他們並肩擋在門前，用一種安撫的、勸慰的口氣開了口。可惜他們一點機會也沒有。

「隆巴德夫人。需要我效勞什麼嗎？」

「湯瑪斯，我很喜歡你，但是不要擋著我的路，不然等我解決了裡頭，下一個就輪到你。」她說。「這個話我不會說第二次。」

一次就夠了。那兩個大塊頭探員讓開。隆巴德夫人進去後，他們又靠攏，擋住了笛妮絲和吉布森的路。葛瑞絲一進入會議室就停下來，嚴厲的目光停留在她丈夫身上。最接近的那些人看到她就沉默下來，感覺到氣氛有種可怕的轉變——就像狗能感覺到風暴即將來襲。他們的沉默像漣漪般逐漸擴散到整個會議室。談話聲逐漸止歇。一張張不確定的臉期待地往上看，最後只剩一個沒注意的幕僚還在講手機，興奮地討論著愛荷華州的電視廣告量。有個人用手肘碰碰他，他回頭，臉色轉為死白，趕緊掛了電話，加入沉默的行列。

整個房間等著葛瑞絲開口，但她只是繼續瞪著她丈夫。副總統清了清嗓子，他是技術高超的政客，花了一輩子學習如何轉移記者的問題。他太常被形容為鎮定從容了，因而都已經成為媒體的陳腔濫調。但眼前這個不一樣。

「葛瑞絲？」

「所有人都出去。」她說。

沒有人動。

「葛瑞絲。怎麼了？」隆巴德問。

「你想在他們面前談？因為我會的。」

會議室裡的人紛紛看向他們的老闆。隆巴德不喜歡她話中那種怨恨的口氣。他擠出微笑。

「好吧，各位，」他說，一副和藹的模樣。「我們的情勢很不錯。現在就提早去吃中飯吧，十二點半回來這裡集合。」

有人開始收東西，不想一副匆忙的樣子。有的人什麼都沒拿，急著要離開這個可怕的會議室。當幕僚們紛紛拖著腳步經過葛瑞絲面前時，有那麼尷尬、緊張的幾分鐘。隆巴德看著他太太，表情像個撲克賭徒，無法決定是要跟注、蓋牌，或是可能要加注。人群聚集在走廊，一張張謹慎的臉上都擺明了充滿疑問。有的人想跟笛妮絲問出個解釋，但她揮手打發掉他們；有的人則聚在一起討論。最後，一個年紀較大的壯碩男子出現，口氣威嚴地命令他們離開。

等到走廊清空了，吉布森聽到厚厚的門內傳來隱約的憤怒吼聲。兩個特勤局探員直直看著前方，假裝沒聽到裡頭爆發的戰爭。吉布森和笛妮絲期待地站在門外，像是《綠野仙蹤》裡桃樂絲那些無能的同伴希望能見到魔法師。那名年紀較大的幕僚走向笛妮絲，想知道發生了什麼事。

「我不曉得。」

「我是副總統的幕僚長。發生了什麼事？」

「問他。」她下巴朝吉布森抬了一下。

「我是李蘭・瑞德。」那男人說，伸出一隻手。

吉布森看著那手。「給你一點善意的建議，李蘭。去準備你的履歷，開始找下一份工作吧。」

瑞德和笛妮絲都還沒來得及反應，會議室的門忽然打開了，吉布森發現自己面對面看著班傑明・隆巴德。片刻之後，葛瑞絲也跟上來。

「回來這裡，班傑明，」她說。「我們離談完還早呢。」

吉布森看著隆巴德臉部的肌肉起伏——上頭正在爆發一場激烈的戰役，努力要抵抗因為驚訝、難堪、憤怒所激起的身體自然反應。那真是意志力的驚人展現，隆巴德已經控制住他的呼吸，鎮定下來。而且正要編出答案，以應付他太太的問題。

這個人需要的，就是往錯誤的方向推一把。

吉布森朝他擠了一下眼睛。

那種煽動性立刻見效。副總統身上所有鎮靜的偽裝全都消失，一大片紫紅色湧上他的脖子和臉。隆巴德推開兩個探員，舉起拳頭走向吉布森。

吉布森唯一能想到的就是拜託，拜託，拜託揍我。不可能這麼走運吧，他用意志力逼迫自己的雙手垂在身側。不抗拒看起來會更理想。好好揍我一頓吧，你狗娘養的。把你的棺材給釘死。

在門內，克麗絲塔．賓普雷斯還坐在會議桌的尾端，一抹痛苦的表情扭曲了她盛氣凌人的臉。她跑來這裡做什麼？但吉布森還沒能回答自己的問題，班傑明．隆巴德就一記重拳揮過來，正中他的下巴。副總統是個大塊頭，吉布森的腦袋撞上地板之前，就已經昏過去了。

# 49

吉布森醒來時，發現自己在三號會議室的地上。他仰天躺在那邊，瞪著天花板的吸音磚。這個房間空蕩蕩的，但並不是清得一乾二淨，讓他想到那些末日喪屍電影——食物包裝紙、紙杯、公事包、筆電包，扔得滿地都是。副總統的西裝外套還掛在一張椅背上。看起來像是被遺棄了。

他慢慢覺得好一點了。他的身體之前因為被繩索吊起過還沒完全恢復，而隆巴德的拳頭當然也沒幫上忙。他緩緩坐起身，有點驚訝地發現自己的手腕沒被銬上。笛妮絲·葛林斯潘坐在一張扶手椅上，雙眼盯著地毯上的一塊污漬。

「我被逮捕了嗎？」他問。

笛妮絲沉浸在自己的思緒裡，拖了好久才回答。「沒有。」

「我可以離開了？」

「對。」

他收拾自己的東西站起來。到了門邊，他停下來，轉回去面對笛妮絲。

「你還好吧？」

「不，我不好，」她說。「你呢？」

「頭很痛。我被揍了。不曉得你看到了沒。」他說，朝她露出微笑。

笛妮絲沒笑。

「其實呢，我有點不太確定發生了什麼事。」

「發生了什麼事？」笛妮絲的回答是兩手攏成杯狀，舉到頭部上方才張開，同時發出一個爆炸的隆隆聲。

「這麼慘？」

「這不就是你想要的嗎？」

吉布森點點頭。

「好吧，你如願了。希望你高興了。」

她遞出一張名片。他接過來。上頭是葛瑞絲．隆巴德的電話號碼。

「你往後有什麼問題，就直接打電話給隆巴德夫人。」

「還有別的事嗎？」

「離開時把門關上。」她說完就走出去，沒再多說一個字。

在外頭的走廊上，幕僚們害怕地成群站在一起，低聲交談著。他們就像一堆小孩知道大人吵架了，但是不明白是在吵什麼。他們望著吉布森走過去，沒人找他說話。

他搭電梯下樓。籠罩著副總統樓層的那種陰沉氣氛還沒傳到大廳。吉布森穿過黨內大老、會議代表、大會工作人員所組成的歡樂人群中。據他們所知，好時光才剛開始。

*趁你們還有辦法的時候，好好享受吧。*吉布森心想。

在前方，兩台行李推車載著行李箱和服裝袋，正謹慎地推過大廳。克麗絲塔．賓普雷斯跟在後面，正怒氣沖沖地朝著手機咆哮，沒注意到吉布森。但無論如何，他還是不由自主地往後退。

你造了什麼孽，克麗絲塔？

吉布森想得太專注，因而差點沒看到那個女孩。

小凱瑟琳．竇普雷斯落後她阿姨大約十公尺，迷惘又被人遺忘，像一隻流浪狗在追著最後一頓可靠的食物。她看起來好害怕，好孤苦無依。只有腳下的世界徹底翻轉的孩子，才會有這樣的表情。他很同情她，然後忽然想到什麼。他站在那裡，看著她走出視線，接著又繼續站在那裡好久。

在預定發表接受提名演說的幾個小時前，班傑明．隆巴德宣布辭去副總統一職，同時退出黨內初選。因此，他成為美國有史以來第一個篤定獲得提名卻退選的候選人。這個震盪在全國造成的餘波，往後多年都不會消退。

隆巴德一臉煩惱又筋疲力竭，只是聲音顫抖地公開發表了五分鐘談話。他表示最近的一些身體檢驗，發現了之前未察覺的、有生命危險的狀況。在這樣的情況下，如果繼續參與角逐總統職位，就太不負責任了。美國人民應該要對他們總統的健康充滿信心才對。他的表演令人心碎。

葛瑞絲．隆巴德沒站在他身邊。

吉布森跟珍妮佛和韓紀克在他們的汽車旅館房間裡，一起看完這個記者會轉播。一開始他們只是很高興可以脫離副總統的追殺了，但接著很快就陷入沉默，因為隆巴德講的種種理由顯然是在演戲。記者會結束後，珍妮佛關掉電視。

「這個藉口編得很不錯。」她說。

「他在好萊塢會很有前途。」

「但是這個說法能持續下去嗎？」韓紀克問。

「當然可以。大家需要這樣。」吉布森說。

「你認為他老婆為什麼會答應他用這個說法？」韓紀克問吉布森，好像他成了隆巴德家各種事務的專家了。

「或許是為了保護蘇珊的回憶？」他說。「不曉得。」

「她當初就該保護她的安全才對。」韓紀克說，這個話很冷酷，但吉布森和珍妮佛都想不出反駁的話。

他們發現彼此都不想多談發生的事情。吉布森本來以為自己會有勝利感，他從十來歲開始就夢想要扳倒隆巴德，但眼前沒有什麼好慶祝的。到頭來，這是有關一個失蹤女孩被有計畫、有步驟地忽略的故事。眼前的結局雖然救了他們三個人的命，但已經無法還給小熊公道了。

他們沒有贏：他們只是倖存下來而已。

經歷了這麼多事情之後，吉布森還是不曉得小熊到底怎麼了。但他現在知道要去問誰了。他考慮要告訴珍妮佛和韓紀克有關他在那個飯店大廳的頓悟，但是對他們來說，這件事始終只是一份工作而已。他並不因此而怨恨他們，只不過他得自己一個人去完成。

韓紀克又開了一瓶啤酒，提起他碰到了那個殺害科比．泰特的兇手。吉布森和珍妮佛目瞪口呆看著他。

「你打算要告訴我們嗎？」

「我剛剛說了啊。」

「你開什麼玩笑，丹尼爾？」珍妮佛說。「快說！」

韓紀克把整件事詳細告訴他們。吉布森覺得不可原諒。韓紀克都已經拿槍抵著那個殺害他父親的人了，卻為了掩飾自己的漏洞而放走他。這個人曾吊著吉布森的脖子，搶走杜克的日記。這個人還在那邊逍遙自在，不受這一切的影響。

珍妮佛要遠遠實際得多。「你認為這個瘋子會遵守你們的君子協定？為什麼？因為你是他的『朋友』？這太扯了。」

「我做了必要的處理。」韓紀克說。「那把槍上頭的指紋又不是你的。」

韓紀克喝著他的啤酒，同時他們就沉默坐在那裡。等到他喝完了，感覺上就是一個訊號，表示他們該去睡覺了。大家都沒話說。到了次日早上，吉布森醒來，看到珍妮佛在打包她的東西。韓紀克已經離開了。最後兩人在汽車旅館的停車場道別。她匆忙跟他擁抱一下，把車鑰匙交給他。

「你要去哪裡？」他問。

「去找喬治。」

吉布森點頭。他之前都不曉得她有多麼關心她那位良師益友。

她又擁抱他。「回家去吧，」她低聲說。「這回是真的，回去看你女兒吧。」

「讓我幫你。」

「如果我需要你的話，會打電話給你的。」

「如果你……需要我？」

「一點也沒錯。」她說，咧嘴笑了。

「謝謝你救了我的命。」

「謝謝你跑回來，」她說。「而且別想再擁抱我了。」

「你知道你會想念我的。」

兩人大笑。

「有可能。」她說。

# 50

吉布森開到亞特蘭大北邊一個小時車程外時，聽到收音機裡傳來班傑明・隆巴德的死訊。凌晨四點四十三分，槍聲響起，特勤人員進入套房，發現班傑明・隆巴德毫無反應。他被送到艾默里大學醫院，在那裡被宣布死亡。頭部中了一槍。所有跡象都顯示他是自殺，但是暫時還沒有正式的宣布。就吉布森個人來看，這是一種私人的正義得償了。

新聞裡沒提到副總統的鞋，但吉布森還是很好奇。

可憐，根據新聞報導，當時葛瑞絲・隆巴德已經離開，回到維吉尼亞的家中。吉布森一路開著車，一邊聽廣播裡敘述著葛瑞絲的故事——一個盡心盡力的母親和妻子，卻註定兩度碰上天降災禍。廣播中描述她時，還提到了甘迺迪總統的遺孀賈桂琳・甘迺迪・歐納西斯。

吉布森發現自己並不在乎隆巴德死了。一開始他自己也很驚訝，但接著他發現自己的冷漠是一種解脫。到頭來，隆巴德的死修正不了任何事，也補救不了任何缺憾。

正常來說，開車到華府要十個小時；但吉布森不到八個小時就趕到了。他開得很辛苦，比利・卡士柏的槍用一塊布包起來，放在置物匣裡，提醒他事情還沒結束。他只跟比利相處兩天，但是感覺兩人之間有一種連結。比利曾說他們是透過蘇珊相連，但當時連比利自己都不知道這個說法有多麼真切。這一切結束後，他要開車去賓州，仔細尋找那片田野，一定要找到比利的屍體。把他留在一座廢棄的加油站後頭，成為無主孤魂，總讓吉布森覺得良心難安。

他打電話給妮可，跟她說可以回家了。她的聲音很緊張，等到他問起能不能跟愛莉講話，妮可說她已經睡了。接下來是沉默，他很想告訴她，他現在曉得了一些有關他父親的事情。他知道他父親不是自殺的，知道他父親沒有拋棄他。他沒辦法公開洗刷父親的名聲，但對他自己來說，他的父親已經恢復名譽了。這不是神奇的靈藥：不會讓他因此變得完整無損。人生不是這樣的。但這解開了他心頭的一個結。過去短短幾天，他有辦法回憶他父親了，而且儘管有些傷感，但父親的記憶頭一次讓他微笑。他覺得自己即使沒有重生，也至少是重新開機了。

那一刻過去了，妮可說了再見，沒等到他回話就掛斷了。他不曉得自己是否有辦法告訴任何人真相。

還剩下一件事要做。為了小熊。

進入華府的車子很多。他過了基伊橋，沿著M街駛入喬治城。他的車窗搖下，路上的大學生和觀光客很多，因而車行速度緩慢。他過了威斯康辛大道後立刻轉往北，進入了那些隱身在商店和餐廳後方的富裕住宅區。

通往可林居的鐵柵門關著。吉布森把車停在對講機前。等了好久，才有一個男人的聲音回應，吉布森報上自己的姓名。柵門打開了，他一路開到主屋前。

一名穿著黑西裝的男管家打開前門歡迎他。

「晚安，先生。我是戴維斯。竇普雷斯夫人正在等你。」

「是嗎？」

「是的。她正在等……你們其中之一。」

「好吧，我來了。」

「你要什麼嗎？或許一杯酒？」

被一名管家邀請進來，還要奉上一杯酒，實在不是吉布森原先所想像的情節，不過既然他都提出了……

「那就一杯啤酒好了。」

「很好，先生。」

戴維斯留下他獨自待在進門的大廳裡，裡頭充滿了畫像、雕像，還有漸去漸遠的腳步聲所發出的空蕩回音。可林居安靜時顯得格外龐大。

吉布森坐在一張極其昂貴的扶手椅上，調整了一下比利的手槍，塞在他後腰裡很不舒服。大廳另一頭那道長長階梯的頂端，凱瑟琳·竇普雷斯坐在那邊看著他。自從她在生日派對向他自我介紹以來，才不過一個月多一點，但感覺上是好幾輩子以前了。凱瑟琳穿著一件漂亮的藍色連身裙。雙手握拳放在膝蓋上，下巴歇在上頭。

他招手，然後過了一會兒，她也招手回應。

戴維斯端著他的啤酒回來，外頭還包著一條黃色布餐巾。真講究。

「麻煩你跟我來，先生。」

戴維斯帶著他穿過屋子，來到外圍的遊廊上，吉布森第一次跟克麗絲塔正式見面就是在這裡。生日派對的桌子和帳篷早就撤走了，沒有了那些凌亂，可林居看起來更加氣派且昂貴。遊廊上放著鍛鐵的桌椅，往外眺望著這片產業，還有巨大的盆栽裡頭有各種花朵盛放。不知怎地，他上次來完全沒看到那個錦鯉池。戴維斯停在階梯頂端，指著花園另一頭的那個小圓頂。

「竇普雷斯夫人就在那裡。很抱歉，但她交代我說讓你自己過去。你只要循著那條步道走，就可以繞過樹籬到那裡了。」

「去幫那個小女孩打包吧。」

「已經打包好了，先生。」

當然了。「這個操他媽的爛女人。」

「是的，先生。」

就像華府很多十九世紀的建築物，那個小圓頂也深受這個城市早年迷戀的希臘建築所啟發。一根根科林斯圓柱撐起圓頂，並分布在兩扇沉重的鐵箍木門兩旁。一圈矮牆環繞著教堂的中央墓穴，裡頭整齊排列著幾排一模一樣的白色墓碑。

克麗絲塔・竇普雷斯坐在一張綠色金屬椅上。兩旁各有一座墳墓。一個顯然比較舊，墳墓上的草皮已經完全長滿了，墓碑只是一塊白色岩石的十字架。另外一座墳墓上立著沉重的灰色大理石墓碑，上頭的草皮是新鋪的。

吉布森發現，克麗絲塔今天沒有絲毫傲慢與專橫。她看起來疲倦而蒼老。往常無懈可擊的髮型今天匆忙綁起，還有幾綹亂糟糟地垂下來。她臉上那種心不在焉的表情，就像一個在等巴士的人，但是再也不確定巴士是否會來。她手裡抓著一條手帕，他走近時，她也沒朝他看。

「想必你一路很順利吧？」她問。

「班傑明・隆巴德死了。」

「是的，我聽說了。可惜，有的人就是缺乏勇氣，無法度過人生的困境。」

「我應該謝謝你嗎？」

「我相信沒有必要，」她說。「你不坐嗎？」

她旁邊還有一張椅子，但他不想離她那麼近。反之，他繞到一旁，倚在那個新立的墓碑站著。墓碑上刻著「艾芙琳．傅斯特」。她看著他，眼中燒著怒火，但只是片刻，沒有夠多的燃料可以持續。

「拜託。尊重一下吧。那是我妹妹。」

「你是在開玩笑吧？」

「拜託。」

吉布森拿出那把槍，放在墓碑上。「蘇珊在哪裡？」

克麗絲塔臉上掠過一抹驚訝。

「你不曉得？真的？」

「她在哪裡？」

「她就在這裡。一直在這裡。」

他循著她的目光，看到她旁邊那個簡單的白色十字架墓碑。上頭沒有刻字。在桑摩賽特鎮，韓紀克曾告訴他蘇珊一定早就死了。他還可以看到韓紀克朝他搖頭的模樣。希望是一種癌症。要嘛你永遠不曉得真相，或者你知道真相了，但是車子已經停不下來，最後飆到一百五十公里，你整個人撞出擋風玻璃，只因為你心中的希望告訴你：開車不必綁安全帶也很安全。

他現在穿過擋風玻璃了，慣性作用把他狠狠地甩出去。

啊，小熊，我好抱歉，我真的好抱歉。

吉布森伸手去拿槍。

「分娩的時候，」克麗絲塔說。「她拖太久才跟我聯絡。我們趕到時，她的分娩已經到了無法挽回的地步。整個狀況很複雜——臀位分娩。她失血太多。艾芙琳盡力做了一切，但損害太嚴重了。我們完全無能為力。」

「所以你把她帶來這裡埋葬？我以為這裡是賓普雷斯的家族墓園。」

「我為她破了例。她是我的教女。我不會把她的遺體像個動物似的拋在樹林裡。我可憐的孩子。」

「你可憐的孩子？」吉布森說。那把槍現在垂在他身側，手指下頭的扳機摸起來涼涼的。「省省吧，你太卑鄙了，之前還一直在演戲，說要替她報仇。當年我父親來找過你求助，對吧？」

「沒錯。」

「他告訴你關於他對隆巴德的疑心，關於蘇珊。你當時就可以阻止的。但是你沒有。而是派那個人去殺了我爸。你讓那個情況一直持續下去。蘇珊是你害死的。」

克麗絲塔搖頭。「我跟杜克講道理，但他就是不肯聽。他不明白其中的賭注有多大。班傑明會清醒過來的。要是你父親肯聽勸，這一切全都沒有必要。」

「閉嘴。」他說著舉起槍。「一個字都不准再說了。」

克麗絲塔已經花了很多年，把她的邪惡扭轉成一種言之成理的邏輯。他還能說什麼？她已經把不可原諒的錯誤扭轉成正確的，絕對不容許他人反對。但是眼前她如果敢再說一個字，他就要殺了她。

「那你為什麼派我們去追查那個綁架的人？為什麼費這個事？你就這麼想要報復嗎？」

克麗絲塔抬頭看著他。「你真的想知道答案？」

「是的。」

「很好。你知道一個祕密的價值嗎？我指的不是那種幾個圈內人曉得、喝了酒嘴碎講八卦的那種小道消息，而是真正的祕密，揭露後會毀掉一個人的。你知道它的價值嗎？成為唯一知情的人。只有你，和那個害怕揭露的事主曉得。這樣的祕密，讓你掌握了那個人的性命。他們為了繼續保密，什麼都肯做。任何事都在所不惜。」她最後一句刻意講得很慢，以強調其中的暗示。「這讓一個人對事主的人生掌握了絕對的權力。但知道真相的只能有你一個。」

「所以你等了這麼久，守著他的祕密，只是為了現在毀了他？」

「馮恩先生，你就只有這麼點想像力嗎？以為我等了十年，是為了要奪走他畢生的野心？你認為你在亞特蘭大看到的就是這麼回事？啊，你真是個目光短淺的小男孩。我做了我一向會做的。班傑明總是太傲慢，不肯承認他需要。我是保護他。」

「保護他？」

「像這樣的祕密要是揭發了，你以為他還能選美國總統嗎？一曝光他就完了；也不必想當總統了。所以你認為他為了確保我會守著他的祕密，會願意做什麼？什麼都肯做。我守著他的祕密不是為了摧毀他。拜託。我守著班傑明的祕密，是為了讓他達成他註定的使命。」

「而他的總統職位，就會是屬於你的。」

「屬於我的家族，」克麗絲塔糾正他。「你剛剛問我為什麼要派你去追查那個拍了蘇珊照片的人。我原先以為解決掉泰倫斯．馬茲葛洛夫，就老早關上那道門；我錯了。那張照片表示另外有個人知道這個祕密。萬一揭露了，我對班傑明的掌控力就會完全化解。我之前已經犧牲太多人了，絕對不允許這樣的狀況發生。」

「我父親。」

「沒錯。」

「科比．泰特。泰倫斯．馬茲葛洛夫。比利．卡士柏。」

「要是事情照計畫進行，還有珍妮佛．查爾斯和丹尼爾．韓紀克和吉布森．馮恩。」

喬治．阿倍。麥克．瑞齡。吉布森默默在名單上頭加上這兩個名字。

「凱瑟琳知道她真正的身分嗎？知道她其實是十歲，不是八歲？」

「她有她的疑心，但這點我就交給你處理了。」

「你跟她說了什麼？」

「只說她在可林居的時間結束了。」

他搖搖頭。「你老在說你的家族衰落了。夫人，你的家族衰落就是因為你。」他舉起槍。

「這把槍是比利．卡士柏的。他會希望交給你的。」

「啊，我們之前認識的時候，我從沒想到你這麼喜歡諷刺。」

「當你被派去尋找一個失蹤女孩，但她根本沒失蹤的時候……唔，你就會學得很快的。」

「你想殺了我？」

「不。我希望你效法班傑明，自我了斷。」

「我為什麼要那樣做？」

「想像一下，這一切都公開之後，對你珍惜的家族名譽會有什麼影響。」

「拜託，要是你有足夠的證據，你就會去找警方了。」

「我們剛認識的時候，你是怎麼跟我說的？唯一重要的法庭，就是公眾意見的法庭。」

「啊，所以是用我的性命，來保全我家族的名譽？」

「沒錯。」

「真慷慨啊，但是我得婉拒了。」

「我不是虛張聲勢。」

「就是在虛張聲勢。別任性了。我知道你喜歡報復，但是你沒那個膽量，害凱瑟琳受苦的。」

「凱瑟琳？她跟這事情有什麼關係？」

「既然我說過的話，你都記得很清楚。那麼我相信你一定記得我講過關於祕密的那些話。祕密有摧毀人的力量。你可能握有我的祕密，但那也是凱瑟琳的祕密，不是嗎？你揭露了我，也一定會揭露她。而要是揭露了她，你就害她成為賤民。一個可憐的怪物。永遠不可能有正常的生活。」

他厭惡地看著她。

「現在棋下到一半，棋盤上就只剩下這些棋子了，馮恩先生。如果你希望我死，那你就得親自動手。不過這一帶警方的回應時間非常短，所以你可要做好準備。」

他扣在扳機上的手指鬆開。

「很明智的決定。」

「我真希望我辦得到。」他說。

「我也希望。」她說。「或許下回吧。」

「離凱瑟琳遠一點。離我們所有人遠一點。」

「再見了，馮恩先生。」

吉布森朝主屋走去。他又回想起蘇珊和自己的父親杜克，再度覺得自己像是衝破了擋風玻璃。那種茫然漂流的感覺又回來了，於是他停下來，等著那種作嘔感過去。那感覺還會回來的。擋風玻璃跟他的帳還沒算完。

凱瑟琳坐在前門旁。他走近時，看得出她的眼睛因為哭過而紅腫。

「現在要離開了嗎？」她問，聲音輕柔得像墜落的薄紙。

「是的。你願意跟我走嗎？」

她點頭。「克麗絲塔阿姨會來跟我說再見嗎？」

他搖頭。一時之間，他以為她又會開始哭了，但是她冷靜下來，站起身。

「你可以幫我搬行李箱嗎？非常重。」

的確很重。因為她的一生都裝進裡面了。

# 51

夜遊者快餐店人很多，但他們在收銀台旁邊找到兩個空位。吉布森自己動手拿了兩份菜單。托比．卡爾帕正在櫃檯後頭忙著，過了好幾分鐘，他才終於抽出空過來招呼他們。他放下兩杯冰水，疑問地看著吉布森的喉嚨。

「你這位朋友是誰？」托比問。

「凱瑟琳，這位是我的好友托比。」

她朝他很正式地伸出一隻手。「很高興能認識你，托比。」

托比抬起一邊眉毛。「顯然應該是我的榮幸才對。」

「小鬼，你這樣害我很尷尬啦。」吉布森說，嘻笑著用手肘撞她的肋骨。

凱瑟琳咯咯笑了。她的聲音就像小熊。頭一次，他看到了這個小同伴真正的身分：小熊的女兒。小熊曾經為這個小女孩努力奮戰，犧牲了自己的生命，以求遠離班傑明．隆巴德。知道了這一點，現在看著凱瑟琳令他格外驚奇。微笑，大笑。小熊的女兒。健康而安全。

托比又回來時，他們點了一頓豐盛的晚餐。凱瑟琳承認她從來沒嚐過巧克力奶昔，於是吉布森堅持要點一份。食物上來後，她一開始吃得有點猶豫，但接著就狼吞虎嚥著她的漢堡和薯條。

「我其實是幾歲？」她趁著吃的空檔問道。

「十歲。」

她仔細想了一下。

「那我真正的生日是哪一天？」

「二月六日。」

「以前都是五月。」

「我知道。」

「你覺得我今年可以再過一次生日嗎？」

「是，我覺得可以。」

「不會太貪心嗎？」

「小鬼，這樣不會貪心。這是我們的祕密，好嗎？」

「好。」她朝他微笑。「你會來參加我的生日派對嗎？」

「如果我受邀的話。」

她滿臉笑容。「我會邀請你的。」

「那我就會去。可是我今天要提早給你一個禮物。」

他把一張照片滑過桌面給她。

「這隻青蛙好大。」她說。「這個是你嗎？」

「是的。」

「那她是誰？」

「是你母親。」

她又看了一次，這次更仔細了。

「你以前跟她很熟嗎？」她問。

「是的，我跟她很熟。她跟你一樣聰明。你喜歡看書嗎？」

凱瑟琳起勁地點頭。

「你媽媽也是。她手裡總是有一本書。」

「她最喜歡的是哪一本？」

他告訴她有關《魔戒現身》，還有他曾唸給蘇珊聽的事情。凱瑟琳似乎喜歡這個故事，聽他講的時候，她又去審視著那張照片。講完之後，他暫時告退，走到店外去打電話。

等他們回到車上，凱瑟琳問他們要去哪裡。「回家。」他說。她點點頭，然後就睡著了。快餐店食物就是這點厲害，很容易讓小孩睡著。

吉布森開著車往南，獨自沉浸在思緒中。他想著自己的童年，想著他壓抑超過十年的種種往事，想著小熊和自己的父親。美好的回憶。明年，他會帶愛莉去看她生平第一次棒球賽。但是他不會要求她聽收音機的球賽。一開始不會。

等到他們駛入潘瑞思特，鎮中心的商店大部分都打烊了。整個小鎮感覺好熟悉，但是他不太記得路。他找到一座加油站還開著，停下來問路。美好的白天轉為美好的黑夜。他抬頭看一下模糊的星星，這才又上了車。

此時凱瑟琳醒了。

他們沿著鄉村道路行駛，經過了一條乾溪河床上的木橋。接下來沿著岔路駛向海洋的方向，十點剛過後，他們停在那棟房子前。那房子就跟他記憶中一模一樣。

「就是這裡嗎？」她問。

他點頭。「準備要見你的外婆了？」

「你想她會喜歡我嗎？」

「你開玩笑吧？她會愛死你。」

在車外的黑暗中，他聽到一扇紗門咿呀打開的聲音。

# 致謝

一般人總是說，寫作是孤獨的行業。但是對我而言，反過來也是對的。在寫作《短距墜落》期間，我發現自己孤單寫作的狀況已經是過去了。現在我身邊環繞著聰明而充滿愛意的家人和朋友——直到寫長篇小說，我才真正明白自己有多麼幸運。我很慚愧自己這麼晚才學到這一課，但也慶幸大部分都還不算學得太遲。首先要謝謝Mike Tyner，他提供了有關吉布森・馮恩的許多素材，而且讓我看起來比實際上聰明太多；他的見識之廣總是一再令我驚嘆且警覺。Eric Schwerin和Gerald Smith在我艱難的第一年提供我庇護；很抱歉我不是個更好的同伴，但事後回顧，自私一點來說，這樣反倒是最好的。Steve Feldhaus總是設定更高的標準，也是個無可取代的同謀者；要是沒有他無與倫比的洞悉能力，這本書的成績會大不相同。在我需要離開城市的時候，David and Linda Gibson極其殷勤地敞開他們在藍溪農場的家門；這本書最棒的內容都是在那邊寫出來的。感謝Lori Feathers幫我介紹了經紀人David Hale Smith，他已經證明自己不但是個很棒的人，也是個滿分經紀人；那頓午餐改變了我的一生。Thomas & Mercer出版公司的Alan Turkus對《短距墜落》的信心，讓我人生的下一章成為可能；深深感謝你的指引和熱情。聰明的Ed Stackler教導我有關編輯的寶貴課程，同時讓整個過程像是在跟老朋友共事。另外要謝謝眾多幫我閱讀初稿的親友，讓我修改掉一些角色和太過雜亂的情節——Nathan Hughes、Karen Hooper、Allie Heiman、Christine Lopez、Brian Orzechowski、Giovanna Baffico、Tome Hughes、Michelle

Mutert、David Kongstvedt、Drew Hughes、Daisy Weill、Ali FitzSimmons、Kit Manougian、Rennie O'Connor、Vanessa Brimner——你們的慷慨讓我驚奇。最後，我一定要感謝我的父母——我用了一個老套開場，所以我想也就用老套收場：沒有他們的愛、支持，和智慧，這本書就不可能存在。這不是比喻的陳腔濫調，而是誠實而確鑿的真相。

Storytella 93

# 短距墜落 The Short Drop

短距墜落 / 馬修.費茲西蒙斯作 ; 尤傳莉譯. -- 初版. -- 臺北市 : 春天出版國際, 2020.01
面 ; 公分. -- (Storytella ; 93)
譯自 : The Short Drop
ISBN 978-957-741-251-5(平裝)

874.57　　108022532


ISBN 978-957-741-251-5
Printed in Taiwan



作　者　馬修・費茲西蒙斯
譯　者　尤傳莉
總編輯　莊宜勳
主　編　鍾靈

出版者　春天出版國際文化有限公司
地　址　台北市信義路四段458號3樓
電　話　02-7718-0898
傳　眞　02-7718-2388
E－mail　frank.spring@msa.hinet.net
網　址　http://www.bookspring.com.tw
部落格　http://blog.pixnet.net/bookspring
郵政帳號　19705538
戶　名　春天出版國際文化有限公司
法律顧問　蕭顯忠律師事務所
出版日期　二〇二〇年一月初版

定　價　470元

總經銷　楨德圖書事業有限公司
地　址　新北市新店區寶興路45巷6弄6號5樓
電　話　02-8919-3186
傳　眞　02-8914-5524
香港總代理　一代匯集
地　址　九龍旺角塘尾道64號 龍駒企業大廈10 B&D室
電　話　852-2783-8102
傳　眞　852-2396-0050